Keith Stuart est journaliste spécialisé, responsable de la rubrique Jeux Vidéo du *Guardian*. En 2012, l'un de ses deux fils a été diagnostiqué autiste. C'est alors que Keith et les deux garçons se sont mis à jouer ensemble à des jeux vidéo, en particulier *Minecraft*. Son premier roman, *Les Mondes de Sam,* est inspiré du partage créatif qui s'est instauré dans la famille à travers l'univers vidéoludique, et du lien que le père a pu développer avec son fils grâce à ce jeu.

Du même auteur, chez Milady,
en grand format :

Les Mondes de Sam

CE LIVRE EST ÉGALEMENT DISPONIBLE
AU FORMAT NUMÉRIQUE

www.milady.fr

Keith Stuart

Les Mondes de Sam

Traduit de l'anglais (Grande-Bretagne) par Claire Allouch

Milady

Milady est un label des éditions Bragelonne

Titre original : *A Boy Made of Blocks*
Texte publié en langue anglaise en Grande-Bretagne
par Sphere,
un département du groupe Little, Brown Book.

ISBN : 978-2-8112-3618-2

Bragelonne – Milady
60-62, rue d'Hauteville – 75010 Paris

E-mail : info@milady.fr
Site Internet : www.milady.fr

À Morag, Zac et Albie, pour tout.

Chapitre premier

Je suis en froid.

C'est la première pensée qui me vient alors que je quitte la maison, traverse la route, et monte dans notre vieux break essoufflé. Il me semble que l'expression exacte serait « Nous sommes en froid », mais je crois que c'est surtout ma faute. Je jette un œil dans le rétroviseur. Jody, ma femme, se tient sur le pas de la porte, ses longs cheveux emmêlés. À ses côtés, Sam, notre fils de huit ans, enfouit le visage dans sa robe. Il essaie de se cacher à la fois les yeux et les oreilles, mais je sais que ce n'est pas pour éviter de me voir partir. Il appréhende le bruit du moteur, qui sera trop fort pour lui.

Je lève la main dans un geste d'excuse un peu niais, comme quand on grille la priorité à quelqu'un par inadvertance. Puis je mets le contact et fais marche arrière. L'instant d'après, Jody frappe doucement à ma vitre. Je tourne la manivelle.

— Prends soin de toi, Alex, dit-elle. Et essaie de réfléchir… Tu aurais dû le faire il y a des années, quand on était heureux. Peut-être que si ça avait été le cas… Je ne sais pas. Peut-être qu'on serait toujours heureux maintenant.

Elle essuie une larme d'un geste rageur du dos de la main. Puis elle m'observe longuement, et la tristesse et la culpabilité qui se lisent sur mon visage apaisent sa colère. Son regard embué s'adoucit.

— Tu te souviens de la fois où on est allés camper en Cumbria ? reprend-elle. Quand les chèvres ont mangé notre tente et que tu as eu les pieds gelés ? Dis-toi que quoi qu'il se passe en ce moment, ça ne peut pas être pire que ça.

Je réponds d'un hochement de tête, passe une vitesse et remonte la rue. Un nouveau coup d'œil dans le rétroviseur me montre que Jody et Sam sont déjà rentrés. La porte est fermée.

Ça y est. Dix années de vie commune, et c'est peut-être la fin. Me voilà dans notre vieille guimbarde, parti, mais sans savoir où.

Sam était un très joli bébé. Il a toujours été beau. À sa naissance, il avait d'épais cheveux bruns, et de grosses lèvres boudeuses – comme un petit Mick Jagger en couche-culotte.

Dès le premier jour, Sam a été un enfant difficile. Il refusait de se nourrir et ne dormait pas. Il n'arrêtait pas de pleurer. Quand Jody le tenait dans ses bras, et quand on le lui prenait. Il semblait furieux d'être au monde. Il a fallu plus de vingt-quatre heures avant de réussir à lui faire avaler un peu de lait. Épuisée, au désespoir, Jody le serrait sur son cœur en pleurant de soulagement. Je regardais la scène, hagard, désorienté, accroché à mon sac de supermarché débordant de barres de chocolat et de magazines – des petites attentions qui ne suffisaient pas à réconforter la jeune maman. Très vite, j'ai compris que rien de ce que je pouvais lui donner ne lui faciliterait la tâche. C'était comme ça. Notre vie allait se passer ainsi.

Il fallait courir tout le temps.

— Reste aussi longtemps que tu veux, mon vieux, déclare Dan lorsque, sans surprise, je débarque en bas de son immeuble, exactement vingt-trois minutes plus tard.

Je savais que Dan serait là pour moi – ou en tout cas, je savais qu'il serait chez lui un dimanche après-midi, en train de se remettre de quelque chose. Soit l'ouverture d'une boîte de nuit, soit une rencontre amoureuse impromptue, soit les deux à la fois.

— Tu peux prendre la chambre d'amis, explique-t-il alors que nous entrons dans l'ascenseur. J'ai un matelas gonflable quelque part. Il a peut-être une fuite, cela dit. Mais bon, un matelas gonflable qui ne fuit pas, ça n'existe pas, hein ? Tu en as déjà vu, toi ? Pas vrai ? Oh, désolé, mon vieux, tu n'as pas la tête à ça. Je comprends.

Et me voilà sur le pas de sa porte, abasourdi, mon sac de sport Nike toujours à la main. J'y ai fourré tous mes vêtements, mon ordinateur portable, quelques CD (pourquoi ?), une trousse de toilette et une photo de Jody et Sam, que j'ai prise il y a quatre ans lors de nos vacances dans le Devon. Ils sourient, assis sur la plage, mais ce n'est qu'une horrible mise en scène. La semaine s'était écoulée comme un long cauchemar. Sam ne parvenait pas à dormir dans ce lit bizarre avec sa couverture lourde, différente de celle de la maison. Il avait une peur panique des mouettes. Pendant une semaine, il a passé la nuit dans notre lit, à se réveiller toutes les cinq minutes, jusqu'à ce que nous soyons trop épuisés pour sortir de la caravane. Après ça, les vacances en famille se sont faites rares.

— Tu veux qu'on aille se prendre une cuite ? propose Dan.

— Euh… ça te va si j'installe mes affaires dans la chambre et que je me repose un moment ?

— Bien sûr. J'ai mis de l'eau à chauffer. Je crois que j'ai des biscuits. Non, j'ai des biscuits, c'est sûr.

Il se dirige vers la cuisine et j'entre d'un pas lourd dans la chambre d'amis. Je jette mon sac par terre avant de m'affaler dans le fauteuil de bureau, à côté de l'ordinateur. Pendant un moment, j'ai envie de l'allumer pour envoyer un mail à Jody, mais je me contente de regarder par la fenêtre. Que pourrais-je lui écrire ? « Coucou Jody, désolé d'avoir foutu notre mariage en l'air. Tu veux bien oublier les cinq dernières années ? LOL. »

En vérité, je ne sais même plus comment lui parler, et encore moins lui écrire. Nous avons passé la totalité de notre vie maritale à nous faire du souci pour Sam : ses colères, son mutisme, les jours où il nous crie dessus, ceux où il se réfugie dans son lit et refuse tout contact. Des jours et des jours, qui se transformaient en mois, à essayer d'anticiper la prochaine crise. Et pendant que nous tentions de faire face, ce que nous avions en commun s'étiolait. À présent, être séparé de Sam, même seulement quelques heures, me fait bizarre. La pression retombe, faisant place à une tristesse qui me submerge déjà. La nature a horreur du vide émotionnel.

L'appartement de Dan se situe au septième étage d'une nouvelle résidence très chic en périphérie de la ville. Par la fenêtre, on voit tout Bristol s'étirer vers l'horizon : panorama pavé de maisons victoriennes, de flèches d'église et d'immeubles de bureaux des années 1960 qui se bousculent comme les passagers du métro. Des milliers de maisons remplies de familles… de familles qui ne se sont pas séparées.

Je commence à penser qu'un peu d'alcool ne me ferait peut-être pas de mal. Mais alors que je suis encore en train de peser le pour et le contre, ma vision se trouble et il me faut quelques secondes pour comprendre ce qui se passe. Ah. Ah d'accord, je pleure. Soudain d'énormes larmes roulent sur mon visage, j'ai les joues trempées, le nez plein de morve, et je tremble.

— Le thé est prêt ! crie Dan depuis le couloir. Je croyais avoir des biscuits au chocolat, mais tout ce que j'ai trouvé, ce sont des sablés. Je ne sais pas si c'est suffisant dans un cas comme celui-ci ?

Il apparaît sur le pas de la porte, baisse les yeux et me trouve assis en tailleur par terre à côté du fauteuil, la tête dans les mains, secoué de sanglots.

— Ah, OK, dit-il en posant le thé sur le bureau. Je crois que je vais vraiment chercher du chocolat.

Nous décidons de ne pas nous bourrer la gueule.

Plus tard dans la nuit, je rêve que je sombre dans un affreux marécage noir auquel je ne peux m'arracher. Lorsque je me réveille, cherchant mon souffle en hoquets déchirants, je suis convaincu que c'est la manifestation de mon état émotionnel… Puis je finis par m'apercevoir que le matelas est en train de se dégonfler à vue d'œil et que je suis bel et bien en train de m'enfoncer. Rien à voir avec l'inconscient. *Comment ai-je atterri là ?* me dis-je alors que le matelas se vide avec de petits bruits qui évoquent les flatulences d'un chiot. Vous savez ce que c'est, de dresser le bilan de sa vie à 3 heures du matin : tout semble se résumer aux erreurs qu'on a faites, comme des failles qui remontent dans le temps, semblables aux fissures d'un mur mal plâtré… Même dans le noir, on arrive sans peine à retrouver leur source. C'est du moins ce qu'on croit. Mais il s'avère que la cause nous échappe et se dérobe sans cesse – comme le trou d'un matelas gonflable. Les philosophes grecs prônaient le « Connais-toi toi-même ». Je me souviens d'avoir étudié *Œdipe* à la fac. Son seul crime était d'ignorer qu'il avait été séparé de ses parents à la naissance et que par conséquent, il devait se montrer très prudent au moment de tuer des inconnus sur un chemin puis de coucher avec des femmes qui avaient deux fois son âge. Mais qui peut dire qu'il se connaît lui-même ? Je ne prétends pas que nous commettons tous les mêmes erreurs de jugement qu'Œdipe. Ce serait énorme. Mais qui sait ce qui nous pousse à agir de telle ou telle manière ? Je suis coincé dans un emploi que je déteste, je fais des journées de dingue, je rentre à la maison quand il fait nuit, et je me raconte que c'est parce que nous avons besoin d'argent, de sécurité. Sam a des séances d'orthophonie, et Jody ne peut pas travailler car il a besoin d'elle en permanence. C'est vers elle qu'il court lorsqu'il a peur de lui-même. Et moi, je me tiens à l'arrière-plan, embarrassé, inquiet, à proposer une aide qui ne sert à rien. Comment reconnecter tout ça ?

Vers 4 heures, je plonge dans un état de demi-conscience que je qualifierais de sommeil, même si c'est un bien grand mot. Mais quelques minutes plus tard – c'est en tout cas mon impression – la lumière passe à travers les stores, on est lundi matin, et Dan se dresse sur le pas de la porte dans un boxer Calvin Klein noir, un bol de Frosties à la main, la bouche pleine.

— Tu vas aller bosser ? Je peux te laisser une clef. Il faut que je parte dans, disons, dix minutes. Je file un coup de main à Craig pour monter un site Web, pour son label de musique à Stokes Croft. Il y a des céréales et du café. Comment tu te sens ? Tu as l'air un peu mieux. Je veux dire, tu as vraiment une sale gueule, mais au moins tu ne pleures pas.

Il disparaît dans la douche. Je jette un coup d'œil à mon téléphone : deux textos, mais aucun de Jody. Ils sont de Daryl, du boulot.

Ramène ton cul, j'ai deux victimes pour toi.

Pardon, je voulais dire deux clients.

J'efface.

Et puis, je suis habillé et dehors, me dirigeant d'un pas lourd vers le centre-ville. Le soleil est bas et brillant au-dessus des immeubles, sa lumière se reflète sur les vitres et le béton aveuglant. Il y a vingt ans, ce quartier n'était qu'usines en ruines, terrains vagues jonchés de détritus et envahis de broussailles. Puis l'économie s'est réveillée, et tout à coup, l'immobilier a flambé. En moins de temps qu'il n'en faut pour le dire, le quartier s'est transformé en zone résidentielle futuriste, comme un gigantesque circuit imprimé peuplé d'immeubles d'inspiration brutaliste, bourrés à craquer de minuscules appartements pour jeunes actifs en devenir.

Ces gens-là, j'en ai rencontré beaucoup. Je les ai aidés à s'installer ici. Je suis courtier en prêts immobiliers, c'est ma croix. Mon job consiste à faire coïncider les rêves et perspectives de nos clients avec la réalité du marché et de leurs finances. En d'autres termes, j'incite des gens à donner le salaire de toute une vie en échange d'un studio dans lequel on n'aurait même pas la place d'afficher une photo de chat téléchargée sur un smartphone. C'est un boulot très paternaliste : voyons ce que vous avez, et ce que vous pouvez vous payer. Ne chargeons pas trop la barque, il faut être raisonnable. Quelles sont vos ressources ? Avez-vous des parents riches ? Nous examinons leur budget ensemble. De jeunes couples tout juste mariés, ou qui attendent un bébé, et qui mettent leurs maigres revenus en commun. Ils me regardent avec un air pathétique, pleins d'espoir. Est-ce que ça suffit ? Bien souvent, ce n'est pas le cas. La seule solution est de rester locataires encore quelques années, de faire des économies. Je répète ces étapes tous les jours.

Le système est absurde. Je vois des quartiers entiers dans lesquels les jeunes n'ont aucune chance d'acheter. Ils sont obligés de s'éloigner de leurs familles. Je ne sais pas où ils atterrissent.

Ça fait huit ans que je travaille ici. J'ai vécu le boum, la récession et la reprise. C'était censé être du provisoire, un boulot alimentaire en attendant mieux. Mais je me suis laissé entraîner dans cette carrière, et n'ai pas pu m'en sortir. Il se trouve que je suis doué : compatissant avec les pauvres et efficace avec les riches. Je suis très patient avec les clients qui ne comprennent rien à ce qu'ils racontent – talent acquis après trois années à parler philosophie avec des gens persuadés que Nietzsche a raison sur toute la ligne. Lorsque les finances suivent, je sais conclure l'affaire. Quand ce n'est pas le cas, je sais me débarrasser du client en douceur. Mais ce qui se passe à la maison, en revanche, je ne peux pas le régler avec un ordinateur et un accès au baromètre des taux du marché.

Je ne peux pas le régler du tout.

Après une courte marche qui me fait traverser l'Avon et longer le port, j'arrive au travail. C'est une petite agence immobilière indépendante baptisée *Stonewicks*, coincée entre un pub et une sandwicherie, dans un quartier dense, pas particulièrement à la mode, du centre-ville. Daryl est là, assis près de la fenêtre, dans son costume bon marché plein d'électricité statique malgré sa fonction de patron, les cheveux hérissés et mouillés, brillants dans la lumière du matin.

— Ça va, vieux ? demande-t-il sans lever les yeux de son écran.

Âgé d'à peine plus de vingt ans, Daryl parvient à donner une impression de détermination réfléchie, tout en restant insupportablement jovial. Travailler dans l'immobilier, c'était le rêve de sa vie. Quelque part dans son disque dur, il a un immense plan de toutes les ventes qu'il va réaliser dans les trente prochaines années.

Quand on finalise une transaction, il klaxonne carrément avec une sonnette de vélo. C'est presque tragique que Daryl soit né dans les années 1990 et pas 1960. Il aurait dû être jeune sous Thatcher. Il mériterait un gros Filofax qui déborde et une Golf GTI. Au lieu de ça, il est doté d'un smartphone et d'une Corsa. Ça me fait de la peine pour lui.

Je marmonne une réponse et monte l'escalier en bois grinçant vers mon bureau. Puis j'appelle Jody.

— Salut, c'est moi.

— Salut.

— Comment ça se passe ? Comment va Sam ?

— Bien. Il est à l'école. Il a pleuré tout le long du chemin. Même quand j'ai imité tous les personnages de *Toy Story*. Il m'a donné un coup de poing quand j'ai fait Buzz l'Éclair.

J'avoue que ce n'est pas celui que je maîtrise le mieux. Mme Anson m'a promis de prendre soin de lui.

— Et toi, comment tu vas ?

Jody se tait un long moment. Jeanette, la secrétaire, passe la tête par la porte et me demande par signes si je veux un thé. J'acquiesce, pouce levé.

Le bureau est nu. Une vieille moquette bordeaux, une fenêtre sale donnant sur le petit parking à l'arrière du bâtiment. Autrefois, un tableau du Bristol victorien ornait le mur, mais je l'ai remplacé par une photo de la Villa Savoye de Le Corbusier juste pour me la péter et emmerder les autres. J'ai aussi un meuble d'archivage sur lequel trônent une dizaine de cartes de remerciements de jeunes couples qui démarrent dans la vie avec des dettes colossales.

— Alors, on fait quoi ? demande Jody.

— Je ne sais pas. C'est la première fois que je m'enfuis de chez moi. Écoute, je suis désolé, je dois te laisser. J'ai un autre couple qui vient.

Alors que je raccroche d'un geste brutal, Jeanette arrive avec le thé. Sans bruit, elle pose la tasse sur le bureau, me lance un regard compatissant, et repart. Elle a tout entendu. Il ne faudra pas dix minutes pour que tout le reste de la boîte soit au courant. J'ai abandonné ma femme et mon fils autiste.

Je crois avoir échappé à mes tourments domestiques pour quelque temps, mais je me trompe. Une heure plus tard, je me dirige vers le centre-ville pour déjeuner, et entre dans une petite sandwicherie où nous avions l'habitude d'amener Sam. Au milieu de la cohue du midi, je repère Jody, assise à une table avec son amie Clare. Elles sont penchées sur des *latte* moyens avec des airs de conspiratrices. Je m'approche en bousculant un peu jeunes mamans et étudiants. Elles ne m'ont pas vu.

— Il est devenu tellement distant, explique Jody. Je ne peux pas du tout compter sur lui à la maison. Il a toujours autre chose à faire.

— Est-ce qu'il a vu un psy ? demande Clare. Je veux dire, est-ce qu'il a travaillé sur ce qui lui est arrivé ?

Évidemment, Jody et Clare parlent absolument de *tout.* Sans surprise, elles sont ici à l'heure du déjeuner pour disséquer notre relation. Elles partagent cette franchise sans effort dont bien des hommes sont incapables. Vous savez : « Prends un peu de ce gâteau au citron, il est délicieux, et aussi, raconte-m'en davantage sur la désintégration apocalyptique de ton couple après neuf ans de mariage. »

— Salut, dis-je d'un ton pitoyable.

Elles lèvent la tête, un peu abasourdies.

— Ah, salut, Alex ! répond Clare. On parlait justement de toi.

— J'ai entendu. Est-ce que je peux dire un mot à Jody ?

— Bien sûr, j'allais partir de toute façon. On se voit plus tard, d'accord ?

Jody acquiesce en silence. Je m'assieds. Elle joue avec le sachet de sucre vide à côté de sa tasse.

— Alors comme ça, Clare connaît tous les détails ?

— Oui, j'étais dans tous mes états, et j'ai besoin de parler à mes amis, Alex. Toi et moi, on ne parle pas. On ne peut pas continuer comme ça. Je suis trop fatiguée. Fatiguée de tout ça.

— Je sais, je sais. J'ai été pris par le travail, c'est tout. Il y a trop de pression. Je suis désolé de ne pas avoir été là pour Sam et toi. De m'être déchargé de mes responsabilités. Mais c'est tellement…

— Dur ? finit Jody à ma place. Exactement, Alex. Putain, que c'est dur ! Mais il a besoin de toi.

— Tu sais, quand il est bien pendant des semaines… il est adorable. Et puis sans raison, il régresse. C'est le pire.

Je persiste à croire qu'on a passé un cap. Ce n'est rien d'autre que ça, et le travail…

— Oh, Alex, ce n'est pas le travail, c'est toi.

— Je sais.

— C'est pour ça, Alex. C'est pour ça que j'ai besoin de temps. Sam ne supporte pas qu'on se dispute. Maman m'a proposé de passer un peu de temps à la maison pour m'aider, et Clare est dans les parages. Il faut que tu te mettes au clair avec toi-même.

— Et Sam, son école ? On n'a que quelques mois pour décider si on essaie de le changer ou non.

Et Sam ?

Combien de fois ces mots ont retenti dans nos vies ! Sam est cette planète faite d'inquiétude et d'incompréhension autour de laquelle nous avons tourné en orbite pendant la majeure partie de notre relation. L'année dernière, après d'interminables mois de tests et d'entretiens, le pédiatre nous a annoncé qu'il se situait dans la partie haute du spectre de l'autisme. Ceux qui fonctionnent le mieux. Les plus faciles. Les moins atteints.

Il a des difficultés de langage, redoute les interactions sociales, déteste le bruit, est obsédé par certaines choses, et devient agressif quand il est désorienté ou effrayé. Mais le message sous-jacent semblait être : vous n'êtes pas à plaindre par rapport à d'autres parents.

Et oui, c'est un soulagement d'obtenir un diagnostic. Enfin, une étiquette ! Quand il hurle et se débat sur le chemin de l'école ; quand il se cache sous la table au restaurant ; quand il refuse de faire un câlin ou de reconnaître toute autre personne que Jody, c'est l'autisme. C'est la faute de l'autisme. J'ai commencé à voir l'autisme comme une sorte d'esprit malveillant, un poltergeist, un démon. Parfois, c'est comme si je vivais dans *L'Exorciste*. Certains jours, je ne serais pas surpris que sa tête se mette à tourner à trois cent soixante degrés pendant qu'il vomit un truc vert à travers la pièce.

Au moins, je pouvais dire : « OK, c'est l'autisme… et pour faire partir ce machin vert, il suffit de le frotter avec un peu d'eau chaude. » Mais les étiquettes, ça ne résout pas tout. Ça ne t'aide pas à dormir, ça ne fait pas disparaître ta colère ou ta frustration quand ton gamin te jette un objet à la figure ou casse quelque chose. Ça ne t'empêche pas de t'inquiéter pour ton enfant et son avenir, sur ce qui lui arrivera dans dix, vingt, trente ans. À cause de l'autisme, ce n'est pas « Jody et moi », c'est « Jody, moi, et le problème de Sam ». C'est ce que je ressens. Mais je ne peux pas le dire. C'est tout juste si je m'autorise à le penser.

— Avec Sam et tout…

Je n'arrive pas à finir ma phrase, mais ça suffit.

— Je sais. Mais toi, tu as besoin d'aide. En tout cas, tu as besoin de commencer à travailler sur tout ça. Tu pourrais venir le voir samedi ? L'emmener se promener ?

Je triture mon téléphone, le retourne dans ma main. Je vois Sam au parc, qui pleure et s'enfuit. Qui passe la grille en courant. Et déboule sur la route.

— Ça sera peut-être difficile, je vais sans doute devoir aller au boulot.

Mais je décèle dans ses yeux une lueur de rage, bien visible même au milieu de la foule du café.

— Pas de problème, je viens.

— On en profitera pour discuter des écoles.

— Oui. D'accord.

— Au revoir, Alex. Prends soin de toi.

— Toi aussi. Je suis désolé. Je suis tellement désolé.

Chapitre 2

Je me réveille en sursaut. J'ai rêvé de mon frère George… encore une fois. Je suis couvert d'une fine pellicule de sueur, la respiration saccadée. J'essaie de tendre le bras vers Jody, mais le matelas s'est dégonflé et j'ai dormi sur mon bras, qui est complètement engourdi. Paniqué, je m'assieds et balance la main en tous sens, jusqu'à la cogner dans le mur et le pied du bureau de Dan. Il faut plusieurs minutes avant que les sensations reviennent… et pour que je prenne conscience que je ne suis pas à la maison, je suis chez Dan, dans la chambre d'amis, seul. Le matelas émet un misérable « pschitt », comme pour me narguer.

On est vendredi matin. Dans la salle de bains, Dan brame la chanson de Taylor Swift, *Shake it Off*, et je préfère ne pas imaginer quelle action accompagne les paroles. Je m'assieds, farfouille dans mon sac à la recherche de vêtements, et me dirige vers le salon dont les portes-fenêtres donnent sur un petit balcon où Dan a réussi à faire tenir deux transats. Dans un coin se trouve une minuscule kitchenette avec une cuisinière, un frigo, un lave-linge et un évier, le tout d'un blanc étincelant. Dan ne s'en sert presque jamais. Le reste de la pièce est un fatras de meubles Ikea, de BD, de manettes de jeux vidéo et d'équipement audio. Une télé LED cinquante-deux pouces occupe la plus grande partie de l'un des murs. Dan a mis *Grand Theft Auto V* sur pause, en plein milieu d'une fusillade. Si les gens qui ont conçu cet immeuble pouvaient observer la vie de Dan, ils se taperaient sans doute dans la main. C'est exactement le genre de type branché qu'ils avaient en tête. Celui qui se fout éperdument qu'on ne puisse pas ouvrir le frigo et le four en même temps. Ou que l'évier soit trop petit pour contenir une bassine à vaisselle. Dan utilise une grande barquette de margarine à la place. Ce n'est pas gênant, car il ne lave de toute façon rien d'autre que des tasses. Il mange dehors, ou bien avale des nouilles asiatiques dans le plus pur style branchouille. Je ne comprends pas ce qu'il peut bien faire pour se payer cette garçonnière de rêve. C'est un peu terrifiant de le regarder vivre, passant sans but d'un projet à un autre, sautant d'un bond au-dessus du précipice de l'économie moderne. Je ne pourrais pas l'imiter. Pas maintenant. Après George – ce qui est arrivé à George – j'ai complètement mis mes ambitions de côté. Tout est devenu noir, les possibilités m'oppressaient comme des murs de prison. J'ai traversé les années de fac comme un somnambule, avant de me jeter d'un boulot rassurant à un autre. Pendant ce temps, Dan avait toujours des potes dans des agences de créatifs qui l'appelaient pour donner un coup de main. Lancer un site web, ouvrir une boîte de nuit ou un magasin de design… Je ne sais pas exactement en quoi consistent ses interventions. Mais il a tellement de charme, cependant, qu'on continue de l'appeler. Bristol est le genre de ville où il se passe toujours quelque chose. Un nouveau centre culturel, une galerie éphémère d'artisanat aménagée dans des containers. Dan semble connaître tout le monde. Il est toujours au cœur de l'action.

Évidemment, ma jalousie n'a pas de limites, mais ça a toujours été le cas. Depuis mes sept ans, quand sa famille a emménagé à côté de la mienne, au volant d'une BMW série V bleu cobalt. Dan en est sorti comme une fusée, précoce pour ses cinq ans avec son jean rouge et son polo Lacoste jaune. Emma, George et moi regardions nos nouveaux voisins auréolés de glamour depuis le jardin de devant, alors qu'il s'avançait vers nous avec nonchalance.

— Salut, moi c'est Dan, à quoi vous jouez ? Je peux jouer avec vous ? demanda-t-il d'un ton traînant.

Et nous avons craqué pour lui, comme tout le monde au long de sa vie. Moi, à l'inverse, qui je connais ? Je connais Clare, l'amie de Jody, et son époux Matt, qui ont quatre enfants qui les occupent presque à plein temps. Je connais des agents immobiliers et des courtiers en prêts immobiliers. Je connais Jody et Sam. C'est à peu près tout. Pourquoi est-ce que je n'ai pas su faire mieux ? Qu'est-ce qui est arrivé ?

Sam. Sam est arrivé.

En arrivant au bureau, je consulte mes mails et m'aperçois que tout le monde doit se retrouver pour déjeuner au pub à 13 heures. Moi, Daryl, Jeanette, les autres agents Paul et Katie, et le manager, Charles. Paul et Katie sont bientôt quadras et se comportent comme s'ils étaient mariés depuis trois siècles. Ils forment une entité indivisible. Ils n'ont pas d'enfants : leurs bébés, ce sont les maisons. Ils l'ont peut-être même évoqué en ces termes, je ne sais plus. Ils se parlent comme si leur relation était une longue transaction immobilière : avec professionnalisme. Parfois, je les imagine en train de faire l'amour, presque par accident. Paul est au-dessus et crie : « Nous allons conclure, nous allons conclure... Oui, nous avons conclu ! » Je suis désormais incapable de les regarder sans y penser. Charles a la quarantaine bien tassée. C'est un peu le perdant de la scène immobilière. Il devrait déjà être directeur local d'une grande chaîne d'agences, ou au moins codirecteur de notre toute petite boîte. Mais non, il est toujours dans une filiale, à trimer sur les ventes. Il perd ses cheveux et sa peau s'affaisse. Il cache une petite bouteille de whisky dans le deuxième tiroir de son bureau – c'est Jeanette qui a vendu la mèche. Une transaction tombe à l'eau ? Il prend une petite rasade pour tenir le coup. Seigneur, pitié, pourvu que je ne finisse pas comme ça.

Notre repaire préféré est le *King's Head*, une belle auberge Tudor dans l'une des rues pavées près du port. À l'intérieur, cela dit, on se croirait dans n'importe quel pub anglais. Un comptoir en bois déformé, humide d'alcool renversé, une machine à sous qui clignote dans un coin, la puanteur des toilettes hommes dont les longues rigoles de porcelaine sont parsemées de galets pour urinoir. Si une société de cosmétiques voulait capturer la fragrance d'une folle nuit britannique, ce serait : galet désinfectant. Mais je ne suis pas certain que l'*Eau Des Toilettes* serait un grand succès. Pourtant, l'idée m'occupe pendant que je compte les secondes avant que Daryl commence à parler boutique.

La plupart des tables sont libres, et nous choisissons celle devant la fenêtre avant d'attraper les menus plastifiés qui proposent la même popote que dans tous les pubs anglais, à savoir des plats industriels surgelés qu'on se contente de passer au micro-ondes avant de les balancer sur une assiette, et d'ajouter éventuellement un brin de persil pour faire chic. Parfois, j'ai l'impression que la plupart des choses, en Grande-Bretagne, sont faites ainsi : sans soin ni réflexion. Ce n'est pas un vrai pub, et ce n'est pas de la vraie cuisine de pub, mais une étrange simulation de ce que les gens pensent vouloir.

Bordel, pas étonnant que je me sois fait virer de chez moi.

— Je vais prendre le fish and chips, annonce Daryl. Mais il faut que je mange vite, j'ai un acheteur pour l'appart de Clifton qui vient à 14 heures.

Ça y est, on est déjà partis. Je me cache derrière le menu et tente de me décider. Faut-il commander les riches lasagnes authentiques avec leurs accents de mozzarella, ou me jeter dans la rivière ? Les saveurs de l'Avon sont certainement plus fraîches.

Ce soir-là, je rentre chez Dan épuisé et tendu. Je n'arrive à penser à rien d'autre qu'à ma promesse d'emmener Sam en balade demain, sans doute au parc puis dans un café. Et j'ai peur. Ne vous méprenez pas, j'aime Sam de tout mon cœur, mais il est tellement difficile… Je suis incapable de m'occuper de lui. Quand je vois qu'il commence à s'énerver – si on ne l'autorise pas à regarder la télévision, ou quand il se réveille et prend conscience que c'est un jour d'école, ou s'il n'arrive pas à comprendre ce qu'on va faire le week-end – j'ai les nerfs à vif moi aussi. J'ai l'estomac qui se noue, je me sens de plus en plus frustré, et soudain la question est de savoir lequel de nous va exploser en premier. Il n'y a que Jody qui sache le calmer. Que Jody.

Cet après-midi, un couple est venu me consulter pour un prêt en vue d'acheter une petite maison mitoyenne à Totterdown. Ils avaient leur bambin avec eux.

— C'est un moulin à paroles ! couinent-ils. On n'a pas la paix deux minutes !

Quelle fausse modestie ! En réalité, ils s'acharnent à me montrer combien il est intelligent, précoce… ce petit bonhomme potelé qui farfouille dans ma corbeille à papiers en fredonnant des chansons de Disney avec les paroles. Je me retiens à grand-peine de leur raconter qu'à cet âge-là, mon fils ne connaissait que trois mots, quatre si on inclut « chleur », qu'il répétait souvent, et dont nous ignorons encore aujourd'hui ce qu'il signifie. À l'époque, nos amis disaient « Oh, les enfants se développent chacun à leur rythme, ça viendra. » Et nous hochions la tête d'un air sage en feignant de ne pas nous en préoccuper. Mais ensuite, nous nous jetions sur les sites pour parents. « Ils disent qu'à deux ans, il devrait connaître cinquante mots ! » Ce n'était pas le cas. Et de loin. Je ne suis même pas sûr qu'il y soit arrivé aujourd'hui, et il a huit ans.

Pauvre Sam. Mon pauvre petit garçon…

Dan sort.

— Tu veux venir ? C'est une boîte de nuit à Creation, elle appartient à un de mes potes.

Il passe sa vie en boîte et le patron est toujours un pote à lui. Une fois de plus, je me pose la question : comment fait-il ? Il a deux ans de moins que moi, mais ce n'est pas seulement ça. Sa vie semble sur pilotage automatique, les bonnes choses lui arrivent qu'il le veuille ou non. Quand son oncle, qu'il avait perdu de vue depuis des lustres, est mort il y a trois ans, il s'est avéré qu'il lui avait légué sa voiture… une Porsche 911.

Une Carrera bleu ciel. Dan ne l'utilise presque jamais, elle est juste rangée dans son garage souterrain, à prendre de la valeur. Il ne paraît avoir aucun vrai souci, aucune responsabilité, à part les nombreuses maisons de disques indépendantes auxquelles il donne un coup de main, dans le coin de Stokes Croft. Dan, c'est Dan. Quand nous étions enfants, dans les mêmes écoles, avec les mêmes amis, les mêmes filles, les mêmes caïds, Dan était toujours Dan. Il me sortait des bagarres, il protégeait Emma des avances maladroites et indésirables qu'elle recevait dans les soirées. Quoi qu'il m'arrive – la paternité, le chagrin, la prise de conscience que je suis coincé dans ce boulot de merde pour subvenir aux besoins de ma famille à problèmes – Dan vivait sa vie dans la coolitude la plus totale.

Moi aussi, j'étais cool, pendant pas mal d'années. Bon, disons quatre. À la fac, je m'étais retrouvé à diriger une boîte de musique alternative du nom d'Oblivion. Nous donnions des concerts post-rock ou d'électro dance bizarre dans de toutes petites salles pleines de musicos qui se grattaient le menton. Parfois, nous organisions des événements dans des pubs miteux, et j'avais même monté un festival dans une friche industrielle. La presse locale avait relaté l'affaire en la qualifiant « d'outrage aux tympans ». Citation que nous avions reprise sur nos flyers pendant les deux ans qui suivirent. Dan, qui étudiait le design à Bristol, venait passer quelques jours. Il dessinait nos affiches et nous avait même créé un site internet. Il s'en occupe toujours, mais moi non… La vie s'en est mêlée.

— Je crois que je vais rester là. Mais merci. Merci, Dan.

— Pas de problème, mon pote.

Je regarde l'écran de télé éteint. Ce ne sont pourtant pas les distractions de ce type qui manquent, chez Dan. Il est abonné à un bouquet de quatre cents chaînes et son disque dur regorge de films et d'émissions. Il faudrait plus d'une vie pour tout regarder. Mais avoir l'embarras du choix me décourage. Comment peut-on aujourd'hui décider de ce qu'on va regarder ? Et si on se lance dans la mauvaise série, et qu'il y en a une meilleure mais qu'on a déjà dépensé des heures de notre vie ? C'est ce que certains appellent « des problèmes de riches ». Vous savez, ces gens qui n'ont aucun scrupule à se manifester sous vos posts Facebook ou Twitter pour vous culpabiliser de vous préoccuper de petits détails du quotidien. Une leçon très rigolote qu'on apprend bien vite en tant que parent d'un enfant qui tend à semer le chaos : les gens adorent juger. Ils aiment vous regarder avec mépris du haut de leur vie prétendument parfaite. Mais je préfère ne pas en parler. Il faut que j'arrive à ne pas penser à Sam, à demain, mais rien ne me tente. Je n'ai envie de me concentrer sur rien. Et j'en serais incapable. Jody affirme que j'ai besoin de me faire aider. Peut-être qu'elle a raison. Tout tourbillonne dans ma tête, mon cerveau est un vortex de craintes et d'angoisses. Je ne peux rien saisir.

OK, respirons profondément. Voilà. Ça y est : j'ai été contraint de quitter Jody et Sam. Je suis parti à cause du stress et des disputes incessantes. Il faut que je trouve le moyen d'arrêter ça. De supporter la pression. De déceler la lueur qui me guidera pour sortir de là.

Ça ne me semble pas le meilleur état d'esprit pour commencer enfin *Breaking Bad*.

Chapitre 3

Sam est devant la porte, prêt à partir, lorsque j'arrive le lendemain matin. Il a son sweat à capuche, qui lui couvre la tête, et l'un de ses tee-shirts spéciaux dont toutes les coutures sont masquées pour qu'il ne les sente pas sur sa peau. Il existe des tas de sites Internet qui vendent ce genre d'habits. Ça fait partie des choses qu'on découvre au fur et à mesure, lors du combat contre chaque lubie, chaque phobie. S'occuper des enfants qui ne sont pas à l'aise dans notre monde, c'est tout un business.

— Papa, on va au parc ? On va au café ? Papa, tu entres ?

— Je vais entrer un moment.

La vue familière du salon, champ de bataille de vêtements, livres et jouets éparpillés au sol comme des éclats d'obus, me serre le cœur. Le chaos a encore gagné du terrain : lingettes, courrier pas encore ouvert, journaux. La vieille banquette apparaît comme une carte de taches de petit déjeuner. L'écran de télé est couvert de traces de doigts. Les étagères sont une explosion de débris de parentalité. Des constructions Lego inachevées, des motos Playmobil, des figurines aux membres arrachés. Mes CD et DVD sont empilés n'importe comment dans un coin, la tringle à rideaux pendouille, le rideau lui-même battant dans la brise par la fenêtre ouverte.

C'est ici, chez moi, me dis-je.

Et soudain, j'ai une grosse boule dans la gorge.

Jody descend, ses longs cheveux auburn mouillés et enroulés dans une serviette, quelques boucles folles lui retombant autour du visage. Elle porte un jean et un vieux sweat avachi. Elle semble fatiguée.

— Salut, Alex.

— Salut. Comment… comment va ?

— Papa, on va au parc ? Je peux emporter mon ballon ? Papa, est-ce que je dois prendre un sac pour mon ballon ?

— Je ne suis pas sûr qu'on puisse prendre le ballon, on va au café ensuite et…

— Ooooh ! s'écrie Sam, avant de fondre en larmes.

— Ça a été un peu *difficile*, ce matin, commente Jody avec un sourire forcé.

Elle s'approche à grands pas pour prendre Sam dans ses bras. Ses yeux me disent tout. Il est réveillé depuis 5 heures du matin, peut-être plus tôt. Il a sans doute essayé d'allumer la télé, puis fait une scène lorsque Jody est arrivée, titubante de sommeil, pour l'éteindre. Il aura ensuite voulu prendre son petit déjeuner, renversé du lait partout, et pleuré de plus belle. Puis il sera allé réveiller Jody une deuxième fois pour lui demander l'autorisation de regarder la télé, et aura pleuré jusqu'à ce qu'elle dise oui. Comme souvent.

— Qu'est-ce qui s'est passé ?

— Eh bien, le dessin animé *X-Men* n'était pas diffusé, alors il m'a lancé la télécommande à la tête.

En effet, elle a un hématome. Quand il avait trois ans, il m'a frappé avec un seau de Duplo et cassé une incisive. Il était comme Joe Pesci dans *Les Affranchis* : petit, drôle, mais capable en un instant de basculer dans une violence extrême, dans la folie.

Je sens mon anxiété s'accroître. Quand il est de bonne humeur, Sam est difficile. De mauvaise humeur, il est imprévisible et effrayant.

J'ai la boule au ventre. Et s'il s'enfuit ? Et si quelque chose arrive, et que je ne peux pas le protéger ? Je suis submergé d'images de ce qui pourrait se passer s'il m'échappe. Je sens la sueur ruisseler de mon front.

— On pourrait changer le programme ? S'il n'est pas de très bonne humeur… dis-je d'une voix faible.

Jody me lance un regard accusateur que je connais bien.

— On s'était mis d'accord, Alex, répond-elle, les dents serrées. Et je l'ai noté sur son planning.

Chaque matin, Jody dessine un guide de la journée de Sam, afin qu'il puisse voir quand il doit s'habiller, à quelle heure il va manger, et ce qu'il fera jusqu'au moment d'aller au lit. Le week-end, il le garde toujours sur lui, et le consulte régulièrement. Si quelque chose apparaît sur le planning, il *faut* que ça se produise. Comme pour souligner l'idée, Jody regarde Sam, qui se bat avec les scratchs de ses baskets. Encore une particularité : il est incapable de nouer des lacets. Et il serre les scratchs si fort que j'ai toujours peur que ça lui coupe la circulation. Tout doit toujours être serré. Sam ne supporte pas qu'il y ait du jeu.

— Je sais, dis-je avec la même agressivité rentrée. Mais s'il n'est pas d'humeur… Les routes sont surchargées, autour du parc. Je suis un peu inquiet…

— Il ne va rien se passer, me coupe Jody. Tu ne peux pas continuer à éviter ces situations. Et encore moins à éviter ton propre fils. Parce que c'est ça, le problème, Alex ! Je ne devrais pas avoir à être plantée là à essayer de te convaincre de l'emmener en promenade pendant une matinée. À assumer la responsabilité de ton fils pendant trois heures, putain !

J'ouvre la bouche, mais elle ne me laisse pas parler.

— Et pas la peine de me rabâcher à quel point ton boulot est difficile ! crie-t-elle. Essaie de rester à la maison, à attendre que le téléphone sonne pour t'annoncer que Sam a filé un coup de pied à quelqu'un, ou qu'il a reçu un coup de poing, ou qu'il me réclame en hurlant depuis qu'il est arrivé à l'école. Essaie de lui préparer un repas et de le garder pile à la bonne température pendant toute l'heure que ça lui prend de l'avaler. Essaie un peu ! Je suis épuisée. Et tu ne me donnes rien ! C'est pour ça qu'on en est là.

Pendant un moment, le silence s'établit, comme dans un duel à la Sergio Leone.

— Papa, je suis prêt. Je suis prêt pour le parc. On prend le ballon ?

— D'accord, dis-je en essayant de calmer ma respiration. Prenons le ballon, et laissons maman ici. Elle a besoin d'un peu de temps pour elle.

— On va au parc ?

— Oui.

— Et ensuite au café ?

— Oui, Sam.

— Est-ce que je peux avoir un lait mousseux ?

— Oui.

— Mais on va d'abord au parc ?

— Oui. D'abord le parc, et ensuite le café.

J'adresse un signe de tête à Jody, mais j'ai du mal à la regarder dans les yeux. Pendant un instant, je suis content de prendre la tangente.

— Papa, on emmène le ballon ?

Le parc est situé sur une colline entre Bedminster et Totterdown, comme une cuillerée de verdure entre les rangées de maisons victoriennes mitoyennes, les rues qui s'étirent dans toutes les directions comme une toile d'araignée géante. Tout autour s'ouvrent des sentiers mal entretenus où les joggers s'essoufflent et trébuchent, et se coupent la route sans un mot, comme des robots luisants de sueur. Une petite aire de jeux avec balançoires et toboggans a été aménagée au début des années 1990 puis abandonnée à son sort. Les sièges des balançoires ont disparu, et les chaînes inutiles pendent du cadre rouillé, comme dans une sorte de cachot SM en plein air. Le toboggan est couvert de graffitis et de dessins anatomiques classés X. Je ne sais pas s'il faudrait la démonter ou la présenter à un concours d'art moderne.

Sam serre le ballon contre sa poitrine. Parfois, on se fait des passes. D'autres fois, il ne le lâche pas. Je regarde autour de nous et tente d'anticiper ce qui provoquera sa prochaine crise.

Crise à l'aire de jeux : pronostics

Croiser un adulte qui cherche à engager la conversation : 10 contre 1.

Chien qui aboie : 8 contre 1.

Autres enfants qui s'intéressent au ballon : 5 contre 2.

Orties : 5 contre 1.

Guêpes : 8 contre 3.

Groupe de préparation à l'accouchement en train de méditer derrière les cages de but : 100 contre 1. (Ça s'est réellement produit une fois et Sam était horrifié.)

Absence du camion de glaces : 50-50.

Aujourd'hui, il n'y a qu'un petit groupe d'enfants, et ils sont tous absorbés par leurs aventures dans le cachot SM, donc ça devrait aller. Les promeneurs de toutous sont à bonne distance, ce qui me laisse le temps de prévenir Sam. Le camion de glaces est à son emplacement habituel, pour profiter de cette rare journée de soleil. Finalement, il se pourrait que tout se passe bien. Soulagé, je reprends mon souffle.

Une importante leçon sur l'autisme que j'ai apprise de bonne heure : *Rain Man*, le film de 1988 avec Tom Cruise et Dustin Hoffman, n'est PAS un documentaire. Les enfants autistes n'ont pas de superpouvoirs. Si j'emmenais Sam au casino à Bristol, il ne serait pas capable de nous faire gagner une petite fortune rien qu'en comptant les cartes. Il serait terrifié par le bruit et finirait en position fœtale sous la table de roulette jusqu'au moment où je me ferais expulser par la sécurité pour être entré avec un mineur.

Cependant, il a vraiment un regard intéressant sur le monde, et j'essaie de m'en souvenir quand le niveau de stress explose, par exemple lorsque je lui demande de mettre le mauvais manteau, ou quand l'assiette de spaghettis que lui a préparée Jody est trop chaude de deux degrés. Pour Sam, le monde est un gigantesque moteur qui doit fonctionner d'une certaine manière, avec des actions prévisibles, afin d'assurer sa sécurité. Avant de pouvoir se détendre, il a besoin de connaître l'horaire et le mouvement de chaque chose qui l'entoure, et il doit pouvoir à n'importe quel moment appuyer sur « stop ».

Je le regarde courir vers l'entassement de grumes sur lequel il aime jouer, et je sais exactement comment ça va se dérouler. Il va grimper sur un tronc, toujours le même, et marcher tout du long. Arrivé au bout, il se tournera pour vérifier que je regarde. Il envisagera de sauter sur l'arbre suivant, mais préférera descendre pour monter dessus. Si un autre enfant joue sur les bûches, il le poussera. Pas pour l'embêter, mais parce que c'est la machinerie des troncs d'arbre, et qu'elle doit fonctionner d'une certaine façon. Pour lui, un autre enfant est une erreur dans le système. Le pousser, c'est comme lancer un antivirus : « Enfant détecté. Séquence de poussage enclenchée. Enfant effacé. Avertissement : enfant se précipite en pleurant vers parents. »

Je pourrais moi aussi escalader les troncs à l'écorce trempée, mais je ne le fais pas. Jamais. Je veux bien pousser la balançoire, shooter dans le ballon, mais je ne suis pas trop du genre à me remonter les manches pour jouer. Je ne suis pas ce genre de père. Vous voyez ce que je veux dire : ceux qui portent des Converse et un tee-shirt Batman dans un effort désespéré de montrer qu'ils sont rigolos, qu'ils ont gardé leur âme d'enfant, et qu'ils sont super copains avec leur progéniture. Ils batifolent et s'arrangent pour que leur exubérance soit visible des kilomètres à la ronde, comme s'ils jouaient dans *Big*, le film avec Tom Hanks. Ils m'observent d'un air suspicieux alors que je surveille la zone, à l'affût de risques potentiels. Jouer n'est pas facile pour moi. C'est même très dur. Me mettre dans des dispositions d'esprit propices au jeu. Lâcher prise.

Regarder Sam escalader les troncs gorgés d'eau me ramène en arrière d'un coup. Je nous revois, George et moi, dans le parc près de chez nous, à nous défier l'un l'autre de grimper en haut du filet. George, avec ses deux ans de plus, était plus courageux, moins prudent.

— Viens tout en haut. Allez, viens, Alex.

Mais je me rends compte alors que je commence à oublier le son de sa voix. Soudain, j'ai envie de serrer Sam dans mes bras, très fort, et de le ramener à Jody. De lui dire : « Prends soin de lui, Jody, prends soin de lui. »

Plongé dans mes pensées, je le vois : un gros chien, peut-être un labrador, qui surgit de derrière des buissons pour nous charger. Il est encore à une cinquantaine de mètres, mais il a repéré le ballon de Sam dans l'herbe. Il veut jouer. Merde. Je m'approche de Sam, lentement au début, puis plus vite. Attention.

— Sam, ne t'inquiète pas. Il y a un chien qui vient. Tu veux me donner le ballon ?

Sam se retourne et manque de tomber du tronc. Il pousse un cri de terreur. Le chien est désormais tout près. Il aboie en pivotant sur lui-même. Paniqué, Sam se tourne vers moi, saute du tronc et s'élance en courant dans ma direction. La pire chose à faire. Le chien hésite entre le ballon et le petit garçon qui détale à toutes jambes. Il remue la queue avec ardeur. Et décide que l'enfant a l'air plus rigolo.

— Sam, Sam, il veut juste jouer.

Je me mets à courir pour attraper mon fils avant de faire volte-face, mon corps formant une barrière entre le chien et lui. Secoué de sanglots, Sam tremble de frayeur.

— Non, non, non, non, répète-t-il.

— Tout va bien.

L'instant suivant, le chien est sur nous, à sauter en aboyant à tue-tête. Je le repousse tout en cherchant des yeux son propriétaire. Une femme d'âge moyen apparaît à son tour de derrière les buissons, une laisse et une balle à la main. Elle sourit. Le sourire typique des propriétaires de chiens. Qui semble dire : « J'aime les chiens, tout le monde aime les chiens, qui pourrait reprocher quoi que ce soit au mien ? »

— Il veut juste jouer ! Il adore les enfants.

— Vous pouvez le rappeler ? dis-je aussi poliment que je peux, malgré ma colère.

Elle change de ton.

— Il est très gentil, il ne mord pas !

Sam se blottit dans mes bras, à grand renfort de cris et de sanglots, tout en essayant de m'entraîner. La femme émet un claquement de langue agacé, attrape le chien par son collier, et le tire en arrière.

— Viens, Timmy, on va jouer plus loin.

Je la regarde s'éloigner, inconsciente de la terreur que son molosse vient de provoquer, et de la possibilité que Sam ne soit pas juste un enfant qui a peur des chiens.

— Eh ! crié-je. Il est censé être tenu en laisse ! Putain, vous ne savez pas lire ?

Elle se retourne pour me regarder, surprise par ma rage.

— Viens, dis-je doucement à Sam en écartant les cheveux de son visage.

Il pleurniche sans bruit, les bras si serrés autour de son torse qu'il en a les phalanges toutes blanches.

— Viens, fiston, on va au café.

En partant, j'aperçois un groupe d'enfants qui jouent au frisbee. Ils sont heureux, à l'aise entre eux. Leurs parents, assis sur un banc non loin, bavardent et se détendent. Je ne peux réprimer une pointe de jalousie. Leur vie doit être tellement facile…

— Papa, c'est le café, maintenant ?

— Oui, on va au café.

— Je peux avoir un lait mousseux ?

— Oui.

— Le chien faisait peur. Je n'ai pas aimé le chien.

— Je sais.

C'était ça, notre promenade au parc.

Chapitre 4

En comparaison, la sortie au café est plutôt sereine. Situé au milieu d'une petite rangée de boutiques, c'est l'un de ces établissements un peu hipsters qui ont fleuri dans le coin, ciblant exclusivement les mères de classe moyenne qui ont grandi devant *Friends*, rêvant du *Central Perk*. Le décor est un mélange de bohème et de *diner* américain. Il y a un vieux juke-box dans le coin, et les murs sont couverts de photos des années 1960, bien kitsch, avec des femmes boudeuses et des garçons aux grands yeux tristes. Sam est fasciné par ces portraits. Nous nous asseyons à notre place habituelle dans le fond : un grand canapé devant une vaste table basse couverte de vieux magazines et bandes dessinées.

— Papa, pourquoi la dame a le visage vert ? Papa, pourquoi est-ce qu'ils ont dessiné des enfants avec des grosses, grosses têtes ?

Je réponds que je ne sais pas. Les années 1960 étaient une drôle d'époque.

Je commande un cappuccino – le meilleur de l'Ouest d'après l'ardoise sur le trottoir, qui affiche également la citation de T.S. Eliot : « J'ai mesuré ma vie avec des cuillères à café » dans une police aux arabesques agaçantes. Le serveur qui, bien entendu, arbore une moustache de méchant des années 1920 et un tee-shirt vintage assez moulant pour exhiber ses côtes, sert son lait chaud à Sam avec de grands gestes théâtraux.

— Et voici, monsieur, notre meilleur lait mousseux, produit par les meilleures vaches à mousse du Somerset.

Sam glousse, éperdu d'admiration. Le serveur est son héros. Mystérieusement, malgré ses difficultés sociales, il est fasciné par les jeunes gens charismatiques. Il ne les craint pas du tout, et accepte même le contact visuel – ce qui est rare, même avec moi. Quand il était bébé, Jody l'amenait à la cantine de la fac pour le déjeuner. Il était tellement fasciné par les étudiants que ça lui laissait un moment de répit. C'est étrange, mais mignon. Ça ne me dérange pas de cracher 4 £ pour un dé à coudre de caféine : ça en vaut la peine.

À présent que nous voici installés, ce serait super de pouvoir bavarder avec Sam… lui poser des questions sur l'école, la maison, sa mère… mais il ne marche pas comme ça. Bavarder, ce n'est pas son truc. Au mieux, il répondrait d'un signe de tête à des questions directes, mais le plus probable serait qu'il se renfrogne et se mette en colère. Ces moments entre nous sont fragiles… Je ne sais pas comment en tirer davantage sans tout faire éclater. Du coup, je me contente de tendre sans un mot mon iPhone à Sam, et de prendre un journal sur la table. Détendu, il ouvre illico son application favorite, Flight Track, qui montre la position des avions de ligne tout autour du globe. En touchant les petites icônes, on fait apparaître un encart qui indique les lieux de départ et d'arrivée de l'appareil concerné. Sam est obsédé par ces informations. Peu à peu, il a appris les principales compagnies aériennes, les grands trajets, les distances entre les grosses villes. Je crois que c'est le trait de caractère qui le rapproche le plus de *Rain Man*. La plupart du temps, il a peur du monde extérieur – ou du moins, il a du mal à s'adapter à la suite infinie de sensations imprévisibles – et j'imagine que Flight Track lui permet de l'explorer en toute sécurité. Il aime rester assis à toucher l'écran, et me demander de lire tous les chiffres qui s'affichent. Parfois, je lui montre où se trouve sa tante Emma en ce moment. C'est ma sœur. La globe-trotteuse. Elle a sauté dans un avion juste après ses dix-huit ans, et n'est jamais revenue. Sam n'est pas très intéressé, mais c'est une tentative pour humaniser un peu la chose. Je lui montre Toronto sur le téléphone. Emma a posté plusieurs photos de la ville sur Facebook la semaine dernière. Elle est en compagnie de deux femmes que je ne connais pas, à batifoler sur un bateau de tourisme, la CN Tower et son aiguille bien reconnaissable à l'arrière-plan. Elle a la même tête que sur toutes ses photos Facebook : heureuse, débordante de joie, insouciante, vivant dans l'instant. Mais je ne suis pas tout à fait dupe. Ses yeux cachent quelque chose que je connais depuis longtemps.

— Si elle prenait un avion pour London Heathrow, il mettrait sept heures et quinze minutes, m'annonce Sam. Elle décollerait de Toronto Pearson International Airport. Elle pourrait voyager avec British Airways ou Air Canada. Pourquoi elle ne revient pas ?

— Elle est contente de voyager. Elle aime bien voir de nouvelles choses.

De toute évidence, c'est plus compliqué que ça. Soit elle est contente de voyager, soit elle a peur de rentrer à la maison. Je penche plutôt en faveur de la deuxième option. Mais ses rares messages ne donnent que peu d'indications.

— Je vois de nouvelles choses sur l'appli. Et on a Google Maps. Je vois de nouvelles choses sur Google Maps.

— Je sais, mais ce n'est pas exactement pareil, pas vrai ? Tu n'as pas tous les gens, les bruits, les odeurs…

— Je n'aime rien de tout ça. Je suis autiste, rappelle-t-il.

Nous rions tous deux de cet instant de conscience de soi. Alors que je vois son trouble comme une sorte de fantôme malveillant, Sam prend plaisir à l'évoquer, souvent pour provoquer un effet comique, ou pour se tirer d'une situation délicate. Les autres enfants accusent leurs petits frères et sœurs lorsqu'on retrouve une assiette cassée, du feutre plein le canapé, ou la boîte à gâteaux mystérieusement vide. Sam décrète « C'est l'autisme », et rejette sa responsabilité d'un geste nonchalant. En y repensant, on n'aurait peut-être pas dû lui expliquer l'autisme en le comparant à l'Incroyable Hulk (« Tu vois, Sam, David Banner n'y peut rien, c'est la faute des rayons gamma ! »).

Nous restons silencieux quelques minutes.

— Maman m'a acheté une Xbox !

— Ah. Ah, d'accord.

J'ai aussitôt des doutes. Sam est déjà assez réservé ; est-ce qu'il a besoin d'une nouvelle excuse pour passer plus de temps dans sa bulle ? Il joue tout seul presque tout le temps, même à l'école. Ça fait partie du trouble, du handicap, ou Dieu sait comment on doit appeler ça. Il *peut* jouer avec d'autres enfants, à condition qu'ils n'interfèrent pas avec ce qu'il veut faire et n'essaient pas de trop lui parler. Sa définition de l'amitié semble être « les gens que j'arrive à supporter ». Ce qui n'est pas si bizarre que ça. Nous avons tous ce genre de relations. Quand on observe nos liens sociaux, on voit que tout repose sur des habitudes. On effectue le rituel de l'interaction : demander à l'autre comment s'est passée sa journée, rire à ses blagues pourries, dire « Il faut qu'on se voie plus souvent ». La plupart du temps, derrière tout cela se cache la conscience tacite que ce sont des conneries. C'est une chorégraphie apprise par cœur, une série de conventions sociales. Pas étonnant que Sam trouve ça tellement étrange. L'autisme, autant que je le comprenne, c'est le fait de ne pas recevoir le mode d'emploi à la naissance. Pour Sam, tout le monde joue à un jeu, et il doit trouver tout seul comment ça marche. C'est épuisant pour lui, et pour Jody et moi, car son manuel d'instructions, c'est nous. Nous devons tout lui expliquer, sans cesse, et certaines règles n'auront jamais de sens pour lui. Comme celle de ne pas toujours dire tout ce qui nous passe par la tête. Rien que le mois dernier, nous avons traversé tous ces moments gênants :

À la mère de Jody, à propos de ses varices : « Pourquoi y a des tuyaux dans tes jambes ? »

À notre voisine bien en chair : « Ton visage ressemble à de la jelly. »

À son directeur d'école pendant la réunion parents-profs : « Papa dit que cette école est vraiment merdique. »

Du coup, je pense que lui offrir une console pour qu'il passe encore plus de temps dans son monde n'est peut-être pas une très bonne idée. Certes, je le laisse jouer avec mon téléphone, mais c'est différent : il aime les applis d'avions et Google Earth. Au moins, c'est en lien avec le monde réel. Alors que dans les jeux vidéo, le joueur est au centre de l'univers et tout tourne autour de lui. C'est l'inverse de ce que notre fils a besoin d'apprendre sur la vie. Je n'en veux pas à Jody, j'imagine qu'elle a besoin d'un peu de répit entre les questions incessantes et les colères explosives de Sam.

— Eh bien, on discutera avec maman de la Xbox.

— Le vol VO 227 Londres-New York se trouve actuellement à onze mille mètres d'altitude.

Nous rentrons chez nous en début d'après-midi – ou plutôt chez eux, car je ne sais pas si j'y habite toujours. Jody a rangé et semble plus en forme, presque détendue. Elle a domestiqué ses boucles folles en une sorte de chignon, et lit un journal sur le canapé.

— Voilà mon garçon ! Tu m'as manqué ! s'écrie-t-elle en se levant d'un bond pour prendre Sam dans ses bras.

— Il a été sage. On a eu un petit problème avec un chien dans le parc, mais il a été sage.

— Le chien m'a couru après. On a bu du lait mousseux au café. J'ai joué sur Flight Track. Papa a dit « Putain » à la dame avec le chien. J'ai faim.

Ça aussi, il faut le savoir : on ne peut pas dire de gros mots devant Sam. Il se le rappelle à tous les coups, et ne manque jamais de le rapporter.

J'explique ce qui s'est passé, puis Jody lui prépare un sandwich, la seule sorte qu'il mange : fromage et sauce piccalilli. Puis il se précipite dans sa chambre pour jouer avec sa nouvelle Xbox.

Voici les règles qui gouvernent Sam et la nourriture. Il n'y a que quatre menus acceptables :

Sandwich au cheddar avec sauce piccalilli. Pain blanc sans croûte, aucune tache de piccalilli sur les bords.

Bâtonnets de poisson et frites allumettes (le poisson doit être de marque Birds Eye ou Marks & Spencer. En aucun cas Lidl !)

Vermicelles sur un toast (des pâtes alphabet peuvent parfois passer, mais ça dépend des jours. Il vaut mieux éviter.)

Gratin de macaronis (mais seulement avec la recette de Jody, suivie à la lettre. Si c'est moi qui le prépare, il atterrit sur le mur de la cuisine. Ce qui, je l'admets, rend bien compte de mes talents de cuisinier.)

À cela s'ajoutent les céréales pour petit déjeuner, le yaourt et les fruits soigneusement découpés en dés. SOIGNEUSEMENT, on vous dit. Avez-vous déjà essayé de faire des cubes de pomme d'un centimètre d'arête à 5 heures du matin ? C'est dur... surtout quand la personne pour qui on se donne du mal est encore moins aimable et détendue que Gordon Ramsay.

— Alors... il a une console de jeux ?

— Oui, le fils d'une amie s'en débarrassait. C'est le vieux modèle, apparemment. J'ai pensé que ce serait mieux que la télé, une fois de temps en temps.

— Mais, ça ne va pas l'inciter à rester davantage tout seul ? Je veux dire, on essaie de le sociabiliser…

— Pardon ? « On » essaie ?

— Tu sais ce que je veux dire…

— Oui, je sais. Mais peut-être que d'avoir quelque chose en commun avec les autres gamins n'est pas une si mauvaise chose. À l'école, ils ont tous une console.

— Très bien, d'accord, je suis désolé. Mais pas *Grand Theft Auto*, OK ?

— Ah non, ça c'est seulement pour maman. J'ai découvert que foncer dans les rues en écrasant des trucs était une excellente thérapie.

Une paix fragile s'installe quelques instants. Jody ramasse d'un air absent les magazines et albums à colorier qui jonchent la table et le sol.

— Comment tu vas ? demande-t-elle.

— Bien. Tu me manques.

Elle interrompt son rangement.

— Toi aussi, avoue-t-elle avant de se replonger dans son activité, comme pour s'arracher à l'instant. Qu'est-ce que tu as fait de beau ?

— Oh, tu vois le genre… le boulot, regarder la télé sur l'écran gigantesque de Dan.

— Ne perds pas ton temps avec la nouvelle saison de *Homeland*, c'est vraiment de la merde.

— Je ne peux pas croire que tu la mates sans moi !

— Tu devrais me remercier, je t'assure.

— Quand je rentrerai à la maison, on pourrait peut-être commencer une de ces séries scandinaves que tout le monde adorait il y a cinq ans ?

Silence gêné. Peut-être que j'ai grillé les étapes.

— Je ne sais pas quand ce sera, Alex. Pour le moment, je ne veux pas de toi ici.

— Je sais. Je suis désolé. Je vais arranger tout ça. Ce serait vraiment super de revenir, tu sais… Ne serait-ce que pour t'empêcher de regarder de la merde à la télé ?

Jody se force à sourire.

— Tu es trop dans ton monde, inaccessible…, dit-elle. Et quand on essaie de discuter, on s'engueule. Ce qui empire tout le reste. Tu te souviens, la fois où on est allés chez ta mère, quand Sam était encore bébé ? La voiture est tombée en panne, et il hurlait sur la banquette arrière, il faisait nuit et il pleuvait des cordes. Mais on…

— … on a chanté toutes les chansons de *La Petite Sirène* dans le bon ordre. J'ai fait *Sous l'Océan* en changeant le pneu.

— On s'en est sortis, non ? On s'en est sortis… On a bien rigolé. Mais on ne rigole plus. Plus du tout.

— Je suis épuisé. Le boulot, le manque de sommeil, et…

Je me rends compte aussitôt que j'ai fait une boulette.

— Pfff, et ça recommence ! s'écrie Jody. Tu répètes toujours que ça va s'arranger au travail, mais j'attends encore. Tu rentres stressé, tu stresses tout le week-end, et tu repars stressé le lundi matin. Je ne peux pas supporter ça en plus de Sam. Il faut que tu trouves une solution.

— Je sais. Je sais, mais…

— Non, Alex, pas de « mais ». Soit tu trouves une solution, soit tu ne reviens pas. Je suis sérieuse !

Elle essaie de ne pas pleurer, mais j'entends les larmes dans sa voix et les devine dans ses yeux, ces grands yeux bruns qui me fascinent depuis dix ans. On y lit comme dans un livre, avec leurs pupilles aussi vastes et sombres que des galaxies. Et je ne peux pas le supporter. Je ne peux supporter ce qui va se produire.

— Il faut que tu trouves une solution pour le boulot, pour toi, mais surtout, surtout, tu dois régler ton problème avec George. Tu comprends ?

Et je sais que je vais moi aussi me mettre à pleurer. À cause de cette douleur atroce qui, même si elle est un peu moins violente qu'autrefois, gronde encore sous la surface comme sous une plaque tectonique. Et soudain, je suis content que Sam ait une Xbox pour s'occuper, et qu'il n'assiste pas une fois de plus à cette scène.

Plus tard, je suis avec Dan au *Old Ship*, le petit pub du coin de la rue, en bas de chez lui. C'est une relique solitaire du passé industriel du quartier. La façade décrépie en brique rouge est un affront aux structures de verre, d'acier et de béton qui l'entourent désormais. À l'intérieur, quelques vieux bonhommes forment un groupe serré, des chiens endormis au pied de leurs tabourets. Nous en connaissons quelques-uns. Frank et Tony travaillaient sur les docks dans les années 1960. Ils transportaient le chargement des bateaux jusqu'aux immenses hangars. Ils adorent se percher au bar pour raconter d'un ton joyeux les horribles accidents de l'ère industrielle. Alfie, qui s'occupe de la discothèque rock un dimanche sur deux, porte toujours les chaussures en daim bleu qu'il a acheté en 1957 pour imiter Elvis, et qui sont désormais aussi lisses que son crâne. Dans un coin, le vieux Sid joue aux échecs contre lui-même, un demi de Guinness posé près de son coude. Plus d'un client imprudent s'est approché pour lui taper sur l'épaule et proposer une partie, pour se voir immanquablement rembarré d'un juron ou d'une tape.

— Bon sang, commente invariablement le barman. Il ne faut pas interrompre Sid quand il est devant l'échiquier.

La légende prétend qu'il joue contre le fantôme de sa femme. Peut-être qu'il a juste envie qu'on lui foute la paix.

Comme ses habitués, le pub est une relique décatie, mais à l'inverse des rangées de maisons qu'il desservait autrefois, c'est sans doute un bâtiment classé. À présent, il ne reste que lui, et sa clientèle, constituée de retraités qui se souviennent de l'époque où les maisons mitoyennes étaient encore là – plus Dan et moi –, fait peau de chagrin. Nous fréquentons l'endroit parce que la bière y est bon marché, et qu'on peut y acheter des sachets de chips. On ne trouve pas de chips dans les bars à vin franchisés et les bistrots du port. Pour 5 £, on reçoit un bol d'olives tout riquiqui. Merci, l'Europe.

— Alors, qu'est-ce que tu as fait de ta journée ? dis-je en vidant ma bière.

— Traîné devant le Mac.

Dan est équipé du dernier modèle de chez Apple, avec un écran gigantesque. Je suppose que c'est pour son travail de designer de sites internet, ou pour la production de musique, ou… pfff, je ne sais pas.

— Tu vois quelqu'un, en ce moment ?

— Nan, pas vraiment. Je suis sorti avec Nikki pendant un temps, mais c'était un peu gênant.

Nikki travaille dans un petit studio de design pour lequel Dan effectue de temps à autre des missions en free-lance. L'agence n'emploie presque que des hommes de vingt ans qui s'habillent exclusivement chez Hollister et Urban Outfitters – avec en plus des tee-shirts vintage achetés hors de prix sur eBay. Tous sont amoureux de Nikki, parce qu'elle a trois ans de plus, qu'elle est belle, et qu'elle maîtrise Photoshop comme une déesse. Ils luttaient en secret pour savoir qui l'inviterait, jusqu'au moment où ils ont commis l'erreur de demander à Dan d'effectuer quelques visuels pour une campagne de pub sur les réseaux sociaux. Face à lui, ils n'avaient pas la moindre chance.

Dan est plutôt beau garçon. Il a des cheveux bruns coupés court, et un visage hâlé, aux yeux de biche. Son sens naturel du style dépasse de loin les inévitables jeans moulants, chemises moulantes, et casquettes moulantes aussi de ses collègues. Il est assis là, dans son pull à torsades, sa chemise et son chino noir. Les couleurs, les étoffes et les coupes sont tellement parfaites qu'on se croirait devant une photo de mode. Mais c'est surtout son charme qui est hallucinant. Il semble en déborder, comme un crépitement électrique qui s'échapperait d'une centrale en surchauffe.

— Dan, merci pour ton aide. C'est un peu… lourd, ce qui m'arrive.

— Pas de quoi. On est potes. J'aime bien t'avoir à la maison. Ça me rappelle le bon vieux temps. Aujourd'hui, je donnais un coup de main à Luke pour un podcast. Ça m'a replongé à l'époque où on enregistrait nos émissions de radio sur le PC pourri de mon père.

— Radio Shogun… la meilleure chaîne de rap West Coast dans tout le Somerset.

— Qui fait résonner Wu-Tang jusqu'à Weston-super-Mare.

— À ce propos, je dois t'avouer que je n'ai jamais été tellement accro au rap West Coast.

— Je sais, Alex, je sais.

L'idée reste en suspens un moment.

— Alors… comment va Sam ? demande Dan.

— Bien. Enfin, tu vois. C'est Sam, quoi.

— Et vous envisagez toujours de le changer d'école ?

Je suis surpris que Dan s'en souvienne, et ça ne me semble pas naturel d'en discuter avec lui. Je le connais depuis des années, et malgré tout ce qu'on a traversé, on n'a jamais parlé d'autre chose que de films et de musique. Tout passait à travers ce prisme. C'est douloureux de devoir aborder un sujet plus grave avec lui.

— Je ne sais pas, c'est en discussion. Et toi, ça va ? Je veux dire, le boulot, tout ça ?

— Oui, enfin, c'est un peu chaotique par moments, mais si on fait ce qu'il faut avec les bonnes personnes, ça finit toujours par marcher. En général, ils me rappellent quand tout part en couille, et que leur plus gros client leur crie dessus tous les jours. Mais tu me connais… je suis du genre à me dire « Allez, go ».

« Allez, go » est la grande phrase de Dan pour se motiver. Chaque fois qu'il doit se préparer mentalement à relever un défi, il la répète, puis il fait ce qu'il a à faire. Que ce soit un changement de design pour un produit qui rapporte plusieurs millions de livres sterling, ou un saut dans la mer depuis une falaise. Une fois que le mantra est prononcé, il doit passer à l'acte.

— Putain, Dan, je ne sais pas comment tu peux vivre comme ça ! dis-je avec plus d'amertume que je n'en avais l'intention. J'ai l'impression d'être constamment au-dessus d'un précipice, mais toi… D'où tu sors cette insouciance ? Pourquoi tu n'es pas mort de trouille en permanence ?

Il sourit et contemple sa pinte. Otis Redding chante *These Arms of Mine* dans la stéréo crachotante du pub. Sid déplace des pièces sur l'échiquier. La lumière des phares filtre à travers les rideaux mités, illuminant les murs noircis par le tabac.

— Je n'ai pas à m'occuper de… des mêmes choses que toi, les vrais problèmes, les vraies gens, avoue Dan.

Il se détourne. J'ai l'impression qu'il est sur le point de se confier davantage. Il est à deux doigts de se livrer, mais l'idée lui échappe.

— Tu m'imagines, moi, en train de vendre des emprunts immobiliers ? reprend-il.

— Non ! Mais moi non plus, je ne me serais pas vu faire ça, il y a quelques années. Et regarde où j'en suis.

Nous rions, conscients de devoir alléger l'atmosphère.

— Si tu hais ce boulot, il faut que tu en changes.

— Je ne peux pas… J'ai mon emprunt immobilier à rembourser, moi aussi. Sam va chez l'orthophoniste, ça coûte la peau du cul. Jody ne travaille pas…

— Alex, écoute-moi. Si tu détestes ce job, tu dois te barrer.

J'écluse ma pinte avec un soupir.

— Tout le monde semble savoir mieux que moi ce que je devrais faire.

— Penses-y…

Il se lève et m'ébouriffe les cheveux, ce qui me rendrait dingue de la part de n'importe qui d'autre. Il s'éloigne vers le bar, commande deux nouvelles bières et revient.

— Bon, c'est l'heure d'un nouveau flash-back. Tu te souviens quand on a regardé *Battlestar Galactica* ? La nouvelle série, pas la vieille.

Le changement de sujet me prend de court.

— Euh, oui.

— Je te disais que ça ne parlait pas de robots-tueurs dans l'espace, mais de la guerre du Golfe.

— Euh, oui…

— Et toi, qu'est-ce que tu répondais ?

— Je répondais : « Dan, franchement, tu vois bien que ça parle de robots-tueurs dans l'espace. »

— Et c'est bien là le problème ! rétorque-t-il en posant sa chope sur la table dans une gerbe d'éclaboussures, pour souligner son propos. Tu es le gars le plus profond que je connaisse, tu analyses tout, tu as des théories sur tout. Mais une fois que tu as une idée arrêtée, tu t'y accroches comme une moule à son rocher. Et si tu te trompes ?

Je sirote ma bière, pensif, puis la repose doucement.

— Dan. C'est chouette de ta part de me dire ça, vraiment. Mais la situation est compliquée, et je ne peux pas me contenter de tout lâcher. Et je tiens à ajouter que *Battlestar Galactica* parle bien de robots-tueurs dans l'espace. C'est juste qu'un tas de spectateurs ont décidé d'y projeter des questions existentielles. Ça leur évitait de culpabiliser à l'idée de mater une série sur des robots-tueurs dans l'espace au lieu de se farcir les infos sur la guerre du Golfe.

— Tout est affaire de perception, commente Dan.

Le sourire irrésistible qu'il m'adresse l'a sûrement aidé à décrocher des tas de contrats juteux.

— Ah non, Dan, pas ce soir ! Va me chercher des chips, et changeons de sujet. Je ne veux pas parler de ma vie, de mon boulot, et encore moins de robots-tueurs.

Une heure plus tard, je suis de retour chez Dan, seul, car sans surprise, il est parti en boîte. Un établissement du nom de *The Wicked Glitch* qui passe uniquement des bandes-son de jeux vidéo des années 1980, déformées dans un souci artistique. C'est le genre de musique que j'aurais écoutée quand j'étais à la fac, pendant ces trois années de répit, d'insouciance et de plaisirs simples. À l'époque, même Kant était fun. Il m'arrive de me demander si c'était le véritable Alex ou un imposteur…

J'accomplis le rituel du gonflage de matelas, puis ouvre ma boîte mail sur le Mac gigantesque de Dan. Deux nouveaux messages. Le premier est de Jody, qui me fait suivre un rendez-vous dans une école réputée bien accueillir les enfants autistes. L'autre vient d'Emma. Elle pense rentrer en Grande-Bretagne. Mais je demande à voir.

À 4 heures du matin, je suis réveillé par Dan qui rentre d'un pas chancelant, en charmante compagnie. Ils gloussent et échangent des « chut ». Après un silence, j'entends un grand vacarme. Je me lève pour voir ce qui se passe et les trouve coincés par terre entre les murs étroits du couloir, bras et jambes dans toutes les directions, comme après un accident de voiture d'un genre sexy.

— On est coincés, déclare Dan d'une voix pâteuse. On s'embrassait, et puis maintenant on est coincés.

— Salut, moi c'est Donna, annonce sa compagne. Comme la chanteuse d'Elastica. Tu peux nous filer un coup de main ?

Après un moment passé à tenter de deviner l'âge de Donna d'après les goûts musicaux de ses parents, j'allume la lumière.

La jeune femme a le dos collé à un mur, et Dan est au-dessus d'elle, les genoux serrés, les mains au sol et les fesses en l'air. Donna a une jambe entre celles de Dan, l'autre qui s'agite en l'air. Elle porte une robe couverte de sequins argentés qui serait superbe, très sophistiquée, dans n'importe quelle situation. Sauf celle-ci.

— Je vois, dis-je. Je crois que je sais comment procéder. Dan, je vais t'attraper et te jeter de côté.

— D'accord. Donne-moi une seconde pour me préparer. Allez, go.

Je le saisis par les hanches et le tire vers le haut. La jambe de Donna est soulevée aussi jusqu'à ce qu'elle se libère, un escarpin verni s'envolant au passage. Je parviens à pousser Dan jusqu'à ce qu'il s'écroule en riant à côté de Donna, qui réussit alors à se redresser contre le mur.

— J'ai des fourmis dans la tête, avoue-t-elle.

— Quelqu'un veut un verre ? propose Dan. Je pense que vous serez tous d'accord pour dire que ça se passe super bien, jusqu'ici.

— Je ferais mieux de me recoucher. Bordel, il est 5 h 30… Amusez-vous bien, bande d'idiots. Et souvenez-vous : dans le couloir, c'est en file indienne.

Pendant que Dan allume sa chaîne hi-fi et passe une chanson de Hot Chip avec le volume au minimum, je pense à lui, mon vieux copain, à tout ce qu'on a vécu, et à cette étincelle de vie qu'il porte en lui. Comme ma sœur Emma. Comment font-ils ?

Allongé, j'écoute le vrombissement sourd d'un avion qui traverse l'aurore vers l'aéroport de Bristol. Le son se fond de manière onirique dans le souffle du matelas qui se dégonfle. Mon dos s'apprête à rentrer en contact avec le sol dur et froid.

Chapitre 5

Quand nous avons ramené Sam à la maison le lendemain de sa naissance, nous étions ivres de bonheur, d'adrénaline et de manque de sommeil. Sam, pour sa part, se contentait de pleurer. Il hurlait, grimaçait et criait tout en agitant ses membres minuscules. Presque chaque nuit, je l'emmenais pour de longues promenades dans sa poussette à travers la banlieue déserte. Je lui chantais des comptines et lui racontais des histoires pour le calmer. Puis je le ramenais à la maison pour une tétée. Il avait tout le temps faim. Nous avions essayé de lui proposer un biberon de temps en temps, pour laisser souffler Jody, mais il ne voulait pas en entendre parler. Déjà à l'époque, il était difficile côté nourriture. Je me souviens d'une fois où j'ai essayé de faire couler du lait dans sa bouche. Au départ, il semblait d'accord. Mais soudain, allongé dans mes bras, il a vomi un flot blanchâtre à moitié digéré qui lui est retombé dans les yeux. Un sacré souvenir de culpabilité paternelle.

Plus tard, quand il est passé aux aliments solides, il n'a pas tardé à développer des préférences très pointues. Il y avait une variété de petits pots bio qu'il mangeait de bon cœur, et nous avions tellement peur qu'ils ne soient plus commercialisés que nous en avions acheté deux cents. Nous les avions stockés dans l'abri de jardin. Et tout du long, on nous abreuvait de conseils gentils, mais exaspérants.

— Vous avez essayé de couper les légumes en bâtonnets ?

— Peut-être qu'il préfère manger dans un bol que dans une assiette ?

— Il faut tenter de rendre son plat amusant.

Avec un sourire, nous disions toujours merci pour ces excellents conseils, que nous avions tous déjà testés. Comme la fois où j'avais réalisé un portrait plus vrai que nature de Peppa Pig avec une tranche de jambon, deux olives noires et un poivron rouge. La malheureuse Peppa avait toutefois effectué un vol plané imprévu à travers la cuisine. Nous aurions peut-être dû dès ce moment nous douter que Sam était différent. Mais à l'époque, Jody et moi nous parlions à peine, alors discuter du développement psychologique de Sam… Nous étions trop occupés à nous répartir les corvées. Nous étions devenus des associés, et notre entreprise consistait à ne pas nous endormir aux toilettes ou au rayon couches de l'hypermarché. Mais nous étions ensemble et déterminés, et nous savions que nous nous en sortirions, parce que nous nous aimions tellement !

Je repense à tout ça en attendant, avec Jody, devant le bureau de la secrétaire de l'école primaire Saint Peter, dans une banlieue calme. C'est la troisième que nous visitons depuis que nous avons décidé de sortir Sam de son trou à rats. Elle est très bien classée et nous ne sommes qu'à deux pas du secteur qu'elle dessert. Et le mieux, c'est que Sam y connaît déjà quelqu'un. Apparemment, Olivia était avec lui en maternelle, et Jody a gardé contact avec sa mère – ce qui m'épate, vu qu'ils habitent une maison classée de cinq étages à Southville, avec une salle multimédia insonorisée au sous-sol. Les deux enfants se sont toujours bien entendus, malgré le fait que Sam ait un jour tenté d'enterrer Olivia dans un bac à sable.

Ce matin, avec une permission de quatre heures loin du bureau, je suis passé chercher Jody en voiture. C'est à peine si nous avons parlé durant la traversée de la banlieue de Bristol. Nous connaissons tous deux les enjeux. Sam a du mal à l'école. Pas pour les apprentissages. Enfin, si, évidemment, pour les apprentissages aussi, mais ce n'est pas ça le principal problème. La vraie difficulté, c'est qu'il ne parvient pas à s'entendre avec les autres enfants. Pas comme il en aurait besoin. Il ne peut pas se mêler à eux sans pleurer, voler le ballon, ou donner des coups de pied. Du coup, il est tout seul. Pire, c'est un souffre-douleur. Les enfants savent qu'ils peuvent le faire sortir de ses gonds, et ils ne s'en privent pas. Comme des piranhas, ils détectent la présence de sang dans l'eau et c'est la curée. Ils ne savent pas encore que ça s'appelle du harcèlement. Pour eux, c'est juste comme ça. C'est peut-être l'instinct : mettre à l'écart le plus faible, pour la survie du groupe. Tout ce que je sais, c'est que Sam ne joue pas avec les autres. Nous espérons que dans un environnement plus doux, loin des enfants de la ville, des classes surchargées où règne la loi du plus fort, il s'adaptera mieux. Ça vaut le coup d'essayer. Forcément.

— Vous pouvez entrer, nous dit la secrétaire.

L'aimable dame paraît si âgée qu'il ne semble pas impossible qu'elle ait été élève lors de l'ouverture de l'école, au début des années 1800. Je suis tellement occupé à l'imaginer avec une coiffe à l'ancienne, en train de recopier la table de trois sur une ardoise, que Jody doit me donner un coup de coude pour que je me lève. On nous fait entrer dans un petit bureau encombré d'une large table en bois recouverte de papiers et de classeurs. Au fond se trouve une fenêtre à guillotine maintenue ouverte par une tasse « Keep calm and carry on teaching ». C'est le premier mauvais point de l'endroit, à mon avis. La peinture des murs se craquelle derrière les dizaines de dessins d'enfants. La plupart montrent des maisons carrées, dans des tons joyeux et colorés, mais l'un d'eux représente deux hommes en cape noire qui décapitent une vache.

— Bonjour, je suis Mlle Denton. Enchantée de vous rencontrer, déclare une voix douce et avenante.

Mlle Denton émerge de derrière son PC bas de gamme, posé de guingois sur une pile de manuels, et nous tend la main. Elle doit avoir tout juste dépassé la trentaine, et bien que sa robe fleurie occupe un certain volume, elle est toute petite. Ses cheveux courts et blonds sont maintenus par une barrette en plastique, et ses lèvres sont parées de rouge vif. Elle a l'air sympathique et effervescente, un contraste frappant avec la sinistre cohorte de professeurs distants qui nous ont rassurés à tort tout au long des premières années de calvaire de Sam à l'école.

— Je suis Jody, et voici le papa de Sam, Alex.

Je ne suis plus « mon mari, Alex ». Je suis relégué au rang de parent biologique.

Je serre la main de Mlle Denton et tente de ne rien montrer d'autre que de l'enthousiasme. J'ai l'impression de passer un entretien, un test peut-être. Je ne sais pas. La seule chose dont je suis certain, c'est que je ne veux pas échouer.

— J'ai cru comprendre que Sam avait du mal à s'adapter ? Il a été diagnostiqué autiste l'année dernière, c'est bien ça ?

— Oui, répond Jody. Il est…

Elle prend le temps de réfléchir. Comment résumer huit années de combat en une phrase sans avoir l'air de présenter une autobiographie larmoyante à un éditeur ?

— Il a toujours été un peu en retard côté langage, reprend-elle. Et très angoissé. Au début, on pensait qu'il avait peut-être un problème d'audition, mais ce n'est pas le cas. On était tout le temps fourrés chez notre médecin, mais tout ce qu'il nous disait, c'était d'être « attentifs ». Mais attentifs à quoi ? Bref, quand Sam est entré à la crèche, ils ont bien vu que quelque chose n'allait pas, mais ne pouvaient pas nous aider. La première personne qui a évoqué l'autisme a été le référent handicap de son école maternelle, mais… qu'est-ce qu'il a dit, déjà, Alex ?

— Il a dit que le cas de Sam n'était pas assez « lourd » pour bénéficier d'une aide à la scolarité. On ne pouvait pas avoir les financements. Mais il était dans un tel état chaque matin que je devais le porter jusqu'à l'école. Pas un jour qui ne commence comme ça. Il fallait se battre pour qu'il s'habille, le déposer à l'école, puis passer la journée à se faire du souci pour lui. Ça va un peu mieux depuis qu'il est en primaire. Mais…

— Il n'est toujours pas épanoui, complète Jody. Si tant est que ça veuille dire quelque chose. Il est tout seul.

Elle me jette un regard furtif avant de sortir un mouchoir de la poche de son manteau pour se tapoter les yeux.

Mlle Denton nous adresse un sourire compatissant avant de nous présenter son école avec enthousiasme. Avec ses quatre cents élèves, elle est grande, mais a tout de même une atmosphère familiale. Elle affirme qu'on « met l'accent sur un environnement attentionné et bienveillant ». Deux des enseignants ont l'expérience des enfants autistes. Elle est sincère malgré son laïus bien rodé. Je commence à frémir d'espoir, et je sens que Jody éprouve la même chose. L'école est habituellement prise d'assaut, mais un nouvel établissement vient d'ouvrir dans le quartier, et quelques élèves sont partis. Il y a une place pour Sam. Si nous voulons.

— Prenez l'été pour réfléchir, suggère Mlle Denton. Vous aurez plus de trajet pour l'amener à l'école, il faudra le réveiller plus tôt. Mais nous ferons de notre mieux. Vous pourriez peut-être faire visiter les locaux à Sam ? Il pourrait rencontrer les enfants et l'équipe. Je ne peux pas vous promettre beaucoup de soutien spécialisé, mais… nous sommes une école heureuse.

Une école heureuse. C'est incroyable que ce soit un argument de vente. Toutes les écoles ne devraient-elles pas aspirer à rendre les enfants heureux ? Mais c'est rassurant qu'elle admette que ce n'est pas le cas. Le bonheur est un service que l'on ne trouve pas partout. On ne peut pas le coucher dans un programme, quel qu'il soit. Ni le distribuer comme une bourse. On ne peut pas s'abonner à tarif réduit (ce qui me rappelle qu'ils sont en train de tester un nouveau câble pour la télé, en ce moment même à Bristol, deux cents MB, fibre optique, jusqu'à votre porte… Oh, merde, je suis en train de perdre le fil).

Si le bonheur était aussi simple, on l'aurait tous. On souscrirait en ligne. On téléchargerait l'appli. Le coût n'aurait pas d'importance. On serait prêt à mettre n'importe quel prix.

La secrétaire nous raccompagne à la porte. Nous marchons en silence vers le petit parking. Les oiseaux chantent dans les aubépines qui entourent l'aire de jeux. Nous nous asseyons dans la voiture, sans démarrer.

— Ça me plaît, déclare Jody après un très long moment.

— À moi aussi.

C'est plus fort que nous. Malgré tout ce qui se passe, tous les nuages noirs amoncelés au-dessus de notre relation, nous restons assis ensemble, à sourire. Comme lorsque nous avons appris la grossesse de Jody. C'était tellement tôt – beaucoup trop – dans notre relation. Nous étions des gamins. Bon, j'avais vingt-quatre ans, mais au vingt et unième siècle, c'est encore quasiment l'adolescence. On a regardé le test, les petites lignes bleues qui indiquaient « positif », et après le choc initial, nous avons souri comme deux poivrots pendant des heures.

— Tu veux qu'on accompagne Sam pour une petite visite ? dis-je.

— Tu peux t'absenter encore du boulot ?

— Je suis sûr que oui. C'est important.

— Parfait. Merci. Tu dors chez ce benêt de Dan ?

— Oui.

— Et tu as réussi à comprendre ce qu'il fait dans la vie ?

— Hélas non. Quelque chose dans le design, peut-être ? Personne ne sait vraiment, à mon avis.

— Dans dix ans, il sera PDG d'une start-up qui lancera un nouveau réseau social bizarre. Je le vois bien en une d'un magazine de nouvelles technologies, avec un col roulé blanc, à raconter comment il a dépensé son premier milliard.

Je démarre et quitte l'école en direction du centre de Bristol. De nos vraies vies. Ces vies qui se sont disjointes. Et lorsque Jody descend et s'approche de notre porte d'entrée, malgré la matinée si positive, je ne me suis jamais senti aussi loin d'elle.

Chapitre 6

J'arrive au bureau à 14 heures. Daryl est sorti faire des estimations. Il doit être planté chez quelqu'un dans son costume rayé, à se frotter le menton avec son bloc et son télémètre laser. Paul et Katie se font du pied sans entrain sous leur bureau tout en passant en revue de la paperasse. J'ai deux rendez-vous pour des emprunts : un futur investisseur qui veut acheter une vieille église près de Gloucester Road et un couple âgé qui revend sa grande maison familiale pour acheter un élégant appartement à Clifton. Le dernier de leurs trois enfants a quitté le nid, et la demeure est désormais trop vaste, expliquent-ils. Ils voudraient réaliser une plus-value afin d'aller explorer le monde tous les deux.

— La maison est tellement vide, déclare la femme en réprimant le chevrotement de sa voix.

Je regarde son mari, qui hoche la tête avec sympathie. Mais ce que je vois dans ses yeux – et je suis certain de ne pas me tromper – c'est du soulagement.

Trois heures plus tard, je suis de retour à la maison pour prendre des habits et des livres. Les bouquins me manquent. Quand on s'est installés, il y a huit ans, j'ai transformé le couloir du haut en un petit bureau-bibliothèque, avec une rangée d'étagères remplies de livres de poche, de romans graphiques et de vieilles anthologies de fac. Le matin, Sam, alors bébé, s'approchait entreprenait de sortir le plus de volumes possibles avant de les entasser devant notre porte.

Je me levais, les yeux encore brouillés, pour voir ce qui se passait, et me prenais les pieds dans une pile de Penguin Classics. Finalement, agacés, nous rangeâmes la plupart des livres dans des cartons qui partirent au grenier.

Jody m'ouvre et je traverse avec précautions le salon, jonché de bandes dessinées déchirées et de cartes Pokemon.

— Franchement, Jody, il faut que tu apprennes à ranger tes affaires, dis-je pour la taquiner sans grande conviction.

Puis je regarde mieux et m'aperçois que ce n'est plus l'habituel débordement de livres, de journaux et de Sam en général. Plusieurs assiettes sales traînent par terre et sur les baffles. Une tache sombre souille le tapis. Les devoirs de Sam gisent, froissés, sur le canapé, couverts de miettes et de piccalilli. J'observe Jody. La lumière intermittente de la télé projette des ombres sur son visage. Derrière son sourire tendu, elle semble épuisée.

— Va chercher tes affaires, dit-elle. Sam est dans sa chambre, il joue à la Xbox.

Je reste un instant debout, en silence, à regarder de nouveau la pièce. J'ai l'impression que tout s'écroule.

— Je me disais que j'allais peut-être me faufiler discrètement sans le déranger. Je ne voudrais pas le perturber.

Avec un haussement d'épaules, Jody soupire. Je voulais lui faire passer le message que je m'inquiétais pour elle, mais évidemment, elle voit clair dans mon jeu, comme toujours.

— Comme tu veux, Alex.

Je monte. De la chambre de Sam s'échappe le bruit familier d'un joystick, les touches de plastique résonnant dans le couloir. À ma grande surprise, j'entends aussi un air de piano, délicat, lent, un peu mièvre. Avec une telle bande-son, il est clair qu'il ne joue pas à *Call of Duty* ! Je frappe et pousse la porte. Sam est assis en tailleur sur son lit, un petit écran à cristaux liquides et la Xbox fourrés sur un bureau Ikea en face de lui. Juste au-dessus se trouve une carte du monde, que j'ai dû punaiser au mur parce qu'elle n'arrêtait pas de se détacher dans la nuit et de lui flanquer une grosse frayeur en tombant. Je reconnais aussi le bazar enfantin habituel : habits froissés, jouets, papiers de bonbons, figurines aux membres arrachés.

— Eh, Sam, c'est quoi cette musique ?

J'aurais là les bases d'une blague sur le film *Casablanca*, mais elle serait totalement obscure pour un enfant de huit ans.

— C'est celle de *Minecraft*, répond-il sans quitter l'écran des yeux.

J'ai déjà entendu parler de ce jeu, évidemment, mais ne l'ai jamais testé. Je contemple le vaste panorama d'herbe et de cailloux, tout en blocs, parsemé d'arbres massifs. Sam est en train d'en couper un avec une hache mal dessinée. À l'arrière-plan, un air de piano plaintif crée une atmosphère étrangement relaxante. C'est presque hypnotique.

— C'est rigolo, *Minecraft* ? dis-je d'un ton désinvolte.

— Je fabrique une cabane. Une grande cabane avec deux étages et une chambre à coucher. Assieds-toi, papa. Assieds-toi pour regarder.

— Tu as passé une bonne journée, à l'école ?

— Je dois couper les arbres pour faire ma cabane.

— C'est super. Mais à l'école, c'était une bonne journée ou une journée triste ? Sam ?

— Oui. Papa, regarde les cochons, ils sont rigolos.

Je fixe l'écran. Les cochons sont faits de blocs roses, comme dans un dessin animé bizarre. Je ne sais pas quoi dire, ni quel rôle ils tiennent dans le jeu. Un long silence pèse sur la pièce alors que Sam continue son activité, abattant les arbres et courant partout. Je tripote la poignée de la porte, à moitié dans la chambre et à moitié dehors, sans la moindre idée de comment communiquer avec lui. Au bout d'une minute, ça devient bizarre. Je regarde ma montre avec des gestes exagérés, bien que Sam ne me regarde pas et que rien d'autre ne m'attende que Dan, vautré en slip devant sa console.

— Sam, je dois y aller.

— Non ! Regarde, papa, je construis des choses !

Mais à quoi ça sert ? Quand j'étais enfant, il y avait des méchants dans les jeux, des scores. Et pas des cochons cubiques à rassembler en troupeau.

— Ce n'est pas pour les adultes, finis-je par marmonner. Les papas ne jouent pas sur l'ordinateur.

— Oh, proteste-t-il, je veux que tu me regardes !

Je reconnais le ton geignard qui précède les crises, et me crispe. Pourtant cette fois, il se détourne de l'écran pour me regarder avec quelque chose dans les yeux qui ressemble à de la déception. Mais je suis à présent anxieux, impatient. Je sais que plus tard je me reprocherai de l'avoir abandonné, mais je me dis que je dois partir avant de commettre un impair et de déclencher une colère. En vérité, cependant, j'ai juste envie de m'échapper. Je n'en peux plus.

— Je dois y aller, répété-je.

Il donne un coup sur le lit avec sa main libre, et je m'attends à ce qu'il jette la manette.

— Pas juste ! crie-t-il.

Mais il se laisse aussitôt happer par le jeu.

Je recule lentement, tout en contemplant son visage, son expression un peu interrogative, les couleurs qui se reflètent sur sa peau douce. Il est assis assez près de l'écran, tellement concentré que pendant un instant, on dirait qu'il est entré dans le paysage.

Je referme la porte derrière moi et entre dans notre chambre. Le lit n'est pas fait, les draps en boule au milieu du matelas en compagnie de plusieurs robes trop froissées pour être portées. Comme toujours, le panier de linge déborde jusque par terre. Sans trop réfléchir, sans trop traîner, sans regarder chaque détail déchirant qui s'offre à moi, j'ouvre le tiroir du bas de notre grande commode et balance chemises et sous-vêtements dans mon sac fourre-tout. Je me sens comme un cambrioleur. J'attrape des livres à côté du lit. Une biographie d'Isambard Kingdom Brunel (j'habite à Bristol, c'est toujours utile d'avoir des anecdotes à raconter sur notre célébrité locale), un recueil de nouvelles de Raymond Carver, deux polars. Et je m'enfuis, descendant l'escalier quatre à quatre comme un enfant poursuivi par des fantômes imaginaires.

Chapitre 7

On est mardi soir, et je traverse la ville vers l'énorme maison de Matt et Clare, située dans un lotissement huppé de la banlieue nord-est. C'est un territoire pris d'assaut par les classes moyennes, un désordre soigneusement organisé d'énormes baraques, chacune un peu différente des autres sur fond d'uniformité beige. Certaines ont trois étages, d'autres, plus petites, se parent de baies vitrées, comme un clin d'œil décalé aux maisons de ville des années 1930. L'ambition est de recréer le méli-mélo architectural d'une banlieue anglaise, mais ici, tout est neuf et brillant, du moindre parement en stuc au dernier garage deux places, en passant par chaque clôture en bois. C'est une ville pour les gens qui ont peur des villes.

Matt m'a invité à regarder un match de la Ligue des Champions, Barcelone-Juventus. Ou plus exactement, il m'a supplié de venir. Je sais très bien pourquoi. Il veut regarder le match en paix, ce qui serait impossible en temps normal, parce qu'ils ont quatre enfants, âgés de un à sept ans, et chaque soirée est une terrible succession de couches, de bains, d'histoires à lire au lit. Cependant, Clare a envie de savoir comment je vais – peut-être en mission commandée par Jody – et il a donc réussi à négocier un break pour lui, moi, et vingt-deux joueurs de classe mondiale.

Clare a grandi avec Jody. Enfants, elles étaient comme des sœurs. Et bizarrement, elles sont venues s'installer à Bristol plus ou moins en même temps. Jody se débattait avec Sam alors que la plupart de ses copines passaient encore leurs soirées à faire la fête, mais Clare a donné naissance à Tabitha un an après. Elles plaisantaient sur le fait d'être des mamans adolescentes irresponsables. Puis Clare a eu Archie, a quitté son poste de gérante de restaurant, et les deux amies sont devenues une sorte de réseau de soutien maternel miniature. Rapidement, elles ont compris qu'elles devaient créer de toutes pièces une amitié entre Matt et moi, afin de pouvoir se voir plus souvent – ça marche comme ça, les amitiés entre adultes. Du coup, on passait pas mal de temps à se détendre au pub ensemble, quand Sam était petit et que Matt n'avait que deux enfants. On s'écroulait sur une banquette, trop épuisés pour bouger, et chacun tentait de sonder les traumatismes de la vie domestique de l'autre, le tout enrobé d'une camaraderie virile.

Par exemple :

— Je crois que Liverpool touche le fond, cette saison.

— Oui, il leur faudrait deux nouveaux défenseurs et un milieu de terrain, minimum.

— À propos de milieu de terrain, ça fait trois nuits que je ne dors pas. Je ne sais même plus où j'habite.

— Euh… ça veut dire quelque chose, ce que tu viens de me sortir ?

— Je suis en train de mourir !

Ce genre de choses. Matt et moi, on est vraiment différents, pourtant. Rondouillet et attachant, avec son rire tonitruant, il n'a aucun sens du ridicule et porte des maillots de foot à longueur d'année. Il se fait les couilles en or dans le conseil informatique, et dépense tout pour ses enfants. Quand ils étaient petits, c'était la bouffe bio et les poussettes high-tech qu'arborent les stars des magazines people. Maintenant, ce sont des leçons de piano, des boîtes de Lego hors de prix et un séjour à Disneyland Paris chaque année. C'est l'archétype du papa classe moyenne. Le super papa. Il ne voit aucun inconvénient à s'équiper d'un porte-bébé, il ne se pose pas de questions. Jamais. Clare et lui ne lisent pas les journaux, ne regardent pas les infos, et sortent très peu. Pour eux, le monde extérieur est réservé aux autres. Ils vivent dans une bulle parentale hermétique, un prisme à travers lequel toute autre expérience perd sa réalité. Un trou noir familial. Mais ça leur réussit. Matt est capable de changer deux couches simultanément tout en parlant sur Skype à un programmeur à Bangalore.

Ce qui me rassure, c'est que leur maison est aussi bordélique que la nôtre. Pire, même. Matt m'ouvre la porte, et déjà l'entrée est comme une zone démilitarisée du pays des jouets. Barbie et Ken, dénudés, gisent sur le sol, leurs habits éparpillés tout autour, comme après une nuit de débauche au Manoir Playboy Fisher-Price. Un vaisseau spatial Star Wars Lego s'est écrasé dans l'escalier, et vomit ses briques dans une voiture de sport Barbie rose bonbon. Des centaines de petits soldats forment des brigades prêtes à vous attaquer la plante des pieds. Dans le salon, un immense canapé Habitat capitule devant une invasion de peluches. Les bibliothèques sont un tragique camp de rétention pour DVD Disney entrés clandestinement sur le territoire. Une cuisinière gît sur côté, entourée de petites poêles et casseroles et de légumes en plastique, comme si, au milieu de ce champ de bataille, un chef étoilé avait pété les plombs pour une côte de bœuf mal saisie.

— Je vois que tu as rangé pour moi, dis-je.

— C'est la moindre des choses, répond Matt avec un haussement d'épaules.

Je suis fasciné par le désordre, je crois qu'il révèle beaucoup de nous. Pour paraphraser Tolstoï (désolé), les maisons ordonnées sont toutes semblables, mais chaque demeure en désordre l'est d'une manière différente. Chez nous, on voyait que Jody et moi étions désorganisés et encombrés, notre bazar débordait de partout, et celui de Sam ajoutait une touche de couleur. Ici, les enfants ont pris possession des lieux. Comme une OPA hostile.

Alors que je médite sur cette idée et que je tente de trouver un endroit où m'asseoir qui ne soit pas tapissé de jouets ni de confiture, la fille de Matt, Tabitha, fait irruption, accompagnée d'au moins quatre copines hurlantes et riantes déguisées en personnages de *La Reine des Neiges*. Archie, le fils de Matt, déboule sur leurs talons, habillé en stormtrooper, brandissant un pistolet qui produit une étonnante gamme de bruits tous plus forts et atroces les uns que les autres. Il traverse le groupe avec une insouciance de psychopathe qui se jette sur ses proies dans un concert de cris à glacer le sang. L'instant d'après, ils sont tous sur le canapé, à vociférer et sauter, avant de repartir au galop vers la salle à manger, comme une tornade de polyester et d'armes laser.

— Bordel de merde ! C'était quoi, ça ?

— Eh ouais, soupire Matt. Et c'est comme ça tous les jours, précise-t-il avec un grand sourire.

Il est tellement heureux de son sort que j'ai envie de lui faire un câlin.

Nous parvenons à dégager un espace sur le canapé, enlevons le costume de Batman qui drape la télé, et nous installons. Clare apparaît dans l'embrasure de la porte. Elle porte sa tenue habituelle : une chemise à carreaux bien repassée et un jean. Elle a les cheveux courts depuis deux ans, parce qu'elle en avait assez que les jumelles de dix-huit mois s'y accrochent comme à une balançoire. Elle tient deux canettes de Stella Artois (que Dieu le lui rende au centuple).

— Salut, Alex ! me dit-elle d'un ton chaleureux.

Je me lève et l'embrasse, façon classe moyenne, sans-se-toucher-parce-que-ça-ne-se-fait-pas.

— Comment vas-tu ? reprend-elle.

— Ça peut aller…

— Prends une bière. Tu dors chez Dan ?

— Oui, enfin… pour le moment en tout cas.

— Pour le moment ?

— Je ne sais pas, Clare. Jody t'en a parlé ?

Clare tend l'autre canette à Matt et leurs regards se croisent un instant. Ça me suffit pour comprendre que je n'obtiendrai pas toute l'histoire.

— Pas tellement, Alex. Elle est en colère, mais… elle a besoin de temps et d'espace.

— OK.

— Mais tu vas bien ?

— Ouais. Bon, pas terrible-terrible, mais je tiens le coup. Je vais trouver une solution.

J'ai envie de demander s'il y a des chances que je sois bientôt autorisé à rentrer. Je veux savoir s'il y a un bouton sur lequel je dois appuyer, quelque chose que je dois absolument accomplir pour pouvoir retourner vivre chez moi. Pourtant, je suis incapable de poser la question. La réponse impliquerait trop de choses.

— Bon, c'est bien. Je vais mettre les jumelles au lit. Bon match !

Elle lance un regard à Matt, à la fois intimidant et encourageant, comme pour lui dire « Parle-lui, toi ! ». Mais je ne me fais aucun souci là-dessus : il n'en fera rien. Pas pour tout l'or du monde.

— Alors, dit-il. Comment va Sam ?

Je ne m'attendais pas à ce que Matt pose ce genre de questions, ça ne lui ressemble pas.

— Il va bien. Je ne sais jamais à quel point il comprend ce qui se passe. Ce n'est pas simple de savoir ce qu'il pense. Je n'ai pas de doutes quand je lui ai servi un repas qui ne lui plaît pas, ou sorti le mauvais pull, ou que je n'ai pas assez serré les lacets de ses baskets. Mais j'ignore si je lui manque. Et s'il comprend la…

Je suis incapable de prononcer le mot.

Nous nous taisons, les yeux rivés sur l'écran de télé, pour faire comme si l'analyse d'avant-match nous intéressait.

— Barcelone est invincible en ce moment, déclare finalement Matt.

— C'est exactement ça. Invincible.

— Bon, la Juventus a une bonne défense, mais je ne suis pas certain qu'ils aient suffisamment de puissance pour contre-attaquer.

Je prends une gorgée de bière. Matt tapote sur son téléphone avec une grimace de concentration. Lorsque j'essaie de regarder l'écran, il le détourne discrètement de moi. Pas trop intéressé par ses petits secrets, je reporte mon attention sur la ligne arrière de la Juventus.

— Parfois, il n'y a pas d'échappatoire, dis-je. Parfois, il faut juste serrer les dents et prier pour un miracle.

— Ouais, au foot, y a des miracles, commente Matt.

— Oui. Oui, au foot, y en a.

Et Barcelone gagne 3-0.

Chapitre 8

Le lendemain, au boulot, Charles nous convoque pour une réunion. Il a le visage inexpressif, les yeux rouges et brillants. Soit il est soûl, soit il a de mauvaises nouvelles à nous annoncer. Nous nous rassemblons au milieu du bureau. Daryl tourne sa chaise et s'appuie sur le dossier, tout en tripotant son téléphone comme un lycéen à la cafétéria.

— Comme vous le savez, cette année, nous avons eu du mal à atteindre nos objectifs, malgré l'embellie du marché, déclare Charles d'une voix pâteuse.

OK, donc il est soûl *et* il a de mauvaises nouvelles.

— Ça ne concerne pas que notre filiale, les autres ont également rencontré des difficultés, reprend-il avant de marquer une pause. Mais ne vous inquiétez pas, nous connaissons tous ce secteur, nous savons qu'il y a parfois des creux inexplicables. Nous sommes sur la brèche, nous dénichons des biens immobiliers prestigieux et nous faisons du bon boulot pour nos clients, mais nous avons désormais des concurrents très agressifs et innovants.

Nouvelle pause théâtrale à souhait. Il veut un Oscar, ou quoi ? À moins qu'il soit sur le point de vomir ?

— Et en ce moment même, nous sommes en négociations avec l'un de nos concurrents, Urban Chic, qui envisage de nous racheter.

Quelqu'un réprime un cri. Daryl lève enfin les yeux de son téléphone.

— Les négociations viennent à peine de commencer, donc je le répète, pas de panique, ajoute Charles avec un geste qui se veut rassurant, mais donne plutôt l'impression qu'il tente de reprendre son équilibre au bord d'un précipice. Toutefois, je dois vous prévenir. Il faut s'attendre à des changements.

Changements. Autrement dit « licenciements ». C'est l'équivalent humain du désherbage. Personne ne semble surpris. Nous sommes très occupés, mais pas suffisamment quand on voit quelle jungle est devenu le marché immobilier ces derniers temps. Chacun regagne son poste de travail d'un pas lourd. Je rejoins mon bureau et ferme la porte. Je m'apprête à allumer mon ordinateur lorsqu'un texto arrive. Il est de Jody.

Tu peux venir garder Sam ce soir ? Clare veut me voir. Je ne trouve pas de baby-sitter.

J'hésite un moment, l'inquiétude familière montant en moi. Je commence à taper une excuse, mais l'efface. J'invente un autre prétexte, puis efface une nouvelle fois. Je finis par me décider :

Bien sûr, pas de problème. Je viens directement après le travail.

À 18 h 37, je suis sur le pas de la porte avec une brassée de bandes dessinées, un nouvel album à colorier, une minifigurine Lego et des autocollants de foot. Jody m'a dit que la classe de Sam faisait un projet sur Londres, et j'ai aussi choisi un livre de photos de la capitale. Je n'entre pas sans munitions. Mais au-delà des habituels sentiments d'anxiété et d'appréhension, j'éprouve quelque chose de nouveau. Je prends conscience qu'il m'a manqué. Jody ouvre la porte. Elle est superbe. Elle porte une robe bleu clair fluide que je n'ai jamais vue et un parfum que je ne reconnais pas.

Son maquillage est discret et parfait. Ses cheveux tombent en une cascade de boucles brillantes sur ses épaules. J'en ai le souffle coupé. Je reste planté là, à la contempler comme un demeuré. C'est bizarre comme, lorsqu'une personne cesse d'être une présence familière, elle redevient un être humain, mystérieux et inconnaissable.

—Salut, entre ! dit-elle d'un ton amical et détendu. Sam, papa est là. Je suis désolée, je dois filer. J'ai promis à Clare d'être là à 19 h 30. Mais je ne reste pas tard. Il y a du vin dans le frigo, si tu veux. Merci, Alex. Merci !

Et elle s'en va. Prudent, je passe la tête dans le salon en me demandant quelle version de Sam je vais trouver. Il est en pyjama devant un dessin animé, entouré de ses figurines préférées, placées avec soin pour pouvoir regarder l'écran, elles aussi. Je soupire de soulagement. Je m'assieds près de lui en me demandant à combien de temps de télé il a encore droit, et à cet instant précis, je reçois un texto.

Il doit éteindre à la fin de l'épisode.

Au moins, nous avons toujours ce lien fusionnel au sujet de l'heure du coucher. J'attends que le dessin animé soit terminé pour engager la conversation.

—Alors, tu as passé une bonne journée ?

—Oui. Papa, tu es assis sur Spiderman.

—Oh, tu as raison.

Je tire la grande figurine en plastique de sous mes fesses et la pose à côté de Batman sur le coussin. La plupart de ces jouets ont été achetés d'occasion il y a quelques années. Lorsque Sam a développé un goût pour les superhéros, nous l'avons suivi avec entrain et acquis BD, figurines et DVD. Tout ce qui pouvait encourager son imagination. Il aimait les installer, les transporter avec lui, mais ne semblait pas capable de jouer seul, de créer tous ces scénarios échevelés que les enfants de Matt élaborent avec leurs jouets... Ça aussi, c'était un signe de sa différence. Pendant la demi-heure suivante, j'essaie de l'intéresser à ce que j'ai apporté. Il fait quelques taches au feutre vert dans l'album à colorier, puis déchire la pochette d'autocollants et les éparpille par terre avant de monter la minifigurine Lego. Quelques moments d'intense concentration. Puis l'ennui le reprend. Nous lisons les BD ensemble. Il fait quelques tentatives balbutiantes pour déchiffrer une ou deux bulles sur les premières pages avant de s'énerver contre moi parce que je l'encourage à continuer. À l'école, on nous dit qu'il progresse. C'est un mot qu'on entend souvent. Progression. Cet élan vers l'avant, tout lent qu'il soit, est ce que nous pouvons espérer de mieux, apparemment. Mais il lit avec difficulté, alors que l'aînée de Matt, qui a un an de moins, dévore les *Harry Potter*. Je sais qu'on devrait demander aux enseignants s'il rattrapera un jour son retard, mais nous avons bien trop peur de la réponse. Et à l'école, on dirait que ça leur est un peu égal. Finalement, je lui montre les photos de Londres en lisant quelques légendes. Nous parcourons les images glacées de Big Ben, du Gherkin, de l'immeuble de la Lloyds. Il s'arrête sur la tour de Londres, apparemment intéressé. Je lui lis son histoire, mais il n'écoute pas. Il tourne la page avant que j'aie fini le paragraphe.

— Bon, on a lu la BD, construit le Lego, ouvert les autocollants, et visité Londres. On fait quoi, maintenant ? dis-je.

— Tu as apporté autre chose ?

— Non, pas ce soir. Tu veux jouer avec tes figurines ?

Je m'assieds par terre et l'invite à me rejoindre. Puis je laisse aller mon imagination, attrape Batman et Spiderman, les installe dans un char Action Man qui traîne justement à côté de la table basse. Puis je déniche un carton vide et y dépose le Joker avec le chaton en peluche que Sam a baptisé sans grande originalité Kitty.

— Oh non, le Joker a enlevé Kitty le chaton ! m'écrié-je comme un bonimenteur de cinéma muet. Seule la collaboration inattendue du Dark Knight et de Spiderman peut sauver la situation… et le félin !

Je bouge la tête de Batman pour le faire parler.

— Viens, Spiderman ! Bien que nous appartenions à deux univers différents, nous devons travailler ensemble pour secourir Kitty !

— Tu as raison, et cette alliance sera certainement très fructueuse !

Je lève les yeux et m'aperçois que Sam a reculé lentement. Il est roulé en boule sur le canapé, fasciné.

— Je regarde, dit-il.

— Je ne suis pas un dessin animé, Sam ! protesté-je.

Il rit et saisit la télécommande pour appuyer sur « off ». Je lâche les jouets et m'écroule sur le sol. Ravi, il éclate de rire et presse à nouveau un bouton. Je reprends vie aussitôt. Nous recommençons vingt-sept fois jusqu'à ce que le comique s'émousse d'un coup. Nous ne savons plus trop comment nous occuper. Je me rassieds sur le canapé. Le silence s'abat. C'est l'un de ces passages que je redoute le plus : les transitions. C'est toujours délicat à gérer. Parmi les plus difficiles, on trouve le moment d'éteindre la télé, de se préparer à sortir, de finir un repas, de quitter le bain… Tout changement d'activité est propice à une nouvelle crise. J'imagine que c'est angoissant pour tout le monde, n'est-ce pas ? Un nouveau travail, une rencontre amoureuse, la fin d'une relation. Mais pour Sam, toute rupture, même infime, déclenche cette terreur. En un mot comme en cent, le silence est terrifiant.

— Je peux te montrer quelque chose ? demande-t-il enfin. Mais c'est sur la Xbox !

Son excitation est si palpable et surprenante que j'acquiesce avant même d'avoir réfléchi. Il me prend la main et me tire hors du canapé et vers l'escalier. Nous montons quatre à quatre, évitant les jouets et les vêtements qui jonchent les marches. Essoufflé, il m'explique :

— Elle a une porte d'entrée. Non, pas une porte d'entrée. Une porte de côté et une porte de derrière. On peut les ouvrir et les fermer. Il y a huit fenêtres, quatre petites et quatre grandes.

Il ouvre la porte de sa chambre comme un forcené. Sur la table se trouvent la Xbox et la manette. Un jeu est en pause sur l'écran.

— Maman sait que tu as allumé le jeu ?

Pendant que je songe à quel point c'est une mauvaise idée de le laisser avoir une console dans sa chambre, l'écran s'anime.

C'est *Minecraft*.

Nous sommes debout sur un plateau qui domine une vaste vallée. Les blocs carrés qui composent les paysages du jeu lui donnent une apparence déchiquetée, escarpée. Partout, des zones de rochers affleurent dans l'herbe pixellisée. Le personnage de Sam n'est pas visible. Mais la caméra montre ce qu'il voit, comme si nous regardions par ses yeux. Lorsque Sam pousse le stick analogique, la caméra se tourne vers les gros nuages blancs suspendus dans le ciel bleu. Puis il regarde droit devant lui et commence à s'approcher du bord de la falaise.

— C'est là, en bas.

Plusieurs centaines de mètres devant nous, en bas d'un ravin en escalier, se trouve un grand bâtiment, l'extérieur construit en partie dans ce qui semble être du bois, et le reste en pierre grise tachetée. La bâtisse est presque rectangulaire, à l'exception d'une haute tour qui s'élance de son toit plat, et de plusieurs étranges excroissances constituées de blocs, qui saillissent des côtés. Une barrière de bois l'entoure presque entièrement, et délimite une sorte de jardin où s'éparpillent en désordre quelques fleurs aux couleurs criardes. L'effet est assez incongru : une bizarre petite propriété au milieu de la nature numérique.

— C'est une maison, déclare Sam. Je l'ai construite.

— C'est toi qui l'as construite ? Tout seul ?

Il s'approche d'une porte sur le côté de la demeure, et entre.

— On peut fabriquer des choses sur cet établi, et il y a un fourneau pour fondre les trucs. C'est moi qui ai fait tout ce qui se trouve dans la pièce.

Je contemple l'écran sans un mot pendant un certain temps, et tente de tout admirer.

— Bon, c'est vraiment bien, Sam, mais maintenant il faut aller au lit.

— Je peux te montrer autre chose ?

— La prochaine fois, Sam. Allez.

— Ça prendra juste deux minutes. Il y a une échelle qui va vers…

Mais je veux le coucher, afin de redescendre me détendre. J'ai l'impression d'avoir assez donné. Je l'interromps :

— Non, Sam, il est l'heure d'aller au lit maintenant. Éteins la console.

— Mais je ne veux pas aller au lit ! proteste-t-il.

Et nous voilà au milieu de l'impasse familière. Il déteste s'endormir. Il a horreur de cette perte de contrôle. Et il aime encore moins se coucher un soir de semaine, parce qu'il sait qu'il se réveillera pour aller à l'école. C'est comme ça depuis toujours : refuser de se coucher est une façon de gagner de l'autonomie, de repousser l'inévitable. Et la tension ne fait que monter. Comme d'habitude, je vois le phénomène se profiler, mon cerveau m'envoie des images du sempiternel enchaînement de hurlements et de larmes. Et comme toujours, je me précipite pour arriver le premier.

— Sam, éteins ! dis-je en vociférant.

Il se détourne de moi, la manette serrée dans la main, et fixe le téléviseur d'un air déterminé. À présent furieux, sans aucun sens de la nuance, je me jette sur la Xbox pour l'éteindre en appuyant sur l'interrupteur. L'écran devient noir. Sam hurle et balance la manette par terre.

— Je n'ai pas sauvegardé, je n'ai pas sauvegardé ! hurle-t-il.

Il se laisse tomber sur le sol, la tête dans les mains, et donne des coups de pied pour me maintenir à distance. Son corps se convulse de colère et de rage. Je me sens aussitôt coupable. Ou du moins, une toute petite partie de mon cerveau se sent coupable, celle qui est suffisamment éveillée pour ne pas passer en pilotage automatique dès le début du conflit armé. Mais je suis trop énervé pour l'écouter. Je ne peux plus dévier du chemin sur lequel je me trouve, et que j'ai parcouru si souvent.

— Sam, je ne veux pas le savoir ! Je t'avais dit d'éteindre ! Maintenant, tu vas te coucher.

Je sors dans le couloir comme une furie, attrape sa brosse à dents dans la salle de bains et l'agite dans sa direction pendant qu'il pousse des gémissements. Il offre une image pitoyable, tout maigre et perdu sur le sol, ses bras dégingandés qu'il enroule autour de sa tête, son pyjama Marvel remonté sur le torse. Je le soulève et le dépose sur le lit avec une seule idée en tête : m'éloigner pour avoir un peu de répit. J'ai une montée d'adrénaline sous l'effet de l'épuisement et de la peur.

— Je n'ai pas sauvegardé ma maison ! déplore-t-il, entre deux gémissements et des sanglots pleins de morve.

— Qu'est-ce qui se passe ? demande Jody.

Soudain, elle est juste derrière nous dans le couloir. Je ne l'ai pas entendue rentrer.

Ma colère se transforme en embarras. Je me sens pris en faute.

— Il refusait d'éteindre la console, alors je l'ai fait moi-même. Et maintenant, il pleure.

— Maman, il a éteint ! Et je n'avais pas sauvegardé ! Les cochons vont s'enfuir !

Elle me regarde d'un air de reproche.

— Vas-y, règle ça, toi ! réponds-je.

Je quitte la pièce et descends en tapant des pieds parmi les embûches qui jonchent l'escalier. Pendant quelques minutes, j'entends Jody parler à l'étage. Je fais les cent pas dans le salon, toujours électrisé par l'adrénaline et la honte. Enfin, elle me rejoint.

— Pourquoi tu ne l'as pas laissé sauvegarder sa partie ? demande-t-elle, entre murmure et hurlement.

— Écoute, tu n'y étais pas. Je n'ai pas arrêté de lui dire d'éteindre !

— Tu aurais pu prendre la manette et le faire toi-même.

— Je ne sais pas le faire ! Et de toute façon, il aurait dû s'en occuper quand je le lui ai demandé !

— Oh, lâche-le un peu ! C'est la seule chose qui le rend heureux en ce moment, bordel !

— OK, et c'est ma faute, peut-être ?

— Par pitié, Alex, ne t'en prends pas à moi, maintenant ! J'ai passé une bonne soirée, je n'ai pas envie de rentrer à la maison pour me taper une dispute de plus !

Le silence se fait sur ces paroles, et nous prenons tous deux conscience de ce qu'elle vient de dire. C'est la raison pour laquelle je dors chez Dan. C'est exactement pour ça que tout est parti en vrille. Mais c'est tellement plus facile de reconnaître un fait que de remédier à la situation. Derrière le stress, l'épuisement, je sais que je fais tout de travers, mais je n'arrive pas à changer de cap. Je ne peux pas m'arrêter. Alors je continue.

— J'ai pensé que si je réussissais à lui faire éteindre la console, il irait au lit sans faire d'histoire. Mais manifestement, j'ai perdu contrôle. J'ai merdé une fois de plus. Je suis désolé.

— Ce n'est pas de toi qu'on parle, là, mais de Sam et de ses besoins ! Tu as une idée bien arrêtée de ce qui devrait se passer dans nos vies, mais on ne peut pas tout maîtriser ! Il va falloir que tu l'acceptes. Je n'en peux plus, Alex, bordel ! S'il te plaît, monte lui souhaiter une bonne nuit et sois gentil. Laisse-le parler de ce jeu à la noix s'il en a envie. Et ensuite, barre-toi.

Étourdi par cet éclat soudain et sa conclusion sans équivoque, j'en suis réduit à acquiescer et remonter une fois de plus l'escalier. Je le trouve déjà endormi, roulé en boule, immobile, sa couette par terre. En la ramassant pour le couvrir, j'aperçois le livre sur Londres que je lui ai acheté, oublié sous un tas d'albums à colorier et de boîtes de Lego vides. Je le borde d'un geste doux. Il ouvre les yeux un instant et soulève la tête, mais se recouche aussitôt sans se réveiller vraiment. Je me souviens quand il était plus petit, après une journée de colères et de crises, nous avions l'habitude de nous glisser dans sa chambre la nuit pour absorber la paix qui y régnait. On parlait de ce qu'on réussirait mieux le lendemain, des choses qu'on ferait d'une autre façon. Enlacés, nous nous promettions de ne pas nous énerver. Il n'y avait qu'à regarder ce bel enfant, si doux et tendre. Et le lendemain, tout recommençait.

Lorsque je redescends, Jody sort de la cuisine avec un verre d'eau. Elle a l'air radieuse, encore tout environnée du parfum de l'été. Je voudrais qu'elle me demande de revenir à la maison. Mais on en est bien loin. Peut-être que je pourrais au moins réparer un peu les dégâts… Autrement, je vais passer la nuit à me tourner et me retourner dans mon lit.

— Comment va Clare ?

— Bien. Mais elle s'inquiète au sujet de Matt. Je ne sais pas trop pourquoi… Il est assez distant en ce moment. Tu n'as rien remarqué ?

Je secoue la tête. On ne sait plus quoi dire.

— Est-ce que Sam t'a montré ce qu'il a fait dans *Minecraft* ?

Jody retrouve aussitôt son énergie.

— Mille fois ! « Maman, j'ai construit une maison, maman, j'ai construit une clôture, maman, y a un loup qui mange mes vaches… »

— Ça m'inquiète un peu que la console soit dans sa chambre, cela dit.

Elle soupire, et je comprends tout de suite que le moment est mal choisi pour aborder ce sujet épineux. Nous marchons sur des œufs… et je suis chaussé de Dr Martens coquées.

— Eh bien, un de ces jours, tu pourrais m'aider à ranger le salon et on pourrait l'installer là ? Ça m'éviterait de devoir monter chaque fois qu'il construit une extension.

— Il a l'air en forme, cela dit, non ?

— On verra ça demain quand il devra aller à l'école, répond Jody.

Puis elle prend conscience que je ne serai pas là. Et on est de nouveau gênés.

— Je ferais mieux de rentrer, dis-je.

Elle ne fait rien pour me retenir.

En me tournant pour sortir de la pièce, j'envoie Batman sous le canapé, d'un coup de pied involontaire. Fin de sa courte collaboration avec Spiderman.

Chapitre 9

La pluie arrive. Je marche dans Baldwin Street, une rue calme aux boutiques encore fermées, les rideaux des immenses bars baissés et verrouillés. De gros sacs-poubelles s'alignent le long du trottoir dans une odeur putride, et le sol est rendu glissant par les restes de kebabs écrasés. Au-dessus de ma tête, on dirait qu'une couverture gris sale est accrochée au sommet des immeubles de bureaux. Déjà les premières gouttes tombent. Dans quelques minutes, ce sera le déluge.

J'arrive à l'agence quelques secondes avant la tempête. Derrière moi, des torrents s'abattent sur les vitres. Cela fait plus d'une semaine que Charles nous a annoncé le projet de rachat, et l'équipe est retournée à la normale, la nervosité en plus. Mais lorsque je ferme la porte et me tourne pour dire bonjour à tout le monde, je suis accueilli par un mur de mines atterrées, aussi sinistres que le ciel qui pèse sur la rue. Ah. Daryl ose à peine me regarder. Paul et Katie s'agitent, gênés. Je reporte mon regard sur Charles, qui le soutient de ses yeux brillants et enfoncés dans son visage adipeux. On dirait deux galets qui disparaissent dans des sables mouvants. Pas besoin d'être un génie pour comprendre ce qui se passe. Les temps sont durs. Il faut se délester du poids mort. Et apparemment, le poids mort, c'est moi.

—Alex, je peux te parler une minute ? demande Charles.

Il essaie d'avoir l'air jovial et détendu, mais sa voix le trahit et la rougeur subite qui envahit tous les visages alentour n'arrange rien. Toute la pièce est écarlate.

— Bien sûr, réponds-je.

Nous nous rendons d'un pas lent dans mon bureau. Charles ferme la porte derrière nous. Je m'assieds dans mon fauteuil usé, lui de l'autre côté de la table, où mes clients prennent place en tenant leurs relevés bancaires d'une main crispée. La pluie dégouline sur ma petite fenêtre. Je l'entends glouglouter dans la gouttière métallique. Charles se racle la gorge, et commence son laïus.

— Alors, comme tu le sais, Urban Chic envisage de nous racheter. Ils nous font une bonne proposition, et ça nous sauverait. Mais malheureusement, ils n'ont pas besoin de conseiller en prêts immobiliers. Ils passent par un courtier indépendant. C'est comme ça que ça marche dans la plupart des agences. Et du coup, on va devoir se séparer de toi…

Je m'y attendais, mais ça n'empêche pas l'explosion de terreur qui me donne la nausée. Sam. Ses séances d'orthophonie. La maison. Les traites. Jody. Mes responsabilités défilent devant mes yeux comme les symboles qui tournent sur une machine à sous. J'ouvre la bouche, sans être capable d'émettre le moindre son.

Charles continue :

— On ne remet pas en question tes compétences. Tu as toujours été un moteur dans cette boîte, depuis le jour de ton arrivée. C'est le marché qui veut ça. Tu n'imagines pas combien je suis désolé.

Je le crois sans mal, ce brave homme. Il a les épaules voûtées, les mains qui s'agitent sans qu'il sache s'il doit les laisser sur ses genoux ou les poser sur mon bureau. J'ai même l'impression qu'il a les yeux humides.

— Je peux te dire qu'on va t'offrir de bonnes conditions de licenciement. Trois mois de salaire plein, puis trois mois à cinquante pour cent. Tu gardes ton fonds de pension. Il n'y a pas de préavis. Le rachat se concrétise, et on doit régler ça au plus vite. C'est un peu précipité.

— En effet.

— Je suis désolé. On est tous désolés.

— Alors, je peux partir ?

— Il y a un peu de paperasse à remplir, bien sûr, et il va falloir qu'on informe tes clients, mais Jeanette va s'en charger. On doit juste régler les derniers détails.

C'est ça que je suis devenu. Un détail.

Les deux heures suivantes forment une procession solennelle de coups de fil à passer et de formulaires à signer. J'effectue chaque geste dans un état proche du rêve. Tous mes collègues viennent me dire à quel point ils sont attristés, avant de s'éloigner avec embarras vers leur bureau – un bureau où il y a encore un travail. Jeanette n'arrête pas de me préparer du thé, comme Mme Doyle dans *Father Ted*. Elle exprime sa gêne et son chagrin par la seule façon que nous autres Britanniques soyons capables de comprendre dans des moments comme ceux-ci : par le langage de la boisson chaude. Les tasses s'amoncellent sur mon bureau sans que personne ne se soucie de les laver. Je détache mon affiche de Le Corbusier et vide lentement huit années de bric-à-brac inutile dans un sac plastique. J'ai deux photos dans des cadres. Sur la première, on voit Jody et Sam dans un parc à Bath, en train de pique-niquer à flanc de colline ; sur la deuxième, on me voit, à dix ans, devant un café londonien en compagnie de George. Je glisse les deux cadres dans le sac et me déconnecte du réseau avant d'éteindre l'ordinateur. L'écran clignote et passe au noir.

Je sors de la pièce et murmure quelques au revoir gênés. Daryl se lève comme pour me serrer dans ses bras, mais il finit par me tendre la main avec réserve, comme pour conclure une transaction un peu décevante. Sur le pas de la porte, Charles me donne une tape dans le dos.

— Bien sûr, nous te fournirons des références. Si j'entends parler d'une opportunité, je te tiens au courant. Tu vas retrouver du boulot en un rien de temps. Reviens quand tu veux si tu as besoin de quoi que ce soit. Quand tu veux.

— Je le ferai. Merci, Charles.

Sur ces mots, je suis parti. La porte se referme derrière moi, et lorsque je me retourne, je distingue à peine mes collègues derrière les innombrables affichettes de maisons à vendre. La pluie est plus fine maintenant, mais un petit ruisseau coule toujours le long du trottoir vers les bouches d'égout. De l'autre côté de la rue, un couple entre dans un restaurant en se tenant par la main. Une mère et son bambin sautent dans les flaques. Deux hommes en costume passent en riant à gorge déployée, un sac de chez le traiteur hors de prix au coin de la rue à la main. Tout est normal.

Sauf que non.

Je viens de me faire jeter pour la deuxième fois en un mois. J'ai l'impression de ne plus rien peser. D'être inexorablement entraîné vers un tourbillon. Je n'ai jamais voulu ce boulot, je l'ai pris parce que j'avais besoin de stabilité, d'argent, que nous avions un bébé en route. Et puis je suis resté parce que je n'avais pas la moindre idée de ce que je voulais faire. Je l'ignore toujours. Cet emploi me procurait quelque chose de fixe, d'infaillible, une certitude. Mais rien n'est certain. Je devrais le savoir, j'ai fait des études de philo, bon sang ! Pour ce que ça m'a apporté. Personne, planté devant son ancien lieu de travail, sans emploi et terrifié, ne se demande : « Que ferait Karl Popper à ma place ? » Je songe à appeler Dan pour aller prendre une cuite, mais il est à Bath pour un projet de design. Et il n'y a qu'une seule personne à qui j'aie envie de parler dans un moment comme ça. Je sors mon téléphone et compose le numéro.

J'ai craqué pour Jody dans les trente-cinq secondes qui ont suivi notre rencontre. J'avais quitté l'université avec les mêmes projets de carrière que la plupart des jeunes diplômés littéraires, c'est-à-dire aucun, à part peut-être entrer comme stagiaire dans un hebdo de gauche. J'avais donc opté pour la même solution à court terme que tous les autres jeunes gens désœuvrés du Somerset : me faire embaucher pour la récolte des pommes. L'une des fermes des environs de la demeure familiale, où j'avais travaillé – mal – de temps à autre depuis l'adolescence, m'avait repris avec plaisir pour quelques mois. Par ce chaud matin de septembre, il y a dix ans, lorsque je m'étais présenté, Jody était dans la cour avec un groupe d'employés enthousiastes, un panier à la main. On nous avait attribué la même rangée d'arbres. Il faisait beau et le verger vibrait dans la chaleur de la fin d'été.

— Tu préfères qu'on cueille dans le même arbre, ou qu'on se les répartisse ?

Elle me regarda avec curiosité.

— Je ne savais pas qu'il fallait développer une stratégie. Il est clair que c'est toi l'expert. Comment on procède ?

Elle était belle, pleine d'assurance, intimidante. Ses boucles brunes retombaient en cascade sur ses épaules. Elle portait un tee-shirt Nirvana et un minishort en jean qui ne cachait pas tout à fait ses fesses. J'essayais de ne pas regarder alors que nous dépouillions les arbres de leurs fruits. « Arrête de mater mon cul », répétait-elle depuis le haut de l'échelle.

Cet automne-là, Jody et moi avions passé six semaines ensemble, à cueillir des pommes le jour et boire du cidre au pub du coin le soir – un cycle parfait. Nous passions des heures à discuter. J'avais découvert qu'elle était à l'école de filles à sept kilomètres de chez moi, qu'elle avait étudié le design industriel à la fac, qu'elle tuait le temps avant de commencer un master de management artistique. Elle rentrait d'un chantier archéologique au Kazakhstan. J'avais passé deux semaines dans une roulotte à Brean avec Dan et deux amis dont je ne me souviens plus. « On se ressemble tellement », disions-nous pour rire. Elle m'expliquait comment on dessine les smartphones. Je lui parlais de mon diplôme inutile et de ma famille, et de la chose horrible qui nous était arrivée dix ans plus tôt. Certains soirs, on prenait le train vers le centre-ville pour aller voir des films expérimentaux bizarres au *Watershed*, ou bien nous nous rendions, ivres, au centre d'art contemporain Arnolfini où nous titubions devant les œuvres incompréhensibles. Le week-end, nous achetions un billet à la journée pour le bateau-bus, et faisions des allers-retours entre la station Temple Meads et le navire *Great Britain*, vautrés sur les sièges en plastique. Le bateau se traînait en crachotant à travers les nombreux bras marécageux qui traversent Bristol. Quand nous passions près des grandes grues désormais inutiles des anciens docks, je lui disais que les TB-TT de *L'Empire contre-attaque* étaient inspirés de structures semblables dans le port de San Francisco. Je crois bien le lui avoir répété à chacun de nos passages. Elle hochait la tête, conciliante.

Une nuit, après deux semaines de ce régime, nous sommes rentrés chez ses parents à vélo, nos visages luisants de sueur illuminés par le clair de lune.

— Bon, ben, bonne nuit, ai-je dit d'un air timide.

— Tu ne vas pas m'embrasser ?

J'ai pris mon courage à deux mains pour me pencher de mon vélo vers le sien, lui prendre le visage et l'embrasser sur la bouche, longtemps. Je ne suis pas sujet à l'hyperbole romantique, mais quand nous nous sommes enfin écartés, je n'aurais pas été surpris de découvrir que le ciel d'été s'était embrasé de feux d'artifice.

Puis Jody décroche, et je suis brusquement ramené au Bristol d'aujourd'hui. La ville où tout va de travers.

— Salut, Alex. Tout va bien ?

— Non, pas vraiment. Je me suis fait licencier !

— Quoi ? Oh, merde ! Ils t'ont donné un préavis ?

— Ça couvait depuis des mois. La boîte a été rachetée. Ils n'ont plus besoin de conseiller en emprunts immobiliers… Je suis désolé.

— Pourquoi tu es désolé ?

— La maison, Sam… Je suis responsable.

Le silence se fait à l'autre bout de la ligne. Je me demande si elle est en train de prendre conscience de l'énormité de la nouvelle.

— Écoute, ne te prends pas la tête avec tout ça maintenant. Dan est dans les parages ? Tu peux aller le voir ?

— Il bosse. Est-ce que tu…

— Alex, je suis vraiment navrée… J'ai un rendez-vous que je ne peux pas louper.

— Oui, oui. Je comprends.

— On se voit plus tard dans la semaine, on pourra en discuter, d'accord ?

— D'accord.

— Alex, prends soin de toi. C'est juste un boulot. C'est ce que tu as toujours dit. Tu en trouveras un autre.

Je suis à la dérive.

— D'accord. Salut.

Plus tard, Dan rentre à l'appartement et me découvre avachi devant la télé, en train de jouer à *Grand Theft Auto V*. À bord d'une voiture salement cabossée, je tire comme un taré sur des piétons, tout en dévalant les rues bondées.

— C'est quoi, ce bordel ? Je me suis trompé de porte, ou quoi ? Attends, il s'est passé un truc ? Pourquoi tu joues à un jeu vidéo ?

— Je me suis fait virer. Comment on débloque le lance-missiles ?

— Pose la manette. On sort et on se bourre la gueule.

Pour une fois, je ne proteste pas.

Dans la vie, la sécurité n'est qu'une illusion. C'est la pensée qui s'impose à moi, à 2 heures du matin, lorsque je m'écroule sur le matelas gonflable de la chambre d'amis, sans même me prendre la peine de le regonfler – à quoi bon. Nous avons écumé les bars branchés de Gloucester et Cheltenham Roads, avant de finir chez le traiteur antillais. Une nuit de beuverie typique de Bristol. Nous n'avons pas discuté des événements du mois écoulé, ni de mes possibilités ou de mes sentiments. Nous avons éclusé nos verres et parlé de musique, de films, et de tous les sujets pas dangereux, neutres, dans lesquels on se retranche quand la vie est trop dure pour qu'on la regarde en face. Mais maintenant, je suis bourré et tout seul, et dans le silence hurlant de l'appartement, tout remonte à la surface. Que faire ? Comment prendre soin de Jody et Sam ? Comment trouver le moyen d'aider mon petit garçon, lui-même si perdu dans son propre monde ? Et soudain, je me mets à penser : *Eh bien, peut-être que l'autisme n'est pas une faiblesse ou une maladie, peut-être que c'est un stade de l'évolution. Une prise de distance salutaire face à l'univers et sa cruelle incertitude.* Puis je me dis : *Peut-être que je n'aurais pas dû boire cette dernière Jägerbomb.*

La semaine suivante passe dans un brouillard, entre sommeil, déprime dans l'appartement de Dan, et re-sommeil. Je m'enfile plusieurs coffrets DVD de séries, engloutis un nombre incalculable de bols de nouilles instantanées, et plusieurs dizaines de litres de thé. Je vais sur Internet pour explorer sans entrain quelques sites d'offres d'emploi, sans la moindre idée de ce que je cherche. Je reste allongé sur le canapé à contempler le plafond. J'aide Dan à classer sa collection de vinyles, je débarrasse la cuisine et fais notre lessive à tous les deux. Paradoxalement, plus je me sens dérangé, plus l'appartement est rangé. Un soir, Jody envoie un texto pour me demander de garder Sam, mais, bien qu'écrasé de culpabilité, j'invente une excuse. Je ne peux pas l'affronter dans cet état. Je ne suis pas capable de répondre à ses besoins, je n'en ai ni la force ni la patience. Par chance, ils partent tous les deux rendre visite aux parents de Jody à Gloucester pour les deux dernières semaines des vacances d'été de Sam, ce qui m'évite une série de samedis matin au parc. Matt m'invite à deux reprises à regarder un match, mais je refuse également. Je me dis que sa maison chaotique, avec son armée d'enfants déchaînés, me rendrait fou de terreur. Je ne quitte l'appartement qu'une fois en sept jours, pour faire des provisions de malbouffe et de lait. La caissière me regarde avec un mélange d'effroi et de pitié. De retour à la maison, je me rends compte que je porte un bas de pyjama en tartan, un tee-shirt Marks & Spencer froissé, et des baskets dépareillées. Si on ajoute le fait que je ne me suis pas rasé depuis cinq jours, on a idée de mon allure générale. Je suis pathétique.

Mais Dan est super. Chaque soir, il rentre chez lui et fait comme si tout allait bien. Pas à la façon typique des hommes incapables de gérer les émotions, mais comme pour me dire : « Mec, tu as besoin de temps, et si tu veux rester chez moi pour tomber en ruine, y a pas de problème. » Il ne se mêle pas de ce qui ne le regarde pas, ne me demande pas ce que je fais ni pourquoi j'ai la tête de Jack Nicholson à la fin de *Shining*. Il se contente de prendre les choses comme elles viennent – même si j'ai remarqué depuis quelques jours qu'il n'amène plus de filles à la maison. Oh, merde, je suis la folle du grenier ! Ou plus exactement, le bonhomme triste de la chambre d'amis, avec ses pompes dépareillées et sa chemise maculée de bolognaise.

Un soir, il me propose de parler à Emma par Skype, juste pour rire, me dit-il. Je me rase à grand-peine, les yeux larmoyants, et nous nous installons devant le Mac pour composer le numéro. Pas de réponse. Il semble plus déçu que moi. Je me souviens vaguement qu'ils sont sortis ensemble lorsqu'on était encore voisins, mais ça s'est fini brutalement quand elle a sauté dans un avion pour la Nouvelle-Zélande et n'est jamais revenue. L'idée me paraît d'ailleurs soudain bien tentante. Une fois de plus, j'envie sa liberté. Plus tard dans la soirée, je me rends sur un site de voyages et regarde machinalement les vols pour des destinations lointaines. « Désolé, Jody, je ne peux pas venir garder Sam, je suis à Kuala Lumpur. »

Puis, un mardi après-midi, alors que je suis allongé sur le canapé devant mon septième épisode de *Les Nouveaux Pauvres*, Jody appelle.

— Salut Alex, comment ça va ?

— Oh, ça va. Enfin, j'ai un peu perdu les pédales. De façon temporaire.

— Tu as une idée de ce que tu vas faire ?

— Non. Non, pas encore. Ça décante. Et toi ? Comment ça se passe chez tes parents ? Comment va Sam ?

— Bien, très bien.

Elle se tait une seconde avant de reprendre :

— Il s'est passé un truc. L'une des mamans de l'école de Sam travaille dans un musée en ville, et ils recherchent un conservateur adjoint. Ils m'ont donné rendez-vous, ma mère m'a déposée en voiture, et ils m'ont proposé le poste. Ils veulent que je commence dès la rentrée scolaire. C'est seulement deux jours par semaine, mais j'ai vraiment envie de le faire. Je sais, je suis désolée, ça tombe au pire moment, c'est…

— Il faut que tu acceptes. C'est ce que tu as toujours rêvé de faire, dis-je sans hésiter.

— Mais Sam…

— On trouvera une solution.

— Alex, ça veut dire que tu vas devoir aller le chercher à l'école.

Dans ces moments, le temps semble soudain ralentir et se distendre. Je ressens une pression terrible dans la poitrine, les bords de mon champ de vision noircissent comme sur une vieille télé, et j'ai la sueur qui perle au front. Je suis pétrifié, bloqué dans le temps et l'espace comme dans des limbes de souffrance.

Je me retrouve vingt ans en arrière.

Avec George, mon frère aîné, je sors de l'école en courant vers les grilles. Nous faisons les fous, chacun poursuit l'autre et le bouscule. On est lundi après-midi, les cours sont finis, et nous avons hâte de rentrer à la maison pour nous affaler devant la télé. J'essaie de lui faire des croche-pieds, je lance la jambe pour attraper la sienne alors que nous trottinons.

—Arrête ! Arrête, Alex !

Mais je m'amuse trop à embêter mon frère, parce que d'habitude c'est l'inverse. Devant nous, les enfants se pressent à la grille, et les parents attendent les plus petits. On est fin février, et le ciel s'assombrit déjà. Il fait froid. Il accélère et je lui emboîte le pas en riant et en balançant mon cartable vers lui.

—Alex, laisse-moi tranquille, maintenant !

À présent, il court à toutes jambes. Il arrive aux grilles et se glisse dehors, se faufile entre les parents, sur le trottoir et vers la route que nous devons traverser pour emprunter l'allée qui mène à la maison. Mais il ne l'atteint pas.

Je ne vois pas bien, à travers la foule de papas et de mamans, mais j'entends le crissement des pneus. Pendant une seconde, j'aperçois un corps qui tourbillonne. Je sais que c'est George, et je ris presque parce que c'est tellement ridicule de le voir décrire des roues en l'air. Je cours toujours, m'attendant à ce qu'il se relève, pleure ou me crie dessus, mais en atteignant la masse de parents, je n'entends qu'un hurlement, puis un autre.

Une mère me reconnaît.

— Reste ici. Reste ici, Alex, mon chéri.

Ses mains qu'elle pose sur mon visage sentent le liquide vaisselle. J'entends une portière de voiture.

— Oh bordel de merde, oh, non !

— Vous alliez beaucoup trop vite !

— Lindsay, appelle une ambulance !

— Où est Alex ? Où est son frère ?

— Maman, dis-je doucement, puis plus fort. Ma maman. Je veux ma maman.

Je perçois du bruit et des cris, les adultes se bousculent sur la route. Je sens mes jambes céder, et la dame me soulève dans ses bras. Une sirène arrive de très loin, le son se mélangeant aux sanglots des inconnus. Je ferme les yeux de toutes mes forces et j'essaie d'appuyer les mains sur mes oreilles. Le monde se referme sur moi.

— Empêchez-le de voir. Empêchez-le de voir.

George a été emmené à l'hôpital, mais déclaré mort peu après son arrivée. Lésions irréversibles à la tête. Quand je suis retourné à l'école une semaine plus tard, j'ai pris l'habitude de faire tout le tour pour entrer par le gymnase à l'arrière du bâtiment. Je n'ai plus jamais emprunté les grilles de devant.

— Je sais que c'est difficile, murmure Jody.

J'ignore combien de temps nous sommes restés silencieux.

— Je peux demander à quelqu'un d'autre, peut-être ? Ma mère ? Alex, ça va ? Tu es toujours là ?

— Non. Non, ça va. Je peux le faire. C'est une autre école. C'est bon. C'est bon.

Mais Jody sait que je change toujours de trottoir, que je suis prêt à faire un détour de plusieurs minutes pour éviter les grilles d'école. De n'importe quelle école.

— C'est bon, dis-je une dernière fois.

Nous nous disons au revoir et je reste assis, la tête dans les mains, à tenter de reprendre mon souffle. Et il me semble soudain évident que ça ne va pas du tout, et que ça fait longtemps que ça dure.

CHAPITRE 10

Aujourd'hui, c'est soirée quiz au Old Ship, ce qui signifie qu'il y a dix clients au lieu de quatre. Dan et moi avons été contraints de participer, mais comme la plupart des questions portent sur la musique et la télé des années 1970, nous n'avons guère d'espoir de gagner. Au milieu de ce brouhaha inhabituel, Sid est assis tout seul, à marmonner devant son échiquier, son demi presque intact à côté de lui. Quand quelqu'un passe à proximité, il étend le bras en un geste protecteur autour de sa table.

—Alors, demande Dan, ça va mieux, cette semaine ?

—Eh bien… j'ai fait mes deux premières sorties d'école.

—Comment ça s'est passé ?

—Oh, bien. Nickel.

Voici ce qui s'est réellement produit. Le jeudi, j'ai paniqué et attendu un peu à l'écart des grilles, et j'ai dû crier pour que Sam me voie alors qu'il sortait dans la cohue, avec son cartable abîmé et deux peintures.

—Où est maman ?

—Au travail. Elle t'en a parlé, n'est-ce pas ?

—Quand est-ce qu'elle rentre ?

—À 17 h 30, donc dans deux heures. C'est moi qui te ramène à la maison.

—Mais à la maison, il y a maman ?

—Non, elle est au travail.

—Pourquoi elle est au travail ?

— Rentrons à la maison, d'accord ?

— Mais est-ce que maman y est ?

Ça résume à peu près nos échanges sur le chemin de la maison. J'ai essayé de lui demander comment s'était passée sa journée, mais j'ai eu droit à la ronde familière des réponses : soit il ne répond pas, soit il répond « bien », soit il me pose à son tour une question. J'ai tenté de lui raconter ma journée (« Papa a regardé quinze épisodes des Simpson »), mais les engrenages de son cerveau revenaient toujours à son inquiétude principale.

— Où est maman ?

Arrivé à la maison, il s'est précipité à l'étage vers la console. Jody m'avait indiqué qu'il avait droit à une heure. Je me suis donc installé devant la télé pour zapper machinalement. Une heure plus tard, je suis monté lui dire que le temps était écoulé, et il a jeté la manette par terre.

— Où est maman ?

Le lendemain, je me suis approché des grilles en crabe, agrippé à la barrière comme le long d'une dangereuse corniche en montagne. Deux mères semblaient me surveiller avec soupçon. J'ai eu l'impression que l'une d'elles était une amie de Jody, mais je n'en étais pas sûr. Je lui ai quand même souri, et elle s'est détournée pour parler à quelqu'un d'autre. Une cloche a retenti dans le bâtiment, et les enfants ont commencé à sortir peu à peu, certains en riant et plaisantant, d'autres, tête baissée, fonçant vers leurs parents d'un air déterminé.

Sam est apparu, tout d'abord accompagné d'un enseignant, un jeune homme en costume bon marché qui l'a poussé doucement vers les grilles. Sam s'est élancé, et j'allais lui faire signe lorsqu'un autre garçon s'est jeté sur lui pour lui donner une tape sur la tête. Sam a rentré les épaules. Furieux, je me suis approché de l'entrée, mais me suis arrêté net, déchiré entre ma rage protectrice et le spectre de George courant à travers la foule et sur la route. Sam m'a vu et s'est avancé d'un pas lent. J'ai essayé de reprendre contenance.

— C'était qui, ce garçon ? Pourquoi il t'a frappé ? Qu'est-ce qui se passe ?

Il m'a regardé, perplexe, incapable de comprendre cette salve de questions.

— Je ne sais pas. Où est maman ?

— Tu veux que je parle au maître ?

— Non. Papa, non.

— Pourquoi il t'a tapé ?

— Je veux rentrer à la maison ! Où est maman ? Je veux jouer à *Minecraft*.

Il s'est mis à pleurer, pour de vrai, avec des gros sanglots qui lui secouaient les épaules. J'ai essayé de le prendre dans mes bras, mais il s'est dégagé. Comme toujours, je n'avais pas la moindre idée de comment le calmer. Je l'ai laissé courir devant moi, et quand on est arrivés à la maison, il est monté dans sa chambre avant même que j'aie eu le temps de prononcer un mot. J'ai fait les cent pas dans le salon, incapable de m'asseoir, électrisé par la colère et la peur. J'ai pensé à appeler l'école pour signaler l'incident, mais décidé qu'il valait mieux en parler avec Jody, qui en savait forcément plus que moi. De l'étage me parvenaient les sons de plus en plus familiers de *Minecraft*. La douce mélodie du piano et les accents électro presque hypnotiques.

— Ça s'est passé aussi bien que je m'y attendais, dis-je à Dan.

— Horrible à ce point ?

Nous nous en sortons étonnamment bien au quiz. Dan révèle une expertise que j'ignorais côté rock progressif, et j'ai passé tellement de temps devant des chaînes de télé rétro que j'arrive à répondre à deux questions sur *Regan* et à identifier l'acteur Fulton Mackay lors de la série « images ».

Nous terminons à la seconde place, ce qui nous vaut une bouteille de sherry anglais.

— Mais c'est quoi, en fait, du sherry ? demande Dan.

Quatre bières plus tard, nous commençons à discuter pour de vrai. À ma grande surprise, c'est Dan qui entre dans le vif du sujet.

— Alors, mec, c'est quoi ton plan ?

— Mon quoi ?

— Ton plan, ton objectif. Qu'est-ce que tu vas faire après ?

— Je ne sais pas. Je regarde des annonces, mais y a rien qui me parle. Ça serait plus simple si je savais ce que je veux faire, ou dans quoi je suis bon. Tu as besoin que je déménage ? Je peux tout à fait comprendre !

— Non ! Mais il faut que tu commences à penser à l'avenir. Ça fait trop longtemps que tu es coincé dans le passé.

— Je ne sais pas ce qu'est l'avenir. J'ai un passé terrible et un présent qui ne finit jamais, et ça ne laisse pas beaucoup de place au reste. Les choses me tombent dessus, c'est tout. Tu vois ce que je veux dire ?

— Alors, agis ! Retourne la situation ! Prends le contrôle.

Mais je commence à perdre patience. Je n'ai pas envie d'entendre un nouveau sermon sur tout ce que j'ai raté, surtout pas de la part de Dan.

— Tu veux dire, comme toi ?

Je ne sais pas d'où c'est sorti, mais c'est dit.

— Qu'est-ce que tu insinues ?

— Que tu passes d'un vague boulot free-lance à un autre, sans plan, sans ambition, et je ne crois pas que tu sois déjà resté plus d'un mois en couple. Qu'est-ce que tu fais de ça ? Tu es aussi nul que moi.

— Non, rétorque Dan d'une voix calme et posée. C'est différent. Moi, je ne rends pas tout le monde malheureux autour de moi.

Le silence se fait, ponctué par le juke-box qui se met en marche avec les Everly Brothers. Je ne sais pas si je dois m'énerver ou admirer le caractère direct et incisif de Dan. Je décide donc de me comporter en adulte mature, et de partir en claquant la porte.

— Eh bien, merci de m'avoir remonté le moral. Je vais aller faire souffrir quelqu'un d'autre.

Je me lève, mais Dan m'attrape le bras et me jette dans mon fauteuil.

— Alex, mec, écoute-moi. Je t'aime – comme un frère, je veux dire – et je ne dis pas ça parce que je suis bourré. À l'intérieur de toi, il y a un Alex sensé et brillant, et c'est lui que je veux retrouver.

Je suis ébloui un instant. En partie parce que Dan ne m'avait encore jamais agressé physiquement, donc c'est une nouveauté, et également parce que nous n'avons jamais mis cartes sur table à ce point-là. Je suis en territoire inconnu.

— Je ne sais pas comment, dis-je enfin. Je veux dire, peut-être que si je trouve un boulot, que je commence quelque chose de nouveau…

— Non, écoute, tu as déjà un boulot, rétorque Dan. Un boulot très important. Alex, ton travail, c'est d'apprendre à connaître ton fils. Oublie tout le reste, oublie le taf, oublie George pendant un moment. C'est ça, que tu dois faire. Franchement, ça saute aux yeux. Il faut que tu trouves Sam.

Je prends une gorgée de bière et jette un coup d'œil au vieux Sid, tout seul dans son coin, à cacher une triste histoire bien à lui – et trop longue, désormais, pour être changée.

— Tu peux me dire où chercher en premier ? Je suis à court d'idées.

— Pfffiou, mec… Je suis vidé. C'est la conversation la plus profonde que j'ai eue en dix ans. Je n'ai plus rien en magasin.

On ferait mieux de rentrer, boire du sherry anglais, même si je ne sais toujours pas ce que c'est, et de parler du nouvel album de Chvrches.

Chapitre 11

La semaine suivante, je me rends à la librairie *Blackwell* dans Park Street. Je parcours le rayon « Bien-être et développement personnel » jusqu'à tomber sur quelques livres sur l'autisme. J'ai décidé d'en lire un. Et je l'ai fait. Nous en avons quelques-uns à la maison, pour la plupart achetés après une longue journée de crises épuisantes. Certains, pompeux et dirigistes, abordent le handicap comme un projet créatif de haut niveau. D'autres, plutôt dans le genre guide de vie hippie, vous laissent avec l'impression que c'est vous le problème, à cause de votre perception négative de l'autisme. Dans un cas comme dans l'autre, je n'ai jamais réussi à tenir plus de quelques chapitres avant de me perdre ou d'abandonner. Pour moi, ces livres se fondaient dans la masse fétide des conseils condescendants qui faisaient partie de notre quotidien depuis les premières années de Sam. C'est peut-être pareil pour tous les parents, je ne sais pas, mais s'il y a trois mots que ceux qui ont un enfant autiste redoutent particulièrement, c'est « Avez-vous essayé… ». Franchement, c'est une chose de les entendre d'un ami (et là, toute l'affaire avec Peppa Pig me revient en mémoire), mais c'est encore plus délicieux de se les prendre de la part d'un inconnu sur le trottoir. Par exemple :

— Avez-vous essayé de passer par un autre chemin ?

Parce que Sam faisait une crise devant le magasin de jouets où nous avions refusé d'entrer.

— Avez-vous essayé de le laisser découvrir la nourriture avec ses doigts ?

Parce que nous avions accidentellement tenté de l'empoisonner au restaurant avec un grain de maïs égaré dans son assiette et qu'il était sur le point de vomir.

— Avez-vous essayé de l'écouter ? Les enfants nous disent plus que ce que nous croyons.

Parce que Sam avait passé toute la journée à sangloter sur la plage sans que nous sachions ce qui n'allait pas ni ce que nous avions fait de travers.

Cette anecdote est ma préférée entre toutes. Jody a dû me retenir pour que je n'attrape pas Sam afin de le tendre à la brave dame sur le transat à côté de nous en lui disant : « Vous savez quoi ? Prenez-le ! » Nous ignorons toujours ce qui n'allait pas – il avait peut-être du sable dans son slip.

Avec tout ceci en tête, je choisis deux livres qui semblent se trouver à égale distance entre « Comment réparer un enfant qui ne fonctionne pas » et « Eh, les gars, c'est la société qui doit changer, pas lui ». En chemin vers la caisse, j'aperçois un imposant présentoir de livres sur *Minecraft*. Les exemplaires sont empilés très haut autour d'une silhouette carrée armée d'une pioche. Sur un coup de tête, je me mets à feuilleter un guide complet du jeu.

— Alors comme ça, vos enfants aussi sont accros à *Minecraft* ? demande le caissier.

Il me dévisage avec intensité tout luttant pour faire entrer les livres dans un sac plastique.

— Mon fils vient juste de s'y mettre. Mais oui, on dirait qu'il aime bien.

— Ah, les miens ne parlent que de ça. C'est « *Minecraft* par-ci, *Minecraft* par-là ». Ma fille a passé tout le week-end à construire le Taj Mahal.

— Je vois.

— Quant à mon garçon, il a commencé le stade de Manchester. Deux heures, ça m'a pris, hier soir, de lui trouver des images sur Google et de les imprimer. Pourquoi il n'a pas choisi celui de Bristol ? On le voit depuis chez nous !

— Hum, oui, j'ai hâte d'y être.

— C'est quand même mieux que d'autres choses qu'ils pourraient faire sur cette console, comme abattre des gens à bout portant, couper des têtes avec une épée, tabasser des prostituées, tout ça.

— Certes. Merci.

Pas perturbé par cet échange bizarre, je m'arrête dans un magasin de jeux vidéo afin d'acheter un exemplaire de *Minecraft* avant de rentrer chez Dan. C'est la première fois que j'entre dans une boutique de ce genre depuis le jour où j'ai acquis *FIFA Football* pour Sega Mega Drive il y a environ cent cinquante ans. Je me sens étrangement libéré. Non que je sois un vrai technophobe. J'ai un smartphone, je sais me servir d'un ordinateur, mais l'idée de jouer sur un écran, juste pour m'amuser, me semble absurde. Il y a tellement de films à regarder et de livres que je voudrais lire… Je n'ai même pas fini la bibliographie qu'on nous avait donnée en entrant à la fac. Et maintenant, chaque fois que j'ai envie de changer un peu d'horizon, je ne peux pas m'empêcher de faire des comparaisons avec Dickens ou Derrida. Mais ici, il n'y a pas de telles exigences. Les étagères sont remplies de boîtes aux couleurs vives qui montrent des soldats de l'espace musclés et des militaires patibulaires. Un énorme écran sur le mur projette une suite d'images de jeux à la qualité étonnante. Je finis par trouver *Minecraft* et m'empare du boîtier. Me voilà devenu le genre de bonhomme qui achète des jeux vidéo. Je vais sans doute devoir demander à Dan de me l'installer, mais quand même. En sortant du magasin, je suis soulevé par une vague d'optimisme qui ne me ressemble pas. Je ne sais pas quoi faire pour sauver mon couple, vraiment aucune idée. Mais je vais déchiffrer Sam. Je vais percer les secrets de l'autisme ou de *Minecraft*, soit l'un, soit l'autre.

Plus tard, en rentrant, Dan me trouve en tailleur devant sa télé, la manette de Xbox dans une main, le guide de *Minecraft* dans l'autre.

— Retour aux jeux vidéo ? Tu as quel âge, quinze ans ?

Sur l'écran s'affiche le paysage tout en carrés que je commence à bien connaître, ses pâtures anguleuses parsemées de fleurs cubiques. J'ai découvert qu'à chaque partie, le logiciel crée un nouveau décor, rien que pour vous. C'est comme une version personnelle de la Genèse, sauf qu'il n'y a pas d'arbre de la connaissance du bien et du mal (et s'il existait, on pourrait sans doute l'abattre pour construire une cabane). Ce serait une expérience assez belle et excitante si j'avais la moindre idée de ce qui était attendu de moi. J'ai choisi le mode « survie » : si je n'ai pas fabriqué d'abri avant la nuit, je serai livré en pâture aux zombies et aux araignées géantes. Je suis terrifié. En suivant le guide, je parviens à couper du bois pour créer des blocs, que je laisse ensuite tomber sur un coin plat du paysage afin de créer une maison rudimentaire. On dirait une cabane de scouts version Ikea. Lorsque la nuit tombe, et que le ciel pixellisé s'assombrit, je m'aperçois que je n'ai pas prévu de porte, et que je ne peux entrer. En toute hâte, je crée un trou dans l'un des murs, ouvre le menu pour choisir un battant, puis le flanque dans l'ouverture. Il s'ouvre puis se referme derrière moi avec un bruit rassurant. Je suis en sécurité. Est-ce à cela que s'occupe Sam depuis des semaines ?

— Qu'est-ce que je suis censé faire maintenant ? dis-je à Dan.

— Où sont les flingues ?

— Je ne crois pas qu'il y en ait.

— Dans ce cas, je ne peux pas t'aider, mon pote.

Je vais dans le menu « quitter » pour sauvegarder la partie afin que mon monde ne disparaisse pas à tout jamais, puis éteins la console.

— Je ne comprends pas le XXIe siècle, avoué-je.

Le soir, je consulte ma boîte mail, inquiet d'être sans nouvelles d'Emma depuis deux semaines. Rien. Je vais sur Facebook et Instagram : pas de publications non plus. Je m'installe sur le matelas avec les livres sur *Minecraft* et sur l'autisme, sautant de l'un à l'autre en lisant un passage ici ou là. Je m'endors en me tracassant pour des guerriers squelettes et des troubles de l'adaptation sociale.

* * *

L'alarme de mon téléphone me réveille de bonne heure le samedi matin, le jour de Sam, et je ressens l'angoisse familière. Il a plu très fort, et à présent il tombe cette bruine anglaise qui semble ne jamais devoir s'arrêter. Je vais peut-être pouvoir zapper le parc. Je songe à l'emmener à la piscine, mais ce serait un bien pire cauchemar. Aurai-je pris la bonne serviette, aurons-nous la bonne cabine, un autre enfant va-t-il l'éclabousser et déclencher une grosse crise ? Devrai-je expliquer la situation au maître-nageur persuadé de le voir se noyer ? Peut-être qu'on pourrait se rendre au centre de Bristol en bus. Traîner toute la journée au café, se gaver de gâteaux, et suivre des avions sur Flight Track. Mais alors je le ramènerais à Jody bourré de sucres et d'additifs, et c'est quand même pas très fair-play.

En arrivant devant la maison, je me gare et aperçois par la fenêtre Jody occupée à ranger. Je rabats la capuche de mon anorak et m'élance en courant. Elle me voit et me fait un geste de la main.

— Salut, papa, j'ai fait un château, déclare Sam en ouvrant la porte.

— Ah, très bien. Tu parles de *Minecraft*, c'est ça ?

Mais il a déjà filé à l'étage. Je reste avec Jody et rien à dire.

— Salut.

— Coucou.

J'entends un CD que je ne reconnais pas, avec des guitares bizarroïdes et des voix étranglées. Jody porte un jean moulant et un étroit tee-shirt noir de Joy Division. Elle fait dix ans de moins que moi.

— Tu as l'air en pleine forme, dis-je.

— C'est parce que je dors, en ce moment.

— Ça te plaît, le boulot ?

— Super ! Ça fait tout drôle de reprendre, mais j'ai des expos intéressantes qui arrivent. Des nouveaux artistes, un tas de choses à apprendre.

Soudain, elle semble prendre conscience de son enthousiasme, et elle se tourne pour me regarder, l'air coupable. Quelque chose a changé, j'ignore quoi, mais il y a un fossé entre nous, et pour la première fois, je soupçonne avec une boule d'angoisse qu'il ne se refermera pas.

— Bref, comment ça va ? Tu veux une tasse de café ? Je viens d'en faire.

J'entends un rire à l'étage, et avec un léger choc je comprends que c'est Sam, seul et heureux. Nous nous asseyons avec notre café, et écoutons notre fils qui, en temps normal, a besoin d'un contact presque constant avec Jody, s'amuser loin de nous, dans un autre monde. Nous conversons avec gêne, évitant les sujets profonds. Elle me parle encore un peu de son travail, j'évoque les nouveaux livres que j'ai achetés sur l'autisme, et mon projet de tenter de comprendre Sam pour de vrai.

— Eh bien, tu vas peut-être avoir une chance de mettre ça en pratique, dit-elle.

— Qu'est-ce que tu veux dire ?

— En fait, le mois prochain, ma copine de fac Gemma se marie dans le Norfolk. Je me demandais si tu pouvais prendre Sam tout le week-end, du samedi matin au dimanche soir. C'est le deuxième week-end d'octobre. Tu peux ?

Je ne m'attendais pas à ça, mais m'y voilà. Un week-end complet. J'ai un accès de panique. Je ne me suis jamais occupé de lui si longtemps, même quand j'étais encore avec Jody. La pensée de devoir le rendre heureux, d'assurer sa sécurité, pendant deux jours, toutes les possibilités que ça tourne mal... Courir sur la route, à travers la foule des parents, tourbillonner dans les airs.

— Merde, je crois que j'ai mon pot de départ au bureau ce samedi, dis-je sans réfléchir. Tu sais, voir tout le monde, dire au revoir, me bourrer la gueule et supplier qu'on me reprenne, ce genre de choses. Je suis désolé.

Jody me dévisage pendant quelques secondes.

— OK, comme tu voudras, Alex. Je pensais que ça serait bien pour vous deux, mais apparemment ce n'est pas le cas.

Acculé, je parviens à transformer ma peur en colère.

— Jody, qu'est-ce qu'on fait, là ? Ça fait presque deux mois. Je ne sais toujours pas quel est le projet. Je n'ai aucune idée de ce que je dois faire.

C'est une tentative désespérée, maladroite, au pire moment. Je devine aussitôt que j'aurais mieux fait de me taire. Avec un soupir, elle regarde par la fenêtre.

— Je ne sais pas, Alex. Moi non plus, je ne sais pas. J'essaie de comprendre, comme toi. Pendant huit ans, tout tournait autour de Sam. S'occuper de Sam, s'inquiéter pour Sam. Et Alex, pour être honnête, je n'avais jamais l'impression que tu étais à cent pour cent avec moi. Je sais que tu travailles, j'en suis consciente. Mais ce n'était pas juste ça, tu étais absent de tout. Je ne peux plus vivre comme ça. On tourne en rond.

— Je faisais ce que je devais, pour vous protéger tous les deux.

— Mais on était en sécurité ! On n'avait pas besoin que tu travailles tout le temps.

Un long silence s'établit, rompu seulement par le passage d'un avion. Son vrombissement est aussi menaçant que le tonnerre. Je regarde autour de moi, comme si je me trouvais chez quelqu'un d'autre.

— Sam va bien, ce matin, déclare Jody d'une voix calme et mesurée. Il joue en haut, il est heureux. Du coup, je crois que tu ferais mieux de partir.

— Il faut qu'on parle.

— Non, pas aujourd'hui. Pas maintenant. On a rendez-vous lundi matin pour que Sam visite l'école Saint Peter. Tu peux au moins faire ça ?

— Bien sûr.

— On se voit lundi, alors.

Je m'apprête à sortir, mais quand je pose la main sur la poignée, elle reprend la parole.

— Ah, j'ai eu ta mère au téléphone. Je ne lui ai pas dit ce qui se passait. Il faut que tu la rappelles.

Je m'arrête et acquiesce.

— Et, écoute. J'apprécie que tu ailles chercher Sam à l'école. Je sais que c'est très dur pour toi. Mais il faut que tu te fasses aider, Alex. Tu traverses ta vie comme un somnambule. Il est temps de te réveiller.

Chapitre 12

Quand George est mort, tout s'est refermé sur nous. Maman, Emma et moi vivions dans un tout petit cercle de lumière. Pendant un temps, la famille, les amis et les voisins nous rendaient visite, un peu agités, pour essayer de nous aider. Et au début, ils y arrivaient. Des gens venaient faire le ménage et la cuisine, je ne me souviens plus qui. Certains voisins envoyaient leurs enfants avec des jouets et des bonbons, que nous acceptions avec avidité. Mais nous étions seuls au milieu de tout ça, coupés du monde par le choc et l'incompréhension. Puis la générosité et le soutien se sont raréfiés. Les membres de la famille que nous avions perdus de vue pendant des années sont retournés à leur vie. Les amies de maman s'agaçaient qu'elle ne vive pas son deuil comme elles l'auraient voulu. C'est une femme forte et fière, qui a grandi avec quatre frères dans une toute petite maison de Redruth, pendant les dernières années de l'exploitation minière. On n'avait pas tellement de place pour les sentiments et le chagrin, à l'époque, et elle a traversé les semaines qui ont suivi la mort de George avec une détermination que beaucoup ont interprété comme de la froideur. En bons touristes de l'affliction, ils restaient là à attendre qu'elle craque, mais elle ne l'a jamais fait. Privés de spectacle, ils s'en sont pris à elle ou l'ont laissée tomber. Et nous nous sommes retrouvés tous les trois, serrés les uns contre les autres comme les survivants d'un tremblement de terre.

Mais maman nous a ramenés à la vie comme un berger qui guide son troupeau. Elle n'avait pas le choix. Papa était parti depuis longtemps, même si le nom « papa » est tout sauf adapté pour un homme dont aucun d'entre nous ne se souvenait. Mes oncles le traitaient de salaud, ils pensaient qu'il était bon à rien et irresponsable, mais il avait réussi à convaincre maman – sans doute prête à tout pour s'enfuir – de le suivre dans le Somerset, pour un emploi chez un imprimeur de Bath qu'il avait rapidement perdu. Il est parti avant la naissance d'Emma. Maman ne l'a jamais revu, et on n'a plus entendu parler de lui. Nous savions qu'il ne fallait pas poser de questions, de même que nous savions, lorsqu'elle nous a renvoyés à l'école une semaine après la mort de George, que nous n'avions pas le choix. J'étais assez grand pour saisir que ce qui s'était passé était définitif, et que George ne reviendrait pas, mais Emma n'en était pas convaincue. C'était à moi de le lui faire comprendre. Et au plus profond de moi, fermement ancrée, malgré les protestations de tous ceux à qui j'en parlais, se trouvait une horrible culpabilité.

— Arrête, Alex, laisse-moi tranquille !

Ces mots me hantaient. Ils flottaient au-dessus de moi comme un nuage noir et bas.

Petit à petit, cependant, je me suis forcé à me focaliser sur un autre souvenir. Un souvenir de la veille de sa mort. Maman nous avait emmenés à Londres pour visiter le musée d'histoire naturelle et celui des sciences. Il faisait étrangement chaud, premier signe du printemps qui arrivait. Nous avions passé la matinée à courir d'une vitrine à l'autre, à appuyer sur des boutons, observer des squelettes de dinosaures et la fusée Apollo, et ensuite, nous étions allés dans un vieux café plus haut dans la rue, avec un auvent rouge vif et de petites tables en bois sur le trottoir. Nous nous étions assis pour manger des glaces au soleil. Nous bavardions, riions et comparions les souvenirs que nous avions achetés : échantillons de roche, cartes postales, et une balle qu'Emma avait lancée sur la chaussée et croyait avoir perdue, mais que George était allé lui chercher. Sur le chemin du retour vers le métro, il avait passé un bras sur mon épaule et j'en avais fait de même. Maman avait éclaté de rire.

— Regardez-vous, tous les deux. Mes petits gars.

J'utilisais ce souvenir contre l'obscurité. Chaque soir pendant de longs mois, je me suis forcé à me remémorer le moindre détail afin qu'il ne se dissolve pas. J'ai maintenant la photo de George et moi, debout devant le café – maman l'a trouvée et me l'a donnée il y a quelques années. J'en conserve plusieurs copies sur un disque dur, ainsi que des tirages. Quand on perd quelqu'un, le chagrin vous revient comme une crue soudaine qui arrache toutes vos défenses. On fait alors ce qu'on peut. On se cramponne à ce qu'on a pour s'en sortir.

C'est un matin clair et froid. Je me gare une fois de plus devant notre foyer, dans sa petite rue de maisons victoriennes mitoyennes, toutes semblables. Nous emmenons Sam à l'école Saint Peter. Jody explique qu'elle l'y a préparé depuis des jours. Pour ce genre d'événements, il a besoin d'être prévenu suffisamment tôt. Quitter son école pendant une journée pour en visiter une différente n'est pas rien. Ça le perturbe et chamboule son rythme. Ça ne va pas être drôle. Jody sort de la maison, sévère, vêtue d'une chemise habillée qu'elle a rentrée dans sa jupe n'importe comment. Elle agrippe le poignet d'un Sam à l'air triste, ferme la porte et se dirige vers la voiture.

— Salut, dit-elle d'une voix épuisée.

— Salut, ça va ?

— Ne pose pas la question.

Sam s'installe à l'arrière, met sa ceinture, et s'assied la tête dans les mains.

— Salut, Sam ! dis-je d'un ton joyeux.

— Ta gueule !

— OK, dis-je avant de me tourner vers Jody.

— On est en panne de Cornflakes Crunchy Nut. Et son pantalon est trop long.

Je hoche la tête, le visage fermé.

Nous ne parlons pas beaucoup en chemin. Je commence à décrire l'école à Sam. Son allée bordée d'arbres, les petites salles de classe, les gentils enseignants. Mais il enfonce ses doigts dans les oreilles.

— Je ne veux pas aller à l'école !

Il se met à donner des coups de pied dans mon dossier, de plus en plus fort. J'avance doucement le siège.

— Tu vois ce que tu rates ? grince Jody.

— Ce n'est pas moi qui ai choisi !

L'atmosphère de la voiture vibre de ressentiment. Une fois garés devant l'école, aucun de nous ne bouge, comme si nous étions tous pétrifiés dans cette hostilité mutuelle. Sam s'est enfoncé dans le siège arrière, Jody garde les yeux rivés devant elle.

— OK, dis-je pour finir. Allons voir la directrice.

Je sors de la voiture, imité par Jody. Mais lorsque nous voulons ouvrir la portière de Sam, il se tourne pour la maintenir fermée.

— Non ! hurle-t-il. Pas la nouvelle école !

— Sam, dis-je. Sam, allez, tu vas bien aimer.

— Non !

J'entrouvre la porte, mais il parvient à la claquer de nouveau avant de s'allonger pour donner des coups de pied dans la vitre.

— Sam, arrête, tu vas casser la fenêtre, prévient Jody.

D'un mouvement soudain, elle ouvre la porte, attrape Sam par la cheville, et commence à le tirer. Effaré, je reste un instant immobile, sans savoir quoi faire. Le souvenir d'une centaine de scènes similaires me revient d'un coup : Sam bébé refusant de sortir du siège d'un caddy, Sam à la halte-garderie, caché sous la table et donnant des coups de pied aux autres enfants, tant et si bien qu'on avait dû aller le chercher parce qu'il les terrorisait, Sam que je porte jusqu'à l'école, se débattant au point de finir par vomir. Parfois, j'ai l'impression que nous n'avons rien fait d'autre durant ces huit dernières années : tirer notre joli petit garçon d'une scène à une autre.

— Tu peux m'aider ? hurle Jody alors que Sam griffe le siège et lui donne des coups dans les mains et les bras.

Je prends soudain conscience que nous sommes juste devant l'école, devant une salle de classe et le bureau d'accueil.

— Tu vas lui faire mal !

J'ai craché cette phrase avec une fureur inattendue, jetant des coups d'œil inquiets autour de nous pour m'assurer qu'aucun enseignant ne nous voit. La tristesse se lit dans le regard de Jody, et je regrette aussitôt de l'avoir accusée. À une époque, nous affrontions ce genre de situation ensemble, que ce soit pour lui faire enfiler son uniforme ou avaler le contenu de son assiette. À présent, nous sommes séparés et c'est tellement facile de s'en prendre l'un à l'autre.

— Écoute, ça ne va pas marcher. On ne peut pas l'emmener dans cet état.

— Ah, putain ! crie Jody.

Elle lâche la jambe de Sam qui rentre dans la voiture en sanglotant. Maintenant, elle pleure aussi.

Je tente désespérément de trouver un moyen de faire retomber la pression lorsque mon portable se met à vibrer dans ma poche. Inquiet à l'idée que le personnel de l'école appelle pour savoir ce qui se passe sur leur parking, je le sors et regarde l'écran.

— Oh, merde !

Momentanément distrait du chaos qui m'entoure, je clique sur « accepter ».

— Allô ?

— Salut, Alex, c'est moi !

Elle a une voix joyeuse et claire. Le contraste avec ma matinée est incroyable.

— Où es-tu ?

Jody s'essuie les yeux avec un mouchoir. Elle s'engouffre dans la voiture et claque sa portière. Sam rajuste sa ceinture de sécurité et s'assied, tout de suite de meilleure humeur à présent que la visite semble terminée.

— Je vais bien ! Je suis de retour, Alex !

— Quoi ?

— Je suis rentrée en Angleterre !

— Quoi ? Quand ça ?

— Maintenant ! Je suis là, maintenant ! J'arrive vers Bristol ! Désolée, je peux dormir chez vous quelques jours ?

J'ai l'impression que quelqu'un vient d'appuyer sur le bouton d'avance rapide de ma vie, et que tout défile devant moi à une vitesse incompréhensible.

— Tu quoi ? bredouillé-je.

Et la communication se coupe. Je reste planté là comme un idiot, à regarder le téléphone pendant quelques secondes, avant de me rasseoir dans la voiture avec des gestes lents.

— Emma est rentrée.

— J'ai entendu.

— Je suis désolé de ne pas t'avoir aidée. On reviendra la semaine prochaine. Quand il sera de meilleure humeur.

Jody acquiesce et détourne les yeux.

Nous retournons à Bristol, le silence rompu seulement par Sam, à présent joyeux, qui pose des questions sur la ville au fur et mesure que nous la traversons.

— Est-ce que c'est une église ? C'est quoi, une église ? Pourquoi cet immeuble est tellement grand ? Y a combien de gens qui habitent dans cette maison ? Je vais construire cet immeuble dans *Minecraft*. Papa, tu savais qu'on peut faire des escaliers dans *Minecraft* ? Et des clôtures ? J'ai fabriqué une échelle qui va tout en haut.

J'allume la radio.

Lorsque nous arrivons à la maison, un taxi est garé devant. Emma est en train d'en sortir avec un sac à dos plus grand qu'elle. Ses cheveux blonds sont coupés court, presque ras, et sa peau a pris une teinte de miel ambré. Elle dépose des billets dans la main du chauffeur, lui glisse quelques mots, puis sort un deuxième sac à dos gigantesque du coffre. Nous restons dans la voiture, effarés, à la regarder.

— Qu'est-ce que…

— Emma tout craché !

Je sors du véhicule.

— Tu veux un coup de main ?

— Alex ! s'écrie-t-elle en se jetant sur moi.

Je la serre dans mes bras, encore abasourdi, incapable de me faire à ce changement brutal. Cela fait plus d'un an que je ne l'ai pas vue. Elle était rentrée en coup de vent pour fêter en grande pompe l'anniversaire d'une amie dans un superbe hôtel du Somerset, mais je ne l'ai vue que deux heures. Et ça a été comme ça pendant près de dix ans : des moments volés ici ou là.

— Tu vas bien ? Il s'est passé quelque chose ?

— Alex tout craché ! répond-elle en riant.

Elle regarde Jody, qui est enfin sortie de la voiture. Sam, à ses côtés, observe Emma avec un intérêt prudent.

— C'est Sam ? demande Emma. Oh mon Dieu, il est immense !

Elle s'approche de lui, mais a le bon sens de ne pas le prendre dans ses bras. Elle lui tend la main. Sans la regarder, il la serre brièvement puis s'échappe.

— Enchantée de te rencontrer, Sam. Moi, c'est Emma. Tante Emma si tu y tiens. Mais par pitié, pas Tata Emma. Il paraît que tu t'intéresses aux avions. Si tu savais, j'ai pris l'avion des milliers de fois !

Elle se tourne vers Jody. Elles se sont à peine croisées par le passé. Emma a raté l'éclosion de notre relation, notre mariage en petit comité (elle a toutefois envoyé un message vidéo depuis le Vietnam), la naissance de Sam. Elles se sont parlé sur Skype, mais c'est tout. Elles se donnent une accolade un peu méfiante.

— J'espère que ça ne vous embête pas que je débarque comme ça ! s'exclame Emma.

— Jody, soufflé-je, tu veux emmener Sam à l'intérieur ? Peut-être que je pourrais dire un mot à Emma ?

Jody me dévisage dans le but de me faire passer un message, mais je ne comprends pas. Elle prend Sam par la main et l'entraîne vers la maison.

— Qu'est-ce qui se passe ? demande Emma.

— C'est compliqué. Pourquoi tu ne m'as pas prévenu que tu rentrais ?

— Je me suis décidée sur un coup de tête. Qu'est-ce qui se passe ?

— Écoute, on… on fait une pause, Jody et moi. C'est comme ça qu'on dit, pas vrai ? C'est très tendu, entre nous. À cause de Sam, et tout ça. Le boulot…

— Merde. Tu veux que je parte ?

— Non, dis-je sans conviction, avant de me reprendre. Non ! Pas du tout. Mais, si tu savais… Ça fait beaucoup en même temps. T'aurais pas pu appeler avant de débarquer ? Bon sang. Ça fait plus d'un an que je ne t'ai pas vue.

Elle hausse les épaules et se plonge dans son téléphone.

— OK… Tu sais quoi ? On va aller chez Dan pour poser tes affaires.

— Tu crèches chez Dan ?

— Oui, il a un nouvel appartement à Redcliffe.

— Cool.

J'essaie d'expliquer à Jody ce qui se passe, mais comme je n'y comprends rien moi-même, mes propos n'ont ni queue ni tête. Jody me repousse d'un geste et ferme la porte.

— Eh ben, commente Emma, drôle d'arrivée…

J'ai envie de raconter à Emma ce que j'ai vécu ces derniers mois : les disputes et le stress à propos de Sam, mes horaires de folie au travail, l'horrible dimanche après-midi où Jody m'a annoncé : « Nous avons besoin de passer du temps loin de toi », le licenciement. Mais je suis encore en état de choc, et ça fait beaucoup pour quelqu'un qui vient juste d'atterrir de l'autre bout du monde.

— Bordel, Emma… soupiré-je en secouant la tête.

— Tu veux que je parte ?

Sa voix a cette note irritée qui me ramène d'un coup il y a dix ans.

— Tu as beaucoup d'affaires à déballer.

— Ne m'en parle pas, j'ai deux autres valises à la consigne de la gare.

Elle me regarde, persuadée que je vais rire. Voyant que ce n'est pas le cas, elle pousse un soupir agacé et se replonge dans son téléphone. Nous montons en voiture pour le court trajet vers chez Dan. Nous n'échangeons pas une parole. Emma est totalement absorbée par son écran. Ce n'est que lorsque je m'avance devant l'immeuble et attends que la grille s'ouvre que je romps le silence.

— Je vais appeler Dan pour m'assurer qu'il est d'accord pour que tu restes.

— Ce n'est pas pour longtemps. J'ai d'autres amis à Bristol. Je serai bientôt repartie.

— Oui. Je n'en doute pas un instant.

Mes derniers mots sont teintés de virulence, mais elle ne semble pas s'en rendre compte. Je me demande si elle a changé pendant ces dix ans. Lorsque Dan décroche, il est étonnamment ravi qu'Emma soit de retour, et plus qu'heureux de l'accueillir. Nous nous mettons d'accord pour lui laisser la chambre d'amis quelques jours, le temps qu'elle reprenne ses marques. Je dormirai dans le canapé. Ça me rappelle des souvenirs : j'ai toujours cédé la place à Emma. Adolescente, elle était un peu gâtée et égocentrique, mais aussi intelligente, ouverte et populaire… tout le contraire de moi. Ses copains la traitaient de fofolle, mais c'était dit avec tendresse. Alors que le reste des gamins de son âge s'enfonçaient dans une phase emo, avec tee-shirt noir, mine sinistre et excès d'eye-liner, elle était comme une supernova, toute en robes lumineuses et Dr Martens rose bonbon. Parfois j'avais l'impression qu'elle compensait, qu'elle jouait un rôle devant tout le monde, maman en particulier. Mais si c'est le cas, jamais elle n'a renoncé à son masque. Puis, elle est partie.

— Et toi, tu vas bien ? dis-je enfin alors que nous sortons de la voiture.

— Oui, ça va. Je suis juste arrivée au point où j'avais envie de rentrer et de revoir tout le monde.

— Tu comptes rester ?

— Je ne sais pas.

Je soupire.

— Alex, j'ai un putain de décalage horaire dans la tronche, on ne peut pas en discuter une autre fois ?

À peine entrée dans l'appartement, Emma se rue dans la chambre, saluant à peine Dan, et s'écroule sur le matelas de façon théâtrale.

— Berk, quelle merde ce truc, commente-t-elle.

Et sur ces aimables paroles, elle claque la porte d'un coup de pied. Je pose son sac à dos dans le couloir. Tendu et désorienté, je me rends au salon pour m'affaler sur le canapé.

— C'est quoi, ce délire ? demande Dan.

— Faudra que tu t'y fasses…

Plus tard, Dan sort et je me dis que jouer à *Minecraft* serait une bonne façon de me remettre de la bizarre désintégration de mon existence. J'ai fait quelques sessions d'expérimentation sur le jeu, passant surtout du temps à me promener dans le paysage et bâtir de petits abris lorsque la nuit arrivait. À présent, je voudrais construire quelque chose, un édifice avec une véritable architecture, plutôt qu'une sorte de cabane chancelante comme on en voit dans ce film d'horreur américain où un plouc psychopathe menace des ados en rut avec une tronçonneuse. J'ai intérêt à faire des progrès, si je dois passer un week-end complet avec Sam. Je fouille donc dans le carton de mes affaires du bureau et repêche la photo de la Villa Savoye de Le Corbusier. L'immeuble forme un rectangle blanc sur une série de colonnes carrées. Ça semble accessible. Deux heures plus tard, pourtant, je me retrouve avec un truc qui ressemble à une boîte à chaussures géante fixée à un amas de piliers en briques. Les proportions sont totalement ratées. On dirait la projection en trois dimensions d'un dessin d'enfant du bâtiment original.

Alors que je suis plongé dans le livre, Dan rentre, armé d'une bouteille de vin et de trois boîtes de Pringles.

—Alors, elle est où ? demande-t-il.

—Salut à toi aussi. Elle dort encore.

Elle ne refait surface que le lendemain à 13 heures.

Ce soir-là, j'emmène Emma voir Jody et Sam. Au milieu de tous ces événements, je me rends compte qu'il me manque, que les semaines se transforment en mois, et que cette petite personne que j'ai créée avec Jody est en train de commencer à grandir sans moi. Il faut que j'apprenne à le connaître avant qu'il soit trop tard.

Au début, il est intimidé par Emma, et se cache derrière sa maman en s'accrochant à sa jupe, mais ensuite ma sœur lui donne un plein sac de petits avions qu'elle a achetés à chacun de ses vols pendant les cinq dernières années. Il est tellement ravi qu'il oublie ses appréhensions et vient le prendre des mains d'Emma.

— Fais-moi un câlin, alors ! demande-t-elle.

Il accepte.

— Tu ne veux pas emmener papa là-haut pour lui montrer ce que tu as fait dans ton jeu ? propose Jody.

Ma femme et ma sœur entament une conversation un peu laborieuse mais amicale dans le salon, et Sam m'entraîne à l'étage, allume la Xbox et lance *Minecraft*. Nous sommes assis côte à côte, mais il s'écarte pour se rapprocher de l'écran. Il navigue avec aisance dans le menu pour ouvrir un fichier sauvegardé sous le nom de « chato de Sam ».

Le jeu se charge, et nous nous sommes devant un bâtiment constitué en majeure partie de blocs de pierre tachetés de gris et noir. Des tours trapues s'élèvent à chaque coin, et des mâchicoulis courent tout autour du toit. On dirait un peu des toilettes victoriennes tombées en ruine. Je m'abstiens de lui en faire la remarque.

— C'est mon château. Je l'ai fabriqué avec des pierres. Il devait y avoir…

Mais il se tait, soudain pris dans sa propre exploration du monde. Il entre dans le bâtiment par une porte double. À l'intérieur, il a posé un plancher, et construit un escalier jusqu'au toit.

— Je vais peut-être faire une chambre, il faut qu'il y ait une chambre. Je ferai peut-être une bibliothèque, mais je n'ai pas encore fabriqué de livres. C'est juste au cas où…

Il parle comme pour lui seul, à voix basse, en phrases hachées, mais j'entends des mots nouveaux ici ou là : enchantement, biome, portail. C'est ce langage imaginatif que l'orthophoniste nous a recommandé de guetter. C'est un progrès. Un véritable progrès. Je sais que je dois l'encourager, me joindre à lui, transformer son monologue en conversation, mais je ne m'y connais pas assez dans le jeu, et je cherche mes mots. Puis je remarque un livre à côté de lui… ouvert sur une photo de la tour de Londres. Surpris, je reconnais celui que je lui avais acheté, et qu'il avait mis de côté sans s'y intéresser le moins du monde.

— Oh, tu construis un château comme celui-ci ?

— J'ai essayé, soupire-t-il. Je n'y arrive pas. Il est trop haut. J'ai essayé mais je me suis énervé.

— Ça ne m'étonne pas. Il est en effet très haut, avec ses grandes tours dans les coins, ça doit être difficile.

Ragaillardi, il tourne l'écran pour que je voie mieux.

— Regarde, j'ai essayé de faire les tours, dit-il. J'ai essayé, mais les blocs sont carrés. J'ai fait une grande tour, mais je suis tombé et je suis mort. Du coup, j'ai quatre petites tours. Un, deux, trois, quatre.

— C'est un bon début, je crois, mais on doit éteindre, maintenant. Sam, tu peux me montrer comment sauvegarder la partie ? Je ne sais pas le faire.

— C'est facile.

À mon grand étonnement, il prend la manette de bon cœur, appuie sur pause et fait apparaître le menu. Il enregistre avec soin, me montrant tous les boutons.

— Et maintenant, on peut éteindre en toute sécurité, conclut-il en imitant un parent qui parle à son enfant.

Je l'aide pour se préparer à dormir, puis l'emmène en bas souhaiter une bonne nuit à tout le monde. Emma et Jody ont l'air de bien s'entendre. Elles ont chacune un grand verre de vin blanc, ce qui a dû contribuer à détendre la conversation. Jody lui parle de son travail au musée. Apparemment, ils exposent un artiste numérique local, et ont dû installer des écrans partout. La logistique a l'air complexe. Jody s'éclate. Mais à ce moment, je prends conscience une fois de plus que je n'habite plus à la maison. Je suis un invité, tout comme ma sœur.

Une heure plus tard, nous prenons congé et sortons. La nuit est fraîche et claire – les pare-brise seront peut-être même givrés demain matin. L'automne est bel et bien là. Alors que nous marchons vers la voiture, Emma serre son cardigan autour d'elle avec un frisson théâtral.

—Alors, qu'est-ce qui se passe, Alex ? Qu'est-ce que tu vas faire ?

—Je ne sais pas. Elle a dit quelque chose ?

—Pas exactement. Elle pense que tu as besoin de voir un psy. Au sujet de George et tout ça.

—Je ne sais pas trop ce qu'elle entend par là.

Devant la voiture, elle s'arrête avant de s'installer.

—Jody t'aime toujours, ça se voit. Je ne sais pas pourquoi, tu es quand même un sacré connard.

En rentrant, nous trouvons Dan à l'appartement. J'ouvre la porte. Il nous attend dans l'entrée.

—Emma, espèce de salope !

—Dan, pauvre tête de nœud !

Ils se donnent l'accolade et elle semble vraiment soulagée d'être enfin en compagnie de quelqu'un sans lien avec notre famille et le nuage sinistre qui plane sur elle. Quelqu'un qui sera heureux de jouer ce rôle si britannique qui consiste à faire comme si tout ne partait pas en vrille.

—Il ne faut pas attendre une minute de plus avant d'aller au pub ! s'écrie Dan.

Ah, ça aussi c'est tellement british. Évitons les situations difficiles…

—Tu n'as pas changé, déclare Emma.

Nous atterrissons donc au *Old Ship*, où c'est soirée fish & chips. Ce qui signifie que les quatre habitués sont là, mais occupés à manger du poisson et des frites.

—Où est passé Sid ? dis-je en commandant les boissons.

Maureen, la barmaid, a le mot LOVE tatoué sur les doigts de la main gauche et porte ce soir un t-shirt noir avec un dauphin floqué sur le devant.

— Il ne vient jamais quand c'est fish & chips, répond-elle. Fred mange toujours un œuf mariné avec son poisson, et il ne supporte pas l'odeur. Ce n'est pas moi qui le lui reprocherais.

Je hoche la tête d'un air sévère alors que Fred, assis sur un tabouret près de moi, mord dans le monstre vinaigré qui gît dans son assiette. Le bar s'emplit aussitôt d'un fumet soufré qui me fait monter les larmes aux yeux. En rapportant les verres à notre table, je trouve Emma et Dan occupés à bavarder, rire, et se donner des petites tapes. La soirée se passe ainsi. Elle lui raconte ses aventures autour du globe, il la régale d'anecdotes des boîtes de nuit à Bristol et de festivals de musique. Assis avec ma bière, je m'efforce de rire au bon moment, mais je n'arrive pas à me mettre dans l'ambiance. Après quelques pintes, je me lève pour aller aux toilettes. Quand je reviens, Dan est en train d'interroger Emma sur le ton de la plaisanterie.

— Mais pourquoi tu es partie, en vrai ? supplie-t-il.

— La réponse m'intéresse aussi, dis-je en tentant de paraître aussi désinvolte que lui.

— Ah, la fameuse question ! déclare-t-elle.

Elle boit une gorgée de bière et s'essuie les lèvres du dos de la main dans un geste étudié.

— J'avais besoin d'air ! On était enfermés à la maison, et mes amis continuaient de me traiter comme si j'étais une pauvre petite chose fragile et toute cassée. En plus, Alex ne faisait que déprimer et maman la jouait comme s'il ne s'était rien passé. Et franchement, Dan, tu étais chou mais je n'arrêtais pas de tomber nez à nez avec toi et tu étais en permanence suivi par ton fan-club de pintades, comme l'équivalent *made in Bristol* de Justin Timberlake. Je ne pouvais pas te prendre au sérieux. Arf, désolée !

Dan hausse les épaules dans un éclat de rire, mais je remarque que quelque chose se fissure sur son visage. Emma le voit aussi. Le silence retombe entre nous et je descends presque la moitié de mon verre.

Enhardi par l'ivresse qui menace de me gagner, je prends la parole.

— Voilà ce que je crois. Avant la mort de George, tu étais le bébé de la famille, et tout le monde te chouchoutait. Tu étais au centre de l'attention. Mais ensuite, après l'accident, nous avons tous dû changer, et la dynamique n'était plus la même. Tu t'es sentie perdue. Y a un poème de Philip Larkin sur les jeunes mamans au parc : « Quelque chose les pousse à la lisière de leur vie. » C'est ce qui t'est arrivé pendant toutes ces années avant ton départ. Comme si tu étais poussée par le deuil et tout. Tu avais l'impression d'être maltraitée.

Je lève mon verre pour avaler la dernière gorgée.

— Peut-être que tu es partie chercher une nouvelle scène afin d'être adulée.

Emma rit avec amertume, puis se lève.

— Va te faire foutre, lâche-t-elle.

Et sur ces mots, ma petite sœur, qui m'a à peine croisé ces dix dernières années, sort du pub et claque la vieille porte en bois derrière elle.

Dan me regarde sans que je parvienne à déchiffrer l'émotion dans ses yeux.

— On ferme ! crie Maureen depuis le comptoir. Et j'espère que vous allez tous déguerpir aussi vite qu'elle.

Dehors, le froid me dégrise un peu. Dan reçoit un texto d'Emma qui annonce qu'elle dort chez une amie ce soir.

— D'où c'est sorti, tout ça ? demande Dan.

Je hausse les épaules, et nous marchons en silence. Je pense à Jody, au fait qu'elle se retrouve abandonnée, comme je l'ai été autrefois. À présent, c'est elle qui ne peut pas s'échapper.

Quand je l'ai rencontrée, c'était une étudiante brillante, elle s'apprêtait à passer un master pour devenir conservatrice des meilleurs musées, mais tout a déraillé. Un an après notre rencontre, pendant un voyage low cost en Espagne, nous avons trop bu et pas pris de précautions, et neuf mois après, Sam est né. On l'aimait, mais il n'était pas prévu au programme. Quels que soient les sacrifices que j'ai dû faire, c'est elle qui a perdu le plus gros.

— Merde, dis-je enfin. Je n'ai pas été cool avec Jody.

— Jody ? s'étonne Dan. Et Emma ?

— Oh, Emma, elle s'en remettra.

Une fois de retour à l'appartement, je m'écroule sur le canapé et sors mon téléphone. Pendant un moment, j'hésite entre deux noms dans mes contacts, puis je prends une décision. J'envoie un message à Jody pour lui expliquer que je suis finalement libre le week-end suivant, si elle veut partir, ce que je l'encourage à faire.

Ça va aller. Sam et moi, ça va aller.

Et je sais que je suis soûl, parce que je ne suis pas loin de croire ce que j'écris.

Le lendemain matin, je suis réveillé par Dan qui se prépare à partir travailler. Je m'assieds sur le matelas et consulte mon téléphone. Jody m'a laissé un message :

Merci ! Je te prends au mot.

Oh merde, cette fois, je ne peux plus faire machine arrière.

Puis j'entends l'interphone. Dan sort dans l'entrée pour regarder le petit écran.

— Bonjour, Emma, dit-il d'un ton taquin.

— Je peux entrer ? demande-t-elle avec une espièglerie qui masque mal son anxiété.

— Bien sûr, ma vieille.

Je me lève et me rends au salon, vêtu d'un bas de survêtement et d'un vieux tee-shirt Massive Attack de Dan.

— Ta sœur monte.

— Je sais.

— Tu es chez moi, alors sois sympa, Ducon.

— Je sais.

On frappe à la porte et Dan ouvre à Emma. Elle apparaît dans l'embrasure du salon, et son expression me ramène à notre adolescence, lorsqu'elle rentrait à la maison après un rendez-vous amoureux ou une soirée, un air de défi dans ses yeux, assorti d'une pointe de culpabilité. Visiblement, elle a fait une razzia dans la garde-robe de sa copine : elle porte un grand pull en mohair violet et une jupe en jean délavé.

— Pffiou, dis-je en la toisant. Tu as dormi chez qui ? Miss Années 1980 ?

Dan me lance un regard de reproche, et je continue :

— Écoute, je suis désolé pour ce que j'ai dit hier soir. C'était déplacé.

— OK, très bien. Mais je veux vraiment arranger les choses.

— Moi aussi. Même si tu as vraiment un look ridicule ce matin.

Nous nous asseyons à la table du petit déjeuner et dégustons nos céréales ensemble. Notre fragile réconciliation se traduit par une conversation gênée sur la pluie et le beau temps. Alors que nous raclons nos bols, un avion passe dans le ciel, et Emma le suit des yeux jusqu'à ce qu'il disparaisse. En se retournant, elle s'aperçoit que je la regarde.

— Tu as déjà la bougeotte ?

Elle fronce les sourcils et m'envoie d'un coup de cuillère un corn-flake ramolli.

Pendant que je m'essuie la figure, je reçois un nouveau message de Jody. Nous avons rendez-vous dans une semaine pour visiter une école pour enfants autistes. C'est à quarante minutes de route, ce qui est vraiment long, mais on s'était dit que ça valait le coup de se renseigner. C'est l'une des dernières choses sur lesquelles nous ayons réussi à nous mettre d'accord avant que je me fasse virer de la maison. Puis Dan et Emma s'en vont. Lui part au travail, elle va traîner à Bristol avec des amis de voyage. Je suis de nouveau seul.

* * *

Je passe une série de journées désolées à consulter des sites d'offres d'emploi et mettre à jour mon maigre CV. Il s'avère qu'il n'y a pas des masses de possibilités à Bristol pour des diplômés de philo frustrés avec une expérience du conseil en emprunt immobilier. Du coup, je végète sur le canapé en feuilletant ma collection de bouquins sur l'autisme – l'ennui, l'anxiété et la facilité d'acheter en ligne étant une combinaison dangereuse. Septembre laisse place à octobre. Dan partage son temps entre un nouveau jeu vidéo dans lequel il pourfend des dragons et le design du logo d'une maison de disques. Emma entre et sort de nos vies sans but apparent.

Un après-midi, je tue le temps avant d'aller chercher Sam à l'école, tout en lisant un chapitre sur les crises et comment comprendre ce qui les déclenche, quand mon téléphone sonne. C'est le prof de Sam.

—Ne vous inquiétez pas, dit-il.

Apparemment, il n'est pas au courant que cette phrase, prononcée par un enseignant qui appelle à l'improviste en pleine journée, a plutôt l'effet inverse.

—Ce matin, nous avons dû exclure Sam parce qu'il avait frappé un autre enfant. Nous l'avons envoyé à la bibliothèque avec un assistant, mais il est devenu un peu difficile à gérer. Pouvez-vous venir le chercher ?

Ce n'est pas la première fois que ça se produit. Jody a souvent été appelée parce que Sam était caché sous un bureau ou dans la cabane de jeux et que ses hurlements terrorisaient les autres enfants, mais plus fréquemment encore parce qu'il « se bagarrait ». Nous ne savons jamais comment ces accrochages commencent, car Sam est incapable de nous raconter et que l'enseignant est toujours vague, peut-être parce que les enfants sont trente-cinq par classe. En général, Jody vient reprendre Sam, s'excuse, et nous acceptons gentiment l'idée que c'est lui qui est en faute. Mais après avoir été témoin de l'incident à la grille de l'école, le garçon qui s'était jeté sur lui par-derrière pour le frapper, je suis bien moins prêt à accepter cette vision des choses. Je ne me sens décidément pas comme d'habitude. J'attrape les clefs de la voiture et quitte l'appartement presque en courant.

Tout est calme aux abords de l'école alors que je me gare à quelque distance de l'entrée. La foule habituelle des parents n'est pas encore arrivée, et à l'intérieur du vieux bâtiment années 1970 je vois les enfants dans leurs classes, toujours plongés dans leur écriture ou leur dessin. Je m'arrête devant les grilles alors que les images familières m'envahissent.

Laisse-moi tranquille, Alex.

J'arrive parfois à enlever certains éléments, mais la terrible conclusion ne varie jamais.

J'entre à grands pas, remonte l'allée et franchis les portes de la réception. La secrétaire est derrière une vitre, comme à la banque – une mesure de sécurité un peu étonnante dans une école primaire.

— Bonjour, je suis le papa de Sam Rowe. On m'a demandé de venir le chercher.

— Ah oui, attendez, on va vous l'amener.

Je m'assieds sur une petite chaise en plastique et jette un coup d'œil au couloir dont les murs sont couverts de dessins à la peinture à doigts. Lorsque j'essaie de me souvenir de mon école, les images sont floues et vacillantes, comme si je les avais empruntées à la mémoire d'un autre. J'imagine qu'elles sont trop liées à ce qui s'est passé par la suite, comme si la couleur s'était enlevée d'un vêtement bon marché.

Puis Sam apparaît par une porte, accompagné par son enseignant, M. Strachan, un homme voûté, mince, un peu ratatiné derrière ses lunettes à monture rouge, qui fait plus que sa cinquantaine. D'après Matt, dont le frère était élève à l'époque, il est dans cette école depuis les années 1980. Dans ses jeunes années, semble-t-il, M. Strachan tentait de ressembler à un présentateur d'émission pour enfants. À présent, il a plutôt l'air d'un personnage secondaire un peu suspect dans un téléfilm policier.

— Bonjour, M. Rowe, dit-il avec une jovialité forcée.

Je baisse les yeux vers Sam, qui contemple le sol, désolé et abattu.

— Sam a eu un drôle d'après-midi, reprend le maître.

— Coucou, Sam, qu'est-ce qui s'est passé ?

Je sais bien qu'il ne me répondra pas. Sans surprise, il détourne la tête. Je m'adresse donc à M. Strachan pour avoir des éclaircissements.

— Eh bien, il s'est un peu bagarré avec son voisin de table, et on a dû le faire sortir de la classe. D'habitude, on les envoie un quart d'heure dans la bibliothèque, mais Sam n'arrivait pas à se calmer, et comme nous avons des cours dans la bibliothèque pendant les travaux, on a pensé qu'il valait mieux qu'il rentre à la maison.

— Et l'autre garçon ?

— Pardon ?

— Le garçon avec lequel il s'est battu ? Il est à la bibliothèque ?

— Non, nous n'avons pas jugé cela nécessaire. Sam a aussi pris part à un incident avec un autre groupe d'enfants à la récré. Il semble vraiment dans un mauvais jour.

— Mais qui a commencé ? Vous le savez ?

— C'est toujours cinquante-cinquante avec les garçons, pas vrai ?

Je sens que je vais m'énerver, passer de l'état « échange social inconfortable » à « menace potentielle ». Quand on est jeune, le réflexe d'agression ou de fuite ne concerne que notre sécurité personnelle, mais lorsqu'on devient parent il s'étend aux enfants. Qu'on soit menacé par un bandit dans un kebab à l'heure de la fermeture, ou par une discussion sur le comportement de votre fils dans un couloir d'école, le résultat semble le même.

— Cinquante-cinquante ? dis-je, incrédule. Un groupe de garçons contre un seul enfant, c'est cinquante-cinquante ? Bon sang, j'espère que vous n'êtes pas prof de maths !

— Allons, M. Rowe…

— Je croyais qu'on était d'accord pour que Sam ait un assistant en classe ? Vous avez vu le bilan psychomoteur, vous savez qu'il est autiste. Il ne peut pas faire face à certaines situations sociales… comme une bande de garçons dans la cour de récréation, par exemple !

— Nous sommes bien informés du handicap de Sam.

— Et ça ne vous empêche pas de me sortir ces clichés, les garçons qui se bagarrent, oh vous savez bien, c'est blanc bonnet et bonnet blanc, y en a pas un pour rattraper l'autre. Sauf que dans notre cas, c'est un groupe de gamins contre un pauvre gosse terrifié par l'école !

— M. Rowe…

— Non, écoutez-moi. Je veux un rapport sur la façon dont l'école accueille Sam. Je veux parler au directeur, pas à vous. Je veux voir le programme éducatif que l'école a préparé, et je veux avoir la certitude que mon fils est en sécurité. Je ne veux plus entendre quelqu'un me décrire ce qui ressemble fort à du harcèlement comme une petite bagarre cinquante-cinquante. Viens, Sam.

Je le prends par la main, tourne les talons et quitte le bâtiment. Alors que nous nous dirigeons vers la voiture, je fais ma tentative habituelle pour obtenir la version de Sam, même si je n'attends guère de réponse.

— Sam, que s'est-il passé ? Que s'est-il passé aujourd'hui ?

Il marche en regardant ses pieds.

— Sam ?

— Je ne sais pas. Où est maman ?

— Maman est au travail. Que s'est-il passé, Sam ?

— Je ne sais pas ! Je ne sais pas ! hurle-t-il avant de se mettre à pleurer.

En arrivant à la voiture, j'essaie de le prendre dans mes bras, mais il me repousse.

— Sam, il faut que je sache…

Mais il se bouche les oreilles et se met à se taper la tête doucement contre la vitre de la voiture en pleurant.

— Je veux t'aider, Sam…

Lorsque j'ouvre la portière, il se précipite à l'intérieur et la claque derrière lui.

— Non, papa ! crie-t-il de l'intérieur. Pas m'aider !

Ayant épuisé nos maigres possibilités de conversation, nous roulons vers la maison en silence. Je le laisse regarder la télé pendant que je prépare le dîner, et lorsque Jody rentre, je lui explique ce qui s'est passé.

— Tu as engueulé M. Strachan ?

— Je ne l'ai pas vraiment engueulé…

— Bordel de merde, Alex ! J'essaie d'inciter l'école à prendre mieux soin de Sam, et toi tu débarques comme un fou furieux pour traiter M. Strachan d'incompétent !

— Mais il *est* incompétent. Je n'en peux plus, de cette école. Ça me rend malade. Plus vite on l'aura sorti de là, mieux ce sera.

Elle s'assied à la table de la cuisine, la tête dans les mains. Je ne suis qu'à quelques centimètres, mais j'ai l'impression qu'il me faudrait un siècle pour l'atteindre.

— Va-t'en, dit-elle.

Et soudain, j'ai un flash-back de toutes les fois où on a géré ces situations ensemble par le passé : le jour où Sam a fait tomber une fille d'un tricycle à la garderie de la paroisse ; celui où il a renversé un pot de peinture dans la cage des hamsters de sa classe parce qu'on venait de lui dire que ce n'était pas son tour de nourrir Minty et Monty... Jody avait dû aider à les laver avec du liquide vaisselle, comme deux victimes de la plus petite marée noire du monde. Ça nous avait fait rire. À présent, il ne reste plus de front uni où puiser ces moments d'humour salvateurs.

Avant de partir, je pose une question.

— On est toujours d'accord pour le week-end du mariage ?

— Oui, soupire-t-elle. Je me suis organisée.

Je sors et lève les yeux vers la chambre de Sam. Il me regarde par la fenêtre. Il soulève la guillotine.

— Tu as engueulé M. Strachan ! s'écrie-t-il d'un ton taquin.

Et d'un air de défi, il lève les pouces. Je ne peux m'empêcher de l'imiter. Peut-être qu'avec le bénéfice de la distance, et notre culpabilité partagée, on pourrait trouver un moyen de discuter de ce qui se passe à l'école. Mais ce n'est pas possible, parce que je dois partir. Notre temps de communication se réduit dangereusement. À moi de faire en sorte qu'il ne disparaisse pas tout à fait.

Chapitre 13

Les journées se succèdent, brumeuses et toutes semblables, et soudain, c'est le week-end du mariage… l'épreuve du feu. J'ai Sam pendant quarante-huit heures. Je quitte l'appartement de Dan à 8 heures du matin, jette mon fourre-tout à l'arrière de la voiture et me dirige vers la maison. En chemin, je repasse tout dans ma tête : la nécessité d'être patient, de repérer les signes avant-coureurs d'une colère, de reculer lorsqu'il devient irritable, de préparer ses repas de la bonne manière, au détail près. J'ai mémorisé trois plannings possibles, en fonction de sa disposition : Bonne Humeur, Humeur Neutre, et Apocalypse. Cette troisième hypothèse implique de le laisser regarder la télé jusqu'à ce que mort s'ensuive. Alors que je me gare pour marcher vers la maison, je constate que la porte est déjà ouverte. Après l'épisode de M. Strachan, je m'attends à un accueil glacial, et Jody ne me déçoit pas. Je risque une tête penaude dans le salon, et la trouve sur le canapé. Elle me regarde d'abord avec surprise, comme si elle ne s'attendait pas à me voir, puis affiche une expression de dédain rageur.

— Ah, c'est toi. Je suis en train de faire un pense-bête. Par chance, il n'y a pas école, donc je n'ai pas besoin d'écrire « Ne pas menacer les enseignants de Sam ».

— Je suis vraiment, vraiment désolé pour cet incident…

Elle agrippe plusieurs feuilles A4, toutes recouvertes d'instructions soigneusement calligraphiées et numérotées. Cela sous-entend que je ne vais pas m'en sortir, mais je me garde bien de le lui faire remarquer. Je ne veux pas provoquer une nouvelle dispute alors qu'elle s'apprête à partir. Une grande valise attend près de la porte, et le salon est rangé. Ça ressemble davantage à une pièce normale qu'à une échoppe de brocanteur après le passage d'une tornade suivie d'un missile. Sam est à genoux devant la table basse, occupé à écrire d'un air ronchon la table de deux sur du papier quadrillé. C'est à peine s'il me salue.

— Il est de mauvaise humeur parce qu'il doit faire ses devoirs, explique Jody, davantage à Sam qu'à moi. Après, tu pourras jouer avec papa.

Elle note encore quelques mots dans le carnet personnalisé qui tient lieu de mode d'emploi de son fils.

Elle se montre sèche, autoritaire. C'est en partie à cause de notre dispute, mais il est évident qu'elle se fait du souci. Je ne sais pas si elle redoute d'être séparée de Sam, ou si elle s'inquiète de me le confier. Dans un cas comme dans l'autre, j'ai hâte qu'elle s'en aille afin de pouvoir m'y mettre.

— OK, lâche-t-elle enfin. Il y a tout ce dont tu as besoin : l'heure des repas, le rituel du soir mis à jour, tout. Appelle-moi s'il y a quoi que ce soit.

— Tout va bien se passer, mais merci.

— Tu es sûr de toi ?

— Oui. Vas-y. Profite bien.

Cet échange modifie l'atmosphère. C'est l'un de ces petits changements discrets que seuls les couples de longue date perçoivent, même quand tout le reste se détériore entre eux.

— Ça fait une éternité que je n'ai pas vu la bande de copains, ça va être vraiment gênant… avoue-t-elle avec un rire nerveux.

— Non, ne t'inquiète pas… Ils vont t'adorer.

Nous restons plantés là quelques secondes. La gêne crépite entre nous comme de l'électricité statique… Tant de tensions non résolues…

—Viens ici, mon bébé, dit-elle à Sam en se penchant pour le serrer contre elle. Tu vas tellement me manquer ! Sois gentil. Occupe-toi bien de papa.

Il se laisse faire. Elle attend une réponse, mais rien ne vient. Il a toujours son stylo dans la bouche, perdu dans ses pensées. À moins qu'il ne comprenne pas ce qui se passe.

Je lui glisse à l'oreille :

—Dis au revoir à maman.

—Au revoir, maman, dit-il sans lever les yeux.

Je hausse les épaules, embarrassé. Elle nous regarde.

Les deux hommes de sa vie sont aussi incompréhensibles l'un que l'autre pour elle, me dis-je soudain.

—Allez, file, dis-je en essayant de montrer de l'intérêt pour elle et non de l'impatience.

Je prends sa valise, et elle me suit d'un pas lent. Nous ne parlons plus. Nous ne nous étreignons pas, et l'absence de contact physique, la pure et simple impossibilité de cela, est dévastatrice. Elle monte dans la voiture, me regarde très brièvement, puis démarre et ça y est, elle est loin, au bout de la rue, et je suis seul avec Sam. Pour quarante-huit heures.

Lorsque je rentre dans la maison, sa réaction est inévitable :

—Où est maman ?

—Elle est partie, dis-je simplement. On va passer le week-end tous les deux.

J'avais l'intention d'annoncer ça comme une bonne nouvelle, mais il doit deviner dans ma voix qu'il va autant s'éclater que dans une prison de haute sécurité.

—Je veux maman, gémit-il.

Je sens déjà monter la panique, la sensation que la moindre erreur peut me faire perdre tout contrôle de la situation. Je sais que je dois lui annoncer le programme de la journée.

—OK, finissons ces devoirs, et ensuite on pourra s'amuser.

— Je veux maman, répète-t-il en se levant pour aller s'avachir dans le canapé.

— Je sais, mais comme je te l'ai dit…

Je projette de lui expliquer longuement, afin qu'il comprenne que maman est loin et ne peut pas revenir tout de suite. Mais il semble évident que ça ne va pas marcher.

— Non, ta gueule ! Où est maman ? hurle-t-il.

Il jette son crayon de toutes ses forces. Je le ramasse et pose d'un geste brusque sur la table basse.

— Sam, calme-toi, elle est partie pour tout le week-end.

— Je veux maman maintenant !

Il fond en larmes, et je vois le cauchemar se prolonger pour la journée. Mon plan de bataille est ruiné.

— On ne peut rien y faire, on est tous les deux coincés !

J'ai fait exprès de formuler les choses avec cruauté en sous-entendant qu'il s'agit pour moi d'une corvée. Mais c'est ainsi que ça se passe : par épuisement, par peur, on tombe dans ce cercle infernal où, au lieu d'éviter la crise, on lui déroule le tapis rouge.

— Laisse-moi, rétorque-t-il. T'habites même pas ici !

Il se lève d'un bond et se jette sur moi, en agitant les poings. Je tends les bras pour l'arrêter et tenter de lui attraper les mains, tout en cherchant désespérément un moyen de me sortir de la bagarre que je viens de déclencher. Y mettre un terme n'est pas envisageable ; si j'arrive à limiter les dégâts, ce sera déjà bien.

— Allons, dis-je le plus calmement possible, allons, ce n'est pas grave. On pourrait peut-être jouer à *Minecraft*…

— *Minecraft* ! crie-t-il.

Et avant même que j'aie pu réfléchir, il bondit dans les escaliers, file dans sa chambre, et allume sa console.

Bon, j'allais lui annoncer qu'on pourrait y jouer plus tard, après les devoirs et une sortie au parc… Je parcours les feuilles que m'a laissées Jody et n'y trouve aucune contre-indication du style « Ne pas commencer à jouer à *Minecraft* deux minutes après mon départ ». Si je prends le risque de dire à Sam que nous devons d'abord aller prendre l'air, ce sera l'apocalypse. Au moins, à la maison, on ne se fera pas mordre par des chiens enragés. Peut-être que c'est ce qu'il me faut pour survivre à ce week-end. J'entends le pas de Sam à l'étage. Il est en haut des marches.

— Viens, papa !

Tous mes doutes sont aussitôt balayés par son excitation, non seulement à l'idée du jeu, mais à celle de le partager avec moi.

Je monte donc l'escalier et entre à pas prudents dans la chambre de Sam. Il a de nouveaux posters de *Minecraft* sur les murs. Sur l'un d'eux, Steve, le personnage principal, brandit joyeusement une pioche. Un autre répertorie tous les types de blocs disponibles dans le jeu. Je remarque aussi des magazines *Minecraft,* usés à force d'avoir été lus et relus. Ils jonchent le lit où Sam est assis, bien droit, absorbé par l'écran.

— Alors, qu'est-ce qu'on va construire ? demandé-je.

— Un château ! Ce château, s'écrie-t-il en attrapant le livre sur Londres pour me montrer la célèbre tour.

L'écran de titre apparaît, et bien que je lui annonce que j'ai déjà un peu joué, il tient à tout m'expliquer. Il veut prendre le contrôle.

— On peut jouer en mode « survie » ou en mode « créatif ». En mode « survie », il y a des monstres et on doit être à l'abri la nuit, sinon ils t'attrapent. Ils font des bruits horribles et j'aime pas ça. Mais je sais un truc. Si tu te mets en mode « paisible », les monstres ne viennent pas. Tu peux creuser et trouver de l'or et des diamants et du fer. Après tu peux fabriquer des choses et tout va bien.

Je crois que c'est la première fois que je l'entends faire une phrase aussi longue. Et elle est sortie avec naturel. Pas de bégaiement, pas de pause. J'essaie de ne pas manifester de réaction, mais ça semble révélateur. C'est aussi ça qui est bizarre avec l'autisme : c'est une montagne russe. Une minute, il m'attaque dans le salon, la suivante il me parle avec plus d'éloquence que jamais dans sa vie. Il n'y a pas d'entre-deux. C'est comme d'être parent, mais avec le volume poussé à fond. La parentalité MAX.

Je ne veux pas laisser la conversation s'éteindre. Pendant que le jeu se charge, je demande :

— Pourquoi tu as décidé de construire la tour de Londres ?

— Maman dit qu'il y a des rois et des reines qui habitent là. Ils attrapent les gens pas sages et leur coupent la tête. C'est vrai ?

— Oui, mais c'était il y a longtemps. Maintenant, ils n'ont plus le droit de couper la tête des gens. Même des gens vraiment pas sages, comme les voleurs ou les agents immobiliers.

— Je peux aller la voir ?

— La tour de Londres ? Peut-être, un jour.

— Elle est près d'ici ?

— Environ deux heures de train.

— Je peux aller dans le train ?!

— Il y a beaucoup de bruit dans les trains, Sam, et Londres est une grande ville très bruyante.

— J'ai mon casque, maintenant.

Il fourrage sur le plancher de sa chambre, dégageant des personnages Lego cassés et des bandes dessinées de son chemin, jusqu'à ce qu'il trouve enfin un gros casque antibruit, le même genre que portent les ouvriers quand ils utilisent un marteau-piqueur, mais bleu vif et couvert d'autocollants avec des robots. Jody a dû l'acheter récemment, peut-être après une nouvelle crise liée à un problème de volume sonore. Il le chausse.

— Maman dit que je ressemble à un cosmonaute, déclare-t-il.

— OK, peut-être que c'est possible de prendre le train, alors. On verra.

— Tu m'emmèneras ?

— On verra, Sam. Alors, comment on va appeler notre nouveau monde ?

— Le Monde de Sam et Papa ! Comme ça, tu seras obligé de toujours jouer avec moi.

Ses mots me serrent le cœur de culpabilité. Papa. Le papa qui t'a crié dessus et t'a dit que ce week-end était une corvée.

— C'est parfait.

Ensemble, nous tapons le nom, et sélectionnons le mode « paisible ». Quelques secondes plus tard, un nouveau paysage apparaît sur l'écran. Notre première vue est une pâture verte qui descend en courbe vers une vaste plage. Sur la droite, on peut voir une chaîne de montagnes escarpées dans lesquelles s'ouvrent de larges grottes. C'est assez beau, bien que le design soit beaucoup plus basique que *Grand Theft Auto* que j'ai vu chez Dan. Un majestueux panorama, créé pour notre amusement. Le seul son est celui de la mélodie douce du piano, ponctuée des doux meuglements de quelques vaches rectangulaires qui clopinent dans les environs.

Sam me tend une manette, et lorsque j'entre dans la partie, l'écran se divise en deux, nous offrant à chacun notre vision du monde. Nous nous tournons l'un vers l'autre. Sam joue avec la version standard de Steve, avec son tee-shirt bleu, son jean et sa grosse tête carrée, mais pour une raison mystérieuse, j'ai pour ma part hérité d'un Steve vêtu d'une tenue de tennis blanche moulante, avec bandeau sur le front. J'ai une allure puissante.

Nous perdons du temps à nous saluer de la tête, avant de nous mettre à courir dans tous les sens en sautant, tout au plaisir de cohabiter dans cet étrange espace. Je ne maîtrise pas encore très bien la manette cependant, et me retrouve bientôt à me jeter sans le vouloir dans un petit précipice, ce qui me fait perdre pas mal de points de vie.

— J'ai fait exprès, mens-je en remontant tant bien que mal la colline. Je voulais voir ce qu'il y avait en bas.

— On commence le château ! s'écrie Sam, qui ne semble pas avoir remarqué ma chute.

— Il faut qu'on trouve un terrain plat, dis-je, persuadé que c'est à moi de prendre les choses en main.

Nous découvrons rapidement une zone plane entourée de bosquets, au-dessus de l'océan. L'endroit idéal pour un château. Nous abattons des arbres afin d'amasser des blocs de bois. Nous fabriquons un établi et transformons le bois en pioches. Sam raconte l'histoire à voix basse à mesure qu'il progresse :

— Il nous faut du bois, maintenant il nous faut de la pierre, Sam et papa ont des pioches, nous allons dans les montagnes, papa est encore tombé dans un trou, Sam découpe la pierre…

Je rejoins Sam au pied de la falaise, et nous créons des dizaines de blocs de pierre. À un moment, je remarque une créature bizarre qui s'approche dans mon dos. On dirait une pile de boîtes en damier vert posées les unes sur les autres.

— Eh, Sam, c'est quoi son problème, à celui-là ? dis-je alors qu'il s'avance d'un air menaçant.

— Papa ! C'est un Creeper ! S'il vient trop près, il va…

On entend un bruit de fusée puis un grand boum. L'instant d'après, je suis tout seul au milieu d'un immense cratère.

— … exploser, conclut Sam. Les Creepers, ils ne sont vraiment pas sages.

Nous ramassons tous les blocs accidentellement créés par notre ami explosif, et reprenons notre tâche. Alors que Sam travaille avec ordre et sort des rangées de blocs, ma technique est plus erratique. En gros, je donne de violents coups de pioche à tout ce qui passe à portée de bras.

Lorsque nous avons assez de matériaux, la construction démarre.

—Commençons par un grand hall d'entrée, dis-je.

Sam acquiesce.

De toute évidence, il a une méthode : chaque mur est large de vingt blocs et haut de huit. Je l'entends compter entre ses dents. Il bâtit avec élégance et rapidité, jetant les blocs sur le paysage pour les empiler en murs identiques. Je sue sang et eau pour déposer chaque pierre et m'emmêle dans les outils. Mes blocs dépassent du mur ou manquent leur emplacement et se cassent la figure. Je n'arrête pas de lancer ma pioche à travers le décor en voulant découper. Alors que Sam a tout d'un professionnel, je ressemble pour ma part à ces types qui sonnent chez vous pour vous proposer de bitumer votre allée au noir.

—Papa, tu es lent, me gronde Sam.

Lorsque je finis une section, je le vois compter mes blocs et rectifier le tir.

Après avoir achevé les murs de notre (prétendument) imposante entrée, nous franchissons le seuil.

—Je vais faire la porte, proposé-je, et toi, tu peux…

Mais je m'aperçois que Sam est déjà en train d'ajouter un toit, puis de détruire deux blocs de chaque mur pour créer des fenêtres. Je m'apprête à poser la porte quand un cochon débarque en gambadant. Je passe cinq minutes à lui courir après dans toute la pièce, jusqu'à ce qu'il tente de s'enfuir par une fenêtre et reste coincé. Nous éclatons de rire, Sam et moi.

—J'ai réussi à attraper un cochon, déclaré-je. Ce soir, nous allons dîner comme des rois.

—Papa, tu t'occupes de la porte, m'ordonne Sam tout en se dirigeant vers le toit.

Lorsque le soleil commence à baisser à l'horizon, nous avons accompli la première étape de notre construction. En vérité, on peut difficilement parler de coopération. Sam a fait presque tout le travail, pendant que je m'agitais comme un bouffon. Mais c'est un début. Dehors, de petites étoiles carrées emplissent les cieux assombris, et les silhouettes des arbres forment des ombres sinistres dans l'obscurité. Nous n'avons pas encore fabriqué de lits, qui nous auraient permis d'avancer en mode rapide jusqu'au lendemain matin. Nous restons donc debout sur le toit à regarder de grands nuages noirs passer au-dessus de nos têtes.

Lorsque le soleil cubique se lève à nouveau, déversant ses pixels de lumière sur le panorama tout en blocs, je suggère à Sam d'explorer les environs afin de découvrir peut-être une grotte ou même un village. D'après ce que j'ai compris, les étranges petits habitants seraient disposés à faire du commerce.

—Je sais, répond-il. Il faut qu'on trouve les joyaux de la Couronne pour les mettre dans la tour !

—Comment on fait ?

—On peut trouver de l'or, des diamants et des émeraudes... Et après, on les met à l'abri, comme ça.

Il attrape le livre de Londres et me montre une photo des joyaux de la Couronne dans leur vitrine. Cela semble une ambition raisonnable. Il suffit de creuser un peu et d'avoir de la chance. Sinon, j'ai entendu dire qu'on trouve parfois des pierres précieuses dans les villages et les temples qui parsèment le paysage. C'est du *Minecraft* de base. Même moi, j'en suis capable.

—OK, allons-y. Dénichons les joyaux de la Couronne et remettons-les à leur place.

Nous sortons, traversons l'étendue boisée en direction des montagnes, heureux pour le moment de découvrir les lieux. Chaque fois que nous trouvons une pomme sous les arbres, Sam hurle :

—Ramasse-la, on peut la manger, c'est bon pour la santé !

Je me demande s'il envisagerait d'en consommer aussi dans la vraie vie si nous les laissions traîner partout dans la maison.

Nous tombons bientôt sur un petit groupe de moutons et Sam me crie qu'il faut les attraper, mais une fois encore, nous sommes un peu maladroits et ils disparaissent entre les arbres, Sam à leurs trousses, épée en bois à la main. Quelques secondes plus tard, cependant, j'ai de la chance. Un mouton sort de la forêt juste devant nous. Sans réfléchir, cédant à un soudain accès de rage, je le roue de coups avec ma pioche. Si Janet Leigh avait été un mouton constitué de six boîtes blanches, on aurait eu une reconstitution parfaite de la scène de la douche de *Psychose*. Le pauvre animal tombe à la renverse avant de disparaître, ne laissant derrière lui qu'un bloc de fil laineux.

— Et c'est pour *ça* que j'ai massacré un mouton ?

Sam surgit des arbres à toutes jambes et le ramasse.

— Bien joué, papa ! me félicite-t-il. On peut utiliser la laine pour faire des lits.

Je suis pris d'un accès de fierté.

Plus nous jouons, plus nous sommes absorbés dans l'univers, jusqu'à ce qu'il paraisse nous entourer pour de bon. Nous finissons par oublier qu'il ne s'agit que d'un écran. Nous ne contrôlons plus des personnages numériques dans un environnement digital. C'est *nous* qui passons la tête dans les grottes abruptes, puis marchons à travers les prairies sous le soleil carré. C'est comme si nous étions libérés de nous-mêmes.

Au bout de deux heures, je sais qu'il faut éteindre et choisir une autre activité. Je préviens Sam qu'il lui reste dix minutes, puis cinq, une technique de préparation que j'ai trouvée dans un livre. Il faut éviter les changements soudains. Il a besoin d'être averti. Quand je finis par sauvegarder la partie et éteindre, son humeur s'assombrit et je sais qu'un caprice se prépare, mais cette fois, je parviens à l'éviter en lui annonçant que nous allons au café et que nous pourrons discuter de nos projets de construction en chemin. À ma grande surprise, il acquiesce et file chercher ses chaussures et son manteau. Je secoue la tête en murmurant : « Merci, *Minecraft*. »

Nous trouvons le café bondé à notre arrivée. Partout, des couples lisent les journaux en buvant des seaux de *latte* pendant que le juke-box enchaîne les classiques de la soul en fond sonore. J'éprouve un pincement de jalousie devant leur paresseuse liberté. Notre place habituelle est occupée par une mère et son fils, et nous nous installons à une table non loin, entourée d'un fauteuil en cuir défoncé et d'un tabouret. C'est moi qui écope du tabouret.

— Sur quoi allons travailler ensuite ? dis-je alors que nous prenons place.

— Une grande mine ! Il nous faut de l'or, des diamants, des émeraudes et de la redstone.

Le barman arrive avec nos boissons. Il pose le café devant Sam et me tend le lait mousseux.

— C'est bien ça, je ne me suis pas trompé ? demande-t-il à Sam, qui pouffe.

Je sors le guide de *Minecraft* pour que nous le feuilletions. Nous nous penchons sur les descriptions détaillées de tous les matériaux du jeu : lingots de fer, redstone, lapis-lazuli (jamais entendu parler de cette pierre). De temps en temps, je feins de mal lire un nom et laisse Sam me corriger et se délecter de son expertise croissante. Mais je suis également conscient que quelque chose se trame dans les parages. L'un des serveurs a apporté une commande à notre table habituelle, et le garçon semble malheureux. Il doit avoir six ou sept ans, avec des cheveux blonds hirsutes, un visage mince et pâle et un tee-shirt Teenage Mutant Tortues Ninja couvert de taches de peinture et d'autres substances non identifiées.

— Tout va bien, dit sa mère. C'est la même sorte de cookie, exactement la même sorte.

Mais le garçon secoue la tête en gémissant. Puis il se met à cogner sur la table, et du café éclabousse les magazines. Les couples alentour commencent à lever le nez et chuchoter.

Je regarde la mère. Elle approche de la trentaine, très mince – le genre de silhouette que la presse masculine qualifie de fil de fer, de brindille, ou autre appellation abominable. Ses cheveux auburn sont striés de blond et ramassés en une queue de cheval fatiguée. Sa robe de dentelle vert foncé et ses lunettes aux épaisses montures noires lui donnent une allure 1950 étudiée. Elle semble à la fois épuisée et déterminée – une expression que je reconnais aussitôt. Elle est sans doute commune à tous les parents, mais le comportement de son fils ne m'a pas échappé. Il est autiste, manifestement plus que Sam, mais avec exactement la même tendance à se fermer puis exploser lorsque quelque chose ne va pas. J'ai vécu ça, moi aussi. D'ailleurs, j'étais justement assis sur ce canapé quand c'est arrivé.

Je me retourne vers Sam, mais à cet instant, une figurine de l'Incroyable Hulk atterrit sur notre table, bousculant ma tasse de café dont le contenu vient asperger ma chemise. Sam me regarde, puis observe le jouet sur le sol. Je me penche, le ramasse et me lève. Bon, je suis maintenant en free style, sans aucune idée de ce que je vais faire mais – les dés sont jetés – je m'approche quand même. Dans le cas de Sam, parfois, une intervention inattendue et amicale peut aider. Je commence par ignorer la mère m'avance lentement vers le garçon.

— Salut, c'est ton Hulk ? Parce que je n'ai pas commandé de superhéros aujourd'hui. Peut-être qu'il poursuivait un méchant ?

Le garçon arrête de taper sur la table et lève les yeux vers moi.

— Je me suis dit qu'il valait mieux le ramener, parce qu'il doit protéger ta place. Je vais le poser ici. Hulk, tu dois surveiller toute la zone, ne te carapate pas une deuxième fois. Franchement, il n'est pas sage. Et où sont ses autres habits ? Il doit geler !

Le garçon me dévisage avec une immense perplexité, mais au moins, j'ai réussi à le distraire. Je me tourne vers sa mère.

— Ce n'était pas le bon cookie ?

— Eh bien, c'était la bonne *sorte* de cookie, répond-elle avec un accent de Bristol prononcé. Mais ce n'est pas celui qu'il avait montré dans la vitrine. Merci d'avoir ramené Hulk. Je suis navrée pour votre chemise.

— Oh, cette vieillerie ? Je l'ai en quatre exemplaires. Je ne l'aime même pas. Qui porte encore du vichy ? J'ai l'air d'une nappe de pique-nique !

La mère sourit. C'est un sourire plein de douceur, chaud et entier, sans réserve. J'ai sans le vouloir initié une interaction avec une belle inconnue.

— Je m'appelle Isobel, dit-elle. Et voici Jamie.

— Moi, c'est Alex, et Sam, qui a huit ans et adore les superhéros.

Les garçons se dévisagent avec suspicion.

— Vous habitez dans les environs ?

— En haut de la rue. Nous venons de nous installer dans l'un des petits appartements au-dessus du supermarché. C'est un peu exigu, mais c'est suffisant pour nous deux. Je crois que les voisins ne sont pas trop fans de nous, cela dit.

— Ah oui, ça me rappelle des histoires… Est-ce que Jamie…

— … est autiste ? Eh oui. Je le sais depuis qu'il a dix-huit mois, mais il a fallu quatre ans pour obtenir un diagnostic. Assez longtemps pour que son papa en ait marre et disparaisse. Ou comment résumer ma vie en cinq secondes. Vous voulez apporter ce qui reste de votre café ? Si vous avez peur de Hulk, vous n'êtes pas obligé, évidemment.

Je prends ma tasse et reviens, puis tire le fauteuil à côté du canapé et installe de tabouret pour Sam. Il accepte avec méfiance. Il esquisse le geste d'attraper Hulk sur la table, mais Jamie bondit de son siège pour s'en saisir. Cela ne semble pas augurer de la naissance d'une belle amitié. Sans trop savoir pourquoi, je me retrouve à parler de ma situation à Isobel – de Jody et de la « pause » que nous faisons, qui sera sans doute bientôt définitive. Je lui raconte notre combat pour le diagnostic, et ses conséquences sur notre couple. Ça me libère de me confier à quelqu'un que je ne connais pas, et son attitude m'y incite. Elle est ouverte et d'une franchise enthousiaste. J'apprends que toute sa famille habite à Eastville, autrefois base de l'équipe des Bristol Rovers jusqu'à ce que le stade soit remplacé par un magasin Ikea (« C'est toujours aussi déprimant, on n'est pas dépaysés », commente-t-elle). Elle travaille dans la même boutique de fringues vintage dans Park Street depuis qu'elle a dix-huit ans, et en est à présent copropriétaire. Je lui explique que je suis au chômage, après avoir exercé pendant des années un boulot que je n'aimais pas. Pendant que nous discutons, Sam lit notre guide de *Minecraft* tout en jetant des coups d'œil jaloux à Hulk. Conscient de son intérêt, Jamie fait marcher la figurine sur la table en répétant à voix basse « Jamie et Hulk, Jamie et Hulk ». C'est à peine si les garçons se regardent.

Puis Isobel doit partir ; elle est attendue pour déjeuner chez sa mère.

— J'espère qu'on se recroisera ici ? demande-t-elle.

— Oui, moi aussi. Dis au revoir, Sam.

Il grommelle derrière son livre. Jamie est déjà loin, jouant des coudes pour traverser la queue devant le comptoir avant de s'élancer vers une table basse et d'envoyer voler en tous sens les pages d'un journal.

— Je sens que tout le monde va l'adorer, ici aussi, soupire Isobel avant de suivre son fils dans la rue sans se soucier des regards réprobateurs qui pèsent sur elle.

Je pars vers le parc avec Sam, tout en discutant de nos projets *Minecraft*. Chaque fois que j'essaie de changer de sujet, la conversation s'essouffle. Mieux vaut lui parler de ce qui l'intéresse en lui posant des questions. Il répond longuement, tout à ses souvenirs décousus, plans et observations. Il me parle du Nether, la version *Minecraft* de l'enfer, situé sous le paysage normal. À l'aire de jeu, le filet d'escalade est une maison dans *Minecraft* et le toboggan conduit à une grotte. Nous cherchons des moutons parmi les arbres alors que la lumière décline. Sam gambade dans les buissons, perdu dans son imagination. Son habituelle hésitation, la peur des chiens et des autres enfants semblent l'avoir quitté.

Après le dîner, je couche Sam à 19 h 30 sans cris ni larmes – ni de sa part, ni de la mienne. Je lui lis une histoire avant de l'embrasser. Est-ce ce que ressentent les parents normaux ? C'est assez étrange. Alors que je quitte la pièce, il se rassied.

— Elle revient quand, maman ?

— Demain soir.

— Elle me manque quand je ne la vois pas.

— À moi aussi.

Je m'attends au pire, mais il se recouche.

* * *

Après un mauvais départ, la journée s'est bien passée. Et même mieux que ça : on s'est amusés. Pour de vrai. Il suffit que je m'arrange pour que ça se déroule de la même façon demain. Je m'installe devant la télévision et ouvre l'une des bières que Jody a laissées pour moi. Les notes qu'elle a rédigées sont posées dans la cuisine ; je ne les ai toujours pas lues.

Ma bonne humeur s'évapore quand je monte me coucher et découvre que Jody m'a préparé le lit de la chambre d'amis. J'aurais dû m'y attendre, mais ça me froisse quand même. Je suis un invité.

Bon, au moins, ce n'est pas un matelas gonflable.

Chapitre 14

Dimanche matin, Sam se lève à 6 h 25. Pour lui, c'est un peu une grasse matinée. Il entre dans ma chambre et grimpe sur le lit avant de laisser tomber le livre de Londres sur mon torse.

— Ils avaient un ours polaire dans la tour, autrefois, déclare-t-il.

Avec un grognement, je me tourne pour le voir.

— Bonjour, Sam.

— Peut-être qu'ils lui ont coupé la tête.

— Tu m'accordes quelques minutes pour me réveiller ?

— Papa, pourquoi ils ont coupé la tête à l'ours polaire ?

— Je ne sais pas trop de quoi tu parles. Donne-moi cinq minutes et on pourra explorer cette mystérieuse histoire d'ours polaire, OK, Sammy ? Peut-être que tu pourrais aller prendre un petit déjeuner ?

— OK.

Quelques secondes plus tard, je suis complètement réveillé par l'inévitable fracas du désastre.

— Papa, dit une petite voix en bas de l'escalier. Y a des Coco Pops qui sont sortis.

Une heure plus tard, j'ai épongé le lac de lait chocolaté et nous sommes en train d'abattre les devoirs de maths de Sam avec autant d'enthousiasme que j'en suis capable. Nous passons ensuite à l'orthographe, et il se débat avec une liste de mots tout simples. Je dois lui laisser beaucoup de temps pour les mémoriser avant qu'il tente de les épeler de tête. Il y a un moment, nous avons appris par un assistant de classe qu'on lui donne souvent des exercices plus faciles que ceux de ses camarades. L'école nous répète le même mantra : « Il progresse. » Mais je ne peux m'empêcher de songer à la fille de Matt, Tabitha, et ses livres de Harry Potter. Récemment, quelqu'un a dit à Jody qu'il était peut-être dyslexique. Apparemment, c'est un trouble fréquent chez les autistes. Une nouvelle bataille pour le diagnostic s'annonce.

Quand Sam est enfin capable d'épeler les mots sans se tromper, après des dizaines de tentatives, je suis épuisé. Mais au moins, nous pouvons rayer ça de la liste.

— On fait quoi, maintenant ? dis-je.

— *Minecraft* ? répond-il simplement.

Et sans échanger un mot de plus, nous nous élançons tous deux dans les escaliers, en faisant semblant de nous bousculer.

— Je crois qu'on devrait allumer les monstres. On peut gagner des points d'expérience en les tuant.

— Mais ils vont nous attraper. Je n'aime pas…

— Ce n'est pas grave, Sam, c'est juste un jeu.

— Bon, d'accord…

Nous agrandissons à présent le château en lui ajoutant deux étages et des escaliers en pierre pour y accéder. Nous commençons à délimiter des pièces, poser du plancher en chêne et des torches pour avoir davantage de lumière. Sam est toujours aussi méticuleux. Il donne à chaque chambre une forme et une taille identique, et corrige mes nombreux accrocs au plan qu'il a en tête. Dehors, nous démarrons l'édification d'un mur qui délimite notre terrain en serpentant. Nous abattons des montagnes et comblons des précipices pour faire de la place ; nous planifions les quatre tours d'angle, afin que notre château commence à se rapprocher de la photo de la tour de Londres dans le livre de Sam. Puis la nuit tombe.

Devant les petites fenêtres que nous avons créées, le ciel vire à l'orange puis au noir.

— Oh, non ! s'écrie Sam avec un mélange de peur et d'excitation. Les monstres vont arriver !

— Tout va bien, ne sois pas idiot, réponds-je en lui cognant doucement l'épaule.

Pendant un moment, rien ne se passe. On entend juste les vaches meugler dans les champs environnants, et la musique plaintive du piano. Mais soudain, d'autres bruits retentissent tout près : un grognement bizarre, suivi d'un cri guttural. Sam se bouche les oreilles et détourne les yeux. Un zombie apparaît à la porte, ses yeux sans vie regardant droit devant lui, ses bras massifs tendus vers l'avant. Sam saute en hurlant.

— Je sors, dis-je, tout à ce que je perçois comme l'agréable tension du jeu.

— Non ! hurle-t-il. Le zombie va t'attraper !

Pour le taquiner, je m'approche de la porte à pas lents, un centimètre à la fois.

— Je veux devenir copain avec le zombie !

— Non, il n'aime pas les copains !

— Entre, Zombie, prends une part de gâteau.

— Non !

Sam jette sa manette et tente de m'arracher la mienne. Nous luttons une seconde puis je remarque que la nuit se termine dans le jeu et que le soleil se lève, illuminant l'intérieur du château d'une chaude lueur. Le zombie, surpris par les rayons sur le pas de la porte, prend feu.

— Mon copain ! dis-je dans un gémissement. Regarde, tout s'est bien passé. Il a explosé.

Après un déjeuner composé de biscuits apéro, de sablés et de donuts, nous investissons notre pic de glycémie dans une frénésie architecturale. Nous terminons les quatre hautes tours. Les blocs sont soigneusement décalés afin de leur donner une apparence circulaire. Une fois encore, nous perdons la sensation d'être séparés de ce monde par un écran. Nous sommes à l'intérieur, à amasser des pierres dans nos carrières, à dresser des échafaudages pour atteindre les points les plus hauts et regarder la vallée et la mer au pied de nos remparts. Sam fabrique une épée, et je lui suggère de la baptiser, comme dans *Game of Thrones*. Il l'appelle Guillotine.

Au fur et à mesure de notre avancée, une pensée se forme dans mon esprit. D'habitude, quand nous jouons ensemble – dans ces rares moments où il parvient à se concentrer – c'est une solitude partagée. Je le regarde, le guide, m'inquiète pour lui. Lorsqu'il s'agit d'un jeu de construction ou de Lego, je fabrique un objet avec lequel il s'amusera quelques minutes, ou qu'il fera s'écrouler. Mais ici, et pendant quelques heures, nous travaillons comme un seul homme – du moins tant que je fais ce que je dois faire. Et ce n'est pas le seul point positif. Dans cet univers, où les règles sont simples, où la logique est claire, Sam a le contrôle.

Mais je suis impatient d'en découvrir davantage sur le monde, de commencer notre quête des joyaux de la Couronne.

—Allez. Partons en expédition. Allons trouver de l'or et des diamants.

—Mais on devrait passer en mode « paisible », répond Sam. Il nous faut des armures et des torches.

—Allez, on sera prudents.

Il acquiesce avec un haussement d'épaules, peut-être conscient de ma frustration et par crainte que je m'ennuie et descende. Nous fabriquons des pioches avant de nous diriger vers les montagnes. Nous coupons les arbres qui entravent notre marche et ramassons des pommes et des champignons. Nous gravissons une pente raide en sautant de bloc en bloc sous le regard de vaches et de cochons en équilibre précaire sur le flanc de la falaise. Arrivés au sommet, nous pouvons contempler le monde, une vaste étendue de terre qui s'étire jusqu'à un horizon brumeux en un patchwork de couleurs criardes, comme un immense paysage expressionniste.

Nous repartons par un sentier caillouteux qui descend vers l'ouverture d'une grotte. En entrant, je m'aperçois qu'il s'agit d'une grande caverne de pierre qui conduit à une fissure noire, comme une cicatrice dans la terre.

— Regarde ! s'exclame Sam.

Il désigne l'une des parois, sur laquelle brillent des points rosâtres… du minerai de fer.

— Il nous faut du fer pour chercher des diamants ! explique-t-il.

Tout heureux, nous nous jetons sur le mur avec nos pioches, et découvrons également de profondes veines de charbon. Nous creusons avec frénésie en comparant nos trouvailles.

— J'ai douze minerais de fer !

— J'ai vingt charbons !

— Je crois qu'on va peut-être trouver un trésor, dis-je.

Je commence à m'enfoncer dans la caverne et songe à fabriquer des torches, mais je m'aperçois que dehors, la teinte du ciel commence à changer.

— C'est bientôt la nuit, c'est bientôt la nuit ! hurle Sam.

— On a le temps.

Mais c'est faux. Le soleil se couche plus vite que dans mes souvenirs. Il faudrait construire une cabane et rester à l'abri jusqu'au matin, mais Sam quitte la grotte à toutes jambes et s'enfuit dans la montagne.

— Attends ! crié-je.

Nous détalons tous deux en direction de la maison, slalomant entre les arbres à mesure que la lumière baisse. Nous regardons autour de nous, à l'affût d'un mouvement parmi les feuilles. On ne voit presque plus rien dans la pénombre. Sam s'enfuit au loin et disparaît dans la nuit.

— Je ne retrouve pas le chemin ! dis-je.

J'entends un drôle de cliquètement, un son que je ne connaissais pas et qui vient du feuillage. Je songe que c'est sans doute un autre animal de la ferme, peut-être un poulet, mais quelque chose me frappe dans le dos, et je sais aussitôt que la blessure est sévère.

— Oh, non, des squelettes ! gémit Sam. Ils ont des arcs et des flèches !

J'en repère un à ma droite, caché derrière un bouleau argenté, son visage spectral ressemblant vaguement à un crâne hideux. Il tire une nouvelle fois et m'atteint à la jambe. Je m'efface à toute allure. Soudain, une nouvelle silhouette surgit. Je crois que c'est un autre monstre, mais c'est Sam qui ressort de la forêt au pire moment.

— Va-t'en !

Je suis surpris moi-même de la panique que je perçois dans ma voix.

Mais il est trop tard. Deux flèches me touchent à nouveau, et me vident du peu de forces qui me restaient. L'obscurité des bois se resserre autour de moi, et je perds tout espoir de m'enfuir. Je tombe sur le sol, la nourriture, le fer et tout le reste de ce que j'ai amassé éparpillé autour de moi. Je vois Sam survivre quelques secondes de plus avant d'être abattu par une flèche. Puis plus rien.

Quelques secondes plus tard, nous sommes réveillés, mais de retour au château, revigorés bien qu'ayant les mains vides. Nous savons que dans ce monde, si nous retournons à l'endroit où nous sommes morts, nous pouvons ramasser tout ce que nous avons perdu.

— Par où on est passés ? dis-je. Par où ?

Mais dans le noir, il est impossible de retrouver nos marques, et nous ne tardons pas à entendre le grognement sourd d'un zombie. Nous n'irons nulle part ce soir. Nous devons rentrer dans le château, à l'abri. Le butin est perdu.

Sam enfouit le visage dans ses mains.

— Toutes nos affaires, pleurniche-t-il. Tout le fer. Et mon épée que j'avais fabriquée. J'ai perdu Guillotine. Papa, c'est de ta faute !

— Ce n'est pas grave, on en ramassera d'autres, ce n'est que du fer.

Mais je sais que c'est vain.

— Mes affaires, mes choses ! répète-t-il derrière ses mains. Tu avais dit qu'on ne risquait rien…

Je tente de lui mettre un bras autour des épaules, mais il recule jusqu'au bout du lit, noyé dans sa déception.

Je me retourne vers l'écran pour sauvegarder la partie. Mais il est trop tard. Une fois de plus.

Nous passons le reste de l'après-midi au rez-de-chaussée, dans le silence. Je lui prépare des tartines et le laisse regarder des dessins animés à la télé, ce qui améliore un peu son humeur, comme toujours. Lorsque j'entends Jody approcher de la porte d'entrée et sa clef crisser dans la serrure, c'est tout juste si je ne soupire pas de soulagement.

— Maman !

Jody ouvre le battant à la volée et serre Sam avec chaleur dans ses bras avant de le soulever. Elle semble détendue, belle, ses longs cheveux enveloppant notre fils. Mais lorsqu'elle me voit, une sombre émotion passe sur son visage, et elle sait que je l'ai remarqué.

— Comment va mon garçon ? demande-t-elle.

— On a joué à *Minecraft*, répond-il. On a construit un château mais on a été attaqués par des squelettes et c'est de la faute de papa.

Je hausse les épaules d'un air coupable.

— Je me suis excusé…

— Et à part ça, vous avez fait quoi ?

— On est allés au parc et on a fait comme si c'était *Minecraft*. Tu m'as manqué.

Il s'accroche à elle alors qu'elle s'assied sur le canapé. Il ne veut pas la lâcher et j'ai l'impression qu'il cherche à s'éloigner de moi.

— Est-ce que Sam a été sage, papa ? questionne Jody.

— Oui, ça s'est bien passé.

Je décide de ne pas lui parler de la petite crise. Maintenant qu'elle est là, il est de meilleure humeur et je ne veux pas risquer de la gâcher.

— Et toi ? Comment c'était, le mariage ?

— J'ai passé un bon moment.

Elle se tourne vers Sam et sort un objet de son sac.

— Je t'ai acheté un nouveau DVD, tu veux aller le regarder en haut ? propose-t-elle.

— Cool ! s'écrie Sam avant de disparaître.

Je comprends aussitôt que c'était une ruse de sa part. Il se trame quelque chose. Elle se lève et s'approche de la fenêtre, bras croisés. Une attitude défensive.

— Bon, dis-je. Il s'est passé un truc ?

— Alex, ces deux derniers mois ont été tellement bizarres, tellement difficiles. Je… oui, il s'est passé quelque chose.

Un horrible silence s'ensuit. J'ai une sensation étrange, de dissociation, comme si ce n'était pas à moi que c'était en train d'arriver, ou comme si ça s'était produit il y a des siècles, et qu'on avait du mal à s'en souvenir. Je cherche à reprendre pied au tréfonds d'une grotte obscure.

— Quoi ? Que s'est-il passé ? parviens-je enfin à articuler.

— Il y avait Richard, qui était avec moi à la fac, et…

Je déglutis à la manière d'un personnage de dessin animé, comme si je mimais le choc avec exagération.

— Tu as couché avec lui ?

— Non ! Non. On était assis à la même table. On s'est bien entendus… C'était tellement facile. Et à la fin de la soirée, on s'est embrassés. Ensuite, chacun est rentré dans sa chambre. Je suis désolée. C'est arrivé, c'est tout.

— Et c'est… Tu… Qu'est-ce que tu essaies de me dire ?

— Je ne sais pas.

Elle a les larmes aux yeux, ce qui n'arrange rien, parce que je devine alors que l'événement est sérieux. Il a un sens. Elle a pris une décision, ou a l'impression qu'elle doit en prendre une.

— Alex, ça fait tellement longtemps que c'est difficile entre nous, et je suis si fatiguée de tout ça… Je pensais qu'une pause suffirait à résoudre nos problèmes, mais vu notre situation, je ne crois plus que ce soit une pause. J'ai l'impression que c'est plutôt la fin.

Sa voix est à peine audible. Elle s'éteint alors qu'elle baisse la tête.

— Tu roules une pelle à un gars alors que tu es bourrée, et c'est fini ?

— Ce n'est pas seulement ça. Mais m'éloigner, prendre de la distance avec toi, ça m'a permis de voir les choses autrement. Allons, tu sais que c'était difficile ! On était encore des gamins quand on s'est rencontrés, on se connaissait à peine, et d'un coup, on est devenus parents.

— Moi, je te connaissais ! dis-je avec une rage accusatrice que je n'avais pas prévue.

— Peut-être. Je suis désolée. Je suis désolée…

Je la regarde, et en cet instant, je vois la fille que j'ai rencontrée à la ferme, le soleil illuminant son visage d'un éclat doré, les bras croisés comme aujourd'hui alors qu'elle s'appuyait contre la barrière en se demandant pourquoi elle était là et où elle allait. Et si on ne s'était pas mis ensemble ? Quel chemin auraient pris nos vies ? Où serait-elle aujourd'hui ? Je me sens perdu. J'ai honte de notre passé. Il ne me fait pas honneur.

— Je vais partir. Je ne sais pas ce que tu me dis, mais je ne suis pas prêt à l'entendre.

Je recule jusqu'à la porte, qui est toujours ouverte, et m'éloigne d'un pas chancelant dans l'obscurité qui m'accueille. Le froid vif de l'air nocturne me frappe au visage, et je sens mon expression passer à celle d'une acceptation glacée.

Laisse-moi tranquille, Alex. Laisse-moi tranquille.

Chapitre 15

Une fois encore, je me retire du monde. Je reste allongé dans la chambre d'amis de Dan, le moral à zéro, aussi plat et inutile que son putain de matelas gonflable. Dan passe la tête de temps à autre pour déposer une tasse de thé, des biscuits au chocolat et des nouilles instantanées. Il me propose de bavarder, mais je me tourne vers le mur comme un ado boudeur. Emma a disparu chez une amie prénommée Posie dont les parents habitent une immense maison victorienne à Sneyd Park, la banlieue la plus chic de Bristol. Jody m'envoie des textos à deux reprises, mais j'efface les messages sans les lire. Je ne fais rien d'autre que dormir et penser, puis essayer de me rendormir afin de ne plus avoir à penser. Ce n'est pas tant de la tristesse que du vide. Je ne parviens pas à m'en extraire et je ne tente même pas.

Je suis un essai de Jean-Paul Sartre sur pattes.

Quand Emma finit par montrer son nez – le troisième jour de mon exil auto-imposé – elle se glisse dans l'appartement (il faut croire que Dan lui a donné une clef?) et pousse un profond soupir en me trouvant vautré dans le canapé avec un tee-shirt et un bas de survêt, devant *Des chiffres et des lettres*. Je m'attends à ce qu'elle me lance une insulte rigolote ou m'invite au pub. Mais elle se rend dans la cuisine, remplit la bouilloire, et l'allume.

—J'ai vu un psy pendant quelques mois, en Australie, déclare-t-elle. C'était bien, on parlait. Beaucoup. Surtout de moi, évidemment… ce qui, comme tu le sais, est mon sujet favori. À la fin, ça devenait un peu chiant, mais ça m'a vraiment fait du bien. Après, je suis partie pour un village côtier en Malaisie. Tu devrais essayer. Le psy, je veux dire. La Malaisie, ça ne te plairait pas.

—Bonjour, Emma.

—Je suis sérieuse. Ça pourrait t'aider pour certains trucs. Pour George.

—Je ne sais pas. Ça paraîtrait bizarre, après tout ce temps…

—Rien n'est bizarre pour un psy. C'est leur boulot. Il faut que tu te lâches, Alex. Et pendant que tu y es… ouvre une fenêtre. Cet appart pue le mec désespéré.

Elle me fait m'asseoir et chercher des psys sur Google. Nous en trouvons une qui répond à mes critères : pas trop près d'ici, pas trop hippie. Elle me tend le téléphone. Je prends rendez-vous avec une dame à la voix douce, située à Bath. Elle s'excuse de ne pouvoir me prendre avant deux mois. Au moins, ça me laisse le temps de me préparer à être une personne glamour qui consulte une psy.

Le cinquième jour, je me traîne jusqu'au salon, enroulé dans ma couette, et m'effondre sur le canapé. Je songe à me faire un marathon de séries SF, mais mon regard se pose sur la Xbox 360 installée sous la télé. Je l'allume et charge *Minecraft* machinalement, sans intention précise, peut-être jeter un œil à mes parties sauvegardées, peut-être précipiter mon avatar au fond d'une mine. Mais un message s'ouvre et m'informe que SamCraft04 est en ligne. C'est le pseudo de Sam sur la Xbox, et ça me donne un frisson électrique qui transperce ma morne tristesse. Presque aussitôt, je me souviens comment je suis parti dimanche, le long silence après mes actions écervelées dans le jeu. Sam voudra-t-il encore de moi dans sa partie ? Je me rends dans le menu principal et vérifie si certains de mes amis ont des mondes partagés.

Et oui, il y en a un. Un seul, mais c'est celui que je veux. Le Monde de Sam et Papa. Sam est en train d'y jouer en ce moment même.

Je clique et patiente pendant que le monde se charge, ne sachant pas trop à quoi m'attendre ni si ça va fonctionner. L'écran ne bouge pas. *Il ne va rien se passer*, me dis-je. Et puis si.

Soudain, je suis là, au milieu du paysage, dans le monde que j'ai créé avec Sam quelques jours plus tôt. Tout autour de moi s'élèvent des bouleaux, et le sous-bois est parsemé de fleurs jaunes. Je me sens plus joyeux, plus éveillé que je ne l'ai été depuis des jours. C'est comme de retrouver le soleil après une longue maladie. Mais je n'ai pas la moindre idée d'où se trouve le château, et je ne sais pas comment rejoindre Sam.

Alors que je me demande quelle direction prendre, une ligne de texte apparaît sur l'écran : « *SamCraft04 vous a envoyé un message* ». J'ouvre le menu pour le lire : « *Pappa, met 1 caske.* » Je fouille dans les bacs en plastique rangés près de la télé de Dan, remuant des enchevêtrements de câbles et de télécommandes, jusqu'à trouver ce qui ressemble à un casque de pilote, équipé d'un micro. Je le connecte à la manette et le pose sur mes oreilles.

— Allô ?

Je n'entends rien tout d'abord, puis une sorte d'écho, puis de nouveau le silence. Mais finalement, ça y est. Une voix lointaine, comme dans un appel longue distance, mais bien reconnaissable. Mon cœur fait un bond.

— Papa !

C'est le son le plus doux du monde, qui transperce des jours et des jours de silence gris et fade. Mon fils, à des kilomètres de moi, mais soudain à mes côtés sous les nuages cubiques. Et il semble heureux de me retrouver, même après tout ce qui s'est passé. Il m'a laissé entrer dans son monde.

Je suis tellement surexcité que je ne sais pas quoi faire de moi. Il a encore envie de jouer avec moi. J'ai une deuxième chance.

— Sam ! Où es-tu ?

— Il faut que tu prennes ta carte. Notre château est dessus. Je suis en train de construire.

Je plonge dans mon inventaire et y trouve en effet la carte, qui offre une représentation approximative de notre paysage commun. L'édifice que nous avons bâti le week-end dernier est marqué par un grand carré dans le coin nord-est.

J'avance d'un pas résolu, tout en évitant avec précaution de larges précipices, jusqu'à ce que le sol s'élève graduellement vers le bord d'une falaise herbeuse. De ce point culminant, je vois le château que nous avons construit, grand et élancé sur la plaine. Je me sens comme un roi en exil qui rentre dans sa capitale. Sauf qu'il n'y a pas de foule en liesse, juste une vache qui saute sur les pentes de la montagne. Et le bâtiment a changé d'allure. Deux des murs externes, autrefois en pierre grise et terne, sont à présent recouverts de blocs jaunes qui reflètent la lumière du soleil. En approchant, je vois Sam, en haut du troisième mur, occupé à ajouter avec méthode des couches de cette nouvelle pierre, brique après brique. Puis il m'aperçoit et entreprend aussitôt de descendre. J'atteins notre clôture, érigée pour tenter de nous protéger des loups, et franchis les grilles en courant vers Sam qui se précipite vers moi. Il n'y a pas de bouton pour les câlins. Ils auraient dû en mettre un.

Fou de joie, je m'écrie :

— Salut, Sam ! Comment vas-tu ? Qu'est-ce que tu fais ?

— Papa ! Je fais la couleur de la tour de Londres. C'est comme la photo. C'est du grès.

Je vois à présent. La teinte claire n'est pas le seul changement. Il a ajouté un étage et découpé des fenêtres au bon endroit, afin d'imiter le vrai bâtiment. Ça a dû lui prendre des heures.

—C'est superbe, dis-je. Je peux t'aider ?

—Oui ! C'est *notre* château.

—Sam, je suis vraiment désolé pour dimanche. Désolé d'avoir perdu nos affaires. Je n'ai fait que des mauvais choix.

—Ce n'est pas grave. Maman dit que c'est normal de perdre des choses dans une aventure, c'est comme ça que ça marche. Tu sais, dans la tour de Londres, il y a un endroit qui s'appelle la tour Sanglante, et au début, j'ai cru que c'était une tour « sans glante », mais quand j'ai demandé à maman ce qu'était une « glante », elle m'a expliqué que sanglante, ça veut dire pleine de sang.

—J'ai déjà entendu parler de cette tour. Alors maman t'a parlé, quand je suis parti.

—Oui, j'étais triste mais maman a dit que ce n'était pas grave. Elle a dit que les aventures, c'est dangereux, et que sinon, ce ne serait pas des aventures, mais des promenades.

C'est Jody tout craché. Elle a toujours été capable d'expliquer le monde à Sam, de traduire ses expériences dans la langue qu'il parle et comprend. C'est un fait que j'oublie constamment. Sam est un touriste dans notre monde, un voyageur désorienté qui n'a pas la moindre notion des us et coutumes des locaux. Elle lui rédige les sous-titres pour qu'il comprenne. Pendant que je renâcle devant l'obstacle et recule en grimaçant, Jody le prend par la main pour le guider. Je suis nul. Il est temps de changer.

—Parfait, finissons cette tour, dis-je.

J'attrape mon téléphone et cherche dans Google Images une photo de l'édifice. Il est évident que nous devons modifier la forme des quatre tours, et diminuer leur taille, aussi je commence par construire des échelles pour atteindre le sommet de chaque mur, que je me mets à découper pour les abaisser. Cela faisait des jours que je n'avais pas été aussi déterminé à atteindre un objectif. Je me débarrasse de la couette et m'assieds bien droit, totalement concentré.

Une fois encore, j'éprouve cet étrange sentiment d'immersion, comme si j'étais passé de l'autre côté de l'écran et entré dans notre monde. Après tout ce qui s'est passé, c'est une façon de m'échapper, comme d'ouvrir une armoire et d'entrer dans la version pixellisée de Narnia… mais sans le blabla religieux et le lion qui parle.

Tout en construisant et remodelant, nous discutons. Au début, nous évoquons la tâche en cours, partageons des matériaux et des outils, réfléchissons, prévenons l'autre lorsque la nuit tombe et qu'il est temps de rentrer. Puis, peu à peu, les sujets s'élargissent.

— Papa, demande Sam, est-ce que ton métier c'est de construire des maisons ?

— Presque. Avant, je travaillais dans un genre de magasin, et on vendait des maisons aux gens. Mais plus maintenant.

— Quand je serai grand, je veux construire des maisons.

— Tu veux être architecte ? C'est comme ça que ça s'appelle.

— Oui, je veux être artichecte. Je ferai un château comme ça.

— Bonne chance pour le permis de construire !

C'est une plaisanterie, mais j'ai la gorge nouée. Une prise de conscience me frappe. Cette brève conversation, si vacillante et triviale puisse-t-elle sembler, est sans doute la plus profonde que nous ayons eue. *Sam connaît mon métier.* C'est une révélation. J'ai toujours pensé qu'il ne comprenait pas, ou n'était pas intéressé par ce qui sortait de son propre vécu. Et nous n'avions encore jamais parlé de son avenir, de ses espoirs, ses ambitions.

Il a des ambitions.

Nous continuons le travail, permutons les briques, lissons les tours. Il me montre comment fabriquer un fourneau afin de transformer le sable en verre et poser de vraies fenêtres.

Ensuite, nous nous éloignons pour admirer notre œuvre avec un peu de recul.

— Je crois que nous sommes prêts, dis-je. Il est temps de prendre nos épées et nos torches et d'aller chercher un trésor. Il faut trouver les joyaux de la Couronne et les remettre dans la tour. On y va ?

— Hein ?

— Tu m'aideras dans cette épique quête de diamants, d'or et d'émeraudes ?

— Oui.

— Nous sommes des aventuriers courageux et rien ne peut nous arrêter !

— Rien du tout !

J'entends une conversation étouffée.

— Maman dit que je dois te dire au revoir, reprend Sam.

— Ah, c'est vrai, rien ne peut nous arrêter sauf l'heure du dodo. Bonne nuit, Sam.

— On peut aller à Londres bientôt ? J'ai envie.

— Je pense que oui. On va s'arranger. On ira voir la tour et plein d'autres monuments. Il y a un endroit où j'aimerais t'emmener aussi. Un endroit qui est important pour moi et ta tante Emma.

— Épique ! répond Sam.

Puis le micro s'éteint et le monde se ferme. Je reste longtemps devant le menu, à ressasser. J'ai l'impression que mon cerveau se remet en marche. Je me retrouve à songer à ce film, *Le Discours d'un Roi*. George V a vaincu le bégaiement en écoutant de la musique lorsqu'il devait parler. Peut-être que ce drôle de jeu de cubes procure à Sam la même sorte de diversion. Peut-être que *Minecraft* est sa musique.

Peut-être que c'est comme ça que je vais cesser d'être nul.

Plus tard dans la nuit, je reçois un texto de Jody, et cette fois, je le lis. Elle me rappelle sèchement notre rendez-vous à l'école pour enfants autistes lundi. Nous savons tous deux que ce ne sera pas facile d'y faire entrer Sam. Il se situe en haut du spectre, bien qu'il soit en retard à l'école et que son vocabulaire laisse à désirer. L'année dernière, nous avons fréquenté un groupe de parents d'enfants autistes et le conseiller nous a expliqué que de nombreux enfants présentaient des besoins plus complexes que Sam, et qu'il serait donc difficile d'obtenir une recommandation. Mais nous devons essayer. Quand on devient parent, on apprend rapidement que les systèmes de santé et l'éducation sont un jeu immense et compliqué. Si votre enfant a besoin d'une aide particulière, il faut bien connaître les règles afin de les exploiter. Il faut se battre pour tout, chaque bilan, chaque consultation, chaque spécialiste… Il faut utiliser les termes exacts, se renseigner sur les formulaires et dossiers et évaluations qui seront requis, et tout ce qu'on ne peut pas obtenir par le système, on le paie de sa poche si on en a les moyens. Rien ne vous tombe tout cuit.

Dan arrive à l'appartement à 23 heures. Il a travaillé avec une nouvelle agence branchée (encore une) pour créer le design d'une « campagne hors ligne ». Des prospectus, donc. Il s'agit cette fois d'une marque de poulet frit à emporter, mais bio, baptisée Birdhouse. Ce n'est sans doute possible qu'à Bristol.

— Tu es sorti du lit, constate-t-il en entrant d'un pas traînant, avec un air harassé qui ne lui est pas familier.

— Oui, j'ai joué à *Minecraft* avec Sam. En ligne.

— Bienvenue au XXIe siècle. Comment te sens-tu ?

— Bien. Mieux. Je ne sais pas. Je crois que c'est fini avec Jody.

— On en a déjà parlé. Elle a besoin de temps, c'est tout.

— Du temps pour sortir avec Richard ?

Dan est clairement dépassé. Il feint de réfléchir à la fin de mon mariage pendant une seconde avant de sortir son MacBook Pro de sa sacoche pour l'ouvrir sur la table basse.

Aussitôt, Photoshop démarre et je peux voir son travail inachevé, une publicité criarde qui proclame « Birdhouse : for your soul », une référence musicale qui échappera à quatre-vingt-cinq pour cent de la clientèle. Pire encore, le menu en promotion – une paire de cuisses de poulet avec des frites de patate douce et un grand coca – s'intitule « Droit de Cuissage ».

— Dan, ce menu va vraiment s'appeler Droit de Cuissage ?

— Oui, c'est ce qu'ils m'ont dit.

— Bon, il faut que tu leur expliques que ce n'est pas possible.

— Pourquoi ?

— Parce qu'on parle quasiment de viol, enfin ! Comment ont-ils pu croire que c'était une bonne idée ? Tu imagines ce qui va se passer sur Twitter ? Ils vont se faire laminer.

— Ah, d'accord.

Dan est clairement énervé par cette critique inattendue.

— Je pensais que tu t'enfonçais dans la dépression, dit-il.

— C'était le cas, mais j'ai joué à *Minecraft* et maintenant je suis réveillé en plein boom créatif.

— Eh ben, ne te passe pas les nerfs sur moi, mec.

Il referme son ordinateur d'un geste sec et s'éloigne vers sa chambre d'un air grincheux. Je retourne au jeu et charge un nouveau monde. Le logiciel prend quelques secondes pour créer l'image qui apparaît alors à l'écran. C'est un paysage vallonné qui se fond au loin dans une forêt enneigée. C'est un territoire vierge, qui n'a reçu ni souillure ni empreinte de ce qui l'a précédé. Si seulement le reste pouvait redémarrer aussi facilement à zéro…

J'ai à peine fini de digérer cette pensée que le téléphone sonne. C'est Matt.

— Salut Alex, comment vas-tu ?

— Oh, tu sais… au fond du trou.

— Je suis désolé, mon vieux. Mais écoute, j'ai quelque chose qui pourrait te remonter le moral. Deux de mes copains se sont désistés pour le match de demain, les Saints contre Chelsea, tu veux venir ? Tu peux amener Dan, si ça te dit, on a deux billets en rab.

— Attends, mon couple est en train de partir en sucette et tu m'invites à un match de foot ?

— Dit comme ça, ça ressemble à une fausse bonne idée…

J'ai envie de lui répondre que rien ne me rebute plus en cet instant que de me retrouver assis dans un stade avec trente mille supporters qui se hurlent dessus. Mais en vérité, ça fait un moment que je n'ai pas vu Matt, et ça pourrait être sympa de l'observer dans son habitat naturel. Et ça me changerait les idées.

— OK, super, m'entends-je dire. Mais je ne crois pas que Dan soit intéressé. Le foot, ce n'est pas trop son truc.

À cet instant, il entre dans le salon d'un bond, en direction du coin cuisine.

— Dan, tu veux venir voir un match de foot demain ?

— C'est quoi, du foot ?

— Je pense que ça veut dire « non », transmets-je à Matt.

— Non, attends, ça va peut-être me donner de l'inspiration… changer totalement de décor… Oui, je viens.

C'est ainsi que, quinze heures plus tard, nous sommes tous les trois assis à mi-hauteur de la tribune Itchen Stand de Southampton FC, parmi une mer de maillots rayés rouge et blanc, alors que Matt et des milliers d'autres entonnent fièrement *When the Saints Go Marching In*. L'après-midi est froid mais clair, le soleil de bronze délivrant un carré de lumière mystique sur la pelouse. Dan feuillette le programme sans se priver de critiquer la mise en page, et je rumine l'implosion de mon couple, que l'inévitable défaite de Southampton devant Chelsea ne va pas tarder à symboliser à merveille.

Lorsque les chants s'achèvent, Matt se met à bavarder avec les autres supporters, échangeant ces commentaires tellement sérieux qui sont la plaie de tous les bureaux et usines du pays, et peut-être même du monde entier : « Machin est au top en ce moment, il est le véritable héritier de Truc. Il a un jeu très classique », « Bidule contre Chose, ça devrait nous offrir quelques séquences de jeu intéressantes. » « Ils n'auraient jamais dû virer Untel. » « Untel était un branleur ! » « Tu ne peux pas viser le titre si… » C'est comme d'être enfermé dans le studio de *Téléfoot* avec cinq mille commentateurs autoproclamés.

Le sifflet résonne, la foule applaudit, et on est partis pour quinze minutes où la balle semble rebondir ici et là au hasard, alors que les équipes se jaugent. Matt est penché en avant, le menton dans la main, comme *Le Penseur* de Rodin en bob rayé. Dan pousse un profond soupir, farfouille dans son sac et en extirpe son MacBook Pro. Quelques secondes plus tard, Photoshop s'affiche. Matt lui lance un regard horrifié.

— Dan ! s'écrie-t-il d'une voix étranglée. Tu ne peux pas sortir ton ordinateur pendant un match de foot !

— Quoi ? Mais pourquoi ?

— Parce que tu es au stade, pas au Starbucks ! En plus, si on marque, il va faire un vol plané.

— Je ne suis pas expert en foot, mon vieux, mais ça ne me semble pas très probable ?

À cet instant, un défenseur de Chelsea déboule d'un coin du terrain, et une petite frange de supporters dans les gradins opposés est en liesse. De notre côté, au contraire, règne un silence de mort. Dan referme doucement son ordinateur, le range dans son sac, et me lance un regard contrarié.

À la mi-temps, nous accomplissons le rituel de la ruée au bar parmi des types chauves qui secouent la tête avec désespoir en claquant de la langue. Dan et moi buvons nos bières noyées d'eau dans des gobelets en plastique, pendant que Matt fait la queue au bar à burger en discutant des faiblesses défensives de l'équipe avec un immense skinhead.

— Si seulement y avait un Starbucks, soupire Dan.

La seconde mi-temps offre le spectacle désolant d'une guerre d'usure sur la pelouse, les deux camps ne faisant que de rares incursions dans la partie adverse du terrain. Même Matt paraît distrait. Il consulte son téléphone et marmonne tout seul. Dans les dix dernières minutes, cependant, quelque chose semble faire tilt du côté des Saints. Ils parviennent à égaliser sur un coup astucieux, et la foule rugit de joie. Matt se lève d'un bond, puis se rassied et demande à Dan :

— Pas très probable, hein ?

Mais lors de la deuxième minute des arrêts de jeu, une attaque de Chelsea se produit à la lisière du but, la balle s'envole en tournoyant, et trois joueurs de Southampton se jettent dessus et parviennent à échapper au milieu de terrain. Soudain, la foule est comme électrisée. Matt est moitié assis, moitié debout, comme sur des toilettes sales. Dan lui-même regarde. Deux des joueurs se font des passes et contournent un défenseur, le buteur est bien dégagé… et là, je cligne des yeux et le ballon est au fond du filet. Explosion de cris dans la tribune. Matt se lève comme un fou en agitant le poing, dans un numéro de satisfaction totalement impudique.

— C'est sûrement la tête qu'il fait quand il jouit, commente Dan.

Matt nous prend dans ses bras, avant d'attraper les autres supporters qui nous entourent, et même les employés. Les embrassades sont toujours en cours lorsque retentit le coup de sifflet final. Je regarde la foule et profite de l'atmosphère de fête, de ces visages déformés de plaisir parce qu'un adulte a réussi à envoyer un ballon entre deux poteaux d'aluminium. Puis, deux rangées plus bas, j'aperçois un homme et son fils, tous deux vêtus de maillots de leur équipe, le garçon à peu près de l'âge de Sam. Un bras passé sur l'épaule de l'autre, ils se tapent dans la main en discutant avec animation. Quel que soit le sens de ce match pour le club, pour la Ligue, pour ce monde absurde du foot en général, pour eux c'est un précieux souvenir, juste à eux deux. Ils vont rentrer à la maison et casser les pieds de toute leur famille avec ça, et quand le petit ira au lit, son père viendra s'asseoir à ses côtés et ils revivront cet instant ensemble. Au milieu de ce carnaval de la victoire, si éphémère soit-il, des moments comme celui-ci sont sans doute en train de se produire partout dans la tribune. Et ça me rappelle ce que j'ai perdu, et que je n'ai probablement jamais eu. Cette sensation naturelle, facile, d'avoir l'autre, de pouvoir partager des choses, sans complications. Entre Sam et moi, il y a toujours eu des complications, mais en ce moment, elles sont plus nombreuses que jamais.

— Allons, me dit Dan en me tapotant l'épaule. Rentrons à Bristol. Il y a trop de testostérone par ici, ça me fait peur.

Chapitre 16

Lorsque je m'approche en voiture de notre maison le lundi matin, Jody m'attend dehors, vêtue d'un long manteau de laine et d'une écharpe. Sam est à côté d'elle, en bonnet et anorak d'école, l'air découragé. De toute évidence, tout le monde est en colère, tout le monde déteste la situation. C'est un froid matin d'octobre, mais l'atmosphère qui règne entre nous fait encore descendre la température.

— Je ne veux pas visiter l'école, déclare Sam en entrant dans la voiture avant de boucler sa ceinture d'un air hautain. Je ne veux pas, je ne veux pas.

— Finissons-en, rétorque Jody en claquant sa portière.

— C'est ta nouvelle phrase fétiche ? dis-je entre mes dents.

Elle secoue la tête.

L'école Avon pour enfants autistes se situe à l'orée d'une banlieue verdoyante, entourée d'un patchwork de petits champs. Le bâtiment est très moderne, presque futuriste, l'entrée formée entièrement de vastes panneaux de verre. À l'intérieur, l'atrium de la réception débouche sur un large couloir blanc qui court jusqu'au fond du bâtiment. Cette fois, Sam sort de la voiture de lui-même, sans doute fasciné par l'allure du lieu, mais il s'agrippe à la main de Jody en répétant :

— Plus fort, maman, serre ma main plus fort.

C'est le signe d'une évidente anxiété. Lorsque nous sommes en ville et que la circulation devient bruyante, j'ai mal aux doigts après lui avoir tenu la main un certain temps : ce n'est jamais assez fort. L'agent d'accueil, une dame élégante qui ressemble davantage à une employée de banque qu'à un membre du personnel d'éducation, nous voit approcher.

— M. et Mme Rowe ? Et tu dois être Sam. Asseyez-vous, je vous en prie. Le directeur adjoint ne va pas tarder.

À peine sommes-nous installés dans cette bulle silencieuse qu'un quinquagénaire à la haute silhouette, tout en costume bleu tiré à quatre épingles et cheveux grisonnants, sort d'un bureau tout proche.

— Je suis Tristan Foster, le directeur adjoint, déclare-t-il en nous serrant la main, d'abord à moi, puis à Jody.

Il s'accroupit devant Sam avec naturel.

— Salut, Sam. Allons visiter, d'accord ?

Nous franchissons à sa suite une double porte qui mène au couloir principal. Il nous explique que l'école a été fondée en partie grâce à des financements publics, mais aussi par le biais d'associations, et que toute l'architecture a été pensée pour ne présenter aucun endroit fermé, ni entonnoirs ni couloirs étroits. Les murs sont nus pour éviter le trop-plein sensoriel que certains enfants ressentent dans les autres écoles devant tous les dessins affichés. Les classes sont peu nombreuses, et professeurs et assistants sont tous spécialisés. L'atmosphère est calme et informelle, l'exact opposé de ce qui se passe entre Jody et moi en cet instant. Je me demande si l'adjoint sent la tension.

Sam marche derrière nous, agrippé à la main de Jody ou à son manteau. J'essaie de le rassurer :

— Regarde, Sam, ils jouent avec des iPad… Regarde, ils ont une grande télé.

Mais il se contente de me dévisager d'un air découragé, ou de détourner le regard.

Pendant que nous visitons, Tristan explique que les enfants présentent des niveaux d'autisme très divers, et que certains ont besoin d'une aide permanente. Dans l'une des classes, un garçon lit à un bureau, sans cesser de se donner des gifles et de pousser de faibles gémissements. Sam recule. Mais nous passons aussi devant une petite salle audiovisuelle où des adolescents préparent une vidéo. Tristan leur demande ce qu'ils font, et ils répondent de façon polie, drôle et confiante. Ensuite, le directeur nous indique comment remplir notre dossier de candidature et naviguer dans les arcanes de l'éducation locale et de son administration. Alors que la visite s'achève, il se tourne vers nous pour souligner un dernier élément.

— Notre but, c'est que chaque élève quitte l'école avec les compétences nécessaires pour mener une vie indépendante.

Entendre cette phrase est un choc. C'est un problème que nous n'avons jamais abordé ouvertement : que deviendra Sam à l'âge adulte ? Et voilà qu'on nous la pose crûment. Un peu d'autonomie, ne peut-on rien espérer de mieux pour lui ? Ça paraît déjà difficile à imaginer, pour être honnête. J'ai essayé de me le représenter dans le monde du travail, à suivre des instructions, s'adapter, comprendre les complexités de la vie d'adulte, des relations. Je n'y arrive pas. Tout simplement. Et vivre seul ? S'occuper de lui-même ? Rencontrer quelqu'un ? Pour le moment, ça ne semble possible que dans un univers parallèle.

Tristan nous serre la main, à Jody et moi, avant de s'agenouiller de nouveau en face de Sam.

— Je crois que tu te plairais ici, dit-il.

Mais une fois dehors, Sam est toujours silencieux et abattu. Nous restons là, comme une masse triste sur l'allée de ciment propre, alors que les portes automatiques se referment derrière nous.

— Qu'en penses-tu ? demandé-je à Sam.

— Il y avait des garçons qui faisaient peur. Ça ne m'a pas plu.

— Ils avaient des ordinateurs et c'était très calme, agréable, commente Jody.

Il se tourne, le visage déformé par la concentration, comme s'il cherchait désespérément le moyen d'exprimer quelque chose, une inquiétude trop complexe pour être décrite par des mots.

— Mais… je veux devenir artichecte, finit-il par dire.

Et il s'éloigne d'un pas lent vers la voiture.

Je regarde Jody.

— Alors ?

— Cette école est vraiment géniale, répond-elle.

— Oui. Mais Sam a remarqué qu'elle est différente. Il a compris, pas vrai ? Il sait que s'il vient ici, il est différent lui aussi.

Nous sommes tous deux trop absorbés par nos propres pensées pour que la conversation débouche sur quoi que ce soit. Nous nous dirigeons vers la voiture, à la suite de notre fils, tremblants dans le vent d'automne.

Plus tard ce soir-là, je retrouve Sam dans *Minecraft*. Nous avons fabriqué des épées et des torches et trouvé suffisamment de fer pour forger des armures. À présent, nous nous aventurons plus loin du château, afin d'amasser de la nourriture, d'explorer les contreforts rocheux et les grottes. Nous trouvons des veines de charbon, que nous exploitons avec avidité. Parfois, nous nous enfonçons davantage, dans l'espoir de repérer l'éclat jaune de l'or dans le gris sans fin des blocs sous les montagnes. Mais il y a toujours un point où Sam fait demi-tour, une profondeur qu'il ne peut dépasser.

— Il va y avoir des araignées et des squelettes. Ça ne me plaît pas, dit-il.

Il y a aussi une caverne géante, à l'est du château, qui ressemble à une bouche ouverte sur une haute falaise. Elle contient sans doute une mine abandonnée – tous les mondes de *Minecraft* en sont pleins – et donc des trésors. Mais Sam refuse de s'en approcher. Dans les mines se cachent des monstres.

C'est frustrant, mais je n'insiste pas. Dans le monde extérieur, je me sens toujours contraint de guider Sam vers la normalité. Ici, je me suis aperçu que ce n'était pas nécessaire. Je ne ressens pas cette pression. Il a le droit d'avoir peur. Nous avons tout le temps.

Du coup, nous nous dirigeons vers le nord, où s'ouvre une vaste étendue désertique, comme un tapis jaune sans fin. Nous ne sommes pas encore allés par là car ça semblait tellement plat et vide, mais on ne sait jamais. Nous emportons des quantités de pierre pour construire des abris si le besoin s'en fait sentir, et nous avons aussi préparé du pain et des côtelettes de porc pour reprendre des forces. Nous avons appris à partir bien équipés.

Pendant un long moment, nous marchons et il ne se passe rien. Nous dépassons des dizaines de petits cactus qui ressemblent à des boîtes vertes et piquantes, des affleurements de roche et de terre. Je suis sur le point de suggérer à Sam de rentrer, car nous ne trouverons rien ici, lorsque nous repérons une série de silhouettes rectangulaires à l'horizon. Nous n'avons jamais rien vu de tel. Ça ne ressemble ni à des montagnes, ni à des amas de pierre. On dirait que c'est construit de la main de l'homme.

— Un village ! s'écrie Sam.

Je connaissais leur existence. Chaque paysage de *Minecraft* en contient ici et là. Ils sont peuplés de curieux personnages qui errent sans but dans les rues. En nous approchant, nous découvrons un groupe de bâtiments, délicats et soignés comme des maisons en Duplo. Tout autour sont réunis les drôles d'habitants, chacun avec la même tête carrée et le même long nez, tous vêtus de capes marron, comme des moines. Sam se promène parmi eux sans crainte.

— J'ai lu dans mon livre que si nous avons des émeraudes, nous pouvons faire du troc avec eux, dit-il. Oh, je sais ! Parfois, le forgeron a de l'or !

En toute hâte, nous explorons les bâtiments, jusqu'à ce que nous trouvions la forge, une maison trapue flanquée d'une auge de lave en fusion. Sam et moi entrons comme des fous et découvrons un coffre dans un coin de la pièce.

— C'est toi qui regardes, dis-je en reculant.

Il s'avance et ouvre la boîte en bois d'un geste brutal afin d'en examiner le contenu.

— Oh, il n'y a pas d'or… soupire-t-il.

J'éprouve une déception disproportionnée.

— Attends, je le vois ! Il y a un diamant ! Un diamant, papa !

— Prends-le.

Soudain, je suis gêné de l'inciter à voler.

— On ne doit jamais prendre ce qui n'est pas à nous, dis-je alors d'un ton sévère. Mais là, c'est une aventure, et il faut parfois enfreindre un peu les règles. Juste un peu.

— Alors, on devrait laisser cette selle ?

— Non, prends-la. Et les lingots de fer. Mais pas la pomme. Non, attends, on en aura peut-être besoin. Prends tout, on mettra un petit mot pour s'excuser.

Nous passons un moment à ouvrir d'autres coffres, et trouvons du pain, encore du fer, des éléments d'armure. Nous découvrons une bibliothèque entièrement meublée d'étagères… et volons la totalité des livres. Puis nous entrons dans un bâtiment plus grand, qui ne contient qu'une seule pièce où s'alignent de petites tables. Nous reconnaissons une salle de classe.

— Sam, assieds-toi dans le fond et je serai le professeur, dis-je.

Il s'avance vers l'un des bureaux.

— C'est comme là où je me mets à l'école, explique-t-il. C'est à côté de la fenêtre. Mais Ben n'est pas là.

— Ben, c'est ton voisin ?

— Oui.

— Vous êtes copains ?

— Non.

— Pourquoi ?

En général, c'est là que Sam se referme, élude la question et change de sujet ou s'enfuit. Aujourd'hui, il y a un long silence.

— Il me tape tout le temps sous la table. Il essaie de me faire pleurer. Mais personne ne voit.

— Tu l'as dit au professeur ?

— Non.

— Pourquoi, Sam ?

— Personne ne m'entend jamais. Je veux m'en aller, mais je ne peux pas.

Silence.

C'est bien ça, alors. Il est victime de harcèlement – avec précaution, subtilité, un coup par-ci, un coup par-là. Est-ce que ça s'est toujours passé comme ça pour lui, à l'école ? Cette idée me rend malade. Avec Jody, on s'est souvent dit qu'on aimerait être des petites souris afin de savoir comment il vit à l'école, s'il s'en sort, si les autres enfants sont gentils avec lui, s'ils prennent soin de lui. Mais parfois, au fond de moi, je me dis qu'on est tous les deux contents de ne pas savoir.

Nous passons la nuit dans l'une des maisons du village, et au matin, nous effectuons un raid sur le potager pour cueillir des carottes avant de rentrer au château. En arrivant, nous creusons sous le parquet de chêne du hall d'entrée pour créer une pièce secrète. Une chambre du trésor. Nous fabriquons un seul coffre sur un bloc de verre et Sam y fait tomber le diamant. Après être ressortis de la pièce, nous recouvrons l'entrée de terre battue et la marquons d'une planche de bouleau.

— Le trésor est à l'abri, décrète Sam. Les monstres ne peuvent pas le voir.

— Et le forgeron non plus. De toute façon, je trouve que nous avons été très courageux, en allant jusqu'à ce village. Je crois que nous sommes prêts à nous enfoncer au plus profond d'une caverne, si nous prenons des épées et des armures.

— Oui, d'accord, répond Sam. Je crois que je suis prêt.

— Tu es très courageux. Les gens ne le savent pas, mais c'est vrai.

On sonne à la porte. Je me lève pour jeter un coup d'œil au visiophone et découvre Clare devant l'entrée de l'immeuble, emmitouflée dans un manteau en peau de mouton, occupée à se ronger les ongles d'un air anxieux. Depuis toutes ces années que je la connais, je crois que nous ne nous sommes jamais vus sans que Jody ou Matt soient présents. Je me demande si elle veut me parler de Jody et moi ? Ou de Jody et Richard ? A-t-elle d'horribles révélations sur ce qui s'est passé au mariage de Gemma ?

— Sam, je vais devoir arrêter de jouer maintenant. Je suis désolé. On commencera notre quête un autre jour.

— Oh…

Je cherche désespérément un compromis.

— J'ai une idée, tu ne veux pas construire une étable pour le château ? Maintenant qu'on a une selle, on pourrait peut-être attraper un cheval ?

— D'accord. Je vais la construire près du mur.

— Bien. Bonne idée. Au revoir, Sam.

J'éteins la console, puis repars dans le couloir et réponds à l'interphone.

— Salut, Alex. Désolée de te déranger. Tu as cinq minutes ?

— Bien sûr, je t'ouvre.

Lorsqu'elle arrive, nous parlons de la pluie et du beau temps avec gêne pendant quelques minutes. J'évoque ensuite l'école que nous avons visitée avec Sam, ma recherche d'emploi. Elle raconte les récents exploits des jumelles. Mais la conversation cale quand je lui demande des nouvelles de Matt.

— C'est justement pour ça que je suis là, explique-t-elle.

D'instinct, je me dirige vers la cuisine. C'est une réaction toute britannique : le sujet est indéniablement sérieux, alors autant remplir la bouilloire. Clare s'assied dans le fauteuil sans enlever son manteau, et tripote son téléphone. Je ne m'attendais pas à ce qu'elle souhaite me parler de Matt. Je veux dire, Matt… Il ne fait rien d'autre que travailler, dormir, regarder le sport et jouer avec les enfants. C'est une sorte d'Homer Simpson, mais intelligent. Qu'est-ce qui pourrait bien se passer ? À moins qu'il soit malade ? Matt serait malade ? Sans poser la question, je prépare pour Clare une tasse de thé et l'apporte en même temps que la mienne. Elle la tient entre ses deux mains.

— Alors, qu'est-ce qui se passe ?

— Est-ce que tu as discuté avec Matt depuis quinze jours ?

— Pas tellement, un texto par-ci par-là. On est allés voir le match de foot.

— Est-ce qu'il t'a dit quelque chose ? Je sais que c'est lui ton ami et pas moi, mais j'ai besoin de réponses, Alex.

— Non. À quel propos ? Qu'est-ce qui se passe, Clare ?

Elle me dévisage une seconde, comme pour déchiffrer mon expression, puis baisse les yeux vers sa tasse. Je prends une gorgée de thé.

— Je crois qu'il a une liaison.

Je manque de recracher mon breuvage à travers la pièce.

— Quoi ? Matt ? Oh, Clare, qu'est-ce qui t'a mis une idée pareille en tête ?

— Le mois dernier, il est allé à Londres pour un séminaire d'informatique. Il est resté trois jours. Il dormait à l'hôtel avec certains de ses collègues. Il s'y rend chaque année, ce n'est pas le problème. Mais depuis qu'il est rentré, il est bizarre. Il est sur ses gardes, il ne parle pas, il s'énerve avec les enfants. L'autre jour, il regardait le foot à la télé, et il a pété un câble. Il a balancé la télécommande à travers la pièce. Ce n'était même pas Southampton qui jouait, c'était un match de la Coupe de la Ligue. Ensuite, il a éteint. Alex, tu le connais, il n'éteint jamais pendant un match de foot.

—Merde…

—Exactement! Je me demandais s'il t'avait dit quelque chose?

—Non. Rien du tout. Je lui ai envoyé quelques textos pour lui parler de Sam. Et de Jody. Mais il n'a rien dit.

—Je deviens folle. J'ai regardé son téléphone en douce, mais l'appli messages est presque vide et pourtant, j'ai entendu des textos arriver. Je pense qu'il les efface…

—Clare, tu ne devrais pas…

—Je sais, mais qu'est-ce que je peux faire d'autre? Il ne s'est jamais rien passé comme ça avant, et après l'histoire de Jody et…

Elle se tait, consciente d'avoir fait une gaffe. Le rouge lui monte aux joues.

—Jody et Richard?

—Oui, désolée. Je suis désolée…

—Qu'est-ce que tu sais là-dessus?

—Seulement qu'elle l'a rencontré au mariage, qu'ils ont bu quelques verres, et qu'une chose en a entraîné une autre… Elle culpabilise, mais ça n'est pas allé plus loin.

—Mais tu es inquiète, parce que tu te rends compte à quel point c'est facile…

—Je suis navrée.

Pendant un moment, nous buvons notre thé en silence, perdu chacun dans les méandres de sa vie de couple. J'entends le brouhaha diffus de la circulation loin à nos pieds, et quelque part, dans un autre appartement, quelqu'un joue une chanson de Fleetwood Mac. Je me demande ce qu'a fait Matt, si tant est qu'il y ait réellement quelque chose. Mais par-dessus tout, j'aimerais entendre ce que Clare sait de Jody. Elle me regarde un instant et semble deviner le cours de mes pensées.

—Écoute, je ne crois pas que ce soit sérieux. Ça fait un moment que Jody ne se sent plus elle-même. Toute sa vie tourne autour de Sam, et tu n'étais pas là pour elle. Je suis désolée, mais c'est la vérité.

—Je sais. Je sais.

—Alex, ça me gêne vraiment de te demander ça, mais tu veux bien parler à Matt ?

—Bien sûr. Mais, Clare, nos situations, nos vies, sont totalement différentes. Je n'arrive pas à imaginer que Matt te fasse ça. Il vénère trois choses : ses enfants, toi, et le Southampton Football Club. Il ne renoncerait jamais à rien de tout ça. Compris ?

—Compris. Je ferais mieux d'y aller. Je dois aller chercher Tabitha à son cours de breakdance. Et on doit aussi organiser sa fête d'anniversaire à la noix, avec costumes et tout le tralala. Est-ce que Sam vient ?

Je me souviens que Jody m'a dit qu'il était invité. Un tas de gamins qui courent partout en hurlant, habillés dans des tenues bizarres ? Bienvenue à Criseville, habitant : Sam.

—On verra.

Clare se lève, vérifie sa tête dans le miroir et nous marchons ensemble dans le couloir.

—Ne t'inquiète pas pour Matt. Je vais tirer ça au clair.

Elle acquiesce et entre dans l'ascenseur.

—Alex, écoute. Je crois que Jody va revoir Richard cette semaine. Pour boire un verre. Faire le point. Je ne sais pas. Mais ne t'en fais pas, c'est un branleur. Accroche-toi.

La porte se ferme, et je me retrouve tout seul, à contempler mon reflet dans l'acier poli.

— Il faut que tu fasses quelque chose, dis-je. Que tu provoques un changement.

Quelques secondes plus tard, l'autre ascenseur s'ouvre et Emma en sort en chancelant, écrasée par le poids de son énorme sac à dos et de deux cabas de courses. Nous nous dévisageons avec stupeur un moment.

— Je suis de retour ! s'écrie-t-elle enfin. Encore.

Bizarrement, ça me donne une idée.

— Je vais emmener Sam à Londres. Tu veux venir avec nous ?

Chapitre 17

À ma grande surprise, Jody ne voit pas d'objection à ce que j'emmène Sam à Londres, et lui non plus, ce qui me stupéfie encore plus. Deux jours plus tard, nous roulons vers la maison à 8 heures du matin pour aller le chercher. Jody vient à la porte et me tend un sac à dos Spiderman.

— Tu as tout ce qu'il lui faut : des sandwichs, de l'eau, son casque, des stylos et un bloc.

— OK. Comment il est ?

— Impatient, mais anxieux.

— Ça va bien se passer.

— À ta place, je ne serais pas aussi optimiste.

— Je sais. Mais si ça se passe mal, on gérera.

Sam descend l'escalier d'un pas lourd, vêtu de son treillis noir et d'une grosse parka avec un col en fourrure.

— C'est loin, Londres ?

— À peu près deux heures de train. Ça sera marrant !

— Je peux jouer sur ton iPad ?

— Oui. Et il y a un bar dans le train alors on pourra acheter des boissons.

— Super !

Jody me regarde avant de se tourner vers le véhicule. Emma lui rend son salut depuis le siège passager.

— C'est venu comment, cette idée ? s'enquiert-elle.

— Il m'a demandé s'il pourrait aller à Londres un jour. Du coup, on y va. Allez, Sam, en voiture.

Jody le serre dans ses bras et s'apprête à ajouter quelque chose, mais se retient. Je prends la main de Sam et le conduit à notre véhicule.

— Prêt pour l'aventure ? questionne Emma lorsqu'il s'installe sur la banquette arrière.

— Je crois, Tata Emma.

— C'est bien, mais souviens-toi : je t'ai dit de ne pas m'appeler Tata. Je n'ai pas encore soixante-dix ans.

Nous nous garons à Temple Meads et traversons la cohue du hall de gare en direction des voies. Le fracas des trains, les gens, les annonces grésillantes, tout cela forme un écho sous l'élégante toiture victorienne. Je sors le casque antibruit de Sam et l'aide à le mettre en place.

— Donne-moi la main, supplie-t-il. Plus fort, plus fort.

Notre train est déjà à quai et ouvert. Nous trouvons une place avec une table et Sam s'installe près de la fenêtre pour regarder les bâtiments sinistres de la gare. Emma sort un *Marie-Claire* défraîchi de son vieux cabas en toile.

— Tout va bien, Sam ? dis-je.

— Est-ce qu'on va rouler vite ?

— Oui, très vite.

— On a des ceintures de sécurité ?

— Non, on n'en a pas besoin.

— Ce n'est pas dangereux ?

— Non, ne t'inquiète pas.

Il se remet à regarder par la fenêtre.

Je le contemple, mon petit garçon, avec ses cheveux blonds qui commencent à foncer, ébouriffés et mal coupés, ses grands yeux qui passent d'un objet inconnu à un autre, ses mains crispées sur son casque. Lorsque d'autres passagers montent, il se tourne pour les observer, intrigué par l'atmosphère étrangement formelle. La porte sonne et se ferme, les roues s'ébranlent avec un grondement, et nous partons. Le train sort de la gare vers la lumière terne.

Au début, Sam bouge à peine, le front contre la vitre, à regarder la ville défiler. Puis la nouveauté s'émousse et il commence à s'agiter. Il hésite entre dessiner, jouer sur mon iPad, ou dévisager les autres occupants de la voiture. Il ne parvient pas à rester assis, et sursaute chaque fois que la porte s'ouvre.

— On est presque arrivés ? demande-t-il sans cesse avec anxiété. Elle va où, la dame ?

J'ai préparé un guide visuel de notre journée, comme ceux que trace Jody, sauf que mes dessins sont vraiment atroces. Trafalgar Square, Big Ben, la tour de Londres, et pour finir, les musées. Sam tient à le parcourir plusieurs fois. Il répète les séquences à haute voix pour se rassurer. Il a emporté son livre sur Londres, et nous regardons les photos alors que les champs défilent sans fin. Pendant un moment, il s'assied à côté d'Emma qui lui décrit son *Marie-Claire*.

— Mais comment elle est habillée, celle-là ? Dis donc, il est musclé. Je me suis acheté le même chapeau en Australie. Lui, il sort avec cette fille, mais avant, elle était mariée avec celui-là.

Sam semble réellement intéressé, même quand elle teste ses connaissances sur des célébrités. Quand le train s'arrête à Reading, un groupe d'hommes d'âge moyen en polo de rugby investit le compartiment, avec des canettes de bière, beuglant des plaisanteries. Sam me rejoint en toute hâte pour s'agripper à mon bras jusqu'à la fin du trajet.

La gare de Paddington nous offre une entrée en matière chaotique. Elle est bondée, bruyante, et la puanteur de la crasse et des moteurs de train est étouffante. Des hordes de voyageurs se massent devant les écrans d'information avant de s'élancer en courant vers les grilles et de jouer des coudes pour se faufiler. Des touristes se déversent des rames en provenance de l'aéroport avec des piles de valises hautes comme des frigos. Des salariés d'associations sautent sur leurs victimes innocentes pour leur faire remplir des formulaires. Je prends la main de Sam et suis Emma à travers la tourmente, en direction de la rue. Il s'accroche à son casque antibruit alors que je l'entraîne vers un bus.

— Si les corbeaux quittent la tour, elle va s'effondrer, m'informe-t-il.

Nous gravissons en courant l'escalier du bus, et par miracle, les places de devant sont libres. Nous plongeons dans la mêlée pour nous en emparer, puis j'assieds Sam sur mes genoux afin qu'il puisse voir par la fenêtre. Écrasé par la démesure, le bruit, l'hyperactivité de la ville, Sam reste muet, ses mains agrippées tantôt au siège, tantôt à moi ou à son casque, en un cercle de réconfort. Soudain, j'éprouve la peur panique d'avoir pris la mauvaise décision, de le traumatiser. Peut-être qu'on devrait rentrer tout de suite. Je me tourne vers Emma mais, absorbée par son téléphone, elle ne se doute de rien. Le véhicule se traîne dans Edgware Street, avec ses bars à chicha et ses magasins d'électronique, puis dans Oxford Street dont les larges trottoirs ne sont qu'un immense essaim d'accros au shopping. Nous sommes déjà dans Regent Street, où les bus se succèdent sans fin devant les grandes vitrines, lorsque nous parlons de nouveau.

— Tout va bien, Sam ?

Comme il ne répond pas, je tapote l'un des côtés du casque, et il se retourne vers moi.

— Hein ?

Je soulève le cache-oreilles.

— Tout va bien ? Comment tu trouves Londres ?

— Tout se passe en même temps ! crie-t-il. J'ai peur !

Il se blottit contre moi et se met à tripoter les boutonnières de mon manteau.

— Ne t'en fais pas, c'est comme Bristol, mais en plus grand.

— Avec plus de gens bizarres, aussi, ajoute Emma en tapant sur son téléphone.

Nous quittons le bus et descendons lentement vers Trafalgar Square, Sam agrippé à ma main. Il semble au bord des larmes, mais soudain il lève les yeux et découvre la colonne de Nelson qui s'élance vers le ciel au-dessus de nous. Aussitôt, il demande à s'asseoir au bord de la fontaine afin de sortir le livre de Londres et de comparer la photo avec l'original. Je lui raconte qu'autrefois, nous achetions ici des graines pour nourrir les pigeons, mais que c'est désormais interdit, car ils faisaient caca sur tout le monde. C'est sans doute le genre de faits historiques qui passionnent les enfants de huit ans. Emma prend une photo de Sam et moi devant la fontaine. Je fais semblant de le pousser dans l'eau. Il hurle. Nous marchons vers Big Ben, et gênons les autres piétons car nous formons une ligne en nous donnant la main. Sam veut de nouveau comparer le vrai monument à son livre, et il est déçu de constater que la photo n'a pas été prise à la même heure.

— On ne va pas attendre sept heures que l'aiguille soit pile au même endroit ! proteste Emma.

Pour finir, nous nous éloignons d'un pas rapide, car la foule est trop dense et bruyante pour Sam.

— Ça va trop vite, dit-il. Tout va trop vite !

Nous sautons dans un autre bus et suivons la Tamise. Des bateaux fendent les flots gris. À chaque arrêt, Sam regarde par la fenêtre et demande pourquoi les gens descendent, et où ils vont. Emma lui tend son téléphone et lui montre notre itinéraire sur Google Maps.

Nous arrivons à notre arrêt, le clou de la journée. Nous marchons jusqu'aux premiers remparts de la tour de Londres. En la voyant, Sam crie et tend le doigt. Se dresse devant nous dans la lumière déclinante de l'après-midi… le bâtiment que nous avons construit pour nous dans *Minecraft*.

— La tour de Londres ! hurle-t-il en s'agrippant au bras d'Emma dans un élan de joie.

— On entre ? dis-je.

Il acquiesce avec enthousiasme, mais lorsque nous approchons de l'entrée, la foule devient plus dense. Des enfants courent partout, crient et se battent. Un groupe de touristes se masse juste devant nous pour faire des photos avec leurs smartphones. Sam se fait bousculer plusieurs fois. Son humeur se détériore à vue d'œil.

— Je n'aime pas ça, avoue-t-il d'une petite voix.

Emma lui prend la main.

— Va voir à quoi ressemble la queue, me suggère-t-elle.

La porte se dresse devant nous, et son ombre s'allonge déjà. Je suis la foule, mais me retourne soudain pour m'assurer qu'Emma et Sam sont toujours ensemble. Je repère rapidement Emma en train de faire un selfie avec un garde à l'uniforme pittoresque, mais pas Sam. Je m'arrête. Une bouffée de panique me saisit. Je parcours l'assistance des yeux, mais il n'est nulle part. Je me mets à courir vers l'endroit où je l'ai quitté, en slalomant comme un fou entre les touristes.

— Sam !

Le temps d'arriver près d'Emma, je suis déjà dans tous mes états.

— Tu vois Sam ? Il était censé être avec toi.

— Il ne peut pas être loin.

Tous les deux, nous regardons autour de nous, pour trouver un petit garçon parmi les groupes compacts de visiteurs. J'essaie d'élaborer un plan lorsque mes yeux se posent sur un objet familier, abandonné sur le chemin. C'est le casque antibruit de Sam. Horrifié, je me précipite pour le ramasser, et me remets à crier.

— Sam !

La terreur est de plus en plus réelle. Des pensées horribles me traversent l'esprit. Est-ce qu'il se dirige vers la route ?

Faut-il appeler la police ? A-t-il été kidnappé ? Le temps passe, les bruits s'étouffent dans un tunnel de peur glacée. Ce sentiment que tous les parents connaissent : l'angoisse de perdre un enfant, qui vous serre le ventre, vous rend malade. Je me rappelle vaguement d'une fois où c'était arrivé, dans un supermarché – dix minutes d'horreur à courir de rayon en rayon – mais il s'agissait d'un magasin, proche de chez nous. Cette fois, nous sommes à Londres. Il n'y a pas d'accueil.

— Emma, tu étais censée lui donner la main, bordel !

— Je ne l'ai lâché qu'une seconde.

Elle parle d'un ton de défi, mais je devine son inquiétude.

— Putain, tu es tellement irresponsable !

Soudain, j'entends un bruit familier non loin, que je n'avais jamais accueilli avec tant de plaisir. Les sanglots de Sam. Je le vois à côté du mur, en compagnie d'une dame âgée. Elle lui pose des questions et regarde tout autour d'eux avec sollicitude. J'accours, et enfin il m'aperçoit. Il se dégage des mains de sa bienfaitrice, et s'élance vers moi sans cesser de pleurer. Je le prends dans mes bras pour le serrer de toutes mes forces.

— Je veux m'en aller, je veux m'en aller ! hurle-t-il.

Mais je suis incapable de répondre, toujours en état de choc, la peur dans les veines, les jambes sur le point de lâcher. Lorsque je me tourne vers la dame, elle a été avalée par la foule. Emma nous rejoint.

— Oh là là ! soupire-t-elle. Qu'est-ce que je vais faire de vous ?

Elle me passe un bras autour de la taille, mais je me dégage.

— Alex, tout va bien, on l'a retrouvé. Ça ne se reproduira pas.

Je la regarde sans répondre. J'ai la gorge sèche, et je redoute ce que je lui hurlerais si je desserrais les mâchoires.

— Allons, dit-elle, j'ai une idée.

Elle nous guide, et nous partons, passant devant la tour avant de prendre le chemin qui longe la Tamise, en direction de Tower Bridge. Je suis toujours dans le brouillard, et Sam sanglote, le casque antibruit de nouveau sur les oreilles, comme une sorte de talisman.

— On peut traverser et pique-niquer de l'autre côté, explique Emma. La vue sera plus belle, de toute façon.

— D'accord, réponds-je. D'accord.

Nous achetons des cafés et des burritos dans un camion ambulant, puis trouvons un banc qui surplombe le fleuve. Sam est silencieux, mais lorsque je lui tends le sac qui contient ses sandwichs fromage-piccalilli et des chips à l'oignon à l'odeur terrifiante, il commence enfin à se dérider.

— C'est une aventure, lui dis-je à voix basse. Et ce genre de choses se produisent quand on part à l'aventure.

— C'est pour ça que ce n'est pas juste une promenade, complète-t-il.

Pendant un moment, nous ne parlons plus, et regardons les pigeons se rassembler non loin, et s'écarter lorsque passe un jogger ou un piéton.

— On s'est trompés pour les fenêtres, déclare Sam en contemplant la tour Blanche.

Il me faut un certain temps pour comprendre qu'il parle de notre construction dans *Minecraft*.

— Oui, c'est dur de fabriquer des arches avec des blocs carrés, réponds-je avant de me tourner vers Emma. On joue à *Minecraft* en ligne ensemble. On a construit une reproduction de la tour de Londres.

— Quelle bande de geeks !

— J'aime bien Londres, sauf le moment où je me suis perdu, déclare Sam.

— C'est ma troisième ville préférée, après New York et Tokyo, commente Emma.

— Pourquoi tu habites partout dans le monde ? demande Sam. Papa dit que c'est parce que tu as peur.

— Sam ! m'écrié-je en feignant l'horreur.

— Ton papa aime jouer les psychiatres amateurs.

— Les quoi amateurs ? questionne Sam.

— Laisse tomber. Écoute, ce qui est rigolo, c'est que quand tu voyages, tu peux être qui tu veux. Tu peux inventer une nouvelle version de toi tous les jours.

— Comme dans un jeu vidéo ! s'enthousiasme Sam.

— En quelque sorte. Et plus tu restes loin de chez toi, plus c'est difficile de rentrer. Et aussi, je savais que ton papa était très fâché contre moi.

Elle sourit et me donne un coup de coude dans le bras. Je ne peux m'en empêcher de lui rendre son sourire.

— Tu es fâché contre Tata Emma ? interroge Sam entre deux énormes bouchées de chips.

— Avant, oui. Et maintenant aussi. Un peu. Mais pas beaucoup. Juste parce qu'elle me manque. Et elle est partie et m'a laissé avec ta mamie… qui est timbrée.

— Timbrée ! répète Sam.

— Comment va maman ? demande Emma.

— Tu ne l'as pas appelée ?

— Non, et toi ?

— Non, pas depuis un certain temps. Elle n'est pas au courant pour Jody et moi. Une autre catastrophe qui lui permettra de faire preuve de sa sagesse légendaire.

— Il faut savoir tourner la page, imite Emma avec le pire accent de l'Ouest anglais que j'aie jamais entendu. Tu dois construire ton avenir.

— Merci maman, réponds-je.

— Elle a raison, cela dit. Rien n'est encore perdu. Tu te fais trop de souci, Alex. Et tu te comportes comme si tu avais soixante-trois ans, pas trente-trois. Mais tu n'es pas si mal. Tu peux même être assez sympa, quand tu veux bien.

— Merci, est-ce que tu veux bien devenir mon coach de vie ?

— Tu as un mari, Tata Emma ?

— Non, répond-elle en déchirant l'alu de son burrito. Les hommes, c'est tous des salauds. Sauf toi.

— Sérieusement, Emma, qu'est-ce que tu comptes faire ? Continuer à courir le monde, toute seule jusqu'à ton dernier souffle ?

— Putain, à t'entendre, c'est complètement déprimant ! Peut-être. Je ne sais pas. D'un côté, j'aime ce chaos. Ça me rappelle que je suis en vie.

— Le Vietnam, ça avait l'air super, sur tes photos. Peut-être que je devrais voyager, moi aussi.

— Toi ? rétorque-t-elle en riant. Alex, il y a cinq minutes, tu chiais dans ton froc parce que tu avais perdu ton fils pendant deux secondes. Dans la jungle, tu te ferais manger tout cru. Au sens propre.

Nous regardons passer les bateaux pendant un moment. Le vent pousse des détritus et des feuilles sur le chemin.

— Tata Emma, dit Sam. Où est Tonton George ?

— Allons, dis-je. Il nous reste un endroit à voir. Je t'en dirai plus sur George quand on y sera.

* * *

J'ai un secret à vous confier sur le chagrin. C'est un peu un secret de Polichinelle, car tous ceux qui en ont fait l'expérience savent que c'est vrai, mais je vais vous le dire quand même. Le chagrin ne s'en va jamais vraiment. Le temps ne guérit pas. Pas tout. Après quelques mois, quelques années peut-être, le chagrin se retire dans les coins les plus sombres de votre esprit, mais il y restera tapi pour toujours. Il s'infiltrera dans tout ce que vous ferez ou ressentirez ; il vous sautera dessus quand vous ne vous y attendez pas. Il vous hantera dans votre sommeil. Vingt ans après sa mort, je rêve toujours de George. Parfois, nous sommes encore enfants et rien ne s'est passé. Nous jouons sur nos vélos, nous explorons un musée... Ce sont les meilleurs rêves. Parfois, cependant, les faits se mélangent, et je vois George apparaître soudain dans ma vie d'aujourd'hui, toujours enfant. Dans ces rêves, je suis conscient de l'accident, mais je ne m'étonne pas de son retour. « Tu vas bien, tu es sain et sauf », dis-je en le serrant contre moi dans un flot de larmes, de sanglots désespérés. Je me réveille souvent persuadé que c'est réel, et il me faut un long moment dans l'obscurité sans merci pour comprendre qu'il n'en est rien. Le temps ne guérit pas, il cautérise.

Je n'ai jamais abordé ces sujets avec Emma. Adolescents, nous étions trop centrés sur nous-mêmes, occupés à forger notre identité dans l'ombre de la mort de George. Puis elle est partie. Lors des trois ou quatre fois où elle est rentrée, nous nous sommes comportés comme de vagues cousins, tout en bavardage poli et blagues familiales ressassées, sans jamais entrer dans les détails intimes de nos vies. Si nous étions dans une émission de télé-réalité, je confierais à la caméra que nous n'avons pas « affronté nos problèmes », « accepté le passé », ou je ne sais quoi. Je ne suis pas certain que nous le fassions un jour, d'abord parce qu'il est un peu tard maintenant et ensuite parce que nous sommes anglais. En outre, notre mère nous a appris à tourner la page pour construire l'avenir. Mais j'ai quand même envie d'emmener Emma dans ce café à Londres afin qu'on le vive à nouveau ensemble : notre dernier jour parfait.

Nous empruntons le métro vers South Kensington. Sam insiste pour que nous nous tenions tous trois par la main une fois de plus, ce qui complique passablement l'étape des escalators. Lorsque nous ressortons dans la rue, la lumière commence à baisser. Le trajet à pied prend cinq minutes, et passe devant des rangées de superbes manoirs ornés de stuc et de maisons en briques sophistiquées. Puis, tournant dans une petite rue latérale, Emma et moi ralentissons d'un coup. C'est ici que nous avons marché, par une journée de printemps, il y a bien des années. Nous avions les souvenirs achetés dans les musées, George et moi courions devant. Et là, au milieu de la rue, entre deux réverbères victoriens, se trouve le *Palace Café*.

Il est exactement comme autrefois. L'auvent rouge vif est peut-être un peu fané, mais il est toujours là. À l'intérieur, le sol en damier noir et blanc, un long comptoir de bois, une étagère chargée de vieux livres de poche, les murs couverts de reproductions de tableaux du Victoria and Albert Museum. Le menu sur le mur du fond était autrefois noté sur un panneau où l'on accroche des lettres en plastique, mais il a été remplacé par une grande ardoise où sont indiqués les différents cafés et sandwichs. La terrasse n'est pas installée sur le trottoir, il fait bien trop froid pour ça. Sam nous observe d'un air surpris alors que nous restons plantés à regarder autour de nous.

— On entre pour boire un verre ? Je peux jouer sur l'iPad ? demande-t-il, désorienté par le changement d'atmosphère.

— Sam, dis-je, oui, on va entrer, mais cet endroit est important pour moi. Nous sommes venus il y a longtemps, avec mamie et notre frère George. Il était un peu plus grand que moi, très intelligent et drôle. Mais le lendemain, il a eu un accident, et il est mort. J'ai été très triste pendant longtemps, mais j'ai une photo de George et moi devant ce café et ce...

— On peut entrer prendre un lait mousseux ?

— Oui, dans une seconde. Je voulais t'expliquer ça, parce que ça fait partie de l'histoire de notre famille. Tu comprends ? Ce qui s'est passé le lendemain, quand mon frère est mort, c'était tellement dur... Ça l'est encore aujourd'hui. Je crois que c'est sans doute pour ça que parfois, je me fais tellement de souci.

— Je vais prendre une table près de la fenêtre, déclare Sam en s'élançant devant nous.

Il ouvre d'un geste brusque l'étroite porte en bois et disparaît dans le café. Je regarde Emma en faisant la moue. Elle pose la tête sur mon épaule.

— Il est un peu jeune pour capter.

— Je sais. Il est doué pour certains trucs, reconnaître la marque du poisson pané en une bouchée, retenir les numéros de vols de ligne, gérer les paramètres du contrôle parental pour être le seul capable d'allumer la télé. Mais il ne saisit pas ce genre de choses. Je pensais que s'il venait, ça ferait tilt. Je ne sais pas s'il comprendra un jour.

— Moi, je suis contente qu'on soit là. Ça fait bizarre, mais je suis contente. Nous avons fui tous les deux depuis ce jour-là, pas vrai ? Pas dans la même direction, c'est tout. Merde, allons boire un chocolat chaud, on se gèle ici.

Je me demandais si Sam poserait d'autres questions sur George, mais il se contente de rester assis en silence, de contempler la pièce et de boire son lait à petites gorgées, apparemment inconscient de nos sentiments. Emma et moi tentons de nous rappeler de détails de ce jour-là, comment nous étions habillés, de quoi nous avons discuté, ce que nous avons fait. Je lui confie que je vais appeler notre mère dans la semaine, que je ne lui ai pas parlé depuis une éternité.

— Ne lui dis surtout pas que je suis là, s'il te plaît.

— Pourquoi ?

— Parce que… j'ai besoin de me préparer. S'il te plaît.

Pendant une seconde, je la regarde dans les yeux et je vois ma sœur d'il y a vingt ans, dégingandée et défensive. Soudain, la voyageuse insouciante et confiante en elle a disparu. Et ici, dans ce café, ça devient plus clair que jamais : à la mort de George nous avons dû nous réinventer. Mon instinct était de prendre le contrôle sur tout, d'instiller de l'ordre.

Le sien, de s'enfuir, d'être quelqu'un d'autre. Mais aucune échappatoire n'est infaillible. Il y a toujours un prix à payer.

En sortant, je remarque que l'un des réverbères clignote et ne parvient pas à dissiper la nuit qui s'installe.

Dans le train, au retour, Sam dort pendant presque tout le trajet, affalé contre mon épaule. Emma et moi échangeons à peine quelques mots. Nous sommes tous deux perdus dans nos souvenirs, les yeux rivés sur l'obscurité à travers la vitre. Et je songe à Sam et à ce que sera sa vie plus tard. Je me demande s'il arrivera à connaître réellement quelqu'un. Est-ce que les autistes tombent amoureux ? Je ne sais même pas. Je ne sais pas.

Je passe un bras derrière lui pour le serrer contre moi. Son casque antibruit atterrit sur mes genoux.

Chapitre 18

Maman est retournée vivre en Cornouailles lorsqu'Emma et moi avons quitté le nid. Je ne pense pas qu'elle se soit jamais sentie réellement chez elle à Bristol. Aussi, mon départ pour la fac et la fuite d'Emma aux quatre coins du globe lui ont donné l'excuse qui lui manquait. Elle a acheté un petit cottage en périphérie de Fowey, avec vue sur l'estuaire. Nous y sommes descendus quelquefois au fil des années, lorsque Sam était bébé. Nous l'emmenions dans des promenades buissonnières sous la bruine, vêtu de sa combinaison imperméable rouge. Il ressemblait au terrible tueur nain de *Ne vous retournez pas*. Ma mère a parfois fait le voyage pour séjourner chez nous à Bristol, bien que Jody et elle se soient toujours méfiées l'une de l'autre. Elles ont toutes deux un fort caractère, et elles ne sont d'accord sur rien… surtout en matière d'éducation. Ça nous a valu des week-ends particulièrement animés. Ma mère peut être terrifiante, à force de dire tout ce qu'elle pense. Quand elle a quelque chose à exprimer, vous êtes bien obligé de l'entendre, comme de nombreux agents de circulation, professeurs, collègues, médecins, cousins et conducteurs de train en ont fait la douloureuse expérience. Ce qui explique que je ne sois pas très impatient de passer ce coup de fil.

C'est une soirée calme. Dan et Emma sont sortis, et il n'y a rien de bien à la télé. C'est donc le bon moment – ou du moins un moment où je n'ai aucune excuse valable. Je cherche autour de moi le téléphone fixe de Dan, rarement utilisé, et compose le numéro. Elle décroche à la première sonnerie.

— Bonjour, est-ce que ça peut attendre, je regarde les infos, qui est à l'appareil ?

— Bonsoir maman, c'est moi.

— Ah, Alex ! Bonjour ! Comment vas-tu ? Ce n'est pas grave pour les infos, je les regarderai plus tard.

— Je vais bien, maman, et toi ?

— Alex, je reconnais ce ton.

— Quel ton ?

C'est parti…

— Ce ton-là. Ça fait des mois que tu ne m'as pas appelée, et tu as la voix d'un adolescent malheureux. Pas besoin d'être Sherlock Holmes pour savoir que quelque chose ne va pas.

— On s'est séparés, avec Jody. Je ne sais pas si c'est temporaire ou non. Je dors chez Dan pour le moment, dis-je sans prendre le temps de réfléchir.

— Oh, Alex… Qu'est-ce qui s'est passé ? Qu'as-tu fait ?

— Ce que j'ai fait ?! Merci, maman !

Je me tais une seconde avant de reprendre.

— C'est plus compliqué que ça. Sam est très, très difficile, je travaillais souvent tard, et on avait du mal à communiquer.

— Donc c'est Jody qui t'a mis à la porte.

— Oui, si on veut.

— Oh là là… Et comment va Sam ?

— Ça va. On essaie de le changer d'école parce qu'on n'est pas satisfaits. On en a visité deux, mais on n'est pas décidés. Sam a l'air de les détester toutes les deux. Je ne sais pas quoi faire. Ah oui, et j'ai été licencié. Donc j'ai ça en plus à régler.

— Alex, soupire-t-elle. Tu as toujours porté le poids du monde sur tes épaules.

Si j'étais en train de jouer à collectionner les « clichés de maman », je crois que je pourrais déjà mettre celui-là de côté.

Nous discutons une demi-heure, et parvenons à éviter le plus gros sujet de ragot familial – l'un de mes cousins est en prison pour fraude, un autre s'est enfui en Norvège avec son amant – et les rivalités sans pitié qu'elle a développées avec certains habitants de son petit hameau et des environs. Je lui dis que je vais chercher Sam à l'école deux soirs par semaine et que je le garde tous les samedis. Je lui raconte le voyage à Londres et la visite du café. Que j'ai voulu parler de George à Sam mais qu'il n'a pas compris.

— Tu ne peux pas vivre dans le passé, et lui non plus.

Et bim, un cliché de plus.

La conversation finit par se conclure. Si j'espérais du réconfort ou des conseils, je peux repasser.

— Comment va Emma ? demande ma mère sans que je l'aie vu venir.

Je me tais quelques secondes. Est-elle au courant ?

— Bien, je crois.

— Ah, elle est rentrée. Je le devine à ta réaction. Tu ne peux rien me cacher. Je suis comme Ben Solo.

— Putain, maman, tu devrais être détective. Et sérieusement, tu as vu *Le Réveil de la Force* ?

— Oui, Alex, figure-toi qu'il y a des cinémas en Cornouailles. On a même des lecteurs DVD. Mais revenons à Emma. Elle ne veut pas me parler ?

— Elle croit qu'on lui en veut tous à mort.

— Elle a raison ! Je suis ici toute seule, dans une maison pleine de courants d'air, cernée par les bouses de vaches et les fermiers, pendant qu'elle se promène autour du monde et se fait prendre en photo avec des tas de beaux mecs.

— Maman !

— C'est vrai, je l'ai vu sur Facebook !

— Maman, sérieux !

— Oh, Alex, dis-lui de m'appeler. Ou mieux, de passer me voir. Je ne serai pas fâchée et je ne lui ferai pas la leçon.

Enfin, en tout cas, je ne serai pas fâchée. Et tant qu'on en parle, pourquoi tu ne viendrais pas me rendre visite ? Amène Sam. Il ne doit même plus savoir à quoi je ressemble.

— Oui, on devrait organiser ça, dis-je alors que Dan rentre.

Il me fait signe depuis la porte et exhibe un pack de quatre bières japonaises. Je réponds en levant le pouce.

— Sam commence à s'habituer au train, dis-je à ma mère. Il faudra d'abord que je voie avec Jody, mais c'est vraiment une bonne idée.

— Oui. Et Alex, ne t'inquiète pas tant. Tu prends tout sur toi, comme toujours. Ne te laisse pas acculer dans un coin. George n'aurait pas voulu ça.

C'est la première fois qu'elle parle de George en ces termes. Ce que George aurait voulu…

— Je dois y aller, fiston. Prends soin de toi. Appelle-moi vite pour me donner des dates. Pas avant la fin de la semaine, cela dit. Tu te souviens de M. Davis, qui habite au bout de la rue ? Il me répare le toit. Je ne sais pas ce qu'il fabrique là-haut, mais ça fait un boucan de tous les diables.

— Maman, il doit avoir quatre-vingts ans, maintenant !

— Soixante-dix-huit et toutes ses dents. Il me devait un service après avoir ravagé ma bordure de vivaces avec sa Land Rover.

— Bon, d'accord. Je vais te laisser. Prends soin de toi aussi. Et sois gentille avec tes pauvres voisins.

Il est temps. On ne peut pas reculer davantage. Le moment est venu d'explorer la grande caverne en quête d'un trésor. Ça fait des jours que nous nous préparons. Nous avons ramassé assez de fer pour forger des épées et des armures, cuit vingt morceaux de bœuf et vingt miches de pain, qui nous permettront de reprendre des forces si jamais nous sommes blessés. Nous avons cent torches pour nous éclairer. C'est ce qui s'appelle être fin prêt.

— On va y arriver, dis-je à Sam alors que nous contemplons le ciel nocturne par l'une des fenêtres en forme de croix.

— On va peut-être trouver de l'or. On va peut-être trouver une émeraude !

Dès que les premières lueurs du jour apparaissent, nous passons la porte et nous éloignons, franchissons les grilles et avançons dans la plaine. Sam commence par courir devant moi, mais alors que la chaîne de montagnes et l'ouverture découpée de la caverne se rapprochent, son pas ralentit. Il ne s'arrête pas, ne pleure pas, ne demande pas à rentrer.

— Comment ça s'est passé, à l'école ? demandé-je alors que nous nous faufilons sous les arbres afin d'attaquer les contreforts herbeux.

— Bien. J'ai eu une gommette en maths parce que j'ai fait des progrès.

— Tu as joué avec des copains, à la récré ?

— Non, je joue tout seul. Mais ça ne me dérange pas. Parfois, la dame de cantine vient me parler.

Bon, ça me brise le cœur. Mais il va bien, il va bien.

Nous grimpons quatre à quatre les blocs de pierre qui forment comme un escalier vers l'entrée de la grotte, si grande et sombre que son obscurité menace de nous engloutir. Je pose des torches sur les murs pour nous éclairer, et révèle un tunnel accidenté vers l'intérieur de la montagne. Nous entrons lentement. Déjà des veines de charbon apparaissent sur les parois. Après quelques mètres, l'étroit passage débouche sur une petite salle, et une fois les torches installées sur les murs, je remarque un trou béant dans le sol, comme une crevasse profonde et anguleuse qui s'ouvre sur le noir en dessous de nous.

— Papa, c'est sûr qu'il va y avoir des araignées là-dedans, dit Sam.

— Ce n'est pas grave. Je pense qu'on peut descendre sans risque. Mais je serai prudent. J'ai retenu la leçon.

Les arêtes des murs créent une sorte d'escalier, et nous parvenons à descendre de plusieurs mètres, posant des torches au fur et à mesure afin d'éclairer peu à peu le vortex sous nos pieds. Je me détends, retirant des blocs de pierre afin de rendre la voie plus praticable. Sam saute avec prudence de marche en marche derrière moi.

Enfin, nous arrivons à une autre petite grotte où s'ouvrent plusieurs passages étroits qui partent dans différentes directions. Nous entendons un ruissellement et lorsque j'accroche une torche au mur, nous voyons un ruisseau s'engouffrer dans l'un des tunnels.

— Allons par-là, propose Sam.

— D'accord. Tu es très courageux. Ça fait un peu peur, hein ? Mais ensemble, on peut le faire.

Plus bas, nous rencontrons une autre chute et un nouveau passage, mais cette fois, dans le coin le plus éloigné, j'aperçois une lueur orangée, faible mais bien distincte dans l'obscurité. De la lave. Nous n'avons jamais atteint de telles profondeurs.

Nous suivons la lumière jusqu'à sa source, mais l'accès est bloqué par un mur de pierre. Seule une petite ouverture laisse filtrer la lueur vacillante.

— Tu es prêt ?

— Ouh là là ! Oui !

Je donne un coup de pioche dans la pierre avant de me faufiler.

— Oh, waouh ! s'écrie Sam.

Nous nous trouvons dans une vaste salle, d'une surface incroyable, qui s'élève plusieurs étages au-dessus de nous et est éclairée par deux cascades de lave qui dégringolent le long des murs lisses. C'est une vision à couper le souffle, comme un immense tableau de l'enfer, l'obscurité derrière le liquide en fusion semblant s'étirer jusqu'à l'éternité. En contrebas, la rivière de lave s'écoule jusqu'à un endroit où elle rencontre une étendue d'eau bordée par des pierres noires déchiquetées.

— De l'obsidienne ! m'exclamé-je, surexcité.

Je connais cette matière, je l'ai vue dans le guide. C'est la substance la plus dure de *Minecraft* et c'est avec elle que l'on peut construire un portail vers le Nether.

Mais je me tourne vers Sam et découvre son personnage en train de contempler tout autre chose, du côté opposé de la gigantesque tranchée, sur le mur. Je parcours la surface des yeux jusqu'à comprendre ce qu'il regarde : deux blocs de pierre tachetés de vert.

— C'est de l'émeraude, déclare-t-il. De l'émeraude pour nos joyaux de la Couronne !

— Ouais !

Nous nous tapons dans la main, fous de joie.

— Mais comment on va aller là-bas ? dis-je.

Nous baissons tous deux les yeux vers le flot de roche en fusion. Si l'un de nous tombe, il perdra toutes ses possessions, sans exception… et l'autre se retrouvera égaré dans la grotte, seul.

— Je sais, il faut construire un pont, répond Sam.

— Mais c'est impossible, il n'y a rien où sceller les pierres, il faudrait bâtir au fur et à mesure qu'on avance. C'est trop difficile !

— Je peux le faire, assure Sam.

Il s'approche tout près du bord, à quelques centimètres à peine, jusqu'à se pencher au-dessus du précipice. Puis il place avec soin un bloc de pierre en le faisant dépasser un peu dans le vide.

— Tu crois que tu peux faire ça tout du long ?

— Je ne sais pas.

— Je pense que oui, Sam. Tu es très doué.

C'est à cet instant que j'entends un couinement familier, discret mais reconnaissable entre mille. Je pivote et distingue, plus loin sur le chemin à ma droite, les yeux rouges carrés d'un arachnide. Elle n'a pas deux yeux, mais au moins six. Je fais quelques pas prudents dans sa direction afin d'accrocher une torche sur le mur. À présent, j'y vois clair. Trois araignées souterraines se bousculent dans leur hâte à nous atteindre. Leurs immenses corps noirs ne sont qu'une masse de pattes et de crocs.

— Sam, préviens-je d'une voix douce. Il y a des araignées. Continue avec le pont, je m'en occupe.

— Elles vont me faire tomber dans la lave.

— Non. Continue ta construction.

Il ne répond pas, mais je le vois regarder derrière lui. Avec une infinie lenteur, il place le bloc suivant, sans tomber. Je me tourne pour faire face aux araignées. J'ai une seule épée de fer. Je sais qu'en me sautant dessus, elles peuvent me faire tomber dans le magma. J'ai beau savoir que ce n'est qu'un jeu, la tension est palpable. Au fond de moi, je sais que c'est bien plus qu'un jeu. C'est une énigme psychologique que je n'ai pas le temps de résoudre maintenant, parce que j'ai trois araignées géantes à abattre.

Sam en est au quatrième bloc de pierre, et son pont, étroit, arrive à mi-chemin de l'autre rive. Encore un pas et il pourra poser un bloc de l'autre côté… si les araignées lui en laissent le temps.

Soudain, elles sont sur moi, leurs étranges couinements formant un écho sur les hautes parois de la grotte. Je les martèle avec mon épée, mais sans viser ni regarder, comme un taré dans un film d'horreur qui agite son arme à l'aveuglette. L'une d'elles bascule dans la lave. Son corps volumineux disparaît dans une gerbe de flammes. Une autre araignée se jette sur moi, m'infligeant d'innombrables morsures. Je vois mes points de vie baisser dangereusement. Dans la confusion, je me débrouille pour laisser tomber mon épée, et je dois alors attraper ma pioche dans un mouvement désespéré. Presque mort, je fais un dernier geste, et donne le coup de grâce à la bête. Avec un soubresaut, elle dégringole dans la lave en se convulsant. Pendant un instant, je suis soulagé, puis je m'aperçois que la troisième a grimpé sur la paroi, m'a dépassé, et file à présent vers le pont de Sam.

— Oh, non ! crie-t-il.

— L'émeraude ! réponds-je.

Il donne des coups de pioche sur le mur. L'araignée rampe sur le pont. Je m'élance, mais je suis trop loin. Puis je me souviens de mon arc et de mes flèches. Je ne les ai jamais utilisés, du moins pas avec succès. Mais je les sors à présent, alors que l'araignée progresse vers la rive opposée. Sam pioche toujours, mais soudain le bloc vert se détache et il le ramasse. Je vise un peu trop loin, entre Sam et la bête. Sam se retourne, et découvre la menace à quelques centimètres de lui.

— Papa ! hurle-t-il.

Je tire. La flèche fend l'air de la grotte, invisible et inaudible. Je ne veux pas voir. Puis j'entends un choc. Quelque chose est tombé. Je perçois l'impact sur la rivière en fusion à mes pieds. J'ouvre lentement les yeux. Je regarde d'abord là où se trouvait Sam, et vois le trou dans le mur, à la place de l'émeraude. Mais pas de Sam. Ni d'araignée.

Oh non, je les ai tués tous les deux.

— Papa, j'ai le trésor !

Il apparaît à mes côtés, sautillant de joie et de fierté.

— L'araignée m'a mordu une fois, mais j'ai essayé de la cogner avec ma hache. Je crois que je l'ai eue.

Je cache l'arc.

— C'est vrai. Tu l'as eue. Tu as récolté l'émeraude et tué le monstre.

— Rentrons au château. Nous avons un joyau de la Couronne.

Nous grimpons vers l'entrée de la caverne, laissant des torches pour marquer notre chemin. Nous nous arrêtons une fois pour prendre du fer et du charbon sur les parois. Puis nous retrouvons la surface. Il fait jour, et le soleil nous éblouit presque dans le ciel plat et bleu.

— Papa, on est une équipe, déclare Sam.

— Oui. Une équipe de courageux aventuriers.

— Il faut mettre l'émeraude dans notre coffre, avec l'autre joyau de la Couronne.

Alors qu'il s'élance vers le château, je me retourne pour regarder une dernière fois l'entrée de la grotte. Pendant un instant, je suis certain d'y distinguer une nouvelle silhouette, un personnage, pas un monstre, vêtu d'une combinaison orange, qui m'observe depuis le bord. Mais alors que je recule d'un pas, il se retire et disparaît dans l'obscurité.

Chapitre 19

L'après-midi suivant, c'est mon tour d'aller chercher Sam à l'école. J'ai une autre corvée sur les bras, totalement inattendue : une copine vient à la maison. C'est Olivia, celle qui était avec lui à la crèche, et qui fréquente l'école qui nous plaît. J'ai l'impression que cette relation est d'une importance cruciale. J'ai peur de tout faire foirer, ou que Sam s'en charge. Mais à quoi bon se prendre la tête ? Il ne s'agit après tout que de deux enfants qui se retrouvent pour jouer, ce n'est pas un mariage royal pour créer une alliance entre deux clans ennemis.

En approchant des grilles, je ressens l'impression familière de terreur silencieuse. Les parents arrivent, se réunissent en bavardant, et complètent le tableau qui me hante depuis toutes ces années. J'ai toujours un sentiment fébrile à l'idée de découvrir l'humeur de Sam, ou de voir surgir un enseignant qui va me raconter à voix basse un incident dans la cour de récréation, une autre dispute « cinquante-cinquante » avec une bande de garçons. Comme toujours, je suis déchiré entre l'idée que j'aimerais observer ce qui se passe pendant sa journée, et celle que j'ai de la chance que ce soit impossible.

Aujourd'hui, lorsque la cloche retentit et que les portes s'ouvrent, il est dans le premier groupe à sortir. Il court à travers la foule des parents pour se jeter dans mes bras.

— Est-ce qu'on va chercher Olivia ? On joue à *Minecraft* !

— Oui, d'accord, on passe la prendre en chemin. Ça a été, à l'école ?

— Bien.

— Qu'est-ce que tu as appris ?

— Rien.

— Rien du tout ?

— Nan.

— Super.

Nous nous engageons dans la circulation lente à mourir en direction de Saint Peter. Des enfants dans un autre uniforme d'école émergent des grilles, tout en rires et sourires, brandissant fièrement des dessins divers et de drôles de bonshommes en rouleaux de PQ. C'est sans doute un effet de mon imagination, mais ils semblent avoir un bien meilleur fond que les élèves de l'école de Sam. Je me gare plus loin dans la rue avant d'amener Sam vers l'entrée. Je ne me souviens pas de ce à quoi ressemble Olivia, et j'aurai besoin de son aide pour la reconnaître. Je souligne le caractère hasardeux de la démarche auprès de Jody par texto, et obtiens comme réponse « Cherche la plus jolie des petites filles ». Ce qui ne m'aide pas beaucoup. Au moins, Jody sera de retour dans une heure, et elle pourra prendre en charge cette obligation sociale stressante.

— Olivia ! s'écrie Sam en s'élançant vers une enfant qui attend près de la porte.

Elle est un peu plus grande que lui, avec de longs cheveux noirs et un beau visage aux traits délicats. Elle l'accueille avec chaleur et se met à lui parler. Il hoche la tête d'un air grave. Une dame s'approche à grands pas. Certainement sa mère. Sa tenue, veste Burberry et jupe, est exquise et son visage est aussi beau que celui de sa fille, mais distant. Elle a l'allure détendue et confiante de ceux qui n'ont jamais manqué de rien.

— Bonjour, tu es le père de Sam ? demande-t-elle d'un ton froid, professionnel.

— Oui, salut, moi c'est Alex.

— Et moi, Prudence, la maman d'Olivia. Il semblerait qu'elle soit invitée chez vous. J'en ai discuté avec Jody hier...

Pendant une seconde, je suis trop intimidé pour parler. Sam n'a encore jamais ramené de copain à la maison. Et voilà qu'il fraye avec la haute bourgeoisie.

— Oui, c'est bien ça. Est-ce que tu veux que je la dépose chez vous ensuite ?

— Non, je viendrai la chercher. Elle est invitée à dîner ?

— Euh, oui. Enfin, Sam ne mange pas grand-chose, donc ce sera sans doute juste des pâtes et du pain.

Une grimace presque imperceptible passe sur son visage.

— C'est très bien.

— Parfait.

— Olivia est impatiente de venir. Elle joue à ce jeu sur ordinateur... *Minecraft*. Sam est très bon, à ce qu'on m'a dit. Bref, je suppose qu'ils joueront à ça ensemble.

— Ah, d'accord.

— Son frère Harry est lui aussi obsédé par cette invention, déclare-t-elle avec un regard vers un garçon à l'air crâneur. Comme tous ses copains. Je ne connais rien aux jeux sur ordinateur, mais ils ne semblent pas abattre de terroristes dans celui-ci, et c'est un soulagement. Bref, je vous dis à plus tard.

Elle s'empare du cartable d'Olivia, prend son fils par la main et s'éloigne à grands pas vers une immense Range Rover d'un blanc immaculé. Je reste bouche bée tandis que le véhicule démarre et disparaît à l'angle de la rue.

— Je vais montrer à Olivia comment on fait un château, déclare Sam.

— Bonjour, M. Rowe, dit la petite fille. C'est laquelle, votre voiture ?

— Celle qui est vraiment moche, tout là-bas. Les enfants, vous voulez qu'on aille d'abord au café, boire un lait mousseux ?

Tous deux hurlent « oui » en sautant de joie avant de s'élancer vers notre vieille guimbarde.

Une fois arrivé au café, je pousse la porte devant eux et les laisse entrer, en grande conversation – pour être plus exact, Olivia parle et Sam hoche la tête. Ils se faufilent vers le coin du fond pour s'emparer de l'un des meilleurs canapés, et je me dirige vers le comptoir, où le serveur préféré de Sam lit l'interminable carte des thés à une dame âgée. J'attends qu'elle s'éloigne vers une table toute proche, l'air vraiment perdu, pour passer ma commande.

— Je vois que vous êtes en charmante compagnie aujourd'hui, commente le jeune homme. Est-ce la fiancée de M. Sam ?

Je me retourne. Les deux petits sont assis côte à côte, et bavardent en feuilletant les bandes dessinées et les magazines posés sur la table. On dirait deux enfants plongés dans une discussion banale. Sauf que pour nous, ce n'est pas banal du tout. J'ai bien envie de brandir le poing de fierté, comme Judd Nelson à la fin de *Breakfast Club.*

— Quand il est ici, c'est le meilleur de lui-même qui ressort…

— Oui, c'était vraiment un endroit sympa, acquiesce le serveur dans un soupir.

Je sens mon cœur se serrer.

— Comment ça ?

— Le propriétaire va vendre. Il a rencontré quelqu'un… une habituée, pour ne rien vous cacher. Et ils s'enfuient comme deux amants pour ouvrir une maison d'hôtes quelque part en Italie. Le bail arrive à échéance dans deux mois, donc c'est fini.

— Oh non, c'est une catastrophe !

— Je ne vous le fais pas dire. Je m'y plaisais vraiment bien. C'est un endroit agréable. La plupart du temps, j'ai l'impression de recevoir des amis à la maison, pas de travailler.

Ça va me manquer. Enfin bref, installez-vous. Je vous apporte vos boissons.

Je m'aperçois que d'autres attendent derrière moi, aussi je m'écarte, mais je suis abasourdi. Ici, c'était notre endroit, notre refuge. Je décide de ne rien dire à Sam. Pas aujourd'hui, alors qu'il a une invitée. Je m'assieds pour profiter avec eux. Olivia est un vrai moulin à paroles, elle nous raconte sa journée d'école. Ce qu'elle a fait, avec qui elle a joué, ce qu'on lui a dit… le genre d'infos que Sam ne me livre jamais. Pendant ce temps, il ramène sans relâche la conversation sur *Minecraft*.

— Je sais construire avec du grès, déclare Sam en passant du coq à l'âne.

Olivia se souvient soudain de quelque chose et le fait taire en posant la main sur son bras, tout excitée. À ma grande surprise, Sam ne sursaute même pas.

— Ah, mon frère m'a parlé d'une compétition de *Minecraft*. C'est dans quelques mois. Un festival de jeux vidéo à Londres. Tout le monde a quatre heures pour construire quelque chose. Le meilleur gagne un prix.

— Je peux y aller ? demande Sam.

Je vois la scène d'ici : un grand hall d'exposition plein d'adolescents survoltés, de consoles et de boum-boum. Si l'anniversaire de Tabitha a toutes les chances d'être Criseville, cet événement est parti pour être la Foire aux Hurlements.

— Je ne sais pas. Il faut voir quand c'est. Ce sera sans doute très bruyant.

— Londres, c'était bruyant, réplique-t-il. Mais j'ai réussi.

— Quand on rentre, il faut qu'on devienne amis avec mon frère sur ta Xbox, reprend Olivia. Comme ça on pourra jouer tous ensemble dans le même monde *Minecraft*.

— On peut, dis, papa ?

— Oui, réponds-je, ravi du changement de sujet.

Dès que j'ai garé la voiture devant la maison, les enfants s'élancent et grimpent quatre à quatre vers l'étage. J'entends la Xbox qu'on allume. Je prépare du lait et des biscuits sur un plateau, dans l'espoir de maintenir auprès d'Olivia l'illusion que je suis un parent parfaitement capable de se débrouiller, que Sam invite tout le temps des copains et que sa présence n'a rien d'un miracle.

Dans la chambre, je trouve Sam occupé à montrer notre château à Olivia. Il a ajouté une série de petites fermes où il cultive de l'avoine et des carottes. La fillette est impressionnée. Je pose le goûter et reste regarder, mais je devine de la gêne dans le regard de Sam. Avant que je m'éloigne, Olivia nous parle encore du festival, convaincue que Sam devrait participer à la compétition. Il acquiesce avec enthousiasme et il me faut quelques secondes pour me rendre compte que je hoche moi aussi la tête.

Chapitre 20

Nous commençons par parler de tout et rien. Il est 19 heures, un soir de semaine, et je suis dans un pub du centre-ville avec Matt. Lui est venu voir le match décisif qui oppose Manchester United et Porto en Champion's League, alors que moi, je suis là pour tenter de découvrir s'il trompe sa femme. Mais je ne peux pas le lui dire comme ça. Il faut quelques manœuvres d'approche, des considérations sur la pluie et le beau temps... Ou dans notre cas, sur l'impossibilité pour Manchester United de remplacer Roy Keane, son milieu de terrain le plus combatif. C'est comme ça qu'on procède, nous les hommes.

—Alors, dis-je après dix minutes d'une interminable analyse de l'histoire récente du club, à propos de déceptions qui peuvent se produire dans une relation de longue durée, comment ça va entre Clare et toi ?

Matt lève les yeux de sa pinte.

— Bien, bien. On se prépare pour l'anniversaire de Tabitha. Tu viens avec Sam ?

—On n'est pas encore décidés. Je ne sais pas comment il va se comporter. Sinon, y autre chose en ce moment ?

—Pourquoi tu me demandes ça ?

—Eh bien, tu es un peu réservé, ces jours-ci. Et même au match, tu as passé beaucoup de temps sur ton téléphone, à consulter tes messages. J'ai bien été obligé de le remarquer.

Allons-y lentement mais sûrement, me dis-je. *Il va nier, mais ce n'est qu'une première approche. Nous avons toute la nuit, donc...*

— N'en parle pas à Clare ! s'écrie-t-il aussitôt, paniqué.

Oh merde, il craque déjà. C'est donc vrai, elle est cocue.

— D'accord. De quoi est-ce que je ne dois pas parler à Clare ?

Il lui faut quelques instants pour reprendre contenance.

— J'ai des ennuis. D'argent.

— Quoi ? Mais qu'est-ce qui se passe ?

Il respire un grand coup tout en regardant avec tristesse un type en maillot de Manchester s'avancer devant nous avec un plateau.

— J'ai fait des paris. Sur le foot surtout, mais aussi le rugby, le cricket, les courses automobiles, tout ce que je regarde. Avec mon téléphone.

— Ça fait combien de temps ?

— Ça a commencé il y a un an. J'étais beaucoup en déplacement, pour rencontrer des développeurs. Je m'ennuyais tellement, toute la journée dans une chambre d'hôtel à mater les chaînes de sport... Quand on est parents, on raconte tout le temps qu'on vendrait père et mère pour un moment de paix sans les enfants, mais lorsque c'est le cas, on s'emmerde comme un rat mort ! Du coup, j'ai commencé à parier de temps en temps sur les matchs pour pimenter un peu. Puis je suis devenu incapable de regarder un match sans parier sur quelque chose : le premier à marquer, le nombre de buts, le nombre de corners. Ça s'est accéléré tout seul. C'est quand tu te retrouves dans une chambre d'hôtel à San Francisco, en train de miser cent livres sur Hartlepool contre Barnet à 6 heures du matin, que tu sais que tu es dans la merde.

— Du coup... tu as des dettes ?

— On peut dire ça, oui, rétorque-t-il avec un reniflement incrédule.

— Combien ?

— Environ quinze mille livres. C'était moins, au début, mais j'ai essayé de me refaire lors du week-end avec le boulot. J'ai pris cinquante paris. Ça a été un vrai désastre, Alex.

— Oh, merde…

Il baisse les yeux. J'imagine que c'est de honte, puis je cherche son téléphone du regard. Il est dans sa main.

— Attends, tu n'es pas en train de parier en ce moment, quand même ?

— Non ! Enfin, si.

Je tends le bras pour lui prendre son appareil.

— Eh !

— Franchement, Matt, à quoi tu penses ?

— Au premier qui va marquer. Porto, tu ne crois pas ?

— Matt, je suis sérieux !

— Désolé !

Nous restons silencieux une seconde. Le coup de sifflet du match retentit, parmi les encouragements moyennement enthousiastes des supporters de Manchester.

— La maison, ça va aller ? Tu peux toujours payer les traites ?

— Pour le moment, oui. Mais ça va être compliqué. Putain, c'est vraiment la merde…

— Il faut que tu en parles à Clare.

Il me regarde, les yeux rougis de désespoir.

— J'ai essayé. Mais je me demande, si je peux payer discrètement, peut-être que ce n'est pas la peine…

— Matt, elle est persuadée que tu as une maîtresse !

— Quoi ?!

— Elle est venue me voir la semaine dernière. Elle pensait que tu allais voir ailleurs. Elle se rend compte que quelque chose ne va pas. Elle n'est pas idiote, *elle*.

— Merde…

— Il faut que tu lui dises la vérité.

— J'ai peur, Alex. Je ne supporte pas l'idée de la perdre, elle et les enfants. Je ne sais pas quoi faire…

Des cris fusent derrière nous. Par réflexe, nous nous tournons vers l'écran. Porto a marqué. Par réflexe, Matt reporte son attention sur son téléphone.

Le lendemain, je me promène en ville, toujours préoccupé par le souvenir de cette étrange conversation avec Matt. Je me demande ce que je dois dire à Clare, qui m'a déjà envoyé deux messages. Il faut que je sorte de l'appartement, de cette petite pièce déprimante. La seule chose positive, c'est que grâce à Ikea, j'ai désormais un lit branlant à la place du matelas gonflable. Je suis également équipé d'une lampe, personne n'étant jamais ressorti d'Ikea avec juste ce qu'il était venu acheter, ainsi qu'un tapis de mauvaise qualité qui dégage assez d'électricité statique pour alimenter la lampe.

Désœuvré, j'erre dans les passages détrempés du marché Saint Nicholas avec ses bouquinistes qui s'étalent jusque devant leur échoppe, ses stands de pipes à eau et autre matériel suspect, et de fast-food végétaliens. Puis je consulte mon compte en banque, dont le solde m'effraie, mais pas assez pour m'empêcher de me diriger vers le magasin de disques de Park Street et d'y acheter deux vinyles que j'écouterai sur le tourne-disque hors de prix et tristement négligé de Dan. Après avoir déjeuné dans un restaurant de hamburgers gastronomiques, je descends la colline et passe devant la friperie où travaille Isobel. Quelques mètres plus loin, je m'arrête. Et sans réfléchir, sans me poser de question, je fais demi-tour et pousse la porte.

À l'intérieur, c'est un chaos de nostalgie. Les murs sont parés de portants à vêtements surchargés de robes des années 1950, de vestes teddy et de Levis élimés. Chaque centimètre carré visible est recouvert de couvertures de magazines de cinéma anciens. Les haut-parleurs diffusent une chanson d'un groupe féminin sous label Motown. Une forte odeur d'encens s'infiltre partout, comme dans une chambre d'étudiante.

Je la vois tout au fond de la boutique, en train d'enregistrer un achat sur une caisse des années 1960 avant de tendre un grand sac en papier kraft à une cliente. Elle porte un gilet rose par-dessus une robe noire, les cheveux coupés au carré. Elle est superbe, comme si elle venait de sortir d'un shooting de David Bailey. Lorsqu'elle m'aperçoit, je me demande si elle va me reconnaître. Mais à ma grande surprise, elle esquisse le même large sourire qui illuminait le café il y a deux semaines.

— Bonjour, dit-elle en s'approchant. Qu'est-ce qui t'amène ?

— Je passais dans le coin.

Quelle réponse plate, un vrai cliché... Mon Dieu, je vais me couvrir de ridicule.

— Ça va ?

— Pas mal. Mon père a emmené Jamie à la pêche, et c'est très bien. Quoi de mieux que de combiner un petit garçon autiste et hyperactif avec de l'eau profonde et des hameçons bien pointus ? De toute façon, il n'y a pas des masses de clientèle aujourd'hui, donc quand les urgences m'appelleront, je pourrai fermer et arriver en un éclair. Je suis ravie de te voir.

— Moi aussi. Alors, euh... tu finis à quelle heure ?

C'était censé être une question comme ça, mais je me rends compte aussitôt que ça sonne comme une proposition. J'inspire un grand coup d'air saturé d'encens.

— C'est une invitation ?

— Non !

Petit silence. Elle paraît déçue.

— Je veux dire, oui. Enfin, je ne l'ai pas dit comme ça, mais maintenant je regrette de ne pas l'avoir dit comme ça. Oh là là, je ne sais pas, est-ce que je peux sortir et rentrer en faisant semblant que rien de tout ça ne s'est passé ?

— Je finis à 18 heures. On peut aller prendre un café au bout de la rue, si tu veux ? Je dois être chez moi vers 20 heures.

— C'est super, ça me va. On se voit tout à l'heure. À 18 heures. Pour un café.

Je sors et reste un moment au coin du trottoir. Je me sens bizarre, détaché de mon corps. C'est comme si j'étais pris dans une avalanche de culpabilité, d'euphorie et de terreur. Voyant que ça ne passe pas, je décide de pousser jusqu'au musée pour me calmer dans la section Égypte Antique. C'est ainsi que je tue l'heure suivante, à me justifier auprès de moi-même tout en observant les artefacts d'une civilisation morte depuis longtemps. Je ne trompe pas Jody, je ne vais pas la tromper, c'est juste une expérience, on est amis et il n'y a rien de mal à ça. Tout va bien. Enfin, il est criant que non. Mon mariage prend l'eau de toutes parts et la femme que j'aime, la femme avec laquelle j'ai passé dix ans de ma vie, est peut-être en ce moment même dans un bar à vins avec un dénommé Richard. Rien ne va. Mais peut-être pourrai-je trouver un fil de bonheur dans cet écheveau emmêlé.

Je retourne devant la boutique à 17 h 55 tapantes et attends devant la porte, l'air coupable. Dix minutes plus tard, Isobel sort en compagnie d'une collègue. Elles ferment et se séparent après une accolade. L'amie d'Isobel me regarde avec curiosité puis s'éloigne dans Park Street.

— Alors, dis-je en essayant de garder mon ton le plus décontracté. On va où ?

— Il y a un café sympa près du Triangle. Viens.

Nous marchons ensemble, une distance respectable entre nous, slalomant entre les groupes d'étudiants, la tête baissée contre le vent. Le café est un petit établissement indépendant, coincé entre une pizzeria et une supérette bio. La propriétaire a cherché à donner un certain chic parisien, qui se résume en l'occurrence à des photos sépia sur les murs et un CD de Jacques Brel en boucle. L'endroit est bondé de gens qui semblent épuisés après une journée de shopping. Seuls les fauteuils près des fenêtres sont occupés par des jeunes à l'air sérieux, portant des tee-shirts à messages, penchés sur leurs MacBooks. Dan les connaît sans doute. Nous commandons des *latte* et nous installons dans un box près du comptoir.

— Mon père m'a envoyé un texto, me confie Isobel. Apparemment Jamie ne s'est pas noyé, c'est déjà ça. En revanche, il s'est un peu énervé et a balancé tout l'attirail dans le canal, donc plus moyen de pêcher aujourd'hui. Comment va Sam ?

— Bien, je pense. Toujours la même chose. Horrible une semaine, adorable la suivante. Je multiplie les lectures sur l'autisme. J'essaie de comprendre ce qui déclenche les crises pour mieux les éviter.

— Tu trouves des pistes ?

— Oui, ne rien faire de nouveau ou d'inattendu. Ce qui est facile, car rien d'imprévu ne se produit jamais en ce bas monde…

— La semaine dernière, Jamie a démoli tout le salon parce que *Horrible Histories* avait été décalé de dix minutes. Je ne vois pas ce que je peux y faire. Il est obsédé par le Moyen Âge. Autrefois, c'était Thomas le Petit Train, maintenant c'est la torture, les catapultes et les épidémies. J'ai dû me rendre chez Waterstones pour demander s'ils avaient des livres pour enfants sur la peste noire.

— Sam est complètement fasciné par *Minecraft.* Quand il n'est pas en train d'y jouer, il lit des articles ou regarde sur Youtube des vidéos où il est question de son jeu préféré. Mais c'est bien, en fait. Ça l'apaise, et on y joue beaucoup ensemble. C'est chouette. Il va y avoir une compétition à Londres, et il veut y aller. C'est énorme. Je veux dire, pour lui, c'est vraiment un grand pas. Mais ça m'inquiète de le voir aussi absorbé par ce jeu.

— C'est une bonne chose, pourtant, c'est créatif ! Pareil, Jamie peut passer des heures avec son kit de chimie, à fabriquer des potions. Ce sont ses seuls moments de calme. Je lui ai demandé ce qu'il voulait faire plus tard, et il a répondu « alchimiste ».

— Ça s'enseigne à la fac ?

Nous occupons l'heure dont nous disposons de la sorte. Quel que soit le cours que suive la conversation, nous revenons toujours à nos fils, à l'autisme, et à quel point tout ça nous tape sur les nerfs. Le fait que chaque déplacement doive être pensé avec autant de détails qu'une opération militaire, les questions sans fin, les complexes bizarres, les regards réprobateurs des autres parents, les conseils à côté de la plaque, les nuits sans sommeil. Mais nous nous racontons aussi combien nos fils sont drôles avec leurs singularités, la façon dont ils décryptent le monde qui finit par déteindre sur nous, les phrases qu'ils prononcent, leur manière de retenir des dialogues entiers de films et de les ressortir au pire moment. On se croirait dans *Les Dents de la mer*, quand Robert Shaw et Richard Dreyfus comparent leurs cicatrices, sauf que là, c'est à qui aura la pire anecdote à raconter.

— Un jour, Sam a été renvoyé de l'école après avoir donné à un enseignant un coup de poing sous la ceinture.

— Jamie a recraché sa nourriture sur une dame de cantine avant de se pisser dessus.

— Sam a fait tomber une télé dans un magasin de jeux vidéo. Je l'ai attrapé et me suis enfui.

— Jamie a jeté une raquette de tennis à travers la vitre toute neuve de la véranda de mes parents.

— OK, égalité.

Isobel est drôle et spirituelle. Malgré tout ce qu'elle a traversé en élevant seule un enfant autiste, elle est d'un optimisme à toute épreuve. Le verre n'est pas à moitié plein, il déborde. Elle a les yeux qui pétillent derrière ses grosses lunettes… et je ne peux en détacher les miens.

— Qu'est-ce que tu fais, en dehors du boulot et de Jamie ?

— Je t'ai parlé des soirées que j'organise ? Je suis un peu amoureuse des années 1960, comme tu as peut-être remarqué. Les girls bands, la mode, les films, le théâtre. Tout était tellement nouveau, il y avait tant de possibilités. Aujourd'hui, on a déjà tout, des tas de gadgets qu'ils n'imaginaient même pas à l'époque. Pourtant, tout le monde est cynique et isolé.

— Et le père de Jamie, il était à fond là-dedans aussi ?

— Oh non, pas du tout ! Je ne suis même pas certaine qu'il aimait la musique. Je l'ai rencontré à la fac. J'étudiais la mode, évidemment, et lui la production télé. Il a obtenu un poste d'agent à Londres, et en a profité pour disparaître. Maintenant, il est directeur adjoint, ou un truc dans le genre.

— Je me demande si Sam pourra un jour… Tu sais…

— Devenir directeur adjoint à la télé et abandonner sa famille ?

— Non ! Je veux dire, avoir une relation.

— Je me suis posé la même question. Je veux dire, Jamie est pathologiquement centré sur son nombril, mais je ne sais pas si c'est parce qu'il est autiste ou parce que c'est un mec. Je plaisante ! Je suis consciente que ça ne lui ferait pas de mal d'avoir une figure paternelle dans les parages afin d'apprendre des trucs de mecs. Il a besoin d'un modèle. J'ai choisi un très mauvais exemple, malheureusement.

— Sam aime les filles, c'est sûr, mais tout bien pensé, il préfère les applis de trafic aérien et *Minecraft*. Je ne sais pas si ça aura changé dans dix ans. Pour lui, les gens sont fatigants et compliqués.

— Je sais. Et toi ?

— Euh, tu veux dire, avec Jody ? Je…

— Non, toi. Qu'est-ce que tu fais ? Qu'est-ce que tu aimes ?

— Pfff, je ne sais pas. Ça fait huit ans que je suis noyé dans le boulot et la paternité, je crois que j'ai perdu contact avec tout le reste.

Je regarde autour de moi et tente de me souvenir de ce qui m'intéresse. Il y a moins de monde à présent, encore quelques personnes avec des sacs de shopping et un ou deux employés de bureau. Mes yeux se posent un instant sur une mère et son fils assis près de la fenêtre. Je suis certain de l'avoir déjà vue, mais je ne sais plus où. Pour un prêt immobilier, peut-être ? Ça ne me revient pas.

— Alors ? demande Isobel. Il n'y a rien du tout qui te branche ?

Je m'arrache à mes pensées et lui jette la première chose qui me passe par la tête.

— Euh… eh bien, à la fac, j'adorais la musique électronique, je tenais un blog à ce sujet, j'étais DJ, j'ai aidé un ami à monter un label… Une vraie catastrophe, il a aussitôt mis la clef sous la porte. Quand je repense à ces années, j'ai l'impression que c'était quelqu'un d'autre. Mais aujourd'hui, j'ai acheté deux disques. C'est un début.

— Exactement ! Tu devrais venir à une de mes soirées. Je te présenterai le patron du pub… Tu pourrais peut-être organiser un événement, toi aussi.

— Oh, je ne crois pas… pour l'événement, en tout cas. Mais j'adorerais venir aux tiens.

— Parfait, je t'enverrai les infos par texto. Si ça te dit, passe. Amène un copain, ou qui tu veux. C'était sympa de bavarder.

— Oui, très.

— Au revoir, Alex.

Elle me donne une accolade amicale et repart dans Park Street, en direction de l'imposant immeuble de la fac.

Je m'éloigne dans le sens opposé, encore troublé par notre bref rapprochement. La texture un peu râpeuse de sa robe, l'odeur de noix de coco de ses cheveux.

Chapitre 21

Jody m'appelle au sujet de la compétition *Minecraft.* Sam en a parlé comme si l'affaire était faite. Mais ni elle ni moi ne sommes convaincus.

Son amour pour le jeu ne peut être remis en doute, cependant. Nous jouons en ligne ensemble à la moindre occasion, parfois une heure, parfois quelques minutes volées avant qu'il se couche. Je consulte son statut et lorsque je le vois en ligne, je suis parcouru d'un frisson d'excitation que je n'ai sans doute plus ressenti depuis que j'avais son âge, quand je m'installais pour un jeu de plateau avec George. Nous nous plongeons aussitôt dedans, ajoutons des éléments d'architecture au château, nous approprions des terres, et regardons notre domaine s'étendre à chaque session. Parfois, nous bavardons, d'autres nous nous concentrons chacun sur notre tâche en silence, heureux d'être réunis dans le monde virtuel. Dans ces moments-là, Sam est assez sûr de lui pour me donner des instructions, me charger d'améliorer les enclos des fermes ou de sortir chasser les zombies. Il prend de l'assurance… peut-être suffisamment pour s'imposer en dehors de ce royaume protégé.

— Et si on l'amenait à la fête de Tabitha ? dis-je. On verra comment il tient le coup avec le monde et le bruit. Ça fait longtemps qu'on n'a pas essayé.

Nous réprimons tous deux un grognement en repensant à ce que nous appelons désormais de la Glace Vomie, qui avait mis un terme au cycle redoutable des goûters d'anniversaire.

Cependant, les vacances de Toussaint ont commencé, et après plusieurs journées à tenter d'occuper Sam tout en le limitant à deux heures de Xbox, je pense que Jody sera mieux disposée envers ce genre d'expérience. Après tout, si nous sommes là tous les deux pour garder l'œil sur lui, que peut-il arriver ?

— Oui, c'est une idée, convient Jody. Bonne chance, Alex.

Et avec ces trois mots, le fardeau parental me tombe sur les épaules.

Le samedi de la fête, je vais chercher Sam de bon matin. Il semble un peu inquiet, mais lorsque je lui demande s'il est partant, il hoche la tête lentement. De toute évidence, il s'est fait soudoyer à coups d'iPad.

— OK, tu veux te déguiser en quoi ? Pilote ? Superhéros ?

— Hummm, en Creeper.

— Ah, d'accord. Pourquoi ?

— Parce que je suis comme un Creeper !

— Quand les gens s'approchent trop près, tu exploses ?

— Oui ! hurle-t-il.

Nous rions tous deux, mais je me demande si je ne suis pas le seul à comprendre la valeur métaphorique de cette affirmation. Dans un cas comme dans l'autre, je sais que ce choix exclut de faire un saut au supermarché du bout de la rue pour acheter un costume tout prêt. Je réprime un soupir. Je vais devoir mettre les mains dans le cambouis. Comme n'importe quel parent. De n'importe quel petit qui aime les travaux manuels.

— Si c'est vraiment ça que tu veux, nous avons du pain sur la planche, le préviens-je.

Pour commencer, nous nous rendons au centre de Bristol et passons une heure à courir d'un magasin de vêtements pour enfants à un autre. Sam me demande perpétuellement où nous allons et ce que nous faisons. Comme d'habitude.

Nous trouvons enfin un bas de pyjama et un tee-shirt à manches longues, tous deux verts.

— C'est mon déguisement ?

— Non, c'est ce que tu vas porter en dessous.

— Pourquoi je me déguise ?

— Seigneur…

En chemin vers chez Dan, je m'arrête dans une boutique de loisirs créatifs pour prendre de la peinture, puis au supermarché pour choisir des cartons de différentes formes et tailles. Une fois à l'appartement, je recouvre la table basse de journaux, et dispose des ciseaux, des pinceaux, et du scotch. Nous peignons ensemble plusieurs boîtes de différentes nuances de vert. À ma grande surprise, Sam parvient à rester concentré au moins trente minutes. Je découvre cependant qu'en lui posant des questions sur les Creepers, je peux le ramener vers sa tâche. Jamais nous n'avions travaillé ainsi aussi longtemps, et pendant un moment, j'ai l'impression d'avoir raté quelque chose lorsque je passais mes soirées au bureau et mes week-ends à me trouver des excuses pour me défiler et me détendre au lieu de jouer avec Sam. J'ai entendu un jour cette phrase : « Personne n'a jamais dit sur son lit de mort qu'il aurait dû passer plus de temps au travail. » Je suis assez content de moi, jusqu'au moment où Sam s'empare de la tasse dans laquelle nous trempons nos pinceaux pour la vider sur le parquet de Dan et voir ce que ça fait. Pendant que Dan et moi épongeons comme des fous avec des tee-shirts sales, je lui parle du festival et de la compétition. Je me demande s'il a déjà assisté à des événements de ce genre.

— Tu rigoles ? C'est l'expo de la génération X. J'y vais chaque année. J'ai déjà mon billet. C'est génial !

Il semblerait que j'aie sans le vouloir libéré son moi de treize ans.

— Génération X? Ça veut dire que ça va être bondé de quadras un peu tarés ?

— Mais non, mec. C'est X comme eXtrême.

— Ah oui, bien sûr. Je le savais.

Pour finir, le costume se résume à une grande boîte pour le torse, dans lequel nous découpons un trou pour passer la tête. Un emballage de bouteille de vin pour chaque bras, et des boîtes de mouchoirs pour les pieds. J'ai triché en imprimant un modèle payant pour le masque, mais ce n'est pas mal pour une première fois. Je le lui enfile avec précaution. Je sais que le poids et les textures inhabituelles ne lui permettront pas de le porter longtemps. Je le guide vers l'immense miroir dans la chambre de Dan. Pourquoi Dan a-t-il fait recouvrir un mur entier avec un miroir ? Au moins, il n'en a pas au plafond, me dis-je avant de vérifier, le cœur battant. Une fois cette image chassée de mon esprit, je reporte mon attention sur Sam, ravi.

— Je suis un Creeper ! Je vais te faire exploser !

— Non, ne t'approche pas ! dis-je en m'enfuyant dans le couloir.

Il s'élance à ma poursuite… et fonce dans un mur. Je le vois tituber de manière comique une seconde, puis tomber à la renverse. Je m'attends à des larmes, mais au contraire, il rit et se tortille pour se relever. Il a découvert le burlesque. L'après-midi sera peut-être un succès, après tout.

Nous arrivons chez Matt et Clare avant le déjeuner. Avant même d'être entré dans l'allée, j'entends le brouhaha qui s'échappe de la maison. Le bruit reconnaissable entre tous des enfants surexcités, complètement défoncés aux Haribo et aux sucettes qui piquent. Je sonne, Sam un peu caché derrière ma jambe, et la porte s'ouvre aussitôt sur un jeune Batman. C'est Archie.

— Super costume ! crie-t-il avant de partir en courant dans un grand hurlement.

Nous entrons. L'endroit est bondé d'enfants en tenues bizarres. Deux personnages de *La Reine des Neiges* courent dans les escaliers en reversant des saladiers de bonbons acidulés au Coca. Dracula poursuit un robot dans le couloir du salon, où un groupe de Minions court autour du tapis recouvert de chips écrasées. J'aperçois Clare dans la cuisine, déguisée en sorcière, le visage maquillé en vert. Elle sert des gobelets de diabolo grenadine qu'elle puise dans un chaudron. Sam me prend par la main alors que nous nous frayons un chemin, enjambant Iron Man vautré par terre en compagnie de Robin des Bois pour jouer sur une Nintendo 3DS.

— Salut Clare. J'adore ton déguisement, dis-je en la regardant verser à la chaîne la boisson dans des gobelets en plastique disposés sur le plan de travail.

— C'est le chaos, confie-t-elle. J'aurais cru que mes cinq années de gestion de restaurant m'auraient préparée à ça, mais non. Regarde, Alex, il y a de la jelly qui dégouline du plafond. Je ne leur ai même pas encore servi la jelly… Je pensais qu'elle était toujours dans le frigo. Comme si j'avais besoin de ça en ce moment…

Elle tend des gobelets à une cohorte de superhéros, princesses et policiers, qui s'enfuient dans le jardin en laissant une traînée de liquide rouge pétillant derrière eux.

— Comment vas-tu ? dis-je.

— Pas terrible. Matt m'a tout raconté… Salut, Sam, ton déguisement est magnifique ! Tu veux aller rejoindre les autres ?

Il s'agrippe à ma main.

— Quand est-ce qu'on rentre à la maison ? supplie-t-il alors qu'Archie et Tabitha arrivent en courant.

— Vous deux, ordonne Clare, emmenez Sam dans l'autre pièce, on va commencer les jeux dans une minute !

— Viens ! hurlent-ils en l'attrapant par la main.

Il les suit à pas lents.

— Quel connard égoïste ! Je veux dire Matt, pas Sam, explique-t-elle en enfournant des gobelets dans le lave-vaisselle.

— Ah, oui. Ce n'était pas une très bonne idée, c'est certain.

— Comment il a pu faire une chose pareille ? Il a un boulot qui rapporte, il n'avait pas besoin d'argent. Qu'est-ce qui lui est passé par la tête, bordel ?

— Il était souvent en déplacement, il s'ennuyait, et c'est tellement facile de nos jours… C'est comme de jouer à un jeu vidéo.

— Oui, oui, c'est ce qu'il me répète en boucle. Mais je ne comprends toujours pas… Pourquoi il n'a pas plutôt joué à un jeu vidéo, si c'est pareil ? Pourquoi est-ce qu'il fallait qu'il nous mette tous en danger ? Et il me l'a caché pendant tellement longtemps !

— Qu'est-ce que tu comptes faire ?

— Je ne sais pas. Je lui en veux tellement que je ne peux même pas le regarder en face. Il est dans la pièce à côté, si tu as envie de le voir. J'arrive dans une minute pour commencer ces putains de jeux.

Je me rends donc au salon, où les Minions ont fini de massacrer le tapis, et sont désormais occupés à se balancer sur le fauteuil relax. Dans un coin, Matt est penché sur un lecteur de CD portatif. Il a l'air déprimé, déguisé en pirate le plus triste du monde. Le foulard à pois roses qu'il porte autour du cou s'est ouvert, de même que sa veste. Son bandeau lui tombe sur le menton. Même le perroquet en peluche collé sur son épaule avec du scotch semble mou et abattu. Une petite fille danse par intermittence, réclame des chansons de One Direction et lui jette des biscuits apéro.

— Salut, soupire-t-il. Je suis un DJ pirate.

— Je vois. Comment ça va ?

— Pas terrible. Clare ne me parle pas. L'ambiance est horrible. J'ai peur de les perdre. J'ai peur de tout perdre.

À cet instant exact, le perroquet tombe de son épaule.

— Tu ne vas pas les perdre, réponds-je en feignant de ne pas remarquer cette terrible métaphore visuelle. Clare est fâchée, mais elle ne va pas te jeter dehors.

— Elle te l'a dit ?

— Elle n'en a pas eu besoin.

— Mais c'est pas impossible, hein ?

Je sais qu'il fait allusion à Jody et moi, exactement comme Clare il y a quelque temps. C'est merveilleux de voir qu'ils nous considèrent tous deux comme leur pire modèle de couple !

— Écoute, c'est différent, répliqué-je avec une impression de déjà-vu. Vous deux, vous êtes soudés. Quoi qu'il arrive, vous trouverez toujours une solution. La preuve, vous avez réussi à vous occuper de quatre enfants de moins de dix ans sans vous entre-tuer. Vous avez l'habitude de résoudre les problèmes. C'est ce qui vous définit. Mais il faut que tu arrêtes les paris, et tu dois te faire aider. Il faut que tu lui prouves c'est derrière toi, que tu as la situation en main.

— C'est l'heure des jeux ! crie Clare.

Aussitôt, une armée d'enfants, peut-être vingt, se déverse dans la pièce en se bousculant pour trouver une place. Sam entre en dernier et s'accroche à ma jambe. Deux autres parents se faufilent à sa suite, un gobelet de vin à la main, en bavardant avec animation. La scène a l'air d'être tout à fait normale à leurs yeux.

— Qui veut jouer à la patate chaude ? hurle Clare.

Sa proposition suscite une cacophonie d'approbation enthousiaste. Sam serre les poings sur ses oreilles, et Clare entame un tour de la pièce pour tenter de disposer les invités en cercle. Au besoin, elle les soulève pour les déposer au bon endroit. J'essaie de pousser Sam vers un trou entre Spiderman et une fée, car je brûle de le voir se joindre au jeu… ou du moins, ne pas me coller la honte en se cachant dans un coin d'un air boudeur. Je m'en veux terriblement de penser ça, mais c'est la vérité : on finit par être fatigué du jugement des autres parents.

— Allons, n'aie pas peur, c'est juste la patate chaude.

Clare va chercher un gros paquet dans un placard et le dépose dans les mains d'Archie.

— Vous connaissez tous la règle ? Vous faites passer la patate jusqu'à ce que la musique s'arrête, explique Clare. Si vous la gardez trop longtemps, j'envoie mon assistant pirate vous décapiter avec son coutelas. S'il ne l'a pas misé dans un pari.

Matt baisse la tête, dépité.

Lorsqu'une musique pop non identifiée retentit, Archie lance la patate à travers la pièce, heurtant Bella de *La Belle et la Bête* en pleine face. Plusieurs enfants ont déjà commencé à se battre. La petite fille qui dansait tout à l'heure est à présent au milieu du cercle, où elle tourne sur elle-même comme une toupie. La patate, récupérée, entame son tour, chaque enfant essayant subrepticement d'ouvrir le paquet. Lorsqu'il arrive entre les mains de Sam, celui s'accroche et refuse de le lâcher. Spiderman le jette par terre, et la fée lui arrache l'objet. J'assiste à la scène, bouche bée. On dirait un rituel préhistorique exalté par la drogue, un cauchemar à base de musique répétitive, de costumes criards et de violence à peine contenue. Un gobelet de diabolo grenadine s'envole et atterrit sur les genoux de Cendrillon. Elle se met à hurler à un tel volume que plusieurs autres enfants éclatent en sanglots. Je me tourne vers Matt et Clare, et les voilà qui partent d'un fou rire, la main de Clare sur l'épaule de son mari, tous deux ravis du chaos. Il n'y a bien qu'eux qui puissent se rapprocher dans cette ménagerie frénétique vêtue de polyester et boostée au sucre. J'éprouve une pointe de jalousie. Leur affection sans effort, leur capacité à accepter les coups du sort, que ce soit un tapis fichu ou des dettes de jeu, est incroyablement touchante.

La musique s'arrête. On arrache une épaisseur de papier au paquet, et le rituel reprend. Sam commence à s'intéresser davantage, les yeux rivés sur le cadeau alors qu'il chemine autour du cercle. Mais quand il arrive vers lui lors du dernier round, la musique s'arrête et Spiderman parvient à attraper l'objet. Il arrache l'ultime couche de papier, révélant une petite boîte de Lego. Sam essaie de s'en saisir, mais j'interviens aussitôt. Il s'enfuit dans la cuisine en pleurant. Je le ramène, avec un sourire gêné aux autres parents, que je ne connais pas mais ne souhaite pas connaître, bien que je sois prêt, de toute évidence, à maltraiter mon gamin pour les satisfaire.

C'est ainsi que s'écoule l'heure suivante. Les enfants jouent aux chaises musicales (on croirait une émeute à Disneyland), aux statues musicales (ça dure environ vingt-cinq secondes), et trois nouvelles parties de patate. Sam pleure à de nombreuses reprises, et à la fin, je prie littéralement pour que ça s'arrête. J'adresse des grimaces de désespoir à Clare et Matt, plongés dans leur collection de CD de compilations.

Lorsque la séance de jeux s'achève, on assiste à un exode de masse vers le jardin et l'étage.

— Sam, tu veux monter voir notre boule à facettes ? demande Tabitha.

— Allez ! crie Archie.

Ils l'attrapent par les bras, et avant qu'il ait pu comprendre quoi que ce soit, le tirent dans le couloir puis l'escalier. Matt profite de l'occasion pour mettre un de ses CD de Coldplay. Clare s'approche de moi avec un verre de vin.

— Tiens. Alors, comment ça va, toi ?

— Humm, je préfère t'en parler plus tard, tu as assez à penser en ce moment.

— Tu fais tout ce qu'il faut : tu t'occupes de Sam, tu prends des responsabilités, tu es là pour lui. Et ça donne à Jody du temps pour elle. Est-ce que tu es passé au musée ? C'est fabuleux !

— Pas encore. Je devrais. On ne se parle pas trop. Je ne connais pas les règles quand on fait un break. J'ai fait une recherche sur Google. Je n'aurais pas dû. Apparemment, c'est souvent six mois, et puis les gens se séparent.

— Oh, Alex… Il ne faut jamais interroger Google pour la santé, la vie de couple. Et encore moins se googler soi-même. C'est la base.

— Merci, ô Grand Mage de l'Internet.

Soudain, un fracas assourdissant retentit au-dessus de nos têtes, le son d'un CD dont on pousse le son à fond. On entend ensuite un long hurlement, des chocs, puis une porte qui claque. Des pieds courent dans l'escalier.

— Maman ! s'écrie Tabitha. Archie a fait peur à Sam.

— Je n'ai pas fait exprès, pleurniche le coupable. J'ai mis la musique trop fort.

Je perçois dans le lointain les sanglots de Sam.

— Il est où ?

— Il s'est enfermé dans la salle de bains, répond Tabitha en pouffant.

— Ce n'est pas drôle, sermonne Clare.

Je file dans le couloir, monte l'escalier quatre à quatre, et fonce vers la salle de bains. Je l'entends à présent distinctement. Il hurle et donne des coups dans la céramique. La peur s'insinue en moi, et me paralyse comme toujours. Je reste planté sur le palier, la main sur la balustrade, sans savoir quoi faire. C'est Jody qui gère ce genre de situations, normalement. Elle devrait être là. Je m'approche de la porte et tourne la poignée. Fermée.

— Sam, dis-je doucement. Sam, sors, tout va bien.

— Non, hurle-t-il. Je n'aime pas le bruit fort !

— C'est fini, maintenant. Sors.

— Non, je n'aime pas. Je veux maman !

J'appuie la tête contre le battant. Je l'entends soulever le couvercle des toilettes et le faire retomber avec fracas. Puis, le cliquetis d'objets balayés sur une étagère qui s'entrechoquent avant d'atterrir dans le lavabo ou la baignoire. Je connais cet état et je sais qu'il va empirer si on n'arrive pas à le distraire. Mais alors que je cherche une solution, un objet en verre se brise sur le carrelage, et je craque.

— Sam, arrête ça tout de suite !

Je sais que c'est la pire réaction. Parce qu'aussitôt, des objets viennent s'écraser contre la porte. Il a peur, et au lieu de le rassurer, mon intervention accentue sa panique. J'ai merdé.

— Tais-toi ! crie-t-il. Tais-toi !

Je tente désespérément de réfléchir à ce que ferait Jody pour le calmer, mais je n'étais jamais là, ou alors je partais en claquant la porte et l'abandonnais avec le problème. Je sens Clare s'avancer d'un pas prudent sur le palier.

Je bredouille :

— Je ne sais pas quoi faire, je suis désolé.

Je m'appuie contre le mur et me laisse glisser sur le sol. Elle s'approche du battant et frappe doucement.

— Sam, c'est Clare. Est-ce que tu veux jouer sur l'iPad ? J'ai des nouveaux jeux sympas sur le mien. *Angry Birds, Candy…*

Le battant s'écarte et mon petit garçon apparaît dans son costume ravagé, sa tête de Creeper arrachée et écrasée par terre. Il a les yeux et les joues rouges, les cheveux en bataille. Dans la baignoire, des dizaines de bombes de déodorant et de mousse à raser s'entassent pêle-mêle, et une bouteille de parfum cassée répand une capiteuse fragrance florale. Sans un mot, il prend l'iPad des mains de Clare, s'assied par terre et se met à tapoter l'écran.

Clare se tourne vers moi avec un haussement d'épaules.

— Ça marche toujours avec les miens.

— Je suis désolé pour la salle de bains. C'est l'autisme, tu sais. Parfois, il n'y a rien à faire, il faut attendre que ça passe…

Elle secoue la tête.

— Tu es au courant que les autres gamins se comportent aussi comme ça ? Tabitha a mis sa chambre sens dessus dessous plusieurs fois. On a l'impression de vivre avec une rock star alcoolique. On ne lui a jamais installé de télé à elle par crainte qu'elle la jette par la fenêtre.

— En tout cas, je vais ranger et je te rembourserai.

— Oh, ça fait des semaines que je voulais trier tout ça. Et le parfum pue vraiment. C'est la mère de Matt qui me l'a offert. Franchement, Sam m'a rendu un fier service.

Plus tard, alors que nous repartons en voiture, je jette d'incessants coups d'œil à Sam, sur le siège passager à côté de moi. Ses beaux yeux tristes, son visage un peu bouffi. Pour la millionième fois, j'essaie de comprendre comment il pense, ce qui se passe dans son cerveau si particulier. Je me rends compte que depuis toujours, je considère l'autisme comme une sorte de rival. J'avais l'impression de lutter contre lui pour savoir qui contrôlerait Sam. Mais peut-être qu'il est temps de signer un traité de paix. Après tout, on sera toujours là, l'autisme et moi.

— Tu sais quoi ? Peut-être qu'on devrait essayer autre chose. Prendre une pause. Juste toi et moi.

Il garde le silence, les yeux tournés vers la fenêtre.

— On pourrait aller camper, ou quelque chose comme ça. C'est une bonne idée, de changer d'air. Quand j'étais petit, j'adorais camper avec Tante Emma et Mamie. Bien sûr, c'était le plus souvent en été, pas en automne, lorsqu'il fait un temps de chien.

Lorsque nous arrivons, Jody ouvre la porte et Sam se faufile pour se précipiter à l'étage.

— Vous rentrez tôt. Comment ça s'est passé ?

— Pas terrible. Il y a eu un incident avec un lecteur de CD. Sam a fait une petite crise et s'est enfermé dans la salle de bains. Mais ça va mieux. Ça m'a fait repenser à la compétition de *Minecraft*. Je ne suis pas certain qu'il soit prêt.

— N'abandonne pas, répond Jody.

Elle a beau me parler d'une voix conciliante, ça me rend dingue.

— Je n'abandonne pas ! C'est aussi mon fils, bordel !

— Ce n'est pas ce que j'ai voulu dire. Qu'est-ce qui ne va pas dans ta tête ?

— À ton avis ? Le break entre toi et moi ressemble fort à une rupture, et je ne sais pas du tout comment parler à mon fils, ni même si ça le touche que je ne sois plus là. Donc oui, peut-être que ça ne va pas dans ma tête.

— J'ai essayé d'en discuter avec toi, mais tu t'es barré. C'est ta méthode.

D'un coup, me voilà fou de rage. Mon cerveau n'est plus qu'un tourbillon d'adrénaline. Je n'ai pas la moindre idée de ce qui se passe, mais je me sens acculé, jugé.

— J'ai toujours essayé de faire au mieux, jamais autre chose ! J'ai passé huit ans à travailler dans ce putain de bureau pour qu'on puisse se payer une maison et tout le reste.

— Et moi, pendant ce temps ? Je m'occupais de notre fils vingt-quatre heures sur vingt-quatre. Tu as passé un mauvais moment parce qu'il a fait une colère à un goûter d'anniversaire ? Va te faire foutre, Alex, c'est mon quotidien !

Elle a raison. Je détourne la tête et regarde mon souffle se changer en vapeur dans l'air froid de la nuit.

— Je suis désolé. Je ne comprends pas ce qui se passe en ce moment. Je suis complètement perdu.

— Je sais. Moi aussi, je suis perdue.

À cet instant, une petite voix se fait entendre à l'étage.

— Maman, c'est l'heure d'aller au lit ? Quelle heure il est ?

— Je ferais mieux de rentrer, dit Jody. Écoute, je pense qu'il devrait participer à cette compétition. Évidemment, il y a un risque que ce soit un vrai désastre, mais qu'est-ce qui peut arriver ?

— Tu veux vraiment une réponse à cette question ? Je peux te faire la liste, si ça te chante !

— Et il faut qu'on règle le problème de l'école. Je crois qu'on devrait prendre la décision ce mois-ci. J'aimerais que ce soit lui qui choisisse. Mais tout ce qu'il dit, c'est qu'il ne veut plus jamais aller à l'école.

— Oui. Je le comprends.

Le ton de la conversation a changé de nouveau. C'est comme ça, de rompre ? Une série de hauts et de bas entre affrontement et réconciliation ?

— Alex, tu t'en sors bien avec lui depuis que tu vas le chercher à l'école. Je sais que ce n'est pas facile.

Pendant une seconde, on dirait qu'elle va tendre le bras, toucher mon visage ou m'attirer vers elle, mais ça ne se produit pas, et le moment s'évanouit. Peut-être qu'il est passé depuis longtemps. Elle finit par se frotter les mains en regardant la rue. La lumière de la fenêtre du salon donne à son visage une chaleur radieuse. Mon cœur se serre d'amour pour elle.

Chapitre 22

— Alors comme ça, tu emmènes Sam camper, me dit Jody au téléphone le lendemain soir.

Nous sommes de nouveau en train de discuter de l'école, et de ce qui s'est passé la veille. Chaque fois que nous croyons que Sam évolue dans le bon sens, un épisode régressif survient.

— Euh, quoi ? Je veux dire, j'ai évoqué l'idée dans la voiture, mais je ne pensais même pas qu'il m'écoutait. Il était encore énervé.

— Eh bien, il s'avère que si, il t'écoutait. Il a déjà posé son sac à dos devant la porte.

— OK.

— Il va faire froid, donc si tu veux que j'invente une excuse…

Elle suppose que je vais vouloir me défiler, ce qui me met en colère, car j'ai *très* envie de me défiler.

— Non. Non, c'est bon. On va prendre des sacs de couchage et dormir en survêtement. Ça va aller. Je connais un endroit super, franchement, ça va se passer comme sur des roulettes.

Une fois le téléphone raccroché, j'attrape l'iPad pour me lancer dans une recherche frénétique de coins pour camper. Je n'ai pas complètement menti à Jody. Je sais qu'il y en a des dizaines dans le Devon : ma mère nous y emmenait quand on était enfants. On avait une horrible tente scout avachie, qui laissait entrer l'humidité et tout le reste, et il n'était pas rare, en revenant d'une journée dans le vent et la pluie sur la plage, de trouver des limaces dans nos sacs de couchage. Nous les lancions sur Emma qui partait en hurlant à travers champ. Puis ma mère déballait un petit réchaud à gaz pour cuisiner des saucisses et des haricots que nous engloutissions sous les étoiles. Quand l'heure du coucher arrivait, George inventait des histoires de fantômes, qui contenaient toujours des cavaliers sans tête. C'était ainsi que se passaient nos vacances sous la tente au Royaume-Uni.

Peut-être pourrai-je retrouver cette atmosphère avec Sam. Je suis sûr qu'il est impossible d'échouer à créer des liens quand on est coincé dans un marais à des kilomètres de la civilisation. Enfin, il s'agit de Sam, alors le côté inconfortable et plein de surprises du camping, même pour une nuit, pourrait déboucher sur un enfer d'insomnie. Mais ça fait partie des joies du camping.

Je finis par trouver un emplacement bon marché près de Sidmouth. C'est indiqué « enfants bienvenus », ce que je choisis d'interpréter comme « ce n'est pas un problème si le vôtre hurle toute la nuit ». Il ne reste qu'un petit détail : je n'ai pas de tente, et aucunement l'intention d'en acheter une. En ce moment, je n'ai même pas de toit au-dessus de la tête…

— Tu aurais une tente ? dis-je à Dan lorsqu'il rentre, un peu plus tard.

Il rit pendant plusieurs minutes d'affilée, ou du moins c'est l'effet que ça me fait.

— Non, mais tu peux prendre ma Porsche si tu veux, finit-il par rétorquer.

— C'est vrai ?!

Nouvel éclat de rire.

J'envoie un texto à Emma, qui est encore dans le manoir de sa copine.

Est-ce que tu aurais rapporté une tente de tes voyages ?

Elle répond :

Non, frérot, je m'invitais toujours chez les gens ;)

Mais bien entendu, Matt et Clare ont une tente, un modèle igloo énorme qui peut accueillir toute leur marmaille, de même qu'une sorte de cuisine portative dont je préfère ne pas m'encombrer.

C'est ainsi que le lendemain matin, avec presque aucune préparation ni réflexion, je vais chercher Sam et son sac à dos avant de me rendre chez Matt et Clare. Il semble de bonne humeur, détendu, à mille lieues du gamin que j'ai quitté deux jours plus tôt, roulé en boule sur le bord de son lit. J'ai un sursaut d'optimisme, et je me sens étrangement calme. Il y a quelque temps, cette entreprise m'aurait plongé dans des affres de terreur, et bien que j'éprouve le fantôme de ces tensions familières, les choses semblent différentes à présent. J'ai décidé d'envisager cette aventure comme une sorte de mission parentale. Je me dis que si je veux mieux connaître Sam, dans la vraie vie plutôt que dans un jeu vidéo, passer une nuit au milieu de nulle part est peut-être la meilleure solution.

Matt a déjà préparé la tente dans l'allée, ainsi qu'un réchaud et une valise en plastique qui se déplie pour former une table de pique-nique avec quatre sièges.

— Tu es cinglé, commente-t-il pendant que je fourre l'attirail dans le coffre. Il va faire un froid de canard, ce soir.

— Je sais. On verra bien comment ça se passe, réponds-je sèchement. Comment ça va, avec Clare ? J'ai eu l'impression que vous aviez recollé les morceaux pendant l'anniversaire.

— Oui, c'est fou : un peu de chaos, de pop et de vin peuvent sauver un couple. Mais c'est quand même loin d'être le paradis. J'ai l'impression qu'il faut qu'on fasse quelque chose. Qu'on prenne le temps de parler. C'est dur.

— À qui le dis-tu…

— Allez, bonne chance, conclut Matt avec une tape sur l'épaule. Au moins, la tente est facile à monter.

Et nous voilà en route vers le Devon. Je tends à Sam le planning que j'ai préparé pour la journée, avec la liste de toutes nos tâches. En moins de vingt minutes, nous avons quitté Bristol et dépassé l'aéroport, où Sam voudrait s'arrêter. Je promets de le faire un autre jour. Alors que la route contourne la chaîne des Mendip en direction de la M5, Sam est installé à côté de moi sur le siège passager, et tripote la radio et le chauffage tout en me posant une batterie de questions qui reviennent de façon cyclique toutes les dix minutes.

— On va où ?

— Dans le Devon. Regarde le planning que j'ai préparé.

— On est presque arrivés ?

— Non, on vient juste de partir.

— Elle est où, notre tente ?

— Dans le coffre. Il faudra la monter en arrivant.

— Quand est-ce qu'on rentre à la maison ?

— Demain, sans doute. On verra.

— D'accord… On va où ?

Le trajet passe en un éclair.

Après un arrêt au supermarché pour prendre de la nourriture, des couverts en plastique, et tout le reste de ce que j'ai négligé d'emporter, nous arrivons au camping à l'heure du déjeuner. Rien de sophistiqué, juste un grand champ au sommet d'une colline, adossé à une ferme. Au sud, entre les arbres, on aperçoit une fine bande de mer, qui de loin paraît grise, agitée et froide. Cinq ou six autres tentes sont disséminées çà et là, et un groupe de petits enfants jouent au ballon au milieu. Alors que je quitte l'allée de ciment défoncée pour m'engager sur la terre lourde, je passe en revue les cinq scénarios de cauchemar que j'ai concoctés en chemin :

Le camping s'avère être un marécage. (Il a l'air bien, donc je peux déjà éliminer celui-là.)

Des toilettes écolos horribles, où on fait caca dans un trou avant de jeter de la terre avec une petite pelle. (Je vois un bâtiment en briques au bout du champ, qui a l'apparence d'un vrai bloc sanitaire, donc il est trop tôt pour paniquer.)

Des familles super-équipées et contentes d'elles-mêmes. (« Chéri, tu n'aurais pas vu la machine à pâtes portative ? »)

D'étranges bruits d'animaux au beau milieu de la nuit. (« Papa, c'est quoi ? » « Je ne sais pas, laisse tout en plan et cours vers la voiture. »)

Un gros chien en liberté. (Aucun signe pour l'instant, mais c'est presque inévitable.)

Nous nous garons un peu à l'écart des autres familles et je prends le sac dans le coffre. J'espère qu'il contient bien une tente, et non ce qu'il a l'air de renfermer, c'est-à-dire deux cadavres enroulés dans un sac de couchage. Par bonheur, elle est facile à monter. Il n'y a qu'un piquet central, sur lequel je jette la toile, avant de nouer des cordes pour fixer le tout. Sam attrape l'énorme maillet d'acier et me demande s'il peut enfoncer les sardines. « Euh, d'accord », réponds-je avant de lui tenir la première. Aussitôt, je me dis que ça pourrait être les premières minutes d'un épisode d'*Urgences*. Après deux grands moulinets, il se lasse, et c'est avec un intense soulagement que je termine le travail tout seul. Pour finir, nous déployons le tapis de sol, puis découvrons que le sac contient deux autres indispensables du camping façon classe moyenne : des fanions à motifs fleuris, et cinq mètres de guirlande électrique à énergie solaire. Sam insiste pour que nous accrochions les deux, et une fois que nous avons terminé, l'intérieur ressemble moins au refuge minimaliste que j'avais en tête qu'à la buvette d'une fête de village.

Mais tout se passe bien. Le calme règne. Nous fêtons ça en réchauffant des spaghettis en boîte sur le minuscule réchaud de Matt, et mangeons dans des bols en plastique en nous en mettant plein la figure et les habits. Sam observe le camping en silence.

— Ça va ? dis-je.

— Oui. Est-ce qu'il y a des gens qui habitent dans des tentes ?

— Ça existe, mais pas les gens qui sont là. Ici, c'est juste pour les vacances. Quand Mamie nous emmenait camper, on avait des tables, des chaises, une cuisinière, on avait même une télé et un frigo ! Mamie ne rigolait pas.

— Tu habites où, papa ?

— Chez mon ami Dan, pour le moment.

— Tu rentres bientôt à la maison ?

— Je ne sais pas. Je crois que maman et moi, on a encore besoin de parler et de régler des choses.

— Quelles choses ?

— Il faut qu'on arrive à déterminer si on arrive encore à se supporter. On se disputait tout le temps et ça nous rendait tristes. Mais on s'aime encore. C'est compliqué.

— Ce que j'aime le plus, c'est la maison, et ensuite, *Minecraft*. J'aime aussi camper.

Puisque nous parlons, je me dis que je pourrais tenter une approche.

— Et l'école ?

— Je n'aime pas l'école.

— Je sais. C'est quoi, le pire, à l'école ?

Mais au lieu de s'ouvrir davantage, il regarde vers la ferme et voit un petit troupeau de vaches franchir la clôture.

— Elles vont où, les vaches ?

— À la traite, peut-être. Et au sujet de l'école ? Tu allais me dire…

— On peut aller voir les vaches ?

— On peut, si tu me dis ce que tu n'aimes pas à l'école.

— Je ne sais pas. Parfois, je suis en colère. Je suis un méchant, comme les Creepers. Des fois, je ne comprends pas et je pleure.

— Qu'est-ce que tu ne comprends pas ?

— Tout.

Là-dessus, il déguerpit, courant vers la clôture avec ses bottes en caoutchouc qui s'enfoncent dans la terre meuble. Je pose mon bol pour le suivre, en songeant à ce qu'il vient de dire. « Tout ». C'est vrai, j'imagine. Tout est difficile, tout est un combat. Il passe l'essentiel de son temps ballotté d'une situation inexplicable à une autre. Pas étonnant qu'il adore *Minecraft*, où tout est logique, où le paysage lui-même se plie à ses désirs. Rien d'autre dans sa vie n'est semblable à cela.

Nous approchons les vaches avec prudence. Deux d'entre elles s'arrêtent pour nous fixer. Sam s'avance, plus près que je l'aurais cru, et tend la main. Je m'apprête à lui dire de faire attention lorsque l'une d'elles renifle et secoue la tête. Avec un éclat de rire, Sam recule d'un bond. Pas perturbé pour un sou, il lève à nouveau le bras, et cette fois, caresse la vache sur le flanc. Je suis ébahi par son courage.

Nous faisons le tour du camping, dépassons l'entrée et descendons dans une clairière en contrebas. De là, on voit mieux la mer, qui se confond imperceptiblement avec le ciel gris ardoise. Nous restons un moment assis sur une vieille souche. Sam me prend la main.

— On a l'impression que la mer continue toujours, toujours, mais ce n'est pas vrai, déclare-t-il. À la fin, il y a toujours une île ou un pays, mais des fois, tu ne le trouves pas. Alors tu coules et tu te noies.

— Euh, merci pour l'info. Allez, viens, Einstein, on va trouver des épées en bois.

Nous traversons un taillis et ramassons chacun un bâton. Nous attaquons à grand bruit divers arbres et buissons. Notre haleine forme un halo autour de nous. On n'entend aucun autre son, mis à part le chuintement du vent entre les branches nues au-dessus de nous. On se croirait seuls au monde.

Nous finissons par retourner vers le champ. L'un des enfants que j'ai aperçus plus tôt, un garçon en treillis et parka, s'approche à toutes jambes pour nous demander si nous voulons jouer au foot. Sam regarde par terre et secoue la tête sans un mot.

— Merci pour ta proposition, dis-je.

Une fois de retour devant la tente, nous passons un certain temps à lire des bandes dessinées. Mais alors un petit bonhomme, de deux ou trois ans tout au plus, s'approche depuis une autre tente avec un ballon *Dans le jardin des rêves*. Il le lance dans notre direction. Sam se lève et le renvoie d'un coup de pied doux. Le garçonnet glousse de plaisir.

— Il ne vous embête pas ? crie un homme en bermuda et polo, depuis la tente voisine.

— Pas du tout !

Le petit fait rouler le ballon vers Sam, qui s'assied par terre pour le renvoyer. Il est toujours parfait avec les plus jeunes. Patient, protecteur et indulgent. C'est peut-être un soulagement pour lui d'avoir affaire à plus vulnérable que lui, ou bien est-ce le fait qu'ils le considèrent comme un grand, et pas comme un bébé pleurnichard qui va faire une scène si le jeu ne se déroule pas comme il l'entend. En tout cas, ils passent un long moment à faire rouler le ballon, pendant qu'installé dans l'un des fauteuils pliants de Matt, je lis le journal. Moi, je lis un journal.

Plus tard, nous prenons nos trousses de toilette dans la voiture et nous dirigeons vers le bloc sanitaire. Je débarbouille

Sam et enlève la sauce tomate qu'il a dans les cheveux. Puis nous rentrons nous asseoir sur une couverture pour manger des chips, des sandwichs et des cookies au chocolat dans la lumière qui décline. Bientôt, des lanternes s'allument avec une lueur diffuse dans les autres tentes.

— On pourrait regarder la nuit tomber, dis-je.

C'est ce que nous faisons pendant quelques minutes. Nous ne parlons pas, nous contentant de faire ensemble l'expérience de cet espace peu familier. C'est seulement la fin de l'après-midi, mais je suis fatigué après la route, et l'immobilité est reposante. Ça ne dure pas. Alors que tout se fond dans l'obscurité, Sam semble prendre peu à peu conscience de la situation. Il se rapproche de moi.

— J'ai peur, gémit-il. C'est trop grand, ici. Je n'aime pas.

— Tout va bien. C'est la campagne. La nuit, c'est pareil que le jour.

— Non, c'est pas pareil. On peut partir ? Je veux rentrer à la maison. C'est trop grand, papa.

— Qu'est-ce que tu veux dire ?

— Je n'aime pas l'espace. Je n'aime pas la sensation. Je ne vois pas autour de nous. Je n'aime pas ça.

Et soudain, ses propos deviennent familiers. Je comprends ce qu'il me dit. La peur de l'espace, de la liberté, de l'incertitude. C'est ce que j'ai ressenti ces trois derniers mois, loin de tout ce qui m'était cher. Je n'y avais pas encore songé, mais l'autisme est comme une version plus intense de ce que nous éprouvons tous, de nos angoisses. La différence, c'est que nous autres, nous cachons cela derrière des épaisseurs de déni et de conditionnement social.

J'ouvre la tente et me faufile à l'intérieur. Les guirlandes éclairent un peu l'ensemble.

— Entre, il fait bien chaud, dis-je.

— Je veux rentrer à la maison ! crie-t-il.

Pendant quelques secondes, je sens monter la terreur familière qui me submerge chaque fois qu'une colère se prépare, cette sensation d'impuissance face à la menace imminente. Tous les parents dans notre groupe de parole évoquaient la même chose : ton cerveau cherche frénétiquement une solution pour contourner le problème rapidement. Trop souvent, le mien ne trouve rien de satisfaisant.

Sam est assis en tailleur devant la tente, le visage dans les mains, et se balance un peu. Le calme avant la grosse, grosse tempête. Mais cette fois, j'ai une idée. Un peu.

— Je sais. Si on ferme les yeux, on peut être dans *Minecraft*. On est en mode « paisible » donc il n'y a pas de Creepers ni de zombies, juste les vaches et les cochons. Écoute, on les entend. On a construit une tente, euh, en grès. Elle est au sommet d'une montagne très escarpée, et au loin on voit l'océan. On a voyagé plusieurs jours pour venir ici parce qu'on sait que dans la mer, il y a une petite île, et sur cette île se trouve un temple qui renferme des tas et des tas d'or. On entend la musique douce et regarde, le ciel devient orange et rouge. Allez, charge le jeu, viens me rejoindre ! J'ai envie d'explorer !

Il rentre lentement dans la tente.

— Je suis dehors, dit-il en mettant les mains sur ses yeux. D'ici, je vois le soleil.

Nous le voyons tous deux. Le soleil est un hexagone brillant qui baisse vers l'horizon. Alors qu'il disparaît, le ciel est envahi de vagues sombres pixellisées.

— Qu'est-ce qu'on fait ?

— Je vais descendre vers la mer pour trouver un bateau, répond Sam.

Nous imaginons que nous traversons le champ plongé dans l'obscurité, dépassant les autres tentes. Nous courons à perdre haleine, à la recherche de grottes et de puits, et regardons la lune illuminer les sommets enneigés dans le lointain.

— Viens, on descend la falaise ! s'écrie Sam.

Nous descendons, sautant de bloc en bloc sur le flanc de la falaise, devant la plage. En bas, sur le sable craquant, nous nous arrêtons pour voir la lune finir son ascension. En quelques secondes, elle brille au-dessus de nous, grande et pleine, tachetée de pixels gris et blancs. Sam avance vers deux bateaux qui tanguent tout près du bord.

— Embarquons.

Je m'élance après lui. Il entre dans un esquif, je prends l'autre.

— Tu vois des îles ? demandé-je.

— Oui, très loin.

La mer scintille tout autour de nous alors que le littoral diminue dans le lointain noirâtre. Mais nous n'avons pas peur. Nous connaissons les règles de ce monde. Au bout de ce voyage, à proximité, nous attend une île pleine de trésors. Nous la trouverons, c'est sûr.

Lorsque je rouvre les yeux, je m'aperçois – à ma grande surprise – que Sam dort à côté de moi, les cheveux collés en mèches humides sur ses oreilles, le corps immobile, l'ombre imperceptible d'un sourire sur les lèvres. Je suis soudain frappé par une révélation : Sam est un être humain, distinct de moi, et même de Jody. Il n'est pas un problème à résoudre, un frein à mes projets, un souci de plus dans mon quotidien. C'est une personne, et quelque part dans sa tête se trouvent ses propres idées, ses priorités, ses ambitions pour le futur. C'est fou comme j'ai pu négliger cet aspect facilement, occupé que j'étais à me battre contre l'autisme, lutter pour trouver une école, pour le faire manger ou lui dénicher des vêtements. C'est une personne. Il a ses désirs, il veut comprendre sa place dans le monde. Et ce que je devrais faire, c'est l'aider.

Sam n'est pas juste quelque chose qui m'est arrivé.

J'écarte ses cheveux pour lui embrasser le front. Je lui prends la main. Elle s'agite un instant, puis ses doigts se referment autour des miens.

Chapitre 23

À 6 heures du matin, il est parfaitement réveillé, et le soleil brille autour de l'entrée de la tente. J'essaie de le convaincre de lire une bande dessinée pendant que je dors encore un peu, mais il refuse catégoriquement.

— Tu veux rester une nuit de plus ?

— Non, ça fait trop peur.

Je ne sais pas si le coup de *Minecraft* fonctionnera une deuxième fois, et je décide donc de ne pas tenter le diable.

— OK, et si on faisait quelque chose d'autre ?

— Quoi ?

Nous marchons jusqu'au coin du camping, où on peut capter le réseau mobile, du moins un peu. J'appelle Jody.

— Tout va bien ? Vous êtes toujours vivants, tous les deux, après une nuit dehors ?

— Oui, tout va bien. On va peut-être s'absenter une nuit de plus, si ça ne te dérange pas.

Elle ne répond pas tout de suite. Je regarde le téléphone pour m'assurer que la communication n'a pas été coupée.

— Tu es sûr ? Je veux dire, c'est cool, s'il va bien.

— Oui, j'ai une idée, je pense qu'il va aimer.

— OK, dans ce cas. Bien joué ! Désolée si j'ai eu l'air de te prendre pour un incapable.

— Non, non, je sais très bien ce que tu voulais dire. On sera de retour demain après-midi.

— Merci, Alex. Bonne chance !

Je raccroche et range mon téléphone.

— Bon, dis-je à Sam. J'ai un plan… si tu es partant.

La maison de ma mère se trouve au bout d'une allée calme, qui se transforme peu à peu en piste étroite serpentant à travers les champs infinis de la Cornouaille de l'Est. C'est la première d'un petit assortiment de cottages à la délicatesse ridicule, un peu comme une boîte de chocolats *so british*. Derrière le hameau, un sentier broussailleux monte vers les falaises, d'où un escalier de pierre érodé donne accès à une crique isolée. La première fois que nous avons amené Sam ici, il était encore bébé, mais la litanie des conseils de ma mère rendait Jody folle. Il semblerait que les nuits blanches, les avis non sollicités et l'exil au milieu de nulle part ne fassent pas bon ménage.

En me garant devant la maison, je vois ma mère en tablier dans le jardin, occupée à ratisser les feuilles mortes sur la pelouse.

— Ça, pour une surprise ! s'écrie-t-elle lorsque j'ouvre la voiture, dont Sam sort d'un bond pour courir serrer sa grand-mère dans ses bras. Qu'est-ce que vous faites par ici, tous les deux ?

— On campait dans le Devon. Je me suis dit qu'on pouvait faire un petit crochet jusqu'ici pour te rendre visite.

Elle me dévisage avec un air suspicieux.

— C'est un sacré détour pour un petit coucou.

Et revoilà son incroyable faculté de me faire sentir comme un gamin de dix ans.

— Euh, si on arrive au mauvais moment…

Mais elle m'interrompt d'un geste désinvolte de la main.

— Ne sois pas bête, vous êtes là, maintenant. Allez, viens, Sam.

Elle nous fait entrer par la porte de côté dans la cuisine, équipée de l'inévitable fourneau Aga et d'un sol en ardoise.

Sur l'appui de fenêtre trônent des fleurs séchées dans un vase en étain ancien et des piles de vieux livres de recettes. C'est comme de pénétrer dans un shooting pour le magazine *Country Living*.

— Je ne pensais pas avoir des invités, alors la maison est un peu en bazar, déclare-t-elle en nous conduisant vers son salon impeccable, avec son immense canapé immaculé et son parquet de chêne étincelant. Sur le manteau du poêle à bois sont exposées cinq ou six photos dans des cadres. Je reconnais aussitôt celle de George et moi devant le café. Nulle trace en revanche de mon père.

La maison était une ruine lorsque ma mère l'a achetée, mais elle a passé des années à rénover le bâtiment et les jardins, soit elle-même, soit en terrorisant les artisans du coin. Elle est seule ici la majeure partie de l'année, car les maisons avoisinantes sont des résidences secondaires. De riches citadins apparaissent pendant l'été au volant de leurs 4×4 rutilants. Certains payent ma mère pour garder un œil sur leur cottage en leur absence, entretenir le jardin, ouvrir les fenêtres et s'assurer que la cave à vin est à la bonne température.

Elle nous prépare des sandwichs au fromage pour le déjeuner, sans oublier le piccalilli pour Sam. Puis elle se propose pour emmener Sam pêcher dans les flaques de la crique. Elle retrouve même dans son abri de jardin un seau et une épuisette. Bien que tout se soit bien passé jusqu'ici, j'accepte l'offre avec gratitude.

Pendant un moment, je me détends en lisant les journaux. Ma mère est abonnée au *Times*, mais faute de grives, on se contente de merles. Je surfe sur le Net sans but précis à l'aide de mon iPad. Puis je fais le tour de la cuisine et de la salle à manger, avant de monter dans la chambre, avec ses lits jumeaux bien nets. Tout est propre et rangé. Dans une niche sous l'escalier, je découvre un petit placard, en partie caché par une rangée de bottes en caoutchouc.

Quelque chose me pousse à ouvrir.

Je vois d'abord des piles de cartes, très nombreuses, attachées par des ficelles et ornées d'images de fleurs façon aquarelle. Je prends l'un des paquets en me demandant s'il s'agit de souhaits d'anniversaire, mais toutes portent le même message sur le recto, dans une police tarabiscotée : « Sincères condoléances ». Je n'ai pas envie de les ouvrir.

Sur une autre étagère se trouve une boîte à chaussures d'enfant. Son contenu bruisse lorsque je la soulève. Je retire le couvercle avec lenteur et précaution. Le carton renferme des photos de George, sur un vélo, à la plage, en uniforme d'école, souriant. Je découvre aussi un document officiel, une feuille blanche pliée proprement, les indications manuscrites bien visibles à travers le papier fin. Je sais qu'il s'agit de son certificat de décès, et que toutes les circonstances de l'accident y seront reportées en termes cliniques. Je me hâte de le reposer dans la boîte, bien décidé à la refermer et la ranger, mais j'aperçois un dernier objet, qui au premier abord ressemble à un vieux bracelet en plastique, sale et éraflé. Mais ce n'est pas ça. Je le sors à la lumière et reconnais la montre de George, celle qu'il portait toujours, son petit écran tout fissuré et cassé. Il avait économisé pour se l'acheter, avec son argent de poche et ce qu'il gagnait en lavant la voiture et effectuant des corvées dans la maison pendant des semaines. Puis, un samedi, notre mère l'avait amené chez Argos, il avait acheté la montre de ses rêves et avait refusé de l'enlever pendant plusieurs jours, même pour le bain. C'était devenu une plaisanterie familiale. « George, il est quelle heure ? » demandions-nous à tout bout de champ. Ce jour-là, il l'avait au poignet.

Je la prends à deux mains pour la poser contre mon visage.

— Je suis désolé, George.

Je range le tout avec soin et referme le placard avant de remettre les bottes en ligne bien droite. Je me tiens quelques instants à la rambarde, le souffle court, plongé dans le passé.

Il fait déjà nuit lorsque ma mère et Sam reviennent. Je les vois remonter le sentier. Il porte une serviette autour de la taille, comme une jupe à fleurs, et ma mère tient son pantalon.

— Je suis tombé dans une flaque ! crie-t-il alors qu'ils entrent à grand bruit dans la cuisine.

— Il va bien, dit ma mère. Il a été très courageux.

— On a attrapé des poissons et un gros crabe. J'ai vu une âne-et-morte de mer.

— Une anémone de mer, rectifie maman.

Je me penche pour serrer Sam dans mes bras, trop longtemps à son goût. Il me repousse d'un geste impatient.

— Papa, il faut que tu voies les flaques ! hurle-t-il.

— J'irai. Mais pour le moment, je vais remplir la bouilloire.

— Va nous chercher un jeu de société, propose ma mère. Ils sont dans le placard à côté du feu.

Sam quitte la pièce en courant.

Sans un mot, je mets l'eau à chauffer et je sors des tasses. Ma mère m'observe.

— Ça va ?

— Oui, oui.

— Ne dis rien. Le placard sous l'escalier, derrière les bottes.

Ma mère est la réincarnation de Columbo.

— Oui. Je suis désolé.

Elle secoue la tête.

— Je ne sais jamais où entreposer ces affaires. Pendant des années, c'était dans le grenier, mais je n'aimais pas les cacher. Là où je les ai mises, elles sont accessibles, sans être trop en évidence. Je savais que tu les trouverais tôt ou tard. On en discutera après.

Pendant le reste de la soirée, Sam ressort nos vieux jeux de société, et nous les explorons rapidement, les uns après les autres. *Bourricot*, *Attrap'Souris*, Mikado, tous les classiques.

Ma mère a réussi à les garder tous en assez bon état, même s'il manque l'os rigolo dans *Dr Maboul* et que le *Scrabble Junior* n'a que sept voyelles.

— On n'a qu'à jouer en gallois, suggère ma mère.

Puis arrive l'heure du dîner – encore des spaghettis pour Sam, mais de grosses portions de fish & chips du village d'à côté pour nous. Ma mère parle avec Sam. Elle ne semble pas dérangée par le fait qu'il réponde à peine à ses questions. Je me demande si elle s'identifie à lui, d'une certaine façon. Aucun des deux n'est prêt à révéler quoi que ce soit. Pourtant, lorsqu'elle évoque *Minecraft*, il s'ouvre et lui décrit les différents matériaux, les villageois, les animaux. Il lui annonce même qu'il va participer à une compétition à Londres. Ça ne semble plus faire l'ombre d'un doute pour lui. Le sujet de conversation dure pendant qu'il prend un long bain avec de la mousse, et jusqu'à l'heure du coucher. Il s'endort presque aussitôt. Je me demande si c'est comme ça que ça se passe avec les autres enfants, ceux qui sont normaux. Est-ce qu'ils s'endorment aussitôt la tête sur l'oreiller ? Ça ne me semble pas probable.

Il ne faut pas longtemps avant que ma mère ouvre une bouteille de vin et allume le poêle du salon. Nous restons assis en silence un moment, à écouter le bois crépiter parmi les flammes.

— Alors, dit-elle. Parlons de Jody.

— Oui, Jody…

— Qu'est-ce qui se passe ?

Elle a un ton neutre avec une très légère touche d'inquiétude, comme si elle évoquait une panne de chauffe-eau et non la désintégration de mon mariage. Mais elle se comportait déjà ainsi quand nous étions enfants, qu'il s'agisse d'une chute de vélo pour moi, d'une rupture sentimentale pour Emma, ou de George.

— Je ne sais pas. On était épuisés en permanence. Je travaillais tard, elle était tout le temps à la maison avec Sam, et il y avait beaucoup de tension. On s'est disputés un dimanche, et c'était la fin, j'étais à la porte. Pour faire une pause.

Je lui parle de mon licenciement, du mariage auquel Jody a assisté, de ses rencards supposés avec Richard. Alors que je décris ces événements, j'ai l'impression qu'ils se sont produits bien loin d'ici, pour des gens que je ne connais ni d'Ève ni d'Adam.

— Qu'est-ce que tu comptes faire ? demande-t-elle pour finir.

— Je ne sais pas. Mais j'essaie de régler mes problèmes personnels. Sam et moi, on s'est mis à parler, à s'amuser ensemble. J'ai l'impression de commencer à le comprendre. On joue à *Minecraft* et ça nous donne un espace pour être à deux, sans complication. Je sais que j'ai fait beaucoup d'erreurs, et que je dois changer.

— Il faut que tu parles à Jody, alors, que tu arranges les choses avec elle. Raconte-lui tout ça.

— Je ne sais pas. Je crois qu'il est trop tard.

— Ne dis pas ça ! Je sais reconnaître quand il est trop tard, crois-moi. Ce n'est pas le cas.

— Il s'est passé tellement de choses. Je n'ai pas été à la hauteur. Par le passé, j'ai...

— Ah, nous y voilà. Le passé. C'est là que tu as la tête la plupart du temps. Si je peux te donner un conseil, c'est d'apprendre à tourner la page. On ne vit pas dans le passé.

— C'est comme ça que tu as supporté toutes les épreuves ?

— J'ai été bien obligée. Quelle autre solution j'aurais eue ? Je ne pouvais m'appuyer sur rien. J'ai déserté une seule fois dans ma vie, et c'est la pire erreur que j'ai commise, même s'il en est sorti plein de bonnes choses.

— Mais George, et tout ça… Je ne sais pas comment tu t'en es tirée, comment tu as réussi à nous maintenir la tête hors de l'eau.

Elle prend son verre entre ses mains avant de boire une petite gorgée de vin.

— Quand tu t'occupes de ces grandes maisons, ici, pendant l'hiver, c'est trop de travail de chauffer l'ensemble des bâtiments. Alors tu choisis quelles pièces tu as vraiment besoin de chauffer, dans quelles chambres tu vis vraiment, et tu fermes le reste. Tu laisses le froid s'installer, et tu te promets d'y retourner quand le printemps reviendra. C'est comme ça que je me sentais après la mort de George, Alex. Comme si je devais fermer tout ce dont je n'avais pas besoin, ou dont je ne pouvais m'occuper. Et puis j'ai attendu que quelque chose refleurisse.

Le silence s'installe de nouveau. Il me semble entendre une chouette, loin dans la nuit, mais ça pourrait aussi bien être le vent dans les fenêtres branlantes de l'étage.

— Je suis désolé de ne pas t'avoir rendu visite plus souvent.

— Oh, arrête ! Viens plus souvent à l'avenir. C'est aussi simple que ça. Amène Jody. Amène ta sœur. Mais quoi que tu fasses, Alex, il faut que tu vives. C'est ce que Georgie aurait voulu. Où qu'il soit, il te le crie sans doute depuis des mois.

Nous restons une fois encore un moment sans parler. À part les craquements discrets du poêle, le silence est si complet qu'il semble presque palpable, comme une brume épaisse. Ce calme est agréable, mais ça me rendrait fou au-delà de quelques jours. Après un long moment, nous entendons une chouette, et cette fois c'est certain, bien qu'elle soit loin. Ça nous arrache à notre torpeur.

— Tu n'as pas envie, parfois, de retourner habiter dans un endroit plus… civilisé ?

— Parfois. Je ne sais pas. Quand vous avez quitté la maison, Emma et toi, j'avais envie d'échapper à la ville et à tous ses habitants. Et j'ai passé des bons moments ici, c'est tellement paisible. Mais peu à peu, toutes les familles sont parties et les banques ont tout racheté. Il n'y a plus vraiment de communauté, c'est plutôt un village de vacances, et c'est moi la concierge. Je n'ai pas envie de finir par tuer tout le monde avec une hache comme Jack Nicklaus.

— Jack Nicklaus, c'est le champion de golf, maman. Je pense que tu parles de Jack Nicholson dans *Shining*.

— J'ai une hache, remarque. Et une machine à écrire, maintenant que j'y pense.

— Je devrais peut-être partir en courant avec Sam sous le bras.

Elle rit et secoue la tête.

— Je suis une sacrée hypocrite. Je te dis de vivre ta vie, de profiter de l'instant présent. Mais je suis enterrée là, à me cacher comme une vieille fille. Bref, je crois que je vais aller me coucher.

Elle se lève, remplit mon verre de vin et passe dans la cuisine. Je l'entends charger le lave-vaisselle. Puis elle revient à la porte du salon.

— Mon fils. Je vais te dire quelque chose, et je ne le répéterai pas, parce que c'est vrai depuis toujours et que ça ne cessera jamais de l'être. Alors mets-toi bien ça dans ta tête de mule.

— D'accord.

— Tu n'étais pas responsable de l'accident. Ce qui s'est passé entre George et toi ce jour-là, ça n'a pas d'importance, et ça n'en a jamais eu. Ce garçon, il était toujours en avance de deux pas, il ne pensait jamais au présent, toujours en train de se demander : « Et ensuite ? » J'ai repéré ça chez lui dès le début. Dès qu'il a su marcher, il s'est mis à faire des conneries. Tu te souviens quand on est allés à Leigh Woods et qu'il a grimpé dans ce chêne immense pour faire Tarzan ? Tu l'avais supplié de ne pas le faire, et tu as pleuré jusqu'à ce qu'il redescende. Si tu n'avais pas été là, il aurait sans doute continué, et la branche aurait cassé. La fois où il a décidé de sauter du toit de la cuisine sur l'abri de jardin…

— Je l'ai prévenu que j'allais cafter, et il a renoncé.

— Exactement. Il était courageux et intelligent, mais aussi tellement casse-cou, Alex. Quand l'école m'a dit au téléphone : « Votre fils a eu un terrible accident »… Je savais de quel fils il s'agissait. Je savais que c'était lui. Pendant tout ce temps, j'ai essayé de te le dire, Alex. Tu n'as aucune raison de culpabiliser. Aucune.

Soudain, j'ai les yeux pleins de larmes, et la gorge si serrée que je peux à peine déglutir.

— OK, maman.

— Tu comprends ?

— Oui.

— Parfait. Alors secoue-toi et arrête de pleurer sur ton sort.

Chapitre 24

J'ai un nouveau rendez-vous avec Isobel. Plus ou moins. Elle organise une de ses soirées sixties, et elle m'a envoyé un texto. C'est jeudi, dans une sorte de club à Saint Werburghs. J'ai répondu que je serais là, mais aussitôt j'ai pensé :

a) Mon Dieu, qu'est-ce que je fabrique ?

b) Comment on s'habille dans ce genre de trucs ?

J'ai trois costumes banals à mourir et un sac de sport plein de pulls et de jeans. Rien qui puisse sembler vintage à part un tee-shirt Chemical Brothers de 1997. Je songe un instant à me pointer dans la boutique d'Isobel pour acheter une tenue, mais j'ai peur que ça manque un peu de dignité. Je choisis donc d'aller sur eBay où je déniche un costume Aquascutum bleu marine des années 1960 qui semble pouvoir m'aller. Sur un coup de tête, je le prends en « achat immédiat » à cent vingt-cinq livres, puis tape « chaussures hommes années 1960 » dans Google et trouve une paire de bottines assorties. C'est une grosse dépense pour aller traîner toute une soirée avec l'allure d'un Austin Powers sur son jour de repos. Tout ça pour quelques moments volés avec une femme que j'ai vue deux fois dans ma vie.

Un matin, deux jours plus tard, les deux colis arrivent. Le pantalon est un peu court et si serré à la taille que je vais devoir retenir mon souffle toute la nuit, mais le look est sympa. Il n'est pas exclu que je fasse un malaise, mais c'est le prix à payer. Au moins, personne de ma connaissance n'en sera témoin. Dan a d'autres projets, Emma pleurerait de rire, et si je proposais à Matt et Clare, ils me demanderaient ce qui se passe et Jody en serait aussitôt informée. Je ne suis pas prêt. Non, c'est une expérience, rien de plus. J'ai tellement perdu contact avec mes envies que j'ai besoin de leurrer mon cerveau : « Surprise, tu as un rencard, qu'est-ce que tu vas faire maintenant ? »

Le club se situe dans un préfabriqué rectangulaire en face d'une rangée de maisons mitoyennes tristounettes. On dirait un gros abri de chantier, ou bien le genre de cabane qu'on se construit lors de sa première nuit dans *Minecraft*.

Je pense beaucoup trop à ce jeu.

En approchant, je vois par les fenêtres des lumières colorées scintiller dans l'obscurité. Une chanson du label Motown s'élève, étouffée, dans l'air humide de la nuit. Dehors, un petit groupe d'adolescents fume en regardant par la porte ouverte, l'air pas très emballé. Je les dépasse, et lorsque j'ouvre la deuxième porte, une bouffée de son et d'air moite m'engloutit. Quelques dizaines de trentenaires dansent et boivent, bien qu'on aperçoive ici et là des couples plus âgés, qui s'offrent un petit *revival*. Les femmes portent toutes des robes authentiques, et leurs coiffures et maquillages imitent l'époque à la perfection. Les hommes, à mon grand soulagement, sont pour la plupart en costume, même s'il y en a quelques-uns en jean et polo Fred Perry. Sans doute des fans de Blur.

Un vieux bonhomme, assis devant une table sur tréteaux près de l'entrée, m'interpelle : « Ça fait cinq livres, s'il vous plaît, jeune homme. » Je cherche Isobel des yeux et la repère à l'autre bout de la pièce, en train de parler au DJ. La table de mixage et l'ordinateur détonnent au milieu de toutes ces tenues en acrylique, de ces chignons volumineux et de toute cette gomina. Je me dirige vers le bar, tenu par deux femmes en tenue d'hôtesse de l'air, et commande une pinte de bière légère. Les Kinks ont succédé au Motown. Une dizaine de personnes dansent à présent au milieu de la pièce.

Je ne me sens pas dans mon élément.

C'est un peu de la faute de ma mère. Elle déteste la musique des années 1960, elle dit que ça lui rappelle les thés dansants de la paroisse où elle se faisait peloter par des bouseux acnéiques. Je pense que c'est un exemple de plus de son refus de s'attarder dans le passé, ou même d'y songer de temps à autre. Je suis encore plongé dans ces pensées lorsqu'on me tapote l'épaule. Je me retourne et me trouve nez à nez avec une Isobel radieuse. Elle porte une robe courte à damier, et semble comme un poisson dans l'eau.

— Salut ! C'est super que tu sois là ! Tu es venu tout seul ?

— Oui, j'ai eu envie de faire un saut, voir ce que tu trafiques.

Hum, ça sonne bizarre.

— J'adore ton costume.

— Merci. J'ai attrapé ça dans mon placard. Tu connais tout le monde ici, alors ?

— Presque. Je te présenterai tout à l'heure. Oh, c'est Rachel, il faut que j'aille lui faire la bise. Je reviens tout de suite !

Elle s'éloigne dans la foule, salue des gens, donne des accolades, danse quelques secondes en riant. Je m'appuie contre le bar, mal à l'aise, en buvant ma bière. Je sors mon téléphone, mais j'ai aussitôt l'impression d'avoir commis un terrible anachronisme dans ce décor vintage. Je le range et tente de regarder autour de moi d'un air détaché, sans paraître en manque de chair fraîche. La musique passe à la pop à la mode, puis au rock psychédélique et à la northern soul. Vers 22 heures, de nouveaux arrivants affluent, et le bar est envahi de couples qui se bécotent. Puis je vois Isobel revenir dans ma direction.

— Coucou ! Désolée, il y a plein de gens que je n'ai pas vus depuis une éternité. Tu survis ?

Mieux vaut mentir.

— Très bien, je profite de la musique.

— Je reviens dans une seconde, promis.

Et sur ces mots, elle lève le bras vers moi, me pose une main sur la nuque et se penche vers moi. Elle ne m'embrasse que quelques secondes, mais ce n'est pas une bise amicale. Je réussis à poser ma pinte sur le comptoir, puis, ne sachant trop quelle contenance adopter, la prends doucement par la taille. J'ai les yeux fermés, et la musique semble disparaître dans le lointain. Je ne sais pas ce que je pense. Il n'y a plus rien d'autre que ce contact entre nous. Elle s'écarte avant de m'embrasser de plus belle. Lorsque je rouvre les yeux, elle me regarde.

— On se voit plus tard, me glisse-t-elle à l'oreille, son souffle me chatouillant la joue.

Lorsqu'elle disparaît dans la foule, je reprends mes esprits, et une certitude émerge de la torpeur sensuelle qui m'a saisi à son contact, à travers le brouillard de la surprise et du désir. Ce n'est pas bien. C'est une erreur. L'angoisse me serre le ventre, et j'ai soudain l'impression que la pièce entière, la nuit elle-même, dégoulinent de culpabilité, à me rendre malade. Qu'est-ce que je fous là ? Je repose la bière que je fais durer depuis une heure et me traîne d'un pas chancelant vers la sortie, bousculant les couples qui dansent dans leurs étranges vêtements vintage. Je suis presque à la première porte lorsqu'on m'attrape par le bras. Je me demande avec terreur – c'est le mot – si c'est Isobel. Mais non, ce n'est que le portier.

— Après 22 heures, toute sortie est définitive, me prévient-il.

— Je ne reviens pas.

Et me voilà dehors dans l'air frais. Je m'éloigne rapidement sur le trottoir avant de tourner au coin, dans la grande avenue où je trouverai un taxi. Lorsque j'en hèle un, la première adresse qui me passe par la tête est celle de ma maison – la maison de Jody, celle où nous avons emménagé il y a neuf ans alors qu'elle était enceinte, et que tout était nouveau et passionnant. Mais je me reprends et lui donne celle de Dan, et dix minutes plus tard il se gare devant la vaste résidence… cette étrange horreur moderne aseptisée, genre d'Étoile Noire de la vie urbaine. Je n'ai plus envie d'être là. Sortir du taxi me demande une force surhumaine. Lorsque j'atteins enfin la porte, mon téléphone vibre dans ma poche. Je le sors. C'est un message d'Isobel.

Où es-tu ?

Je n'en sais rien. Je ne sais pas où je suis. Mais où que ce soit, ce n'est pas le bon endroit.

— Jody, dis-je dans un murmure. Je suis vraiment désolé. Je vais tout arranger, c'est promis.

Le lendemain matin, mon alarme sonne à 7 heures. J'ai à peine dormi. J'ai passé une éternité les yeux grands ouverts, à regarder par la fenêtre en ressassant des souvenirs. J'ai dû me repasser toute mon histoire avec Jody, de notre rencontre dans le verger à nos premiers mois bénis, les vacances, la grossesse, Sam. C'est drôle comme toute une vie peut se résumer à une série de moments, et comme, sans y penser, nous classons ces instants pour leur donner un ordre, une signification. Nous réécrivons sans fin notre propre histoire. Mais il nous arrive de nous tromper. D'un côté, j'ai l'impression que ma rupture avec Jody était inévitable, que c'est le chemin que nous avons emprunté il y a des années sans pouvoir y échapper. Mais vers 4 h 30 du matin, j'ai pris conscience que ça n'était pas vrai. Depuis toujours, la possibilité de prendre ce chemin en sens inverse existe. Pour commencer, il faut que je lui parle, que je lui dise que j'essaie de comprendre. Je n'ai pas encore les réponses, mais au moins je sais qu'il y a des questions. Enfin, c'est ce que je vais tenter d'exprimer sans ressembler à un coach relationnel dans une émission de télé.

Une heure plus tard, alors que je roule vers notre maison, je réfléchis encore à ce que je veux dire exactement. Coincé dans la circulation et les travaux, encerclé par les cyclistes qui font n'importe quoi, j'ai envie de crier : « Laissez-moi passer ! J'essaie de sauver mon couple ! » Mais je me contente de tapoter le volant en fixant le pare-chocs de la voiture devant moi pour la faire avancer.

Une fois l'artère principale derrière moi, je me faufile dans le labyrinthe de la banlieue, avec ses files de véhicules garées, ses enfants qui courent vers l'école devant leurs parents à moitié endormis. En arrivant près de chez nous, je stationne devant le trottoir d'en face. Je sais que Sam ne va pas tarder à sortir dans son petit pantalon gris, sans doute un peu usé aux genoux, et son polo bleu, prêt à affronter une nouvelle journée pleine de mauvaises surprises à l'école.

Mais ce n'est pas Sam que je vois apparaître. C'est un homme que je ne connais pas. Il porte un blazer noir est un jean foncé moulant, une écharpe en tartan marron. Il ne me faut pas longtemps pour deviner qui c'est. Richard. Il arbore un grand sourire, et lorsqu'il se retourne, Jody s'encadre sur le pas de la porte. Ils échangent quelques mots, il hausse les épaules et elle se penche pour l'embrasser. Je regarde en silence. C'est un silence rugissant, le plus bruyant que j'aie jamais entendu. J'ai l'impression que mes tympans vont éclater, que le silence se répercute dans l'habitacle. Elle le regarde une seconde, fait un geste de la main, puis rentre et ferme la porte. Richard démarre et me dépasse au volant d'une BMW sportive blanche. Il a passé la nuit ici. Peut-être même qu'il va rester ici. Qu'il vit ici désormais.

Je reste assis un moment, les mains toujours sur le volant, incapable de bouger. Je déglutis, et le son est assourdissant. J'ai les yeux secs et je prends conscience que je n'ai pas cligné depuis longtemps. Quand je le fais, je sens une grosse larme couler le long de mon nez jusqu'au coin de ma bouche.

Très lentement, je sors de ma place, puis accélère d'un coup devant la maison jusqu'au bout de la rue. Je m'éloigne à toute allure, trop vite, dépassant des familles qui se donnent la main, courent et bavardent. Je m'arrête dans un crissement de pneus à un passage piéton, et me retiens à grand-peine de klaxonner alors qu'un couple âgé traverse clopin-clopant, en se tenant par le bras pour ne pas tomber. Je redémarre aussitôt comme un fou en prenant tous les raccourcis et les petites rues vers ma destination. Chez Matt et Clare.

Lorsque je déboule dans l'allée, Archie joue dans le jardin.

— Salut, Alex ! crie-t-il.

Je martèle la porte tout en écrasant la sonnette.

— C'est bon, c'est bon, répond Matt de l'intérieur.

Il ouvre, dans son costume Marks & Spencer mal ajusté et son horrible cravate à pois.

— Ah, salut Alex, qu'est-ce que tu fais là ?

— Elle est où, Clare ?

— Dans la cuisine, mais…

Je le bouscule pour entrer, emprunte le couloir et traverse le salon. Clare est assise à table en robe de chambre, les jumelles près d'elle dans leurs chaises hautes.

— Tu m'as dit que ce n'était pas sérieux ! grondé-je.

Ma voix est assez forte pour faire sursauter les deux petites, qui me regardent avec surprise. Clare se retourne vers moi.

— De quoi tu…

— Jody et Richard ! Tu m'as dit que ce n'était pas sérieux !

— Je sais, je sais. Qu'est-ce qui se passe ?

— Je viens de le voir sortir de chez moi.

Matt est à présent dans la cuisine également, suivi par Tabitha.

— Alex, dit-il d'une voix basse, je ne sais pas ce qui se passe, mais…

— Ta femme, elle, elle le sait, bordel ! hurlé-je.

C'est plus fort que moi, c'est comme si une vanne s'était ouverte, et je ne peux plus arrêter le flot.

— Alex, reprend-il sur un ton très différent. Tu ne peux pas débarquer ici pour crier sur Clare. Qu'est-ce qui se passe, bon sang ?

Tabitha se met à pleurer, effrayée par cette scène de colère entre des adultes.

— Vous m'avez dit, vous m'avez juré, qu'il n'y avait rien du tout, que c'était une erreur. Eh ben, l'erreur vient de passer la nuit à baiser ma femme sous mon propre toit !

— Alex, je te demande de partir, dit Matt.

Il me pose une main sur l'épaule, mais je la repousse.

— Je suis sérieux.

Clare se lève.

— Alex, je n'ai pas la moindre idée de ce que tu as vu, mais ça n'a rien à voir avec moi. Et quoi que Jody ait pu me dire ou ne pas me dire, tu crois vraiment que te ramener ici pour me hurler dessus devant mes enfants est le meilleur moyen d'en apprendre davantage ? C'est quoi, ton problème ?

Le calme s'établit un instant. Tabitha s'agrippe à la jambe de son père en pleurnichant. L'une des jumelles tape avec sa cuillère sur la tablette de sa chaise haute.

— Tu as raison, je suis désolé, bredouillé-je.

— Dégage, reprend Matt. Sinon, c'est moi qui te fous dehors.

Je le regarde, déboussolé, et je prends conscience du mal que j'ai causé. Cet adorable père de famille, un ami proche, est empli d'une telle rage protectrice qu'il en est méconnaissable.

Je me dirige vers la sortie, d'un pas lent et soigneux, comme dans le brouillard. Au milieu du salon en bazar, je glisse sur une bande dessinée, mais parviens à me rattraper. Archie me voit et file dans l'escalier. Je me retrouve dehors et entends le battant claquer derrière moi, avec un son violent et définitif, et me voilà de nouveau seul. Je n'ose pas me retourner. Je regagne ma voiture et cogne le volant de toutes mes forces, plusieurs fois. La porte de la maison se rouvre. Je mets le contact, quitte vivement l'allée en marche arrière et regagne la rue. En face, une mère retient ses enfants en arrière d'un geste protecteur. Elle me hurle dessus et martèle le coffre de ma voiture. Aussitôt, je repense à ce conducteur qui roulait trop vite devant une école il y a vingt ans, et aux conséquences terribles de sa bêtise. Parce que c'est comme ça que ça marche. À chaque fois, inévitablement, tout me ramène à ce souvenir.

Chapitre 25

Dan et moi prenons la direction du petit restaurant mexicain au coin de la rue de son travail actuel. Les seules places libres sont deux tabourets horriblement hauts devant la vitrine. Nous nous perchons dessus et restons un moment en silence, à regarder la circulation avancer lentement dans Stokes Croft vers le centre-ville. J'essaie de me repasser le film de la journée, de trouver un sens à tout ce qui s'est passé, mais c'est trop embrouillé, et seuls les moments marquants ressortent : le baiser de Jody, la colère de Matt. Je sens un frisson de panique, discret mais croissant, comme si un objet terrifiant me guettait au bord de mon champ de vision sans que j'ose le regarder en face. Mon burrito se délite dans mes mains, son contenu ramolli gouttant dans la boîte en carton recyclé. Jody l'a raccompagné à la porte et l'a embrassé. Où était Sam ? Où était mon petit garçon ? Vont-ils me l'arracher ?

Je suis vaguement conscient que Dan joue avec sa nourriture sans entrain, aussi perdu que moi. Je devrais lui demander ce qui ne va pas, mais je suis trop égaré dans mon propre désespoir. On doit offrir un sacré spectacle aux passants. Dans une minute, un serveur va s'approcher pour nous montrer un panneau « Pas de crise existentielle devant la vitrine s'il vous plaît ».

Je finis par me tourner vers lui.

— Ça va ? C'est le travail qui te préoccupe ?

— Hein ? Non, non, pas le travail… Il y a toujours quelque chose qui se présente.

— C'est quoi, alors ?

— Tu crois qu'Emma va repartir ?

— Le contraire m'étonnerait.

Ce n'est visiblement pas ce qu'il voulait entendre.

— Je préférerais qu'elle reste… murmure-t-il presque pour lui seul.

Et soudain, au bout de vingt ans, ça me frappe.

— Dan.

Je me tais un instant alors qu'il se tourne vers moi.

— Tu es amoureux de ma sœur ?

Il boit une gorgée de Coca Light et regarde l'immense fresque de Bansky en face de nous dans la rue.

— Oui, bien sûr. Depuis que je l'ai rencontrée.

— Pourquoi tu ne me l'as pas dit ?

— Ah, mec, j'ai essayé. Mais tu ne voulais pas entendre.

Il a raison. Depuis toujours, j'étais trop pris dans mes propres histoires pour le voir. N'importe qui aurait compris. Il a liké toutes les photos qu'elle a postées sur Facebook ou Instagram, demandé de ses nouvelles en permanence. C'était toujours lui qui m'incitait à l'appeler sur Skype. Puis elle se ramène chez lui et il est fou de joie. Sauf qu'elle disparaît aussitôt. Elle a toujours été experte en entrées fracassantes, mais sa vraie spécialité, ce sont les sorties remarquées.

La porte s'ouvre à la volée et un jeune père la tient pour que sa compagne puisse faire entrer leur poussette. Elle contourne les chaises devant elle, et s'excuse en souriant. Le papa fait des grands sourires à sa fille. Ils se dirigent vers le comptoir, heureux et unis. Dan et moi les regardons passer puis baissons les yeux vers notre déjeuner refroidi, guère appétissant.

— Je suis désolé, Dan.

— Tu avais assez de problèmes… D'ailleurs, ça n'a pas l'air de s'arranger ?

— Nan.

— Et la fille, là ? Isobel ?

— Non. C'était une erreur. Je ne suis pas prêt à tourner la page. Mais je crois que Jody, si. J'ai vu Richard sortir de chez elle tôt ce matin.

— Ah. Et tu lui as parlé ? Tu lui as demandé ce qui se passe ?

— Pas encore.

— Pourquoi ?

— Je n'ai pas envie d'entendre la réponse.

— Ah, je connais bien ce sentiment…

Je suis en train de dîner quand je reçois l'appel. Il est 18 heures, je regarde les infos en aspergeant le parquet en chêne verni de Dan avec des nouilles. Je consulte mon téléphone. C'est Jody.

— Salut, Jody. Excuse-moi, j'ai la bouche pleine de nouilles, attends une minute.

Mais elle ne m'écoute pas.

— Alex, c'est Sam.

Elle a une voix paniquée. Je pose brutalement le bol sur la table basse et me redresse sur le canapé.

— Quoi ? Qu'est-ce qui se passe ?

— C'est ce jeu, quelque chose s'est passé dans ce jeu.

Pendant une seconde, je me détends. Il n'a pas eu d'accident. Il n'est pas en soins intensifs. Et aussitôt, je suis en colère. S'il s'agit seulement de ce putain de jeu, pourquoi elle se met dans cet état ? Bordel, elle m'a fait flipper !

— OK, calme-toi. Qu'est-ce qui s'est passé ? Il y a un bug ? Ce n'est pas grave, il ne va pas…

— Non, ce n'est pas ça. Tu sais qu'il s'est fait des amis en ligne, le frère d'Olivia et ses copains ? Il s'est passé un truc. Je crois qu'ils lui ont démoli son château. Alex, il est allongé sur son lit, en catatonie, il ne parle pas, il a juste les yeux grands ouverts. Alex, j'ai peur.

— J'arrive.

On le savait, que ça pouvait arriver. Les autistes, quand les émotions sont trop fortes, beaucoup trop fortes, ont tendance à tout bloquer. C'est un mécanisme de défense, une façon de garder le monde à distance. Dans notre groupe de parents, quelqu'un a dit que c'était comme un ordinateur qui redémarre. Mais ça ne s'était jamais produit avec Sam. En pilote automatique, je monte en voiture et prends la route.

Le temps s'accélère. Je me souviens qu'une fois, Jody m'avait appelé des urgences. Sam était tombé d'un accoudoir, tête la première sur le carrelage de la cuisine. J'étais avec des clients, mais je suis parti en courant. Dans ces situations, le monde se resserre autour de soi jusqu'à former un tunnel entre soi et sa famille. Avec Sam, ça a toujours été accentué par le fait que la moindre bosse ou égratignure le met dans tous ses états… Il a tellement peur de la douleur. Les autres garçons tombent, se relèvent et secouent la terre de leur pantalon. Pour Sam, un bobo au genou est une tragédie. Alors se retrouver à l'hôpital, saigner…

Me voilà dans notre rue, garé. À la porte. En train de cogner. Jody répond, stressée et déboussolée.

— Il est en haut. Je ne sais pas quoi faire. Tu crois qu'il faut appeler un médecin ?

— Attends, je vais voir.

L'escalier quatre à quatre, sa chambre. Silence de mort. Le jeu est allumé sur l'écran, mais je ne vois que la chaîne de montagnes au loin, de l'autre côté de la plaine par rapport à notre château. Je regarde le lit, et j'y trouve Sam, complètement replié sur lui-même, face au mur. Il a les yeux ouverts et fixes, le visage blafard. Ses membres, d'habitude si agités, sont crispés, immobiles, les bras autour des genoux. Cette vision me ramène ailleurs, à un souvenir horrible.

Un garçon, éteint. Je m'arrache à l'image.

— Sam ? Sam, c'est papa.

Rien, pas même un battement de cils m'indiquant qu'il m'a reconnu. Sans savoir pourquoi, je lui mets une main sur le front. Routine parentale de base, je suppose. Vérifier la température, donner du Doliprane. Il n'est pas trop chaud, pas froid non plus. J'approche la main de sa bouche et ne peux réprimer mon soulagement en sentant son souffle sur mes doigts.

— Sam, que s'est-il passé ?

Jody se tient à la porte. Elle a les cheveux tirés en arrière, son mascara étalé autour des yeux. Elle me pose une main sur l'épaule, et je la saisis avant de me sentir gêné et de la lâcher.

Nous sortons dans le couloir. La petite fenêtre en haut de l'escalier est ouverte. J'entends les voitures dans la rue.

— Qu'est-ce qu'on fait ? demande-t-elle.

— Je pense qu'il faut le laisser tranquille un moment. Il doit sortir de là tout seul. Je vais rester à côté de lui, peut-être. Je peux regarder le jeu, voir ce qui s'est produit.

— La mère d'Olivia a essayé de m'appeler plusieurs fois. Peut-être que je pourrais faire un saut, voir si elle est au courant de quelque chose. Tu es sûr qu'on n'appelle pas un médecin ?

— Attendons. Je ne pense pas que ce soit nécessaire.

— J'ai peur.

— Je comprends.

Je retourne dans la chambre et m'assieds au bord du lit. Je pose à nouveau une main sur lui, pour qu'il sache que je suis là, présent physiquement, mais c'est tout. Je suis près de lui. Ses iris ne bougent pas lorsqu'il cligne des yeux.

Je me tourne vers le jeu et prends la manette.

À peine ai-je pivoté vers le château que je vois ce qui est arrivé. Le bâtiment a quasiment disparu. La clôture est toujours debout en grande partie, mais à l'intérieur il ne reste que le squelette fantomatique de notre construction. Deux étages entiers sont partis, les niveaux inférieurs dévastés et jonchés de blocs. Les tours ressemblent à présent à des doigts osseux tendus de travers vers le ciel. Je remarque de grandes fissures dans le sol tout autour du site. Celui qui a fait ça a utilisé du TNT, les blocs d'explosif du jeu. Le but était clairement de détruire tout le château. Je me sens vraiment mal. Parce que je n'ai pas été là pour éviter ça, ou au moins avec lui quand il a découvert le massacre. Je n'étais pas là.

— Oh, Sam…

Pas de réponse.

— Sam, on peut le reconstruire. On y arrivera. Tu es excellent en construction.

Ne sachant que faire, je me mets à dégager le terrain autour du château, et à reboucher les crevasses avec de la terre. Je m'aperçois qu'il me faut des outils, et je me dirige vers les ruines pour voir si nos coffres de rangement sont encore là. Ce n'est pas le cas, mais certaines de nos affaires gisent sur le sol : des pioches, de la nourriture, des houes, quelques miches de pain. Il ne reste pas grand-chose. Surtout si on pense aux semaines de travail que cela représentait. Un travail qu'on a fait ensemble. Soudain, je me souviens des joyaux de la Couronne, cachés dans notre coffre secret. Je me précipite dans la pièce, et me mets à creuser avec frénésie sous le carreau qui diffère des autres. Le coffre est toujours là, intact, son contenu en sécurité.

J'entends la porte d'entrée s'ouvrir et se refermer doucement. Jody monte sur la pointe des pieds.

— J'ai parlé à la maman d'Olivia. Apparemment, Sam a accepté des demandes d'amitié de Harry, le frère d'Olivia, et de ses amis. Il les a invités à jouer. Je pense que Harry les a quittés un moment. Ils étaient tous assez excités, ils posaient des bombes ou quelque chose comme ça. Elle dit qu'ils croyaient que le château était à Harry. Il est dans tous ses états. Il veut venir s'excuser.

— Je ne suis pas sûr que ce soit une bonne idée pour le moment.

— Olivia est effondrée aussi.

— Ce n'est pas de sa faute.

— Est-ce qu'il a parlé ?

— Non. Je me sens responsable, Jody. J'ai monté ça comme un grand projet pour lui et moi, et maintenant… J'ai l'impression que c'est ma faute.

— Ce n'est pas ta faute. Il adore ce jeu, il ne parle que ça. Et c'était très bien jusqu'à maintenant. Je l'ai vu jouer avec toi. Il adore ça.

Nous restons assis en silence sur le lit de notre fils, perdus dans nos pensées. Nous voilà dans cette petite chambre, pleine de jouets cassés et de posters défraîchis, une famille réunie, mais séparée tout de même. Comme si on gravitait dans des galaxies différentes. Je voudrais dire quelque chose, mais rien ne vient, rien qui nous remonte le moral, nous donne de l'espoir ou nous fasse rire. Rien du tout.

Une demi-heure s'écoule, peut-être plus.

— Éteins le jeu.

— Quoi ? Sam ?

— Éteins.

Jody se penche pour le prendre dans ses bras, mais il se recroqueville davantage. Soudain, une scène d'*Alien* me revient en tête, quand ils ramènent John Hurt du vaisseau extraterrestre avec l'animal collé à son visage. Ils essaient de le détacher, et la caméra zoome sur sa queue, qui se resserre sans bruit autour du cou de Hurt. Jody retire sa main.

— Je vais faire une sauvegarde, dis-je.

— Éteins. Je m'en fiche. Je m'en fiche.

— Mais…

— Je ne veux pas. Je ne veux plus jamais jouer.

— Mais Sam, on peut le réparer.

— Je ne veux pas. Ils sont venus et ils l'ont cassé et c'était à moi. Les gens, ils cassent tout.

On entend un bruit au rez-de-chaussée. Je me demande si c'est Olivia, venue présenter des excuses. Mais c'est Emma.

— Ouh-ouh ? crie-t-elle.

— On est en haut, répond Jody.

Elle monte d'un pas traînant et s'attarde à l'entrée de la chambre.

— Dan m'a dit qu'il était arrivé quelque chose à Sam. J'étais dans le quartier, et je me suis dit que j'allais passer. Tout va bien ? Salut, Sam.

— Des garçons lui ont cassé son jeu, explique Jody.

— Oh, non ! s'écrie Emma avec une horreur théâtrale.

Sa présence, impétueuse et bruyante, est presque insupportable, mais cela rompt l'humeur de l'après-midi. Sam se tortille pour dégager ses jambes de ses bras.

— Je ne veux plus jamais jouer.

— Les garçons, c'est horrible, renchérit Emma. Pas toi, évidemment, mais la plupart des autres. Personnellement, je les évite le plus possible. Ils gâchent toujours tout, pas vrai ?

Sam acquiesce d'un air sombre. Mais il n'est pas d'humeur à être consolé. Il se laisse retomber sur le lit et ferme les yeux.

— Les joyaux de la Couronne sont toujours là, dis-je.

— Je m'en fiche.

Plus tard ce soir-là, je suis assis sur le lit à une place bon marché dans la chambre d'amis, chez Dan. Il n'y a rien ici, rien de moi ou de ma vie, juste une pile de vêtements et une photo, appuyée contre l'ordinateur de Dan. La photo du café, avec George et moi qui sourions, la vie devant nous – c'est du moins ce que nous pensions.

Mais il ne lui restait plus de temps, et me voilà de nouveau seul. C'est curieux comme le chagrin vous ramène au passé, et relie les points de votre vie. Les souvenirs dégringolent comme des photos qui se détachent d'un vieil album. Je pensais avoir trouvé un endroit sûr pour Sam et moi, mais je me trompais. Que pourrai-je jamais faire pour lui quand il est là-bas et moi ici ? Ce dont il a besoin, c'est de stabilité, et je ne peux pas lui offrir cela à l'aide de blocs de pierre et de coffres au trésor qui n'existent que sur un écran. Je ne peux pas lui donner cette stabilité quand moi-même j'en manque cruellement. Rien n'est sûr. C'est une certitude utile que j'ai acquise. C'est une leçon que chaque parent voudrait remettre à plus tard. Mais si vous attendez trop, la vie se chargera de l'apprendre à votre enfant de toute façon.

Chapitre 26

L'unique son provient d'une grande horloge sur le mur, son tic-tac bruyant se répercutant à travers la pièce, soulignant le silence gênant entre nous quatre. De l'un des côtés du gigantesque bureau en chêne se trouve le directeur de l'école actuelle de Sam, un homme à la mine triste affligé d'un début de calvitie, vêtu d'un costume noir plus austère que nécessaire, le peu de cheveux qui lui reste coupé ras. À ses côtés, la référente handicap locale, Jan Parker, une sexagénaire mince comme une lame de couteau, au visage de faucon. Elle nous observe d'un air suspicieux, Jody et moi, assis côte à côte et pourtant séparés, de l'autre côté de l'immensité de bois verni.

Personne ne dit mot. Le directeur, M. Jones, a une lettre posée devant lui. Nous l'avons envoyée la semaine dernière, enfin Jody, pour l'informer que nous changions Sam d'école. Ses yeux passent de la feuille A4 à nous plusieurs fois de suite.

— Je comprends vos inquiétudes, mais je ne suis pas certain que le changer d'école soit la meilleure solution, finit-il par dire.

— Je suis venue le voir à plusieurs reprises, intervient Jan. Il fait des progrès en maths et en littérature, il…

— Il est malheureux, intervient Jody.

— Beaucoup d'enfants sont malheureux à l'école, déclare M. Jones sur un ton conciliant qui ressemble presque à un sermon.

— Donc c'est acceptable ? demande Jody.

— Non, bien sûr que non, je…

— Nous ne sommes pas sûrs que le changer d'école soit favorable à son bien-être. Il va devoir s'adapter à un nouveau rythme, rencontrer de nouveaux enfants, explique Jan.

Nous savons que nous devons montrer un front uni, travailler ensemble. Mais après tout ce qui s'est passé, nous n'en avons plus la force. Même pas de faire semblant. Au lieu de me laisser passer la chercher ce matin, pour que nous arrivions ensemble, Jody m'a envoyé un texto pour dire qu'elle venait de son côté. Nous nous sommes à peine parlé alors que nous patientions à la réception, terrifiés à l'idée que Sam sorte de sa classe, nous voie, et fasse une crise. À présent, nous voilà assis comme deux enfants pas sages, à attendre que les adultes aient fini de nous gronder.

— Peut-être que ces nouveaux enfants ne le harcèleront pas, dis-je. Peut-être qu'à Avon School, on prend ce genre de choses plus au sérieux.

— Nous nous sommes penchés sur la question de cette bande de garçons, répond Jones en tapotant la table avec son stylo. Nous pensons qu'elle est réglée.

— Et pour être honnête, il est très peu probable que vous obteniez une place à Avon School. Ils ont une liste d'attente longue comme le bras et il vous faudra un certificat concernant l'autisme de Sam.

— Un certificat de votre part ? demande Jody.

— J'interviens dans le processus.

— Le processus ? m'écrié-je. On parle d'un enfant, là. Pas d'une voiture qui passe le contrôle technique.

— Et l'autre école ? Saint Peter ? Ils ont de la place, reprend Jody.

— Mais ça ne réglera pas le problème de fond, rétorque Jan. Il faut qu'il apprenne à se faire des amis, à se socialiser avec ses pairs. Ce n'est pas en le baladant d'école en école que vous l'aiderez. Je pense qu'en tant que parents, vous devriez prendre de la distance sur cette question. Il faut que Sam trouve tout seul la solution, dans un environnement qu'il connaît, et où il se sent en sécurité.

Silence.

J'ai l'impression que la pièce se referme sur nous, comme si les murs eux-mêmes avaient décidé de nous expulser. Je suis fatigué de me sentir comme ça, incapable, privé de but, ballotté d'une crise à une autre sans solution, comme un bateau perdu en mer et secoué par les caprices de terribles vagues. Mais je commence à comprendre quelque chose. Si ce n'est pas moi qui aide Sam, si je ne peux pas le faire, alors j'ai besoin de le placer entre les mains de personnes capables de le soutenir.

— Alors, si on tentait plutôt de finir l'année, et de voir comment ça se passe ? conclut M. Jones.

Il prend la lettre et la laisse tomber dans une bannette tout à droite de son bureau, comme pour nous signifier que l'entretien est terminé, et qu'on ferait mieux de se le tenir pour dit.

Jody hausse les épaules et me regarde. Elle se mord la lèvre inférieure, et je sais ce que ça veut dire : elle lutte contre les larmes.

Je me tourne vers M. Jones.

— Non, on n'attend pas la fin de l'année. On le sort de cette école dès que possible. Vous avez dit que parfois, les enfants sont malheureux. Croyez-nous, on est au courant. Mais quand on est allés à Saint Peter, on nous a promis qu'il y serait heureux. Pour les gens là-bas, c'est ce qui compte le plus, leur priorité. Quant à l'autre école, on est prêts à se battre s'il le faut. Si Sam en a envie. On se battra. On fera du raffut. Si on ne peut pas l'aider nous-même, on l'enverra là où les gens ont la méthode. C'est ça, qui va se passer. Au revoir.

Je me lève, et sans réfléchir, je tends la main vers Jody. Un geste instinctif d'unité. Pendant une seconde, mon cerveau croit que je suis en train de faire traverser une rue passante à Sam. Gêné, je m'apprête à retirer ma main, mais à ma grande surprise, Jody la prend et se lève. Nous sortons de la pièce comme nous y sommes entrés, dans un silence chargé d'embarras et d'incertitude. Le tic-tac de l'horloge diminue lorsque nous fermons la porte derrière nous.

— Et maintenant ? dit-elle, les larmes aux yeux.

— On va voir ce que dit Sam et on avisera. Ils ne peuvent pas…

— Non, je ne parlais pas de Sam cette fois, Alex. Je parlais de nous. Qu'est-ce qu'on fait, nous ?

J'aperçois la secrétaire à son bureau, qui tente de prendre l'air affairé et tape sur son ordinateur, tout en se délectant de cette palpitante scène intime. En cet instant, je ressens une terrible colère, presque nihiliste. Je veux sortir de là, de cet endroit, de cette situation.

— J'ai l'impression que tu as fait ton choix, craché-je en revoyant l'image de Richard l'autre matin, de leur baiser.

Je m'éloigne, bien décidé à ne pas me retourner.

— Tu prends Sam ce soir, n'est-ce pas ? crie-t-elle.

— Non, je suis pris.

J'ai envie d'ajouter « Demande à Richard de s'en occuper », mais j'ai beau être à bout de nerfs, je suis incapable de reconnaître son existence, de prononcer son prénom à voix haute.

— Alex ! hurle-t-elle.

Mais je suis parti. Pour de bon. Hors du bâtiment, le long d'une salle de cours, et dans la rue. Je cours, à toutes jambes, dans l'allée qui longe la petite cour de récréation. Je rentrais à la maison comme ça, le plus vite possible, après la mort de George. Je courais presque à m'en rendre malade. J'avais besoin de mettre le plus de distance possible avec le lieu de l'accident. Mais parfois, aucune distance ne suffit. Tout ce qui t'importe dans la vie, même ce qui fait mal, exerce une force de gravité. Si tu arrives à t'en dégager, c'est fini. Tu flottes dans l'espace. Et tu ne reviens jamais.

—Jody, dis-je dans un murmure.

Je débouche au bout de l'allée et m'arrête, les mains sur les genoux comme si j'allais vomir. Je suis dans une rue tranquille, une rangée de petites maisons victoriennes, semblables à celles de la rue où je vivais avec Jody et Sam. Je titube jusqu'à un muret de briques qui entoure un jardin propret, et m'assieds. Je ne sais pas trop où je suis.

Le soir, je suis dans le salon chez Dan, lumière éteinte, seul. Presque endormi, une bouteille de gros rouge vide à côté de moi, je me redresse soudain et allume la Xbox. L'écran illumine la pièce d'une étrange teinte verte qui me donne la nausée. Je clique sur l'icône de *Minecraft* et me balance doucement sur le canapé pendant que le jeu se charge. À ma grande surprise, lorsque je sélectionne « rejoindre », je vois que le Monde de Sam et Papa est disponible. Il est minuit, Sam ne peut pas être là. Il a dû laisser la console allumée. Je clique.

C'est l'aube, mais le ciel est d'un gris terne, et il pleut. Derrière le bruit de la pluie, j'entends les meuglements du bétail. Pour une raison inconnue, il n'y a pas de musique. Je traverse la plaine vers le château, espérant à moitié le retrouver intact. Mais non, il est toujours en ruine, les pierres restantes noires devant le ciel d'orage.

Puis je remarque une forme, à quelques centaines de mètres de là, sur l'ancien emplacement de la ferme. J'avance, lentement d'abord, de crainte que ce soit un zombie ou un autre monstre. Mais la silhouette ne bouge pas, et une fois plus près, je sais qui c'est. Sam. Figé, tourné vers les décombres du château. Il a l'air d'un seigneur accablé après un âpre siège, contemplant sa demeure ancestrale désormais dévastée et perdue.

Je sais que Sam ne peut pas être en train de jouer, certainement pas, mais je prends tout de même le casque.

— Sam ?

Mais la silhouette ne fait pas un geste, le regard toujours rivé sur les tours effondrées.

Je me détourne en hâte, conscient que cette vision spectrale me terrifie.

Et c'est alors que je le vois.

Un personnage en orange qui recule vers un bosquet de bouleaux, à peine visible à travers la pluie dense. D'instinct, je m'élance à sa poursuite, sautant sur une fine crête de blocs, contournant les arbres, coupant les branches et les feuilles, enjambant certains obstacles et me glissant sous d'autres. Lorsque j'atteins un terrain plus dégagé, la pluie semble faiblir, et son martèlement assourdissant s'estompe. Mais comme je dépasse les derniers arbres avant d'être à découvert, je ne vois qu'un paysage lunaire et minéral qui descend vers un vaste lac. Le personnage a pu faire demi-tour à travers les bois, ou prendre la direction des montagnes. Si ça se trouve, j'ai eu la berlue. Je pique un peu du nez, le vin et la fatigue me brouillant la vue. Je songe à retourner vers Sam, mais je ne supporte pas l'idée de cette silhouette esseulée, malgré le soleil qui s'est mis à briller dans un ciel qui vire au bleu.

Je ferme les yeux, et lorsque je les rouvre avec un sursaut, je me trouve dans une autre partie du monde, et j'ignore comment j'y suis arrivé. J'essaie de me lever du canapé mais retombe en arrière. Mon tee-shirt est taché de vin et j'ai les commissures des lèvres sèches et couvertes de croûtes.

J'éteins la Xbox et me roule en boule sur les coussins trop rembourrés. Mon téléphone sonne, puis bipe. Appel manqué de Maman, le troisième cette semaine.

Je n'ai le courage de parler à personne en ce moment.

Chapitre 27

Le samedi suivant, Jody passe l'après-midi à un événement dans un musée. Incapable d'inventer une excuse et accablé de remords, j'ai répondu que bien sûr, je pouvais prendre Sam. Elle l'amène chez Dan après le déjeuner, et me dit que je dois le déposer chez Olivia à 16 heures. Ils ont « rendez-vous pour jouer ». Il a apporté un sac à dos rempli de livres et de figurines, mais semble fatigué et méfiant alors que Jody le câline puis le pousse vers moi. On se croirait dans un échange d'otages tendu. Je la regarde s'éloigner en voiture, puis entraîne doucement Sam vers les portes automatiques de l'immeuble, à l'abri du froid qui nous engourdit. Je l'embrasse sur le sommet du crâne. Ses cheveux gardent une faible odeur de savon pour bébé.

Emma et Dan sont au *Old Ship*, et nous nous retrouvons donc seuls dans l'appartement. Nous commençons par nous asseoir sur le canapé pour regarder ses livres. Je trouve celui sur Londres, mais il passe la photo de la tour. Je suggère qu'on ouvre Flight Track et qu'on regarde passer les avions au-dessus de nos têtes. Pendant une seconde, il semble enthousiaste. Il saute du canapé et court vers la fenêtre. Mais alors il constate que le ciel ressemble à une épaisse soupe de nuages gris et noirs. J'essaye d'inventer une histoire avec ses figurines, mais j'ai l'esprit qui vagabonde : Jody est-elle avec Richard à présent ? Quand va-t-elle me le dire ? J'ai l'impression d'être dans les limbes, pris entre deux plans de mon existence : mon ancienne vie avec Jody et Sam, et ce qui viendra après.

— Qu'est-ce que tu veux faire, maintenant ? Eh, on pourrait allumer *Minecraft*, histoire de t'entraîner avant la compétition ? Il n'est pas trop tard.

— Non, je n'y vais pas ! hurle-t-il.

Je préfère ne pas insister.

— Quoi d'autre, alors ?

— Je ne sais pas. Où est Tata Emma ?

— Au pub.

— C'est où, le pub ?

— Dans cette rue.

— Elle fait quoi ?

— Elle est sans doute en train de picoler avec Dan.

— On peut aller voir Tata Emma et Dan ?

Aussi bizarre que ça puisse paraître, ça me semble soudain une bonne idée.

Le *Old Ship* est plein à craquer lorsque nous nous faufilons par l'étroite porte défraîchie. J'entends par là que certaines tables sont occupées. Un couple âgé feuillette le *Daily Mail*, et un petit groupe d'ouvriers en gilet jaune prend sa pause. Ils travaillent certainement sur le chantier un peu plus loin dans la rue. Sid est assis à sa place habituelle, l'échiquier devant lui, son demi de Guinness sur la table. Et puis, je vois Dan et Emma dans un coin près de la fenêtre, leur table jonchée de sachets de chips froissés et de pintes vides. Ils sont affalés l'un vers l'autre. Je passe un bras autour de Sam et me demande si c'était une si bonne idée, finalement.

— Sam ! crie Emma.

Elle se lève avec difficulté pour courir vers nous. Sam se blottit contre moi, mais elle se jette sur nous, l'attrape par la taille et lui embrasse le front, laissant une trace de rouge à lèvres bien visible. Il enfouit le visage contre mon torse, mais sourit. Dan, qui s'est levé lui aussi, me fait signe.

— Qu'est-ce que vous voulez boire ?

— Deux Cocas.

Alors que Dan se dirige vers le comptoir, l'un des ouvriers, aux traits épais mais aimables, s'approche de Sid d'un pas lourd, sa pinte à la main.

— On fait une partie, dit-il en posant son verre sur la table à grand bruit.

Mais comme toujours, Sid recule, baisse la tête et la secoue lentement. L'ouvrier reprend sa bière et se tourne vers ses collègues.

— C'est un débile, chuchote-t-il en se tapotant la tempe avec l'index.

Emma entraîne Sam vers la table et le fait asseoir à côté d'elle. Je prends le tabouret branlant en face d'eux et m'installe avec précaution.

— Alors, de quoi vous parliez, tous les deux ? dis-je.

— Oh, tu sais… répond Emma en agitant son verre avec la désinvolture de quelqu'un pour qui la sobriété n'est plus qu'un lointain souvenir. Le bon vieux temps…

— Ouh là ! commenté-je.

— Ouh là. Ouh là, répète Sam.

En même temps que les boissons, Dan apporte trois nouveaux sachets de chips, qu'il ouvre d'un geste maladroit pour les mettre à disposition de tous sur la table, comme on fait au pub. Sam en prend aussitôt une énorme poignée.

— Eh ! m'écrié-je. On partage !

— Ce n'est pas grave, tempère Dan.

J'essaie d'engager la conversation avec Emma sur ses projets actuels, mais il est évident qu'elle est incapable de tenir des propos cohérents ; je préfère donc me tourner vers le téléviseur crasseux dans un coin, qui affiche les résultats du foot. Ça me fait penser à Matt et Clare. Je me demande où ils en sont tous les deux. En arrière-fond, Dan tente de discuter avec Sam. Ça devrait le faire.

— Alors, Sam, qu'est-ce qui t'intéresse en ce moment ? Tu aimes toujours les avions ?

Sam acquiesce d'un air timide, la bouche pleine de chips.

— Et les ordinateurs ?

Nouveau hochement de tête.

— Tu crois que tu seras programmeur quand tu seras grand ?

— Pilote ou artichecte, répond Sam. Tu fais quoi comme travail ?

Je regarde, fasciné d'entendre Sam poser une question, sans qu'on l'y ait poussé, par curiosité sincère. J'ai dû m'y prendre comme un manche depuis huit ans. J'aurais mieux fait de picoler un peu avant d'essayer de communiquer avec lui.

— Je crée des designs sur mon ordinateur. Des sites web, des affiches et des magazines. De temps en temps, je fais aussi un peu de musique. Je travaille sur un gros écran.

— C'est comme de construire, commente Sam. Mais avec des formes plates.

— Oui, renchérit Dan, des formes et des couleurs. Le plus important, c'est de savoir quelles formes vont bien ensemble, et quelles couleurs aussi.

— Si on se trompe, c'est triste à regarder, dit Sam.

— Exactement ! s'écrie Dan en se redressant. Le design, ça consiste à créer une émotion. Si tu utilises les formes et les couleurs d'une certaine façon, tu peux créer des sensations différentes. Et peu importent les mots et les photos sur la page.

— Les mots, ce n'est pas plus important que les formes. Les mots, c'est des formes aussi.

— Parfois, je regarde la ville par la fenêtre, et c'est tout… ça n'a pas été bien dessiné. C'est le bordel.

— Les gens, c'est des formes et des couleurs. Ils ne le savent pas, c'est tout.

— C'est ça ! Exactement ! Tout est du design. Chaque personne, sa façon de s'habiller, de parler, est une sorte de décor.

— Mais y en a qui sont des décors tout de travers !

Et ça les fait rire tous les deux. Emma et moi les contemplons un instant avant de nous tourner l'un vers l'autre.

— C'est quoi, le délire ? demande-t-elle.

Dan lève une main et Sam tape dedans avec entrain.

Derrière nous, l'ouvrier qui voulait jouer aux échecs est maintenant devant le juke-box à CD, dont il examine la sélection démodée. Il insère une pièce et choisit quelques morceaux. Il se dirige vers sa place lorsque *My Way*, de Franck Sinatra, commence.

— Eh, ce n'est pas ce que j'ai demandé ! lance-t-il au propriétaire.

— Je sais, tous les disques sont tombés quand je l'ai réparé il y a quelques années, mon vieux. Maintenant, c'est le hasard. C'est comme d'appuyer sur « random ».

Les ouvriers échangent des regards goguenards. Ils diront à tout le monde d'éviter ce petit rade bizarre lorsqu'ils retourneront au chantier.

Alors que le premier couplet commence, Dan décide de chanter dans une voix de baryton ridicule.

— *Regrets, I have a few…*

Sam se bouche les oreilles et Emma l'imite aussitôt, bientôt suivie par Dan lui-même, ce qui ne manque pas de faire rire mon fils.

— J'ai trois grands regrets, avoue Dan d'une voix pâteuse.

Emma lève les yeux vers lui.

— Je regrette d'avoir demandé une N64 au lieu d'une PlayStation à Noël 1996. De ne pas être allé à la fac… Les Beaux-Arts, c'est une école de branleurs. Et de ne pas avoir acheté cet exemplaire absolument nickel de *Drill*, de Radiohead, que j'avais vu à cinquante pence. C'est tout.

Il lève son verre et prend une copieuse gorgée.

— Alex ? ajoute-t-il.

— Quoi ?

— Des regrets ?

Je ne veux pas parler de ça maintenant, un samedi après-midi, avec Sam à côté de moi et tout le monde bourré.

— Oh là là, Dan, tu as combien de temps devant toi ?

— Jusqu'à la fermeture.

— Alors, ça ne suffira pas. Emma ?

Elle se balance en réfléchissant. Sam se lève et s'approche de la machine à paris à côté de Sid. J'attends avec impatience la réponse d'Emma.

— Eh bien, il y a cette histoire du *Roi Lion*, dit-elle avec un haussement d'épaules. La semaine où George est mort, maman était censée m'amener le voir au cinéma. Toutes mes amies y étaient déjà allées, tout le monde en parlait. Je voulais en être. Mais ça ne s'est jamais fait. Je n'arrivais pas à tourner la page, je ne sais pas pourquoi. J'étais vraiment en colère contre maman. Je regrette d'avoir été horrible, une vraie petite fille gâtée. Et je ne l'ai toujours pas vu.

Elle se redresse d'un coup, comme consciente d'en avoir trop dit, et rit avec gêne.

— Et, euh… reprend-elle d'un ton plus gai. Je regrette vraiment de ne pas être allée en Amérique du Sud. Le Brésil, l'Argentine, le Pérou… J'en avais envie, mais je ne l'ai pas fait. J'aurais dû… j'aurais dû.

Elle donne un grand coup sur la table et attrape son téléphone d'un geste théâtral.

— Je vais chercher des vols, déclare-t-elle. Merde, à la fin.

— Tu es sérieuse ? demande Dan d'une voix chancelante.

Je vois au fond de ses yeux une émotion que je n'y avais jamais lue. De la terreur. Une vraie terreur qui s'allume, mais qu'il masque avec expertise. Il sourit et serre son verre dans sa main, comme pour examiner son contenu. Je regarde le téléphone d'Emma et aperçois un appel manqué. Je reconnais le numéro, c'est celui de maman. Avant que j'aie pu dire quoi que ce soit, Emma a ouvert le moteur de recherche et tape « vols pour le Brésil ».

Alors, je vois que quelque chose se passe à l'autre bout de la pièce. Un truc vraiment incroyable. J'ai besoin d'une autre paire d'yeux pour confirmer que je ne rêve pas. Je me tourne vers Dan, qui s'arrache à la contemplation d'Emma pour me regarder. D'un geste, je désigne le coin du pub. Il pivote lentement et reste bouche bée.

Sam est assis en face de Sid, et ils jouent aux échecs.

Le duo est parfaitement silencieux, Sid les yeux baissés vers la table, Sam tourné vers la petite fenêtre à côté de lui. Ils jouent à gestes rapides, sans un mot, étudiant le plateau à tour de rôle.

Nous ne sommes pas les seuls à avoir vu. Le barman se tient debout avec un verre et un torchon dans les mains, pétrifié. Et c'est là que je remarque enfin un détail à propos de Sid : pendant qu'il réfléchit, il se tapote l'oreille d'un geste constant, presque rythmique. Et bien sûr, je sais ce que c'est, ce qui se passe, et je suis presque étonné de n'avoir pas compris plus tôt. Il est autiste. Évidemment. Ce tapotement… J'ai lu que les autistes ont tendance à s'autostimuler en battant des bras, en émettant des sons répétitifs, ou en se touchant le visage. Simplement, j'avais toujours associé l'autisme aux enfants. Quel idiot ! Ce pauvre homme a sans doute été stigmatisé toute sa vie. Et dire que Jody et moi, on était en colère qu'il ait fallu deux ans aux psychologues scolaires pour diagnostiquer Sam. Ce monsieur, il n'a toujours pas de diagnostic…

— Ah, finit par dire Dan. Il veut bien jouer avec quelqu'un, à condition qu'on ne lui parle pas.

— Je peux comprendre, commente Emma.

La partie ne dure que cinq minutes. Sid est bien trop fort pour Sam. En même pas une vingtaine de mouvements, il a pris à Sam ses tours, un cavalier et la reine. Peu après, Sam doit coucher son roi, et ensuite, toujours sans parler, les deux adversaires remettent leurs pièces en place. Sam se lève et s'approche de nous. Il attrape une poignée de chips et se rassied. Dan et moi le dévisageons, stupéfaits.

— Quoi ? demande-t-il la bouche pleine. Mais quoi ?

— Bon, dis-je. C'est l'heure d'aller chez Olivia.

Sur le chemin du retour vers l'appartement, avec le vent qui nous pousse dans le dos sur le trottoir glissant, Sam est joyeux, bavard. Il est bien plus en forme que je ne l'ai vu depuis l'apocalypse de *Minecraft*.

— Est-ce que Tata Emma va encore prendre l'avion ?

— On dirait bien.

— Je peux y aller aussi ?

— Non.

— Pourquoi ?

— Parce qu'elle ne revient pas.

— Pourquoi elle s'en va ?

— Parce qu'elle en a marre d'ici, je pense.

— Et toi, est-ce que tu en as marre d'ici ?

— Ça m'arrive parfois.

— Tu prends l'avion ?

— Non.

— Pourquoi ?

— Parce que je vous ai, maman et toi, et que vous me manqueriez.

Il réfléchit à tout ça alors que nous tournons dans la rue de Dan et apercevons les immeubles d'habitation en retrait du trottoir, chacun équipé de son parking bien ordonné. Je suis soudain frappé par le fait que les promoteurs ont remplacé un espace industriel par un autre. Ces nouveaux entrepôts ne servent pas à ranger des marchandises, mais des humains. Il faut que je parte d'ici le plus vite possible.

— Pourquoi est-ce qu'Emma est revenue ? demande Sam.

Il me faut un moment pour m'arracher à mes pensées et capter sa question.

— Qu'est-ce que tu veux dire ?

— Si elle aime prendre l'avion et aller dans des nouveaux endroits, pourquoi elle est revenue ?

— Je ne sais pas. J'ai cru qu'elle voulait voir mamie, mais non. J'imagine qu'elle est venue pour trouver la réponse à une question, et maintenant que c'est fait, elle peut repartir.

— Je ne comprends pas ce que ça veut dire.

— Moi non plus, Sam.

Nous arrivons devant chez Dan, traversons le parking et montons à bord de notre vieux break, qui semble comme une anomalie embarrassante au milieu des BMW lustrées, des Audi, des Mini Cooper et de la Porsche rutilante de Dan. Rebelote lorsque nous nous garons chez Olivia, derrière la Range Rover de la famille, qui se dresse au-dessus de nous alors que nous sortons de voiture. Je suis bien obligé de remarquer que leur véhicule n'a pas de moisissure autour des vitres.

À peine Sam a-t-il appuyé sur la sonnette qu'Olivia est là, ouvrant la porte en grand.

— Sam, hurle-t-elle, monte !

Ils disparaissent dans la maison. Ne sachant pas trop ce qu'il est poli ou non de faire, je m'approche à pas lents sur l'allée qui mène à l'imposante porte en bois, et passe la tête.

— Bonjour, dit Prudence, l'air plus autoritaire que jamais dans un blazer en tweed vert foncé et un pull à col montant.

— Entre !

À contrecœur, je pénètre dans l'entrée et passe devant un large escalier ainsi qu'un guéridon en chêne, qui chez nous serait couvert de clefs, de courrier encore cacheté et de tasses sales, mais qui ici est impeccablement rangé, et orné deux vases onéreux. Le parquet est en chêne verni. Les murs sont peints d'une nuance de vert olive très british.

— Je te propose un thé ? demande Prudence.

Oh non, par pitié. Je voudrais repartir d'ici le plus vite possible sans rien casser, renverser, ou pire devoir parler à son mari, un compositeur classique sorti de Cambridge, et qui, d'après Jody, ressemble à Doc Brown dans *Retour vers le Futur*, en plus excentrique. J'entends courir à l'étage, puis le bruit d'enfants qui sautent sur un lit.

— Non merci. Je ferais mieux de filer, si ça te convient ?

— Oui, c'est parfait, répond-elle avec ce que je perçois comme du soulagement. Désolée, c'est un peu le chaos dans la maison, on a des ouvriers qui font une extension dans la cuisine. Un vrai bazar.

Je jette un coup d'œil autour de moi, puis en direction de la cuisine, au bout du couloir. Aucun signe de bazar ni d'ouvriers.

À cet instant précis, j'entends Sam s'exclamer : « Non, je ne veux pas ! », puis un cri strident. Je regarde Prudence, l'angoisse se lit sur son visage. Je m'élance vers l'escalier, mais elle me dépasse en me bousculant et monte les marches quatre à quatre. En haut se dresse Harry, le frère d'Olivia.

— Sam a jeté une manette à Olivia ! crie-t-il.

Olivia sort alors de l'une des chambres, penaude, une main sur la tête. Lorsqu'elle l'écarte, on voit du sang couler sur ses cheveux blonds bien peignés.

— Ça va, maman, chuchote-t-elle.

— Olivia ! s'écrie Prudence.

— Sam ! dis-je en même temps.

Il est dans une chambre, celle d'Olivia si j'en crois les poupées qui jonchent le sol et le poster des One Direction sur le mur. Au bout d'un grand lit en fer forgé trône une télé à écran plat, où s'affiche *Minecraft*. Sam est roulé en boule sur la couette, la tête cachée dans les bras.

— Sam, qu'est-ce qui t'a pris ?

— Elle voulait que je joue à *Minecraft,* mais je ne veux pas, je ne veux pas ! Parce que c'est lui qui a cassé mon château ! Et maintenant, ce n'est plus chez moi !

Je n'écoute pas. Je le soulève du lit. Il tente de s'accrocher aux draps, mais je les lui arrache des mains.

— Viens t'excuser.

Je le tire hors de la chambre, et trouve Olivia et sa mère dans la salle de bains. Prudence applique une serviette mouillée sur le crâne de sa fille tout en lui caressant les cheveux.

— Je suis vraiment désolé. Elle va bien ?

— Elle a une vilaine plaie, répond Prudence d'un ton accusateur plutôt enfantin.

— Excuse-toi, dis-je à Sam.

Mais il se tient affalé, abattu, secoué de sanglots.

— Je devrais peut-être le ramener à la maison…

— Non, proteste Olivia. C'était un accident. Il n'a pas fait exprès. Non, maman.

Mais Prudence lève les yeux avec une fureur à peine dissimulée, c'est son instinct protecteur qui parle.

— Ce serait mieux, en effet, siffle-t-elle.

— Viens, dis-je à Sam.

D'un côté, je sais que je devrais me montrer protecteur, moi aussi. Il a lancé la manette dans un geste de rage, et je ne pense pas qu'il ait eu l'intention d'atteindre Olivia. Mais je suis mal à l'aise, stressé, en colère… débordant d'une adrénaline bouillonnante. Ce tourbillon d'émotions si familier. Toujours la même histoire.

Me voilà à l'attraper par le bras, le traînant autant que je le guide dans l'escalier à ma suite. Nous passons la porte et nous retrouvons dans la rue.

— Il faut toujours que tu fasses tout foirer ! Merde !

Je ne me suis pas retenu de crier. Le froid me gifle, mais j'en suis à peine conscient. Je me dirige vers la voiture comme un zombie. J'ouvre la portière passager d'un geste brutal et le fourre sur son siège avant de passer de mon côté à grands pas excédés. Lorsque je prends place à mon tour, toujours furieux, je le regarde, prêt à laisser de nouveau s'exprimer ma colère. Mais tout s'arrête. Je le vois se battre avec la ceinture de sécurité, les mains tremblantes alors qu'il tire le tissu griffé. Et mon cœur se brise. Je suis accablé par la culpabilité. C'est comme une rivière en crue.

— J'aurais voulu une invitation qui ne se termine pas comme ça, dis-je à voix basse, comme pour moi-même. Une seule. Tu comprends, Sam ?

— J'ai faim, répond-il.

— D'accord. Mais est-ce que tu comprends pourquoi papa s'est énervé ?

— Elle est où, maman ?

— Je ne sais pas, Sam. Je ne sais pas.

Arrivé chez Dan, je me gare et coupe le contact. Je me tourne vers Sam pour lui toucher l'épaule. Parfois, ce geste le fait reculer, mais aujourd'hui il pose une main sur la mienne.

— Je suis désolé. Désolé d'avoir crié et dit un vilain mot.

— Tu as dit le mot de cinq lettres. Je crois que c'est le pire de tous. C'est pire que « caca » ou « pipi ».

— Je sais, je sais. Je suis désolé. Je t'aime, Sam.

Nous restons encore un moment dans la voiture.

— J'ai faim, répète-t-il.

Chapitre 28

Cette nuit-là, Sam dort avec moi chez Dan. Je lui installe un petit lit par terre à côté du mien, avec des coussins, des sacs de couchage et des couettes. Je m'allonge à côté de lui et nous passons un moment à suivre des avions au hasard sur l'application.

— Au fait, ton billet pour la compétition de *Minecraft* est arrivé. Tu veux le voir ?

C'est vraiment désespéré, comme choix de conversation. Une tentative pathétique de susciter une étincelle d'intérêt. Il secoue la tête et reporte son attention sur le téléphone.

— La capacité maximale d'un Boeing 747 est de six cent soixante personnes.

Peut-être que ce n'est pas le bon moment. Peut-être que c'est fini.

Le lendemain matin, je le ramène à la maison, où j'ai l'occasion de m'offrir une nouvelle transmission pénible et silencieuse avec Jody. J'imagine que dans quelque temps, ces passages de relais ressembleront aux échanges qu'on voit dans les films d'espionnage américains. On se retrouvera dans des parkings souterrains ou des propriétés de campagne isolées.

— Tu as l'enfant ?

— Oui, tu es seul ?

— Oui.

— Tu as apporté l'argent en billets non marqués et qui ne se suivent pas ?

Au lieu de retourner directement à l'appartement, je décide de me promener en voiture dans l'ambiance tranquille des rues au matin. Je me dirige vers l'énorme rond-point de Bedminster Bridge, avec sa masse d'entrées et de sorties, avant de suivre le fleuve, dépassant la station Temple Meads en direction de Totterdown. Il y avait un pub dans ce coin, que Dan et moi fréquentions autrefois, avec du linoléum et des néons. Le décor lugubre était rattrapé par le merveilleux juke-box qui regorgeait de reggae et de punk. Il ne reste plus que des appartements, maintenant. Ça me fait penser au café, notre café, et au sort qui l'attend. Absorbé par l'insatiable boom immobilier.

C'est étonnant, le peu de contrôle que l'on a sur sa vie, quand on y pense. En théorie, je pourrais continuer à rouler, prendre la M32, la M5, la M6. Je pourrais être en Écosse ce soir. Mais évidemment, ça ne va pas se produire. La famille, les responsabilités, la peur, l'horrible réalité de la nourriture dans les stations-service. C'est plus facile d'accepter son rôle de passager et de se contenter de regarder le paysage défiler par la fenêtre. Les années passent comme le bord d'une route.

Je reprends la direction de Bedminster, par les tortueuses ruelles victoriennes, tellement envahies de voitures en stationnement qu'il faut se traîner au pas en croisant les doigts pour qu'aucun véhicule n'arrive en sens inverse. Le moment est venu de prendre une grande décision. Quel qu'en soit le sujet. Je regarde mon téléphone posé sur le siège passager. Encore un appel manqué de ma mère. C'est ça. Il faut que je les réunisse, Emma et elle. Je dois l'inviter à Bristol, les attirer dans la même pièce, les forcer à se parler. Régler le problème. Une fois pour toutes. Peut-être que là, au moins, je peux apporter une solution.

De retour à l'appartement, je trouve Emma affalée sur le canapé, un iPad sur les genoux, de la musique à fond dans les enceintes Bluetooth de Dan. Dès qu'elle me voit, elle se jette sur la télécommande et baisse le son avant de couper carrément. Sur le sol, ses habits sont empilés par catégories : jupes, jeans, hauts, robes. Elle a l'air prise en faute.

— Salut, Alex. Ça va ? Tu faisais quoi ?

— J'ai déposé Sam, et je me suis un peu baladé en rentrant, dis-je en tentant de déchiffrer son humeur.

— Ah, super.

L'atmosphère est vraiment bizarre. J'entends le frigo qui vibre, la télé dans un autre appartement, à l'étage au-dessus.

— Je réfléchissais, reprends-je. Je pourrais peut-être inviter maman à Bristol, peut-être en début d'année. Lui louer une chambre d'hôtel sympa, lui faire redécouvrir la ville. Ça vous donnerait l'occasion de parler, toutes les deux, peut-être ?

— Oh, dit-elle.

— Quoi ?

— Alex…

On entend la porte d'entrée s'ouvrir et se refermer. C'est Dan, vêtu d'une grosse parka et d'un jean moulant, un sac de courses à la main pour le petit déjeuner.

— Pile à l'heure, mec ! Thé et toasts au bacon !

Mais je n'écoute pas.

— Quoi, Emma ? Qu'est-ce qu'il y a ?

Dan reste planté sur le seuil du salon, conscient d'avoir interrompu une scène particulière.

— J'ai réservé un vol pour Rio. Je pars dans trois semaines. Ensuite je vais au Pérou, et j'enchaîne avec le Mexique. Après, je ne sais pas.

— Tu t'en vas ? demande Dan avec un désarroi enfantin.

— Oui. Désolée, j'aurais dû vous prévenir. Je ne me sens pas à ma place ici.

— C'est sûr, en trois mois, tu as eu le temps de faire le tour de la question ! dis-je.

— Alex…

— Mais quoi, Emma, bordel ?

Dan pose son sac plastique sur le plan de travail du coin cuisine et enlève son manteau. Il regarde la pièce comme s'il avait perdu quelque chose, puis s'éloigne.

— Et maman ? Tu ne penses pas que tu devrais la voir, au moins ?

— Pourquoi, Alex ?

— Pourquoi ? Parce que tu lui as à peine adressé la parole en huit ans ! Et liker ses photos sur Facebook, ça ne compte pas !

— Je sais ! Je sais bien ! Mais je n'ai pas la force.

Elle pivote sur le canapé pour me tourner le dos et regarder par la fenêtre. Elle fuit, une fois de plus. Je m'approche et reste debout juste à côté d'elle.

— Emma, qu'est-ce qui se passe, bordel ? Pourquoi tu ne veux pas lui parler ? Pourquoi tu ne veux pas la voir ?

Soudain, elle lève le visage vers moi, les joues rouges, les yeux brillants de douleur.

— Parce qu'il m'est arrivé quelque chose, Alex !

Elle se tait un moment et tente de reprendre contenance.

— L'année dernière, j'ai rencontré un garçon. Rien de sérieux. Mais on a pris un risque débile, et bien sûr, j'ai eu du retard… beaucoup de retard. J'ai fait un test de grossesse, et là, je me suis retrouvée dans la merde. Je suis restée dans le brouillard deux semaines. Je ne savais pas quelle décision prendre. Mais pour finir, je n'ai pas eu besoin de choisir. J'ai perdu le bébé. Ça aurait dû être un immense soulagement. Je veux dire, je vivais dans une cabane sur une plage, tu imagines ? Je suis allée à l'hôpital, ils m'ont examinée et je leur ai dit que c'était mieux comme ça, et que j'allais bien. Sauf que quand je suis rentrée chez moi, j'ai pleuré pendant deux jours. Tout ce que je voulais, c'était maman. Je voulais que ma maman s'occupe de moi. Ça m'a fait penser à tout ce qu'elle avait enduré, et je m'en suis voulu à mort d'être partie, d'avoir été aussi égoïste. Je ne m'en étais pas rendu compte.

Je ne m'étais rendu compte de rien. Il fallait que je rentre, que je la voie, que je m'excuse de l'avoir lâchée et de lui avoir rendu les choses encore plus difficiles. Mais maintenant que je suis là, je n'y arrive pas.

— Pourquoi ? Elle comprendra. Elle ne va pas te reprocher de ne pas être venue la voir plus souvent.

— Oh, Alex, ce n'est pas ça…

— C'est quoi, alors ? Qu'est-ce qui rend ça si difficile ?

— Je sais ce qui va se passer. On va parler de la pluie et du beau temps d'un air gêné, en évitant tous les sujets qui fâchent. Depuis vingt ans, on ne fait que ça ! Et moi, je veux qu'elle me parle. Mais on ne parle de rien, dans cette famille – ou du moins ce qu'il en reste.

Sur ces mots, elle se lève et se dirige vers la porte. Dan apparaît dans le couloir. Bien sûr, il a entendu chaque mot de la conversation. Il reste pétrifié, sur la route d'Emma, avec une expression de surprise et d'horreur semblable à celle de quelqu'un qui aurait été identifié à tort dans une ligne de suspects. Il hésite à lui bloquer le passage. Il ouvre la bouche pour parler mais rien ne sort. Pour finir, il s'écarte sans un mot. Et elle se retourne.

— Personne ne dit jamais rien !

Elle secoue la tête, écarte la porte comme une furie, et la claque si fort derrière elle que le bâtiment semble trembler.

Dan et moi demeurons comme paralysés, face à face, bouche bée.

— Elle a fait une fausse couche… dis-je. Elle a vécu des trucs dont on n'avait même pas idée.

Je me laisse tomber sur le canapé. Dan me rejoint et s'affale contre le dossier. Nous passons un long moment sans parler.

— J'aurais dû lui dire ce que je ressentais. Ce que je ressens. J'ai vraiment été trop con. Avant qu'elle parte, la première fois, je lui ai écrit une lettre. Je suis resté debout toute la nuit à lui écrire sur mon ordinateur pour lui demander de ne pas partir. Exprimer tout ce que j'étais incapable de lui dire en face. Je ne voulais pas qu'elle se moque de moi. J'ai mis tout mon cœur dans cette lettre. J'ai même vérifié l'orthographe. Je l'ai imprimée, mise dans une enveloppe, et j'ai collé un timbre. Mais je ne l'ai pas postée. J'ai pensé que ce n'était pas important pour elle, avec tout ce qui se passait dans sa vie. De quel droit je lui aurais révélé mes sentiments ? Qu'est-ce que ça pouvait lui faire ? Et c'est exactement pareil maintenant.

Je me tourne lentement vers lui.

— C'était important, espèce de crétin. Et ça l'est toujours. S'il y a bien une personne capable de l'atteindre, c'est toi. Merde, il faut qu'on arrête de se comporter en passagers de notre vie ! Il faut que, je ne sais pas, qu'on attrape le conducteur et qu'on lui colle un pain pour voler la voiture.

Il réfléchit une seconde avant de me passer un bras autour des épaules.

— Je n'aurais pas dû te laisser jouer à *Grand Theft Auto*, déclare-t-il.

Chapitre 29

Il fait déjà nuit lorsque je vais chercher Sam à l'école. Nous ne parlons pas tellement sur le chemin de la maison. Maintenant que nous n'avons plus *Minecraft*, je suis de nouveau coincé avec les vieux sujets de conversation : « Comment s'est passée ta journée ? Des événements particuliers ? Tout le monde a été gentil ? » Il ne répond pas ou me renvoie la question. Je sais que Sam réagit à nos humeurs, qu'il se montre distant et nerveux, même quand il ne comprend pas ce qui se trame. Voire encore plus quand il ne comprend pas ce qui se trame. Depuis le diagnostic de Sam, je me suis parfois demandé si j'étais moi aussi atteint d'autisme. C'est peut-être la raison pour laquelle je n'ai pas été capable de surmonter la mort de George. Ni rien d'autre, à bien y penser. Arrivés à la maison, nous montons l'escalier d'un pas lourd et nous asseyons sur le lit, moroses et isolés l'un de l'autre.

Mais soudain, je prends conscience que je ne suis pas prêt à revenir en arrière. Je ne me contenterai pas de ce que j'ai là. Toutes les heures qu'on a passées ensemble dans ce jeu, à partager la même aventure, elles ont un sens. Elles nous ont transformés. J'ai découvert quelque chose à son sujet, quelque chose de vrai et d'important. Il est intelligent, créatif et plein de ressources. Nous sommes allés trop loin pour retomber dans la vieille routine.

Je ramasse donc la manette de la Xbox par terre, et allume la console. Peut-être que je ne peux pas donner envie à Sam de construire un autre projet, mais je me dis que si je me mets à jouer devant lui, il sera assez possessif avec ses affaires pour s'intéresser.

Le jeu se charge. Je trouve Le Monde de Sam et Papa dans le menu et le sélectionne. La machine vrombit, et je repense au jour où nous avons créé ce dossier, cet univers tout entier. Combien nous étions excités et connectés l'un à l'autre. Je lève la tête, mais son visage est caché derrière un gros livre. Je me tourne donc vers l'écran, animé d'une détermination nouvelle.

Il règne un calme trompeur. La mélodie du piano, lente et posée, crée une ambiance paisible. Le soleil est haut, et le long de la ligne de crête je vois les moutons se rassembler en troupeaux. Devant moi se dressent les ruines du château, plus pathétiques que jamais, les fondations écroulées presque enfouies dans l'herbe, comme les vestiges d'une abbaye ancienne. Je pourrais essayer de le reconstruire, mais cela me demanderait un nombre d'heures considérables, et ce n'est pas ce travail en lui-même qui importe. Alors, que faire ? Que tenter ?

Et c'est là, alors que je me dirige vers la façade pour vérifier que le coffre au trésor est toujours là, qu'un message apparaît sur l'écran. Olivia m'a rejoint dans le jeu. Pour commencer, je ne la vois pas, mais elle finit par émerger d'un bosquet d'arbres endommagés. Je ne porte pas le casque, et sa voix sonne, claire et forte, par le haut-parleur de la télévision.

— Sam ?

Je me tourne vers lui, m'autorisant une lueur d'espoir, mais encore une fois il ne répond pas. Avec un haussement d'épaules, je fais de nouveau face à l'écran.

— Non, c'est son papa. Bonjour, Olivia.

— Ah, bonjour.

Elle passe devant moi pour s'approcher de l'édifice, et lève la tête pour mieux l'examiner. Elle observe ensuite le premier niveau, comme dans une évaluation informelle.

— Est-ce que Sam est là ?

— Oui, mais il est en train de lire.

— Ça fait une éternité qu'on l'attend.

— Oh, quel dommage… Il n'a plus envie de jouer, malheureusement.

— On voudrait s'excuser.

— Je sais, c'est très gentil, Olivia. Il sait que ce n'est pas votre faute. Mais je lui dirai.

— Non. On ne veut pas lui dire, on veut lui montrer.

Et un autre nom s'affiche sur l'écran, celui d'un garçon. Il arrive, sortant du même coin qu'Olivia. Il porte un drôle de costume, dans le genre superhéros. Il me jette un coup d'œil, m'adresse un signe de tête, puis se dirige d'un pas déterminé vers Olivia. J'entends un faible bruit, comme s'ils faisaient des messes basses.

— C'est mon frère Harry, finit par expliquer Olivia.

Harry passe près de moi et s'éloigne en direction des montagnes, une pioche à la main. Pendant ce temps, Olivia ramasse les débris des clôtures de notre ferme.

— Qu'est-ce que tu fais ?

— Je mets de l'ordre. Attends.

Des bribes de voix se font entendre dans le lointain… La conversation est éthérée, presque fantomatique. Je me demande si elle parle à ses parents, ou si elle s'ennuie et s'apprête à partir. Harry est hors de vue. Fatigué et frustré, je suis sur le point d'éteindre, lorsque deux nouveaux messages s'affichent : *BatBOY03 a rejoint la partie. PoTTer45 a rejoint la partie.* Puis deux autres noms, trois peut-être, qui disparaissent trop vite pour que je les lise. Je m'écarte du bâtiment sans trop savoir ce qui se passe, ni ce que je dois faire. Ils ne sont quand même pas revenus finir leur démolition ?! À quoi ça servirait ? Mais je les vois sortir à leur tour du couvert des arbres, une petite bande de personnages vêtus de couleurs vives, comme dans une animation Disney. Armés de haches, certains prennent la direction des montagnes, mais la plupart avancent vers la plage, de l'autre côté du château.

— Qu'est-ce qui se passe ?

Personne ne répond. Sam est toujours plongé dans son livre, mais je remarque qu'il a cessé de tourner les pages. Il a entendu les notifications. Il sait qu'il y a désormais plusieurs enfants. Je sens la colère monter. Comment peuvent-ils ? J'attrape mon téléphone. Je vais demander aux parents d'Olivia s'ils ne peuvent pas surveiller leurs gosses !

Mais les revoilà. Ils se regroupent. La musique augmente doucement jusqu'à former un magnifique crescendo.

— Parfait, déclare le frère d'Olivia. Au travail !

Un tourbillon d'activité. Ils traversent l'immeuble en ruines dans toutes les directions avec une synchronisation sans faille.

Une équipe de construction.

Les blocs commencent à apparaître en rangées bien nettes, reprenant les lignes originales du bâtiment. La même combinaison de pavés et de grès, une couche après l'autre. Ils vont vite, mais ne manquent ni de précision, ni de sens artistique. Les personnages sautent sur les murs pour ajouter un bloc à la fois, comme dans une étrange colonie d'insectes bâtisseurs. Malgré leur silence, ils sont en harmonie.

— Sam… dis-je à voix basse.

À leurs pieds, devant le château, Olivia reconstruit la ferme. Elle a remonté les clôtures et remis des grilles. Les enclos ont exactement la même taille qu'autrefois, les dimensions respectées. Celles que Sam avait choisies et que j'avais suivies.

— Sam.

Entre les murs, les parquets de chêne sont en train d'être posés. Ils partent de différents points et avancent peu à peu dans le squelette de l'édifice, qui reprend de la vigueur. Il n'y a pas encore de fenêtres, mais l'équipe parvient à estimer leurs emplacements, et laisse des espaces vides.

— Je ne suis pas sûr de la forme des fenêtres, dit une voix.

— Laisse-les comme ça en attendant, répond quelqu'un. Sam saura.

C'est la mention de son nom par un autre garçon qui capte enfin l'attention de Sam. Il pose son livre sur le lit et regarde l'écran, sourcils froncés, d'abord incapable de saisir ce qui se passe. Il s'approche du téléviseur et se frotte les yeux.

Les tours se dressent de nouveau dans le ciel. Chacune d'entre elles, à tous les coins. Un peu plus hautes que le toit principal. Elles ne sont pas parfaites, trop étroites d'un bloc, mais c'est déjà pas mal. Suffisant pour comprendre l'intention.

— Ils reconstruisent, dis-je. Ils réparent les dégâts.

— Sam ? appelle Harry. Sam, tu es là ?

Je lui tends le casque. Il le prend d'un air penaud et place le micro devant sa bouche.

— Ça ne va pas tout à fait, explique-t-il. La tour fait huit de large. C'est huit.

— Désolé. Jay, les tours font huit de large, imbécile.

Aussitôt, l'un des personnages se précipite pour remodeler les tours en ajoutant un bloc. Dehors, Olivia est déjà passée à l'étable. Elle monte les grossiers murs de pierre. Sans un mot, Sam me prend doucement la manette et s'approche de l'écran. Il se dirige vers Olivia.

— Je ne me souviens plus… dit-elle.

— Dix de large, huit de haut, répond-il. Je vais t'aider.

Bordel, me voilà en train de sourire comme un gamin en le regardant s'avancer vers le mur pour mettre la main à la pâte. La musique s'envole de nouveau, vibrante, émouvante…

Je me mords la lèvre. Une main sur l'épaule de Sam, je le vois travailler, déjà totalement absorbé par sa tâche. Et les autres enfants bâtissent autour de lui. La silhouette du château se découpe dans un ciel sans nuages.

— On a besoin de ton aide, dit quelqu'un à Sam.

— Je sais où étaient les fenêtres, répond-il. Je peux vous montrer.

— Oui, s'il te plaît, Sam.

Le voilà sur les échafaudages, à diriger les ouvriers. Les fenêtres sont en forme de croix, trois par étage. En une heure – peut-être plus, je ne sais pas – l'édifice est presque achevé. Le château que nous avons construit, puis reconstruit ensemble. L'un des garçons a commencé à semer de l'avoine. Bientôt ils pourront l'utiliser pour attirer des vaches et des moutons. La ferme reprendra vie.

Vie.

Sam rit et bavarde. Parfois, il s'embrouille, bafouille, laisse une phrase en suspens. Mais personne ne le reprend. Ils comprennent. Ils sont venus réparer leurs torts, mais à présent, ils apprennent. Sam fabrique un fourneau pour fondre du verre. Il leur montre la cachette du coffre. Leur dit qu'on peut accrocher des tableaux et monter une bibliothèque avec une table d'enchantement au milieu, qui donnera à leurs armes et armures des pouvoirs magiques. Ensuite, ils peuvent utiliser des redstones pour faire des portes coulissantes et pièces secrètes. Car il a tout lu à ce sujet, dans les livres et les magazines qui jonchent le sol de sa chambre, dans le guide de *Minecraft* que j'ai acheté il y a longtemps.

Quand tout est terminé, les enfants s'écartent pour admirer l'édifice. Il est encore plus beau qu'autrefois, avec des fondations de pierre sous les clôtures pour les rehausser, et un portail ouvragé. À l'intérieur, ils ont ajouté quatre lits à baldaquin, des chandeliers et de vastes cheminées. Pendant un moment, ils restent à discuter de projets futurs, comme une bande de vieux architectes pédants et chiants comme la pluie.

— On a un plan, annonce quelqu'un. Tu as déjà entendu parler du Dragon de l'Ender ?

— Oui ! s'écrie Sam, tout excité. Il habite à la fin du jeu. C'est très difficile de l'atteindre. Il vit dans une grande caverne.

— On va lui mettre la pâtée, déclare Olivia. Tu veux venir ? Allez, dis oui, tu es le meilleur !

— Oui, Sam, viens, s'il te plaît.

— Il nous faut des arcs et des flèches, répond-il d'une voix lente. Il nous faut des diamants et beaucoup de fer pour fabriquer les armures.

— Oui ! Oui ! s'écrient en chœur les autres joueurs.

Pris par l'excitation, le frisson enfantin de l'aventure, je donne un petit coup de coude à Sam.

— Allez, Sam, on va y arriver. J'ai lu des choses sur le Nether, comment trouver les bons ingrédients, comment suivre la Perle du Néant jusqu'au bout. Je peux creuser pour rapporter de l'obsidienne, et pendant ce temps tu...

Il me pose une main sur le genou avec douceur. Au début, je crois qu'il va accepter, me laisser entrer, mais je prends conscience avec incrédulité qu'il essaie juste de se montrer conciliant.

— Ça va aller, papa. Ça va aller, merci.

— Faisons une réunion dans la grande salle ! propose Olivia.

— Bonne idée ! renchérit quelqu'un.

À ces mots, les enfants se secouent et s'élancent à travers le château, montent un escalier tout neuf aux marches de pierre polies, jusqu'à une pièce éclairée d'une rangée de torches. Mais je me sens loin, comme si la porte venait de se refermer. Sam bafouille dans le micro, seul avec sa tribu d'assistants, sa nouvelle armée. Je me lève lentement et m'arrête.

J'attends, j'ai tellement envie de l'entendre dire : « Ne pars pas, j'ai besoin de toi. » Je ne peux m'empêcher de repenser à toutes ces soirées que nous avons passées à construire le château ensemble. Parfois, je m'allongeais près de lui dans son lit et nous lisions le guide de *Minecraft* en projetant nos prochaines excursions.

Quand on parlait de la vie de parents avec Matt, il disait que lorsque les enfants grandissent, ils s'éloignent de façon si graduelle et discrète qu'on s'en rend à peine compte. Et puis ils deviennent eux-mêmes et cessent d'avoir besoin de vous. Jody et moi, nous n'étions pas trop certains que ça se produise un jour avec Sam.

Mais dans ce monde que nous avons créé, alors que la nuit tombe enfin, j'assiste tout de même à ce processus. C'est étrange, subit, comme si les doigts de mon enfant échappaient à ma main, et que soudain plus rien ne nous liait. Et c'est comme ça. C'est ce qu'on espère, et ce qu'on espère parvenir à supporter. Il faut lâcher prise.

Je me souviens qu'une fois, ma mère m'avait amené avec George dans un grand parc de jeux, je ne sais plus trop où. Peut-être qu'on était en visite dans de la famille. Ma mère était assise sur un banc avec un magazine, et George s'était précipité vers un filet d'escalade, moi sur les talons comme d'habitude. On se balançait sur les barres. L'un d'entre nous essayait de rester suspendu le plus longtemps possible, pendant que l'autre le tirait par les jambes. On n'arrêtait pas de tomber, et de se retrouver emmêlés par terre, écroulés de rire. Puis on a décidé de jouer à cache-cache, alors je me suis de nouveau accroché aux barres, les yeux fermés pour compter pendant que George filait.

Lorsque je les ai rouverts, j'ai découvert avec un sursaut que trois garçons plus grands s'étaient massés autour de moi. Ils avaient les cheveux très courts, comme des skinheads, et leur visage bouffi se rapprochait de moi avec un air malveillant. Puis, très vite, l'un d'eux m'a donné un coup de poing dans le ventre. Ils ont éclaté de rire en me voyant tomber. Un autre se préparait à me flanquer un coup de pied. Je me suis roulé en boule, la tête dans les bras. Mais le coup n'est jamais arrivé. J'ai entendu un bruit, comme une gifle, et lorsque j'ai levé les yeux j'ai vu George en train de frapper celui qui m'avait cogné. Mon frère était effrayant, le visage déformé par la rage. Il tapait sans s'arrêter, la bave aux lèvres. Les deux autres garçons se sont enfuis, abandonnant leur copain à son sort, mais alors ma mère a levé le nez de son magazine et découvert George penché sur sa victime terrifiée.

— Arrête ! Arrête ça tout de suite !

Le garçon a profité de l'inattention de George pour s'enfuir en boitant, le nez morveux.

Maman a hurlé sur George pendant dix bonnes minutes, affirmant que ce n'était pas aux enfants de régler ça sans un adulte. Mais alors qu'elle s'époumonait, je me suis blotti contre mon frère, et je lui ai pris la main dans notre dos. On s'est regardés, et soudain, on savait. On savait quelque chose de très important. C'était notre maman, nous l'aimions, et nous étions bien décidés à toujours l'écouter. Mais il y aurait des moments, comme ce jour-là, où on devrait se débrouiller seuls.

À présent, je comprends autre chose, une vérité tellement évidente que j'ai presque envie de rire. La raison pour laquelle elle était tellement en colère, c'est qu'elle le savait, elle aussi.

Chapitre 30

Les jours passent, et je me sens toujours rejeté du fait de la nouvelle indépendance de Sam, lorsque je l'emmène au café après l'école. (« Tu es triste parce que Sam joue à un jeu vidéo avec d'autres enfants ? m'a demandé Dan d'un ton incrédule. C'est quoi ton problème ?! ») Le ciel est une masse de blanc froid, un flocon de givre flottant dans l'air ici ou là. Nous marchons main dans la main en nous faufilant entre les autres parents et enfants qui racontent leur journée d'école. Je décide de l'interroger sur la sienne, m'attendant à une réponse monosyllabique comme toujours.

— Comment c'était à l'école, Sam ?

— Ça a été. Ben m'a tapé la jambe avec une règle. Mais je l'ai dit au maître, et le maître l'a changé de place. Gracie est à côté de moi, maintenant.

— C'est bien. Tu as eu raison. Bravo !

— Maintenant, j'ai des amis. Comme Olivia. Je sais ce que ça fait, un ami. C'est gentil.

— C'est vrai. Les amis sont gentils.

— Quand on sera au café, je peux avoir un lait mousseux ?

— Oui, bien sûr, mais est-ce qu'il s'est passé quelque chose d'autre à l'école ? Les cours étaient intéressants ?

— Je sais faire une poignée de porte qui marche.

— Tu me parles de l'école ou de *Minecraft* ?

— De *Minecraft*.

— OK, alors ça ne compte pas. Mais c'est quand même super.

Une chose après l'autre, me dis-je. *Une chose après l'autre.*

Lorsque nous arrivons dans cet endroit familier, je vois qu'une affiche « À louer » a déjà été accrochée sur le mur au-dessus de la lourde porte en verre. Quelques parents sont assis avec des enfants en uniforme d'école. Le type avec l'écharpe et la veste de velours est là, comme toujours. Deux jeunes amoureux sont assis en silence, absorbés par leurs smartphones. Le serveur préféré de Sam est derrière le comptoir, en train de donner des claques dans la machine à café récalcitrante. Il nous voit, sourit, et adresse un geste de la main à Sam.

— Comme d'habitude ?

Sam acquiesce d'un air joyeux.

— Je sais faire une poignée de porte, déclare-t-il.

Comme nous nous dirigeons vers le fond de la pièce, j'aperçois soudain un visage connu et m'arrête net pendant une seconde. C'est Isobel, assise sur l'un des fauteuils défoncés, Jamie allongé à plat ventre sur la table basse pour faire rouler une petite voiture par terre. Seigneur, c'est très gênant. J'ai un flash-back de cette nuit au club : l'excitation, le baiser, moi prenant la fuite comme une andouille. Je me sens rougir, mais juste quand j'envisage de filer à l'anglaise, Sam me tire par le bras et la montre du doigt.

— Regarde, papa, c'est ton amie ! hurle-t-il.

Isobel lève les yeux, et sans l'ombre d'une hésitation, nous sourit et nous fait signe d'approcher. Je me sens comme un lapin dans des phares, mais un lapin particulièrement lâche, qui a déserté sans jamais donner d'explication. Je prends sur moi et m'avance, coupable, pendant que Sam s'installe sur la table avec Jamie. Elle porte de nouveau une jolie robe vintage, cette fois avec une jupe volumineuse d'un bleu sombre miroitant.

— Bonjour, dit-elle avec une chaleur sincère. Comment vas-tu ?

— Bien, réponds-je avec prudence en m'asseyant en face d'elle.

Je ne sais pas comment me comporter dans cette situation. Quelle situation, d'ailleurs ? *Est-ce qu'on va faire comme si de rien n'était ? A-t-elle tout oublié ?*

— Je n'ai pas eu de nouvelles depuis la soirée.

Ah, non, elle n'a pas oublié.

— Non. Euh… je suis désolé.

Je regarde Sam, mais il est occupé à tenter de dérober une voiture à Jamie. Elle suit mon regard, et lorsque je me tourne vers elle, je vois qu'elle arbore un sourire indulgent.

— Ça va, dit-elle. Je comprends. C'est allé trop vite, c'est ça ?

Dans ma tête, je me répète : *Ne dis pas « Ce n'est pas toi, c'est moi ». Ne dis pas « Ce n'est pas toi, c'est moi ».*

— Ce n'est pas toi, c'est moi.

Merde.

— Euh… désolé de te sortir un tel cliché.

Sam et Jamie se roulent à présent par terre. Est-ce un câlin ou une bagarre en bonne et due forme ? Je l'ignore, mais j'essaie de ne pas leur prêter attention. Lorsqu'ils arrivent vers moi, je soulève les pieds pour les laisser passer.

— Tu aurais pu me recontacter, cela dit, me sermonne-t-elle. Je suis restée comme une idiote.

— Je sais. J'étais gêné. Et émerveillé, reconnaissant, désorienté. C'est un mélange de sentiments que je n'avais pas ressenti depuis un certain temps.

— Restons amis. Ça restera gravé comme une expérience.

— Tu es vraiment adorable. Je suis un véritable abruti.

— C'est vrai. Mais mon fils a l'air d'apprécier le tien, alors on va se comporter en adultes.

Le serveur apporte nos boissons, et Sam se relève pour sauter sur le canapé, impatient de déguster son lait et son gâteau.

—Voici, monsieur, dit le serveur en posant le verre de Sam devant lui. C'est sans doute le dernier lait mousseux que vous buvez en notre compagnie.

—Vous fermez bientôt ? demandé-je.

—À la fin de la semaine. Ils n'ont pas encore trouvé de locataire, mais on part dans tous les cas.

—Quel dommage… soupiré-je.

—Oui, c'est un endroit sympa. On arrive à connaître tout le monde. On voit des couples se former, des familles s'agrandir. On voit des enfants jouer, et…

Il se tourne vers Sam et Jamie.

—… se balancer des figurines au visage. Ça fait partie de l'ambiance. Ce n'est pas comme les cafés branchouilles du centre, où les gens arrivent en courant pour avaler un malheureux mocaccino avant de filer. Ici, il y a des gens qui restent toute la journée. Il n'y a pas des masses d'endroits où on peut encore faire ça.

—Vous n'avez jamais pensé à reprendre le bail ? Vous êtes doué.

—Oh, non. C'est juste un job étudiant pendant que je finis ma thèse. Ensuite, j'arrête. Mais d'ici là, l'immeuble aura été transformé en appartements de luxe, comme partout.

—Ne dites pas ça ! s'écrie Isobel. Il n'y a qu'ici que Jamie parvient à se détendre.

Jamie est en train de sauter sur un fauteuil en lançant les pièces d'un jeu d'échecs sur la fenêtre.

—Eh, peut-être que l'un de vous devrait le faire. Vous êtes plus souvent là que le reste du personnel, commente le serveur.

—Oui, c'est une excellente idée ! s'écrie Isobel en se tournant vers moi. Tu devrais vraiment le faire, Alex !

—Quoi ? Non ! Je n'y connais rien ! Je ferais exploser le percolateur.

—C'est plus ou moins incassable, proteste le serveur. Tenir un café, c'est plutôt simple, d'après le propriétaire.

Surtout si on ne voit pas d'inconvénient à être sur le pont du matin au soir pour des clopinettes.

— Humm, il se trouve que ça me tente.

— Franchement, reprend Isobel, le quartier a besoin d'un bon café. Entre les grandes chaînes impersonnelles et les endroits branchés où il faut un master en caféine pour passer commande et où on te regarde de travers si tu demandes du sucre et que tu trempes un cookie dans ta tasse, ça devient compliqué.

— Bon, je ne sais pas trop…

— Qu'est-ce que tu en penses ? dit le serveur à Sam. Est-ce que papa pourrait s'occuper d'un café ?

— Oui ! répond Sam. On aurait une Xbox et tout le monde aurait le droit de jouer. Mais moi d'abord.

— Tu vois bien, dit Isobel. Tu as déjà ton business plan. Et puis, je sais gérer un commerce, je pourrais te donner un coup de main. Quand j'ai commencé à envisager d'avoir ma propre boutique de fringues, j'avais une longue liste de pour et de contre, et autant dire que les inconvénients étaient bien plus nombreux que les avantages… J'ai même dû utiliser une deuxième feuille ! Mais ensuite, j'ai imaginé une pièce remplie de belles robes vintage, un vieux disque de rock sur le gramophone, des affiches de film sur les murs. J'avais tellement envie de cet endroit… C'est du boulot, mais j'aurais regretté toute ma vie si je ne l'avais pas fait.

— Mais c'est toute la différence. Tu avais une passion, et tu l'as suivie. Je ne suis pas sûr d'avoir cette énergie.

— Oh, si. Les gens qui n'ont pas de passion n'embrassent pas comme ça.

Rouge comme une tomate, je cherche d'instinct Sam des yeux.

— Tout va bien. Il est tout là-bas avec Jamie, en train de se battre en duel à coups de journaux roulés.

— OK. Je m'excuse encore.

— Écoute, oublie ça, espèce d'idiot. Ce que je veux dire, c'est que tu en es capable. Tu sais combien cet endroit est important pour Sam, pour Jamie, pour moi. Les gens ont besoin d'un lieu qui ne soit ni la maison, ni le travail, ni aux mains d'une multinationale qui leur tond la laine sur le dos. Et ça, tu le comprends. Donc les clients se sentiraient bien accueillis. Surtout les tarés comme nous. Tout ce dont tu as besoin, c'est d'un peu d'aide, de quelqu'un qui s'y connaît en restauration.

Malgré moi, je me dis « Clare ». Elle a travaillé dans la restauration. Mais je repousse aussitôt cette idée, d'une part parce que cette conversation est ridicule, et d'autre part parce que Matt et Clare ne se parlent plus. Encore une relation brisée que je vais devoir tenter de réparer. C'est un peu un emploi à plein temps, en ce moment.

Je bavarde avec Isobel pendant que les garçons se courent après autour de nous. Je lui parle de *Minecraft* et du tournoi. Du fait qu'on allait s'inscrire, mais que finalement on renoncerait sans doute, même si le château de Sam est réparé et qu'il semble adorer de nouveau le jeu. J'aborde le sujet avec lui de temps en temps, mais il se contente de hausser les épaules. Isobel me parle de sa boutique et de ses soirées. Peu à peu, l'évocation de notre rendez-vous catastrophique paraît s'éloigner. Pourtant, le souvenir de ses lèvres sur les miennes hante mon après-midi. Ainsi qu'une vague sensation de culpabilité. Même si je sais pour Jody et Richard, j'ai l'impression de n'avoir aucune excuse, et je sais très bien pourquoi. C'est parce que je ne suis absolument pas prêt à tourner la page.

Nous restons silencieux un moment, à regarder Sam et Jamie, allongés par terre. Ils cognent deux petites voitures l'une dans l'autre avec de plus en plus de force, jusqu'à ce que ça dégénère et qu'ils commencent à se taper dessus. L'humeur a changé.

— OK, OK, les garçons. Sam, je crois qu'il est temps d'aller retrouver maman.

— Oui, viens, Jamie, ordonne Isobel. Ne gâche pas encore un après-midi en nous faisant arrêter pour tentative d'homicide avec un camion Hot Wheels.

Nous nous levons tous ensemble et je me dirige vers le comptoir pour régler.

— Allez, reprenez le café, m'encourage le serveur.

— On pourrait habiter ici, insiste Sam.

— Vous deux, alors ! réponds-je en gémissant.

À mi-chemin de la maison, je me souviens du rendez-vous que j'ai pris chez la psy il y a plusieurs semaines. C'est demain. Sam me regarde, sourcils froncés, comme s'il voulait lire dans mes pensées. Il semble sérieux et interrogateur à la fois.

— Papa, qu'est-ce que tu fais ? Je crois que tu es bloqué.

— Comment ça ?

— Des fois, je suis bloqué sur une idée et je n'arrive pas à m'en débarrasser pendant longtemps. Elle reste là, sans vouloir s'en aller. Est-ce que tu es bloqué sur une idée ?

Je m'arrête de marcher.

— Eh, dis-je. Oui, je crois que tu as raison. C'est exactement ça. Je suis bloqué sur une idée. Sur plein d'idées, même. Dis donc, tu es drôlement malin.

Je dis ça sur un ton de surprise, voire de choc, et il faut avouer que c'est le cas. Entrapercevoir la vie intérieure de Sam est tellement rare que lorsque c'est le cas, je chéris ces moments comme des joyaux. Je suis si bouleversé que je m'accroupis devant lui.

— Merci d'être là pour moi. Merci, Sam.

Il se détourne, les yeux baissés vers le trottoir pour éviter mon regard et se dérober à mon élan de gratitude. Je lui passe une main dans les cheveux, mais il s'écarte. C'est trop réel pour lui, maintenant, cette conversation. Il ne se doutait pas que ça l'amènerait à ça. À cette émotion.

J'abandonne et me relève avant de lui prendre la main pour nous remettre en chemin. Je crois cette petite fenêtre d'intimité refermée. Mais lorsque nous nous arrêtons pour traverser une rue, il enlève sa main de la mienne pendant une seconde, puis me tapote doucement le dos.

— Mon papa, dit-il.

Et l'instant est tellement parfait que j'ai l'impression que les étoiles vont se détacher du ciel pour tomber en pluie sur nous.

Chapitre 31

Les locaux de l'Assembly sont situés dans deux maisons géorgiennes d'une rue ombragée derrière le Royal Crescent de Bath. C'est là que ma psy a ce qu'elle me décrit au téléphone comme « un cabinet confortable et très sécure ». Ce qui fait germer dans ma tête l'image de poufs-poire et de lampes à lave. Je suis venu ici plutôt que de consulter à Bristol car je voulais éviter de croiser quelqu'un en sortant, et qu'on me questionne sur mes problèmes. Je n'ai déjà pas envie d'avoir cette conversation avec moi-même, alors encore moins avec une autre personne. Par bonheur, la discrétion semble être une valeur phare de l'Assembly Centre. La petite plaque de cuivre près de la porte est le seul indice du service offert ici, et lorsque je tente de regarder par l'une des grandes fenêtres à guillotine, les rideaux de dentelle sont tirés et je ne vois rien de plus qu'un magnifique canapé chesterfield. Je ne sais pas ce que je m'attendais à trouver. Peut-être un patient allongé sur un divan à côté d'un type aux allures de Sigmund Freud, un bloc-notes sur les genoux.

Je pousse la porte et me retrouve dans la vaste salle d'attente, vide à l'exception du fameux canapé, surmonté d'un grand tableau victorien représentant Bath dans le lointain. Le parquet de chêne verni craque sous mes pas, et le bruit attire une femme vêtue d'un pull noir à col montant et d'une jupe en tartan, qui entre par la porte opposée. Elle approche de la cinquantaine, l'air vif et confiant, les cheveux blonds grisonnant un peu.

— Alex ?

— Oui, réponds-je dans un bredouillement.

— Je suis Jennifer, ravie de vous rencontrer. Vous avez trouvé facilement ? Parfait, venez par ici.

Nous passons dans le couloir, dont les murs sont ornés de petits tableaux représentant Bath. Son cabinet est tout au bout. Il est de taille réduite, mais lumineux et accueillant, avec deux fauteuils (adieu, poires de mon cœur), une bibliothèque, et une fenêtre donnant sur une cour arborée.

— Prenez place.

Soudain, tout ça devient réel pour moi. Je suis en thérapie. Je suis assis ici avec une thérapeute et elle va me poser des questions sur ma mère.

Est-ce que je vais devoir passer des tests psychologiques ? Que dois-je faire ?

— Bien, dit Jennifer en prenant place en face de moi, un petit carnet à la main. Aujourd'hui, on va faire connaissance. Je vous poserai des questions, et vous pourrez en faire autant. Si nous nous accordons, nous pouvons réfléchir et peut-être prendre un autre rendez-vous. Ça vous convient ?

— Oui. Oui, c'est bien. Merci.

Elle commence par me demander comment je me sens en ce moment et ce qui m'a décidé à venir. Je lui résume les cinq derniers mois en quelques phrases. L'épuisement croissant, l'inquiétude et la frustration qui ont conduit à ma séparation avec Jody. Elle m'interroge sur mon histoire, mes relations amoureuses, ma famille. Au début, je ne donne que des réponses courtes, hésitantes, d'une voix bizarre qui tremblote. La simple idée de déverser tout ça dans un lieu inconnu est déstabilisante. Mais ses questions sont douces et positives, et peu à peu, répondre devient presque naturel. Puis, nous abordons le sujet de Sam.

— Pendant très longtemps, je ne voulais pas entendre parler d'autisme. J'avais l'impression que c'était une étiquette, une excuse même. Je pensais que s'il était en retard pour parler, c'est parce qu'il avait des otites et nous entendait mal. Qu'il était juste anxieux, timide. Je ne voulais pas l'accepter. Je n'acceptais rien du tout.

— Et maintenant, qu'est-ce que ça vous inspire ?

— J'ai l'impression qu'il est séparé du monde par une frontière. Elle n'est pas énorme, mais elle est là quand même. Comme si on parlait tous avec un fort accent, et qu'il avait du mal à comprendre, à s'intégrer. Je ne sais pas ce qu'il saisit au juste. Mais parfois, il me surprend. Il sort une phrase drôle ou montre un peu d'affection. Ça me coupe le souffle.

— Est-ce que vous lui parlez quand même ? Vous lui demandez comment il se sent ?

— J'essaie. Pas souvent, mais un peu. Et du coup je me demande, si c'est déjà difficile pour son papa, c'est comment pour les autres personnes ? Il y a un vieux bonhomme au pub, je suis sûr qu'il est autiste aussi. Il reste assis tout seul à une table, et personne ne sait comment s'adresser à lui. J'ai peur que ce soit l'avenir de Sam. Je veux dire, on nous raconte qu'il « fonctionne à un haut niveau », comme un ordinateur ou un frigo haut de gamme, mais comparé aux gamins de son âge, il est tellement en retard. Désolé, avec Jody on n'a parlé que de ça ces dernières années… de ça, et du fait que je travaille tard.

— Est-ce que vous pensez que vous restiez tard au travail pour éviter d'affronter la situation ?

— Je ne sais pas. Ce serait horrible, non ?

Elle secoue la tête.

— Tout le monde cherche à se préserver.

Puis nous remontons dans le passé, jusqu'à mon enfance, et George. Comme des petites rides à la surface de cet immense réservoir de chagrin. Quatre-vingt-dix minutes plus tard – même si c'est passé comme une demi-heure – nous avons fini, et la session se termine. Elle prend quelques notes en silence puis lève les yeux.

— Bien, je pense que nous pouvons travailler ensemble, si vous êtes satisfait ?

— Oui, si vous êtes d'accord ? Je ne savais pas comment ça se déroulerait, mais c'était bien. C'est passé très vite.

Je me rends compte que j'aurais pu dire ça du traitement d'une carie.

— Parfait, répond Jennifer en se levant et refermant son carnet. Prenons un rendez-vous. Et je vais vous donner des devoirs. Avant que vous reveniez, je veux que vous soyez spontané, que vous fassiez des choses qui ne vous ressemblent pas. Vous avez évoqué le fait d'être père, mais j'aimerais que vous vous comportiez en enfant. Au moins une fois. Ensuite, on parlera de tout ça. D'accord ?

— D'accord.

Dehors, alors que je marche dans les larges avenues de Bath vers la gare, je me sens plus léger physiquement. C'est comme si je sortais de la salle de sport, sauf que je ne suis pas en survêtement et que je ne sens pas la sueur à dix mètres. J'en ai plus raconté à cette inconnue qu'à personne d'autre depuis des années, elle en sait autant sur moi que Jody. Plus, peut-être. Pourquoi je n'ai pas fait ça plus tôt ?

Mais je sais pourquoi. Il y avait toujours quelque chose qui m'empêchait de le faire, une pensée noire que je voulais cacher. Mais la noirceur vient toujours, quoi qu'on fasse. On est bien obligé un jour d'accepter de l'affronter.

De retour à Bristol, je me dirige vers chez Dan, mais il m'envoie un texto pour me demander de le retrouver au *Old Ship*. Une séance de thérapie suivie d'une bière, voilà qui me semble raisonnable.

— J'ai une idée, me dit-il lorsque je m'assieds près de lui.

Nous sommes vautrés dans le coin, comme d'habitude, et tentons de ne pas observer un type en blouson à franges qui donne des coups de boule à la machine à sous. Sid est installé à sa table, et nous regarde de temps en temps avant de baisser les yeux.

— OK. Mais encore ?

— C'est au sujet d'Emma.

— Ah.

— Je veux dire, c'est trop tard, mais… tu sais que c'est son anniversaire mercredi, pas vrai ?

— Oui.

Naturellement, j'avais oublié l'anniversaire de ma sœur.

— Il y a quelque chose que j'ai envie de faire pour elle, mais j'ai besoin de ton aide.

Eh ben, on peut dire que la journée est riche en surprises.

— Bien sûr. Qu'est-ce que je dois faire ?

Il ne me donne aucun détail, mais m'indique qu'il s'agit d'un subterfuge et d'un chouette café, alors j'accepte de l'aider. Alors que nous allons nous lever pour partir, je m'aperçois que Sid s'est approché.

— Il n'est pas là, le petit ? demande-t-il.

Il ne regarde ni Dan, ni moi, mais un point précis sur le sol, à quelques mètres.

— Non, dis-je en tentant de cacher ma surprise. Il est sûrement à la maison en train de jouer à un jeu vidéo.

— Doué pour les échecs, le petit.

— Oui, je crois qu'il tient ça de sa mère. Je suis sûr qu'il serait content de revenir jouer, si ça vous dit.

Il hoche la tête d'un air distrait.

— Doué pour les échecs, le petit, répète-t-il.

— Je lui dirai. Il s'appelle Sam, au fait.

— Sam. Sam est doué.

Alors qu'il retourne vers sa table, j'échange un regard avec Dan. Je sais combien ça a coûté à Sid de venir nous parler.

Je le vois en Sam, ce combat pour aller vers le monde. Mais le monde en demande toujours plus, et Sam fait de son mieux, tend la main au-delà du précipice pour atteindre Olivia et les autres. Désormais, c'est à moi d'apprendre de lui. C'est à moi de chercher la force de me reconnecter au monde.

Chapitre 32

Le lendemain, Matt m'appelle, un peu intimidé et prudent.

— Alex, tu es libre ce week-end ? questionne-t-il sans me laisser le temps de m'excuser d'avoir déboulé comme un fou furieux chez lui un beau matin.

— Je crois. Matt, écoute, je suis…

— C'est juste que, euh… Clare et moi, on a besoin d'un peu de temps pour régler des choses. On se disait qu'on devrait partir un peu. On peut emmener les jumelles, mais on se demandait si tu accepterais de venir, et, euh… de t'occuper des deux autres. De samedi matin à dimanche après-midi. Si tu n'as rien de prévu.

Je tente de m'ajuster au changement de perspective. Je leur dois un service, c'est évident, et j'ai déjà gardé Tabitha et Archie, mais la plupart du temps, il s'agissait d'une heure ou deux alors qu'ils étaient au lit. Jamais une journée entière, et encore moins un week-end.

Matt semble suivre mes pensées.

— Écoute, je sais bien que le baby-sitting, c'est pas du tout ton truc. Mais on a une totale confiance en toi, et les enfants t'aiment bien. Et puis, on est vraiment au pied du mur, avoue Matt.

Il s'avère qu'ils ont déjà demandé à toutes leurs connaissances : Jody (mais elle part à Exeter pour un festival), leurs parents, les voisins, des amis lointains, un type venu leur proposer un abonnement au câble (enfin, je pense que Matt plaisantait sur ce coup-là). Mais personne n'est disponible. Ils n'ont pas d'autre choix.

— Toutes les règles normales d'éducation sont aux oubliettes, continue Matt. Tout ce qui peut te faciliter la tâche est autorisé. Ils peuvent regarder la télé, jouer à la console et manger des chips pendant deux jours, on s'en fout. On paiera les conséquences en rentrant.

— Bah, samedi, j'ai Sam…

— Amène-le. Amène qui tu veux. Je vais remplir le frigo de bières. Tu peux soit la boire, soit la donner aux enfants.

Il y a quelques mois, j'aurais aussitôt inventé une excuse. L'idée de m'occuper de Sam tout seul m'aurait déjà terrifié, alors trois gosses à la fois… Pendant tout un week-end, en plus ! Ç'aurait été de la folie. J'aurais fini roulé en boule dans le garage pendant que les enfants s'enfonçaient dans un chaos façon *Sa Majesté des Mouches*. Mais Tabitha est assez mûre pour se débrouiller toute seule, et Archie est dix fois moins difficile que Sam au même âge. Et puis, j'entends la voix de Jennifer dans ma tête, comme une sorte de Ben Kenobi au féminin : « Soyez spontané, faites confiance à vos sentiments, dites oui à la vie. » Ça n'a plus l'air si délirant. C'est un service que je peux bien rendre à un ami.

— OK, je suis partant.

Quand j'appelle Jody pour lui demander si elle est d'accord pour que j'amène Sam, elle est surprise que Matt ait semblé si désespéré.

— C'est bizarre, j'ai vu Clare hier. D'après elle, ils avaient réglé leurs problèmes. Matt n'a plus accès à leur compte commun et il lui a donné toutes ses cartes de crédit. Elle avait l'air rassurée. Ils ont pris le temps de discuter. Un peu comme des adultes, quoi.

— Ah, dis-je en décidant de ne pas rebondir sur la remarque acide de Jody. Ils ont peut-être eu une rechute ?

* * *

Samedi matin, je vais chercher Sam et attends patiemment pendant qu'il fait plusieurs tentatives pour serrer les scratchs de ses baskets exactement comme il faut. Je parviens enfin à l'entraîner dans la voiture, et nous partons. En chemin, il me bombarde de questions sur les raisons pour lesquelles nous allons habiter chez Matt et Clare, où il va dormir, et à quoi nous allons occuper les trente-deux prochaines heures.

— Je ne sais pas, on va être un peu flexibles.

— Ça veut dire quoi, flexibles ?

L'ironie involontaire de la question m'amuse un instant.

— Ça veut dire qu'on va voir comment ça se passe, et ne pas trop faire de plans.

— Je n'aime pas ça.

— Je sais, mais parfois on ne sait pas ce qui va arriver, alors on est obligé de décider au fur et à mesure.

Il réfléchit.

— Quand je serai grand, je ferai des plans précis pour tout.

— Parfois, la vie met des obstacles en travers de ton chemin…

— Je les éviterai.

Une fois devant la maison, je trouve Matt déjà dehors, penché dans son break Audi métallisé pour attacher les jumelles dans leurs sièges auto. Il m'aperçoit et m'adresse de grands gestes, apparemment surpris et ravi que je ne leur ai pas fait faux bond.

— Salut ! dis-je en sortant de ma voiture, qui a l'air complètement délabrée à côté de la sienne. Désolé, je suis un peu un retard.

— Salut ! Merci beaucoup ! Comment tu vas ? Les enfants sont en haut, ils regardent *Adventure Time*. Ils ont pris leur petit déjeuner. La bonne nouvelle, c'est que la mère de Clare peut nous garder les jumelles. On est débarrassés des enfants pour trente heures. On va devoir filer, par contre. Les Cotswolds, ce n'est pas la porte à côté. On va descendre dans un pub à Burford. C'est là que j'ai demandé sa main à Clare. Viens, Clare !

Clare s'échappe de la porte comme une tornade, chargée d'une petite valise qu'elle balance dans le coffre. Je me prépare à lui présenter des excuses.

— Salut, Alex ! Merci d'être là !

— Coucou, Clare. Écoute, je suis vraiment désolé pour l'autre jour. Je n'aurais jamais dû venir.

Elle me regarde avec indulgence avant de me passer un bras autour des épaules.

— Je t'ai laissé un mot sur la table. Merci, Alex.

Et elle disparaît dans la voiture.

Sam et moi restons plantés dans l'allée, abasourdis, pendant que Matt ferme le coffre à grand bruit, se précipite dans la voiture, et claque sa portière. Le moteur rugit, et la voiture bondit hors de l'allée en marche arrière. Les pneus crissent sur la chaussée alors que l'Audi s'éloigne à toute allure. Je me souviens de ce que Jody m'a dit au téléphone, et prends conscience que c'est leur premier week-end en amoureux depuis la naissance des jumelles. Je me suis fait avoir.

— Ah, je comprends… Réconciliation sur l'oreiller !

— Ça veut dire quoi, « sur l'oreiller » ? demande une petite voix familière à côté de moi.

Tabitha s'est faufilée jusqu'ici et regarde elle aussi le véhicule tourner au coin de la rue.

— Euh… rien d'intéressant. Qu'est-ce que vous faites, avec ton frère ?

Archie déboule hors de la maison et se met à courir en rond autour de nous.

— On regarde des dessins animés ! hurle-t-il. Et après, on a le droit de jouer à *Minecraft* !

Je me tourne vers Sam. Il me prend la main.

— Ils font du bruit, j'ai peur.

— Ils sont un peu excités, c'est tout. Tu veux regarder la télé ? J'arrive dans une minute.

— D'accord.

Nous entrons, et Sam suit d'un pas prudent les deux autres dans l'escalier, qui est comme d'habitude transformé en champ de mines jonché de petites voitures, de skates et de Lego. Matt a fait un effort manifeste pour ranger, cela dit : certaines marches sont visibles à travers l'amoncellement de détritus bariolés.

Dans le salon, ils m'ont laissé toute une sélection de journaux, une bouteille de vin et un mot de Clare.

Prends toute mesure que tu jugeras nécessaire. Il y a une tonne de provisions dans le congélateur. Les enfants peuvent se nourrir de nuggets plusieurs jours d'affilée. Ne te sens pas obligé de leur donner un bain. Ils se couchent en principe vers 19 heures. Appelle s'il y a quoi que ce soit. Ah, et je te pardonne.

Et c'est tout. De toute évidence, ceci est ma punition. Maintenant, il ne me reste qu'à survivre.

En adulte responsable, je les laisse devant la télé pendant deux heures, puis je prépare des sandwichs et des chips avant de les appeler. Nous mangeons sur la table basse du salon. Tabitha insiste pour s'asseoir à côté de Sam, qu'elle harcèle de questions sans paraître gênée qu'il se contente de grogner ou de secouer la tête pour toute réponse. Il sourit, et je vois qu'il apprécie qu'on lui accorde de l'attention. Archie marmonne doucement. Il défait ses sandwichs avant de se donner des claques avec chaque moitié partout sur le visage.

— Alex, c'est vrai que tu n'habites plus avec Jody ? demande Tabitha.

Elle parle d'un ton poli et indifférent, comme si elle s'était juste enquise de ma couleur préférée. Je me demande si elle a entendu ses parents discuter. Je regarde Sam, me demandant s'il a écouté.

— Oui, c'est vrai, réponds-je avec prudence.

— Maman dit que tu avais trop de pression.

À présent, Sam nous observe, mais il semble impassible. Il n'a jamais posé autant de questions sur ce qui se passait, et je ne sais toujours pas ce qu'il comprend de la situation. Mais je dois faire très attention. Il paraît que les enfants s'adressent beaucoup de reproches lorsque les parents se déchirent. Je me demande si cette pensée lui est déjà venue.

— On avait des gros problèmes à résoudre, dis-je enfin. Et puis, on s'est éloignés. Alors on a pensé que c'était mieux de se séparer quelque temps.

Je regarde à nouveau Sam, mais il semble absorbé par son bol de chips.

Il examine les motifs de cette vaisselle inconnue. Je m'attends à des questions de sa part, mais il est silencieux, indéchiffrable.

— Maman a crié sur papa l'autre jour parce qu'il avait fait un prout, déclare Archie.

Les enfants éclatent de rire, et je suis reconnaissant pour la diversion. Quelques minutes plus tard, je reçois un texto de Clare qui veut savoir si tout se passe bien, et m'informe que le pub est charmant. Je lui réponds aussitôt :

C'est normal que l'abri de jardin soit en feu ?

Après le déjeuner, il est l'heure de jouer à *Minecraft* sur la Xbox One toute neuve de Matt. Je vérifie soigneusement que personne n'a de bave collante sur les mains avant de les laisser toucher les manettes. Je sais que Matt ne supporte pas ça. Il a même un paquet de lingettes à côté de la télé, exprès. Tabitha, qui connaît bien le jeu, prend le contrôle des menus, pendant qu'Archie appuie sur tous les boutons au hasard. Nous lançons une nouvelle carte en mode « survie », et l'écran se scinde en quatre, afin que chacun de nous ait sa propre vision. Nous passons une heure dans le chaos, à construire et explorer. Ensemble, nous parvenons à bâtir un étrange campement, ramifié par des extensions aux formes aléatoires à base de pavés, de bois et de terre. On dirait le décor d'un *Mad Max*. Tabitha et Sam ajoutent une piscine avec un plongeoir, et je tente de créer des montagnes russes avec des rails de mine, mais Archie les fait tomber à grands coups de pioche. Nous faisons plein de bruit et nous amusons comme des fous, et lorsque je décide d'éteindre, je dois acheter la paix sociale en promettant aux enfants de construire une maison *Minecraft* dans la salle à manger. J'apporte un étendoir ainsi que des draps et des couettes. Sam et Tabitha travaillent ensemble à la construction d'un toit sur la table, en se servant de pinces à linge pour maintenir le tout. Je me plonge dans le projet avec passion, et explore les placards du garage pour trouver des lanternes. Je fabrique un établi avec un carton. J'aide Tabitha à retrouver sa petite cuisinière en guise de fourneau.

— Il faut laisser de l'espace pour entrer ! s'écrie Tabitha.

— Non, il faut faire une porte, proteste Sam. Sinon les zombies et les squelettes vont arriver.

Il participe à la conversation, discute de ses projets, répond aux questions. Ils transforment l'étendoir en tour, et Sam y installe un tabouret afin de avoir une vue d'ensemble.

— Je vois des tas de moutons, dit-il. Nous pouvons faire des lits.

— Je veux tuer le Dragon de l'Ender, déclare Tabitha.

— Il nous faut de l'ob… de l'obsidienne pour faire un portail. Je sais comment m'y prendre.

— Tu es bon à *Minecraft,* Sam, fait remarquer la fillette.

J'allume le four et demande à Tabitha de choisir un livre, que je leur lis à tous, assis sous la table dans notre repaire *Minecraft*. Sam s'approche pour poser la tête sur mes genoux. Surpris de le voir si détendu, je m'arrête pour lui sourire. Je me souviens quand je lui faisais la lecture, lorsqu'il était bébé. Je le tenais dans mes bras, et il adorait les rimes, qu'il essayait de répéter. Mais il n'y arrivait pas, bredouillant des paroles sans queue ni tête. Avec le temps, il avait perdu la patience d'écouter. Il se dégageait de mes bras, c'était trop pour lui. Nous avions tout de même gardé les livres. Parfois, j'entrais dans sa chambre pour les lui lire pendant qu'il dormait.

Une fois que le dîner est prêt, nous restons cachés et mangeons avec les doigts des nuggets et des bâtonnets de poisson, le tout noyé dans le ketchup. Tabitha parvient à faire goûter un nugget à Sam, mais il se met à roter avant de vomir dans mes mains tendues, à la grande joie d'Archie. Au lieu de paniquer, Sam rit avec les deux autres, et je rampe jusqu'à la cuisine pour jeter le blob de junk food à moitié digérée dans la poubelle. Ensuite, nous discutons de ce que nous ferons quand nous serons grands.

— Je serai actrice, et programmeuse informatique, déclare Tabitha.

— Moi, je veux être Batman, annonce Archie.

— Architecte ! s'écrie Sam.

— C'est quoi, ton métier ? me demande Tabitha, mettant une fois de plus le doigt là où ça fait mal.

— Je n'en ai pas en ce moment. Mais je vais peut-être acheter un café. Qu'est-ce que tu en penses ?

Le fait de l'évoquer à haute voix, comme si ça allait vraiment se produire, me procure une bouffée de joie inattendue.

— On pourra venir manger tous les gâteaux ? s'exclame Tabitha.

— Bien sûr. Qu'en dis-tu, Sam ?

— Oui ! hurle-t-il. Tu feras : « Bonjour monsieur, qu'est-ce que je vous sers ? Asseyez-vous s'il vous plaît ! »

Il prend une drôle de voix pour imiter les adultes, et les deux autres éclatent de rire.

— Alors, tu trouves que c'est une bonne idée ?

Il acquiesce avec enthousiasme. J'ai envie d'avoir son avis sincère.

— Je pourrais venir te voir après l'école, répond-il.

Mais il prend trop de plaisir à avoir son petit public pour rester sérieux. Il reprend sa voix bizarre, dont je comprends enfin qu'elle est censée ressembler à la mienne.

— Coucou, Sam, tu veux des gâteaux ? Assieds-toi, s'il te plaît. C'est à qui ? Silence, tout le monde. Qui veut un lait mousseux ?

Les autres ne peuvent s'arrêter de glousser. L'après-midi va être long.

Bien plus tard, je les emmène à l'étage dans la chambre de Tabitha, où un lit a été préparé pour Sam et Archie sur le sol. Nous inventons une histoire tous ensemble, une épopée à rebondissements avec des sorcières, des superhéros, la tour de Londres, et des mines de diamants. Un deuxième texto arrive de Clare. Je réponds que tout va bien et que nous faisons une nuit blanche avec marathon *Saw*. Je reste avec les enfants jusqu'à ce qu'ils soient presque endormis.

Je me penche pour embrasser Sam et il me regarde brièvement.

— Est-ce que tu vas vraiment avoir un café ?

— Peut-être. On verra. Je ne sais pas si j'en suis capable.

— Je crois que oui. Je crois que tu en es capable.

— Tu ne vas pas refaire ta voix bizarre, hein ? dis-je.

Ils sont tous debout à 6 heures du matin, à galoper à travers la maison dans des déguisements étranges. Je suis réveillé par Sam, qui fait irruption dans la chambre d'amis vêtu d'une cape de vampire et d'un masque d'Iron Man. Je regarde ma montre. Il me reste encore au moins huit heures à tenir. Pendant une seconde, je pense à Jody et à ce qui se passe entre nous. Je me demande où elle est – avec qui – et ce qui va advenir ensuite. Je repense à Isobel et à ce que ça signifie. Mais Sam m'attrape le bras pour me tirer du lit. Nous descendons, et avec l'aide de Tabitha et Archie, transformons la cuisine en scène de désolation avec céréales partout, traces de confiture et flaques de lait.

— Bon, dis-je dans un instant d'égarement. Et si on allait au parc ?

Ça prend une heure d'habiller tout le monde. Je les mets dans la voiture et m'éloigne dans les rues désertes, Sam à côté de moi, les deux autres à l'arrière dans des sièges auto que Matt a laissés pour moi. Je me gare et les voilà tous partis, s'élançant par-delà les grilles vers les balançoires. Comme toujours, je balaye la zone du regard, à l'affût des chiens ou des groupes d'enfants plus âgés. Mais Sam n'est pas terré à mes côtés, il s'est éloigné avec Archie et Tabitha.

— La cage à poules, c'est notre château ! crie-t-il.

— Je suis la reine, déclare Tabitha.

Et je peux m'asseoir pour surveiller, comme les autres parents. Sam ne me cherche pas des yeux, il semble même avoir oublié ma présence. Il ne passe pas par tous ses tics et comportements routiniers. Il est ailleurs, dans l'espace sûr qu'habitent les autres enfants.

Matt et Clare reviennent à 14 heures. Les enfants ont déjeuné, et sont à l'étage devant un film.

— Est-ce qu'ils sont déjà descendus, aujourd'hui ? demande Matt.

— Bordel, qu'est-ce qui s'est passé, ici ? crie Clare depuis la salle à manger.

— C'est désormais une carte *Minecraft*, dis-je. Prépare-toi à avoir un choc en voyant la cuisine.

— Bon, rétorque-t-elle en revenant. On dirait que vous vous êtes bien amusés. Merci beaucoup, Alex.

— C'est bon, je suis quitte ?

— Seulement quand tu auras payé la facture de ménage.

— En fait, j'ai une question idiote à te poser…

— Je t'écoute.

— Tu sais, le café où j'amène Sam ? Le propriétaire met la clé sous la porte. J'ai eu cette idée complètement dingue… J'aimerais le reprendre. C'est de la folie, je sais, mais…

— Je ne vois pas pourquoi ce serait de la folie.

— Ah, merci. Mais je n'y connais rien.

— Hum. Je crois que je vois où tu veux en venir.

— Je me disais… J'ai pris rendez-vous pour une visite. Tu accepterais de m'accompagner ? Juste pour regarder ?

— Bien sûr. Mais ça fait des années que je ne suis plus de la partie.

— Je sais. Mais ce serait super que tu sois là. Je veux dire, que tu participes à l'aventure.

Elle reste un moment à me dévisager, comme pour évaluer mon sérieux : est-ce que ça vaut la peine de se déplacer, ou bien est-ce juste une crise de la quarantaine en avance ?

— Chaque chose en son temps, répond-elle. Allons déjà voir cet endroit.

Dans la voiture, en chemin vers la maison de Jody, Sam est bien silencieux à mes côtés.

— Est-ce que tu as passé un bon moment ?

— Oui ! Tu étais rigolo, papa. J'ai bien aimé quand on a construit la cabane *Minecraft*.

— Moi aussi.

— Papa ?

— Oui ?

— J'ai encore envie de faire la compétition.

— C'est vrai ?

— Oui.

— Tu es sûr ?

— Certain.

Et je me dis qu'en fait, ce week-end n'a pas été difficile, je n'ai pas eu d'inquiétudes. Avec un peu de lâcher-prise, ça va comme sur des roulettes. Peut-être que devenir un bon parent requiert un peu de sens de l'improvisation et de spontanéité. D'être vraiment avec son enfant.

Parfois, cela dit, il s'agit seulement de savoir rattraper du vomi avec les mains.

Chapitre 33

— On peut parler ?

La question reste un moment sans réponse alors que Jody s'écarte pour laisser Sam passer comme une fusée vers l'étage et sa chambre.

— Bien sûr, répond-elle.

Je remarque en la suivant dans la maison qu'elle porte un de mes vieux tee-shirts, avachi et troué. Son jean noir a de grandes déchirures aux genoux, et elle a les cheveux attachés par un chouchou rouge élimé. Soit c'est son jour de lessive, soit elle s'en fout parce qu'elle ne voit pas Richard. L'idée de ce type allume un petit feu d'artifice de colère dans mon esprit, mais je refuse de m'aventurer dans cette direction. Je veux que tout se passe bien.

— Comment ça se passe, au musée ?

— Très bien. J'ai de plus en plus de responsabilités. La programmation, rencontrer les artistes, tout ça. C'est fascinant. J'adore ce que je fais. Et toi ?

Je lui parle du café et de mon projet fou. Elle ne semble pas sidérée, ce qui me paraît bon signe.

Je regarde autour de la pièce. Tous nos livres entassés jusque dans les moindres recoins, la table basse qui disparaît sous un océan de bandes dessinées et de magazines. C'est exactement comme avant que je parte. Personne n'a cherché à effacer mon visage des photos de famille sur le manteau de cheminée. Aucun portrait de Richard n'a été accroché au mur. J'entends la Xbox s'allumer à l'étage, puis la musique familière. Il s'entraîne pour sa compétition.

—Alors, tout s'est bien passé chez Matt et Clare ?

—Oui, c'était sympa, finalement.

—J'ai vu ça. Clare m'a envoyé une photo de la cabane que vous aviez construite.

—Déjà ? Elle n'a pas perdu de temps !

—Elle était impressionnée.

Jody s'éloigne vers la cuisine. Je lui emboîte le pas. Elle remplit la bouilloire et la branche, puis attrape deux tasses dans le placard. Le placard où elles ont toujours été rangées. Elle ne me demande pas si je veux du thé ou du café, elle connaît la réponse. Après 14 heures, toujours du thé. De préférence avec un biscuit au gingembre. Et comme si elle lisait dans mes pensées, la voilà qui en sort un de la boîte à biscuits posée sur le comptoir.

—Tu n'as pas oublié, plaisanté-je.

—Je ne suis pas du genre à oublier les biscuits.

Nous sourions, mais nous savons tous deux que la vraie discussion est devant nous. On n'en est qu'aux préliminaires, on tâte l'eau du bain en quelque sorte. Il va falloir que quelqu'un fasse le premier pas pour aborder les sujets sérieux.

—Euh… je vois une psy. Elle a l'air gentille, assez maternelle. Pas du tout comme ma vraie mère de ce côté-là ! Je n'étais pas trop convaincu au départ, mais j'ai envie d'essayer.

—C'est bien ! répond Jody avec un enthousiasme sincère. Excellente nouvelle.

—On verra. Et toi, à part le boulot, quoi de neuf ?

—Oh, pas grand-chose. J'ai pas mal réfléchi à cette histoire d'école. Pas facile de savoir ce qui est le mieux pour lui. Les deux établissements ont écrit. Ils attendent une réponse.

—Tu avais l'intention de m'en parler un jour ? J'ai encore mon mot à dire ?

Je sens l'adrénaline monter. Une image se forme dans ma tête, un simple flash. Richard qui va chercher Sam à l'école.

— Je suis en train de t'en parler, non ?

Je ne réponds pas. L'eau se met à bouillir et Jody éteint l'appareil d'un geste brusque, l'arrache de sa base et remplit nos tasses en éclaboussant copieusement le plan de travail. Elle me bouscule en allant vers le frigo pour prendre du lait qu'elle renverse également.

— Franchement, tu en as encore quelque chose à faire, de nous ? dit-elle.

Au lieu de me regarder, elle frotte la surface salie comme une possédée, avec un chiffon.

— Lottie t'a vu avec une nana dans un café, il y a deux semaines ! ajoute-t-elle.

Ah, d'accord, c'était bien une maman de l'école. Et soudain, en une fraction de seconde, les rôles se sont inversés et c'est maintenant moi l'accusé. Je ne m'y attendais pas. Je n'ai pas préparé de stratégie. Un frisson de panique me parcourt la colonne vertébrale comme de l'eau glacée. En un instant, tous les pires scénarios se déroulent devant mes yeux. Je vais peut-être perdre Jody pour de bon. Perdre Sam.

Je décide de la jouer cool. Sauf que je n'y arrive pas.

— Ah, Isobel ? Elle a un fils autiste, elle aussi. On a discuté, puis on s'est revus, tous les deux. Ensuite je suis allé à une des soirées disco qu'elle organise, et ça a été une vraie cata. On s'est embrassés, mais j'ai aussitôt senti que c'était une grosse boulette. Je me suis barré en courant… Ils sont délicieux, ces biscuits. Bien épicés.

— Tu t'es barré en courant ?

— Oui, c'est la vérité. C'est ma spécialité, tu sais bien.

Elle réfléchit à la question en trempant un biscuit dans son thé. On dirait qu'elle m'évalue.

— Richard était un vrai cauchemar, déclare-t-elle en toute simplicité. Il dirige une sorte d'organisme artistique à Londres. Je suppose qu'après quelques verres de prosecco, ça pouvait paraître fascinant. Mais je l'ai revu après le mariage, et je me suis aperçue qu'il était horrible. Arrogant, prétentieux, le genre de type qui ne s'arrête jamais de parler. Je ne pouvais pas en placer une. Tu vois le genre ? Tu lui demandes comment il va, et il répond : « Eh bien, c'est une longue histoire, qui commence à Saint Pétersbourg en 2004… » et tu sais que tu vas devoir l'écouter débiter des conneries pendant une demi-heure.

Je sens une énorme vague de soulagement déferler en moi. Clare avait raison, c'est bien un branleur. Mais alors je me souviens de ce matin, du baiser. Jody semble lire dans mes pensées, comme elle l'a fait pendant toute notre vie commune.

— La dernière fois que je l'ai vu, il est passé ici de bon matin en repartant à Londres. Il voulait me proposer un poste dans son bureau, en tant qu'assistante personnelle ou un truc comme ça.

— Qu'est-ce que tu as fait ?

— Eh bien, Alex, tu le sais très bien, puisque tu étais garé vingt mètres plus bas dans la rue. Je l'ai embrassé pour lui dire au revoir.

— Tu m'as vu ?

— Peut-être bien. À moins que j'aie reçu vingt minutes plus tard un coup de téléphone de Clare folle de rage, qui m'a raconté que tu avais débarqué chez eux en hurlant après m'avoir vue avec Richard. Elle m'a aussi dit de ne pas me comporter comme une dinde, au passage.

— Ah. J'ai toujours bien aimé Clare.

J'ai le cerveau qui part en vrille, comme si nous avions cette conversation à bord de montagnes russes. Je m'accroche au plan de travail, ma tasse tremblant dans mon autre main.

— Et maintenant, alors ? dis-je enfin.

— Je ne sais pas. Je suis désolée. Attendons de voir comment ça se passe… encore quelque temps. On a des choses à régler chacun de notre côté.

— Bon, et si on se retrouvait pour un café ? Il y a des endroits sympas près de mon ancien boulot. Ou bien on pourrait se donner rendez-vous du côté du musée. Ou entre les deux ?

— Oui, bonne idée. Ça me plairait.

— Super ! On pourra discuter de l'école.

— Ou de nous, pour changer ?

Après avoir fini mon thé, je décide de partir sur cette note positive, bien qu'un peu ambiguë. Pour la première fois depuis une éternité, ce n'est pas une pulsion de fuite. Mais je redoute tout de même, en poursuivant la discussion, de commettre une gigantesque bourde. Je crie au revoir à Sam depuis le bas de l'escalier et me dirige vers la porte avec Jody. Ça semble naturel, comme si je partais simplement en week-end. Nous faisons des plans vagues, puis échangeons une accolade. Lorsque la porte se referme derrière moi, le monde paraît, si ce n'est riche de possibilités, du moins un peu moins hostile qu'avant. C'est déjà un bon début. Et c'est à l'image de ma vie en ce moment : pleine de commencements, pas de fins.

Chapitre 34

La pluie tombe dru devant le vieux café. Des flaques profondes se forment déjà sur les pavés inégaux, et chaque voiture qui passe provoque un tsunami de boue qui m'oblige à me tenir loin du bord, presque adossé au mur de brique décrépi. Les volets sont désormais fermés, et derrière la porte vitrée, on aperçoit une masse de courrier et de publicités qui s'entassent sur le sol. Tout le mobilier a disparu. Il ne reste que le comptoir en bois et deux fauteuils défoncés. C'est tellement étrange et triste de voir ainsi ce sanctuaire que nous partagions, Sam et moi.

Et me voilà avec le projet branlant, formé sur un coup de tête, de reprendre le bail. Je me sens presque coupable d'avoir demandé à Clare de venir. C'est une vraie mère, avec une vraie famille et des vrais problèmes. Elle n'a pas besoin d'être entraînée dans mon fantasme de tenir un café. Mais elle vient quand même. En tout cas, c'est ce qu'elle a dit. En consultant ma montre, je constate qu'elle et l'agent immobilier ont dix minutes de retard. Je regarde la rue, les yeux plissés contre la pluie, et aperçois une Corsa de couleur vive qui se gare à quelques mètres de là. Et je sais exactement quel genre de personne conduit une voiture comme celle-là. Et en effet, un jeune homme en costume gris en sort d'un bond, un gigantesque parapluie de golf et un bloc-notes à la main. Il pourrait aussi bien crier « Oui, je suis agent immobilier ! » dans un mégaphone. Puis il s'approche, et je m'aperçois avec horreur que je le connais.

— Salut, Daryl.

— Oh, salut, vieux ! Comment vas-tu ? demande-t-il avec un sourire gêné.

Après avoir observé la rue des deux côtés de façon exagérée, un peu à la façon d'un mime de seconde zone, il comprend enfin.

— Ah, c'est toi, le client ?!

J'acquiesce avec un haussement d'épaules.

— J'ai eu quelques mois bizarres…

Nous restons un moment à nous dévisager en silence.

— Bon, soupire-t-il.

Il baisse son parapluie, manquant s'éborgner au passage avec les immenses baleines qui se replient.

Et juste quand je me dis que la situation ne pourrait pas être plus gênante, Clare arrive, précédée d'une poussette double dont les minuscules occupantes sont enfermées dans une grande bulle de plastique transparent.

— Désolée pour le retard ! crie-t-elle.

— Je te présente mon amie Clare. Clare, voici mon ancien collègue, Daryl.

— Bonjour, dit-il en reprenant ses manières professionnelles. Ouais, mec, j'ai quitté Stonewicks il y a un mois. Ça commençait à prendre l'eau après la fusion. Maintenant, je m'occupe des baux commerciaux. Ça marche mieux.

Il adresse à Clare un sourire horriblement suggestif, et fait tourner les clefs du café sur son doigt. Évidemment, elles finissent par s'envoler et il manque d'être décapité par un bus en allant les ramasser sur la chaussée.

— Alors, tu penses te mettre à la restauration ? demande-t-il comme si de rien n'était. C'est le bon moment. Le quartier est super dynamique, idéalement situé, plein de jeunes couples qui s'installent… Bon, j'arrête le baratin et on entre avant de finir noyés ?

Il se bat avec la serrure, puis doit flanquer un coup d'épaule dans la porte pour l'ouvrir. La pile de courrier s'éparpille sur le plancher terne.

— Merci d'être venue, dis-je à Clare.

— Ça me fait plaisir, c'est excitant !

— Comment ça va, à la maison ?

— Mieux. Je suis toujours fâchée contre Matt, mais au moins, depuis notre week-end, il a arrêté de se traîner la queue basse comme un chien battu, ce qui avait le don de me mettre hors de moi. Je veux dire, notre couple n'a jamais été en danger, mais il faudra du temps pour que je lui fasse de nouveau confiance. J'ai mis tout notre argent sur le compte commun pour pouvoir surveiller. J'ai l'impression de le traiter comme un gamin, mais la tension est retombée, et c'est bien. Grace et Amelie le ressentaient aussi. Les bébés sentent ces choses-là, pas vrai ?

— Je ne sais pas. J'ai du mal à dire.

— C'est vrai. Ce n'est pas pareil, avec Sam. Désolée.

— Allez, donne-moi ton avis sur cet endroit, ô mon associée.

Nous nous démenons pour faire entrer la poussette-char d'assaut dans le local. Dès mon entrée, une discrète odeur de café et de cire vient me chatouiller les narines et me plonge dans mes souvenirs. J'ai passé ici tellement de week-ends, d'abord en famille puis seul avec Sam, affalés dans les fauteuils et canapés confortables, au milieu des autres familles, content de faire semblant d'être heureux et détendu pendant quelques précieuses minutes. Sans son mobilier élimé et rebondi, la pièce semble plus grande, plus froide. Alors que je la parcours, je suis vaguement conscient que Daryl est à mes côtés, occupé à me décrire les éléments comme un perroquet bien dressé.

— Il y a un superbe potentiel pour affirmer tes goûts en matière de déco. Tu pourrais partir sur le style américain vintage, ça marche fort. Sinon, on a un café à Clifton dans le genre bar à chats japonais, tu sais, avec des minous qui se baladent partout. Tu bois un verre en caressant une boule de poils. Remarque, les services sanitaires l'ont fermé pendant deux semaines. Les greffiers chiaient partout. Pas une super idée.

Clare s'est aventurée derrière le comptoir et jusque dans la cuisine. Les jumelles sont bien sages dans leur poussette. Elles regardent la pièce, curieuses et dociles. J'ai une brève vision de l'endroit si nous le reprenons : les murs repeints, le parquet poncé. Pas d'œuvres d'artistes locaux en vente, pas de musique trop forte, pas de chats, peut-être quelques jeux de société, des livres. Un lieu confortable où les gens pourraient se détendre. J'adore cette idée.

— La cuisine a l'air bien, dit Clare en rentrant dans la pièce principale. Bon, elle est vide, là, mais il y a plein d'espace, elle n'est pas humide, il y a des tas de prises électriques. Je pense qu'elle est aux normes question hygiène et sécurité. C'est chouette, Alex.

Daryl me regarde, attendant un commentaire.

— À ton avis, ça coûterait combien de tout équiper ? demandé-je à Clare.

— Eh bien, il va falloir faire un diagnostic complet, acquérir un percolateur, une vitrine réfrigérée si tu veux proposer de la restauration, un lave-vaisselle, un micro-ondes, des meubles, vérifier l'électricité, la plomberie et la menuiserie, acheter la vaisselle, des détecteurs de fumée et des extincteurs… Il y en a bien pour quinze mille livres.

— Il faut verser trois mois d'avance, ajoute Daryl, mais les loyers sont bas dans le secteur… honnêtement. Et on n'est pas dans le centre, donc pas de risque de voir Starbucks débarquer.

Pendant une seconde, sa voix est différente… humaine. Je m'aperçois avec surprise que pour une fois, il dit la vérité.

— Tu sais, j'adorerais t'aider, investir de l'argent… mais ce n'est pas possible en ce moment, soupire Clare.

Avant de venir, j'ai consulté mes comptes. Je ne peux pas non plus avancer cette somme. Les traites de la maison et le loyer que je verse à Dan ont grignoté mon indemnité de licenciement.

— Tu pourrais demander un prêt professionnel, suggère Daryl comme s'il lisait dans mes pensées. Ce serait déjà ça.

Nous restons un moment silencieux, à contempler la grande pièce nue.

— Bon, il faut que j'y aille, dit Clare pour finir. Je dois ramener ces deux-là à la maison pour le déjeuner. Mais Alex, je serais ravie de te donner un coup de main. Je veux dire, dans la mesure où les jumelles me laissent libre, mais je suis là. Appelle-moi si tu as besoin.

— Merci. Je le ferai.

Après un signe de tête, elle s'approche de la poussette. Les bébés sourient et poussent des cris de joie. Elle remet la protection anti-pluie en place et je me précipite pour l'aider et lui ouvrir la porte.

— Clare. Merci. Et je suis vraiment désolé. D'avoir débarqué pour hurler sur ta famille. J'ai honte de mon comportement.

— Ne t'inquiète pas. Moi aussi, je débarque tout le temps pour hurler. Ils ont l'habitude.

En faisant passer la poussette par la porte vers le déluge et la circulation, elle se retourne.

— Alex, je pense que ça sera bien pour toi. Je t'imagine ici, en train de servir des *latte* et des cookies.

— Oui, peut-être. Mais je n'ai aucune expérience, c'est insensé. Je ne sais même pas faire les cookies.

— C'est très sensé, au contraire. La cuisine, je m'en occuperais. L'important, c'est de créer une atmosphère conviviale. Tout le monde en a marre des grandes chaînes aseptisées. On veut des endroits plus intimes, un peu à l'abri du monde. Et toi, tu te soucies des gens, Alex. Ça se voit.

Même quand tu es à côté de la plaque. Tu sais ce que m'a dit Jody, un jour ? « Je suis fière d'être avec lui. » Et ce n'était pas pour ta beauté, vu que tu n'es pas beau. C'est plutôt que… les gens t'aiment bien. Dieu sait pourquoi. C'est pour ça que c'est tellement triste, pour toi et Jody. Il faut absolument que tu recolles les morceaux. Et alors, tu pourras ouvrir ce café et faire couler Starbucks.

J'ai les yeux qui piquent. Sûrement à cause de cette odeur de détergent. On se dit au revoir et je ferme la porte derrière elle. Daryl tape sur son téléphone.

— Je peux refaire un tour ?

— Bien sûr, vieux.

Je m'éloigne de lui pour m'avancer dans le fond de la pièce, où j'avais l'habitude de m'installer avec Sam. Le canapé a laissé des marques sur le sol. Je m'assieds en tailleur à cet endroit. Quand mon fils était tout petit, il m'arrivait de le poser sur le canapé. Je passais ma commande de loin, et on regardait ensemble les suppléments couleur des journaux. J'inventais des histoires pour relier les photos entre elles. Parfois, le plus souvent même, il s'ennuyait au bout de dix minutes, ou bien il y avait trop de bruit et il se mettait à pleurer. Mais venir là avec lui, même pour quelques instants seulement, partager l'agitation d'un samedi midi, ou la paix d'un dimanche, c'était magique, d'une certaine façon. Ça me redonnait du courage. Une semaine de combats, de pleurs, de disputes et d'anxiété, un peu rachetée par un quart d'heure avec un café, un canapé, et des gens autour de nous.

Je pourrais le faire, rendre cette atmosphère à ce lieu, pour d'autres. J'aimerais essayer. J'ai juste besoin de trouver beaucoup d'argent.

— Ça va ? me demande Daryl en s'approchant. Euh, désolé mais j'ai un autre rendez-vous après.

— Oui, oui, tout va bien, réponds-je en me levant.

— Tu en penses quoi ?

— Je suis intéressé, mais…

— Le problème, c'est l'argent ?

J'acquiesce.

— Va voir ta banque, mec. Et fais le tour des riches tontons. En attendant, je vais y aller mollo sur le boniment, je ne le mettrai pas trop en valeur. Mais ne le répète pas, hein, j'ai une réputation à défendre.

J'éprouve soudain le désir étrange de le serrer dans mes bras, mais heureusement, j'arrive à me retenir et me contente de deux mots :

— Merci, Daryl.

Nous partons. Il claque la porte derrière nous avant de regagner sa Corsa en courant. Je reste un moment dehors, intimidé mais heureux. Pendant une fraction de seconde, une connexion se crée entre mes souvenirs, et je me retrouve dans le passé, un lointain passé, dans un autre lieu qui est devenu un cocon, même si c'est seulement après coup. Je vois les deux garçons dehors, la sœur et la mère qui attaquent les gâteaux et les glaces à l'eau, le soleil qui passe à travers la vitre, presque aveuglant. Je sens sa chaleur sur mon visage à travers la pluie mordante.

Bouleversé, je m'appuie au mur de brique pour ne pas tomber. Puis je regarde l'enseigne, ou plutôt l'absence d'enseigne. Et je sais déjà comment j'appellerais ce café s'il était à moi.

CHAPITRE 35

L'appât, c'est moi.

Dan me téléphone pour m'informer que l'Opération Emma est lancée. Ce soir. Je lui demande de ne pas appeler ça « l'Opération Emma », mais il n'écoute pas. Tout ce qu'il me dit, c'est que je dois lui téléphoner afin qu'elle vienne me rejoindre au café *The Box*, un petit centre d'arts au bout de Stokes Croft Road, entre les grandes résidences étudiantes. Il y a un café sympa avec un DJ, le genre d'ambiance qui plaît à Dan. Je l'imagine debout ici, avec une brassée de roses et un set de house d'une demi-heure.

— Mais Dan, je m'occupe de Sam cet après-midi. Je pars le chercher à l'école dans quelques minutes.

— Amène-le. Ce n'est pas un problème.

Du coup, plus tard, lorsque je retrouve Sam devant les grilles de l'école – bon, à cinquante mètres des grilles pour être honnête, mais je m'approche un peu plus à chaque fois – je lui explique que Dan est en train d'organiser une surprise pour Emma, et qu'il va avoir besoin de notre aide.

— C'est comme un jeu ?

— Un peu. Je ne sais pas. Mais au moins, on pourra en profiter pour boire un bon lait mousseux.

— Ouais ! Allons aider Dan !

Une fois sorti de la voiture, je passe le coup de fil à Emma, mais je panique, ne sachant pas ce que je dois lui dire, ni pourquoi diable je voudrais lui donner rendez-vous dans ce quartier.

— Salut, Emma, c'est Dan. Euh… je veux dire, c'est Alex. Alex, ton frère. Bon anniversaire ! Comment tu vas ?

— Euh… bien. Et toi ? Tu as l'air stressé. C'est à cause de maman ? Elle va bien ?

— Non. Je veux dire oui, mais non, ce n'est pas au sujet de maman. Je suis en ville ce soir avec… Sam. Je lui fais visiter un peu. Tu sais, Sam aime bien voir la ville.

— Je croyais qu'on aidait Dan, proteste Sam.

— Chut ! dis-je avant de reprendre la conversation avec Emma. Je me demandais si tu voudrais nous retrouver pour boire un petit café vite fait, vu que c'est ton anniversaire. Et Sam aimerait te voir avant sa compétition, pour que tu lui souhaites bonne chance. Tu es libre ?

C'est pathétique.

— Ça marche. Je suis chez ma copine Pacha. On prépare nos prochains voyages. Je te retrouve où ?

— Eh bien, 17 heures au *Box*. C'est moi qui t'invite.

— D'accord, à tout à l'heure.

Je raccroche et envoie aussitôt à Dan le message convenu :

C'est parti !

Sa réponse ne se fait pas attendre :

Merci !!!

Dans la voiture, alors que nous avançons lentement dans Bedminster puis nous dirigeons vers le centre, Sam a d'autres questions :

— On va où ?

— Dans un café qui s'appelle *The Box*.

— C'est dans un box ?

— Non, c'est juste un nom comme ça. Comment ça va, toi ? Ça se passe bien, ta construction ?

Il a une petite besace avec lui, que nous avons remplie avec des sandwichs, un livre sur *Minecraft,* des Lego et une plume qu'il a trouvée hier au parc et qu'il veut montrer à Emma. Il la sort et se la passe doucement sur le dos de la main.

— Papa, pourquoi on va dans un box ?

— On va voir Tata Emma, et peut-être Dan aussi. Tu te souviens ? Je l'aide à réaliser un plan. Il veut parler à Tata Emma, mais il a un peu la trouille, alors il a besoin de nous.

Je sais que c'est trop compliqué pour lui, alors j'allume la radio dans l'espoir de détourner son attention. Raté. Après une longue analyse scientifique de la situation, nous arrivons à mon grand soulagement devant un parking à étage qui coûte les yeux de la tête, non loin du centre commercial Cabot Circus. Nous montons à pied la colline vers le centre d'arts. Sam s'accroche à ma main pendant la marche, mais ne me demande pas de serrer « plus fort, plus fort ». Il est trop occupé à bavarder. Il me parle de *Minecraft* puis m'explique avec beaucoup d'attention un détail particulier : avec Olivia, il a fabriqué un fanal qui envoie un rayon de lumière blanche dans le ciel.

— La lumière monte jusqu'au paradis, déclare-t-il. Je crois que c'est là que vont les gens après, quand on n'a plus le droit de les voir. C'est chouette.

Je me demande s'il sait ce que ça signifie, ou s'il répète simplement quelque chose qu'Olivia lui a dit. Avant que j'aie pu lui poser la question, il a changé de sujet. Il s'interroge sur Emma, ses projets de voyage, et la compagnie aérienne qui l'emmènera loin de nous. Alors que nous ne sommes plus très loin, il se tait, et je me demande ce que fait Dan, ce qu'il a prévu, et pourquoi il a choisi cet endroit plutôt qu'un autre. Est-ce qu'Emma sera touchée ? Elle repart dans moins d'une semaine, qui sait pour combien de temps. Que peut-il lui dire à la cafétéria d'un petit centre d'arts, qu'il ne pourrait pas exprimer, par exemple, lors d'une soirée fish & chips au

Old Ship ? D'un autre côté, il n'a pas l'habitude des gestes romantiques.

Seigneur, ça va peut-être virer au fiasco. Et dire que j'ai amené Sam…

Quand nous arrivons au café, Emma nous attend déjà à l'intérieur. Assise devant un *latte* et un iPad, dans un sweat élimé et un jean, ses cheveux courts mal peignés, elle a le visage éclairé par l'écran. En nous apercevant, elle nous adresse un grand sourire et des gestes de la main. Sam court vers elle, s'arrête net en la voyant ouvrir les bras, mais se laisse tout de même câliner.

— Tata Emma, j'ai trouvé une plume, dit-il.

— Ah, super, tu me la montres ? Salut, Alex.

— Salut, toi. Joyeux anniversaire ! réponds-je en cherchant Dan des yeux.

La cafétéria est petite et calme, l'intérieur dépouillé tout en verre et béton nu. Des étudiants, tout au fond, comparent des photos sur leurs smartphones entre deux éclats de rire, tandis qu'une femme entre deux âges vêtue d'un tee-shirt Sonic Youth lit un vieux *Vanity Fair*. Des habitués, j'imagine. Aucun d'entre eux n'est Dan. Ni même Dan déguisé. Merde. Il est où ? Emma et Sam regardent l'iPad en discutant de vols et d'avions. Je hoche la tête de temps à autre, sans cesser de fureter des yeux. Quand Emma se dirige vers les toilettes, je jette un coup d'œil à mon téléphone, mais je n'ai aucun message. Serait-ce « Opération Avortée ? »

C'est alors que je le vois. Il se tient près d'une porte intérieure, dans un costume ajusté bleu ciel et une chemise blanche étincelante, comme un mannequin super beau gosse de sortie à Saint-Marin. Il me fait signe d'approcher.

— Coucou, Dan. Tout est prêt ?

— Oui. J'ai l'air de quoi ?

— D'une pub Dolce et Gabbana.

— OK. Et c'est bien, ou pas ?

— Bien sûr, pourquoi pas. Comment tu te sens ?

— Ça va. Où est Emma ?

— Elle est partie aux toilettes.

— D'accord. Quand elle revient, tu peux la conduire ici ?

— Pas de problème. Tu es sûr que ça va ?

— Un peu nerveux…

— Ça va bien se passer. Ce n'est qu'Emma, patate. Je te l'amène. Prépare-toi.

Il respire profondément. Et alors que je m'éloigne, la musique diminue et je l'entends se dire à lui-même :

— Allez, go !

En retournant à la table, je vois Emma qui revient elle aussi. Ce n'est pas le moment de tout faire capoter.

— Viens, Emma. J'ai croisé un ami là-bas. Je vais te le présenter.

Elle me regarde, effarée. Sam, toujours absorbé par la tablette, ne se rend compte de rien.

— Allez, viens dire bonjour.

— Okaaay, répond-elle avec scepticisme.

Dan a disparu par la porte. Je prends Sam par la main et ramasse l'iPad d'Emma. Elle me dévisage puis me suit sans se presser alors que je me dirige vers le seuil. Deux membres du personnel, derrière le comptoir, observent Emma et se mettent à chuchoter. Nous arrivons à la porte, et je la pousse un peu. Derrière s'ouvrent un couloir, puis une double porte, entrouverte, qui conduit à une salle obscure. C'est la première fois que je viens, et je n'ai pas la moindre idée de l'endroit où je me trouve, mais j'entraîne Emma.

— Où on va ? Tu es vraiment bizarre, aujourd'hui !

— Je sais. Suis-moi, c'est tout.

Elle semble prête à faire demi-tour en courant, mais juste à ce moment-là, Dan apparaît dans l'encadrement de la porte, avec son sourire irrésistible.

— Mais qu'est-ce qui se passe ? crie Emma.

— Salut, Emma. J'ai une surprise pour ton anniversaire. J'espère que ça ne te dérange pas, mais il y a quelque chose qu'il fallait que tu saches avant de partir. Mais d'abord, viens par ici.

— Tu fais quoi, espèce de couillon ?

Mais il tend la main, et elle s'approche pour la prendre. Ils franchissent la porte. Je suis obligé de les suivre, de découvrir ce qu'il a préparé. À peine entré, je comprends.

C'est la salle de cinéma. J'avais oublié son existence. Elle est de taille modeste, mais contrairement au reste du bâtiment, décorée avec faste, de velours rouge. De petits rideaux froissés courent le long des murs, comme dans les salles des années 1930, et les fauteuils sont larges et moelleux.

Il n'y a personne d'autre.

Dan conduit Emma vers deux sièges au centre de la pièce et la fait asseoir. Il ramasse un énorme pot de pop-corn sur le sol et le pose sur leurs genoux.

— Ah, on regarde un film ? Dan, c'est quoi le titre ? Et pourquoi y a personne ?

— J'ai loué toute la salle… Je connais un peu le propriétaire. Bref, Emma, euh, voilà ce que je voulais te dire. Quand on sortait ensemble, il y a si longtemps, j'étais vraiment amoureux de toi. Raide dingue. Tu ne t'en es peut-être pas rendu compte. Et puis tu as décidé de partir, et j'ai compris, honnêtement. J'ai pensé que je finirais par t'oublier. Mais ça ne s'est pas produit, Emma. Et j'imagine que ça ne se produira pas. Alors quand tu es revenue, j'étais fou de joie, je n'arrivais pas à croire ma chance. J'aurais dû t'en parler tout de suite, mais je pensais que tu avais tourné la page. Maintenant que tu repars, ça n'a pas d'importance. Je n'ai rien à perdre. Alors je voulais te dire. Où que tu sois dans le monde, quoi que tu fasses… je t'aime à la folie.

Bref silence.

— Tu ne vas pas te mettre à chanter, quand même ? demande Emma.

— Si, j'ai un orchestre derrière le rideau, ils attendent mon signal.

— Oh, non…

— Je plaisante. Écoute, peu importe que tu sois au Brésil, au Vietnam, en Thaïlande ou sur l'île de Man… Je penserai toujours à toi. Je ne peux pas m'en empêcher. C'est comme ça depuis le début, et ça ne changera pas. Si tu as besoin de quoi que ce soit, je serai là. Est-ce que ça fait peur, ce que je dis ? Dans ma tête, ça ne faisait pas peur, mais maintenant j'ai un doute. En tout cas, avant que tu partes, je voulais t'offrir quelque chose. C'est idiot, mais je pense que tu comprendras.

Il lève un bras. Et quelque part, quelqu'un voit son geste, car les rideaux s'ouvrent sur l'écran et un logo apparaît, suivi du refrain familier de *Quand on prie la bonne étoile*.

Le film commence. Et bien entendu, c'est *Le Roi Lion*.

— C'est quoi ? chuchote Sam. Qu'est-ce qui se passe ?

Il me bouscule un peu pour entrer dans la salle.

— Un film ? On peut regarder ? Est-ce qu'il fait peur ? Où est mon casque antibruit ?

— Non, on ne peut pas rester, Sam, c'est juste pour Emma et Dan. Il faut qu'on les laisse seuls.

Je le pousse vers la sortie, non sans me retourner pour jeter un dernier coup d'œil par la porte qui se referme. Emma a les épaules voûtées, et elle tremble un peu. Dan lui met un bras autour du cou, l'air inquiet. Mais dans un élan soudain, elle se tourne vers lui, passe les mains derrière sa nuque et l'embrasse sur la bouche. Il s'agrippe à elle également, et le soleil couchant sur l'écran illumine leurs visages. Le baquet se met à glisser, puis tombe par terre. Les grains de pop-corn s'éparpillent comme des confettis.

Ces deux-là, alors… Charmants, beaux, mais tellement bêtes. Ça leur a pris la moitié de leur vie d'en arriver là… et maintenant ils se bécotent devant un Disney.

Je repense aux enfants qu'ils étaient et à tout ce qui s'est passé depuis. Le bonheur est si fragile. C'est si facile de passer à côté. Parfois, il se présente et on ne le voit pas. Mais d'autres fois, avec une bonne dose de chance et de patience, il sonne une deuxième fois.

— Qu'est-ce qui se passe ? demande Sam. Est-ce que je peux encore jouer sur l'iPad ?

Je ne réponds pas.

— Papa ? Tu pleures.

Chapitre 36

En chemin vers chez Matt et Clare, j'essaie d'évaluer les tenants et les aboutissants. Jody, Sam, l'école, le travail : il faut jongler avec tellement de données, et ce ne sont pas des petites balles, mais des boules de bowling. Remplies de ciment. Ce matin, afin de mettre la machine en branle, je suis allé consulter un conseiller commercial au sujet du café. Avec la compassion froide d'un entrepreneur de pompes funèbres, il m'a expliqué tous les risques de la restauration, le taux de faillite, les horaires, le poids pour la vie de famille. Puis il m'a remis des formulaires à remplir pour un prêt par l'État, et un tableau à compléter pour mon projet sur cinq ans, en me disant d'y réfléchir. C'était l'équivalent, en matière de motivation, d'écouter un album des Smiths avant de se rendre à un premier rendez-vous.

C'est Clare qui ouvre la porte.

—Entre. Comment s'est passé le rendez-vous ?

—Euh… bien, mens-je.

J'avance et manque de m'étaler en posant le pied sur un patin à roulettes.

—Ah oui, fais attention, la femme de ménage est en vacances. Pour toujours.

À l'intérieur règne le chaos habituel. Archie, Tabitha et plusieurs de leurs amis courent partout, dans des déguisements qui sont une épreuve pour les yeux. Une cape de vampire ici, un casque d'astronaute là, comme dans un défilé avant-gardiste de la *Fashion Week* de Paris. Dans la cuisine, Matt s'acharne devant le fourneau sur lequel quatre casseroles fument dans une atmosphère déjà tropicale.

— Alors ? demande Clare en poussant une pile de livres d'enfants pour faire de la place sur le canapé.

— Je ne sais pas, Clare. Bon, je pourrais obtenir un prêt et j'ai des économies, mais c'est trop risqué. C'est un énorme investissement et… je n'ai aucune expérience. Et ni toi ni moi n'avons de gros moyens financiers.

Malgré moi, je jette un coup d'œil à Matt, qui allait entrer dans la pièce mais choisit de faire demi-tour.

— Mais moi, j'ai de l'expérience, rappelle Clare. Et je sais que tu en es capable. C'est un petit établissement, et il avait du succès. On n'est pas en train d'envisager d'ouvrir un énorme truc en plein centre-ville.

— Je sais, mais pour être franc…

Je baisse les yeux vers ce qui doit être une demi-banane écrasée sur le tapis.

— Je n'ai pas tellement confiance en moi, avoué-je. Je ne sais pas si tu as remarqué, mais rien ne s'est passé comme je l'aurais voulu.

— Bienvenue au club, répond Clare d'un ton conciliant. Il y a deux ans, je ne m'attendais pas à des jumelles et des dettes de jeu. Tout allait plutôt pas mal, je croyais. Belle maison, bonne voiture, bon quartier, bonnes écoles… Mais la vie a le don de te secouer et de te mettre des baffes. Et des coups de pied au cul. Et…

— OK, OK, j'ai compris.

— Tu as perdu ton frère, mais tu as survécu et tu as fondé une magnifique famille. Il y a cinq mois, Sam avait peur du bruit et de la foule, maintenant il est inscrit à une compétition de jeux vidéo. Tu es capable, Alex. Je pense qu'il faut vraiment que tu fonces.

— Merci.

Je ne peux rien dire de plus. Et juste quand je vais me mettre à pleurer, Tabitha entre en hurlant, suivie par son frère qui agite une épée et un pistolet laser.

— La stabilité, ça n'existe plus, ajoute Clare alors que la tornade file devant nous. Tout est devenu incertain. Mais on est bien obligé de s'accrocher, non ? Définir des priorités, et s'y tenir.

On reste un moment silencieux, à écouter Matt servir des pâtes dans la cuisine.

— Clare, dis-je d'une voix douce. Tu as encore passé du temps à lire des posts gnangnan sur Facebook, pas vrai ?

Pendant le reste de la semaine, je passe des heures voûté devant mon ordinateur à calculer les sommes dont j'ai besoin pour le café : loyer, mobilier, équipement, personnel. Le soir, je vais voir Jody et Sam. Mais surtout Sam. La compétition approchant, nous le laissons jouer davantage. Il retrouve Olivia en ligne presque chaque jour. Ils s'entraînent à construire, essayent de nouvelles choses, fabriquent de petites machines avec pistons et batteries. Mais avec ses autres amis, ils se rapprochent également du Dragon de l'Ender. Ils ont parcouru le territoire, tuant des monstres et collectant les trésors nécessaires pour localiser le mythique portail. Et ils ont fini par trouver ce lieu légendaire, souterrain, le bout du monde de *Minecraft*.

C'est là que le dragon les attend.

Chapitre 37

Nous sommes à la veille de la compétition *Minecraft*. J'ai regardé l'itinéraire sur Google Maps et prévu de retrouver Dan à l'entrée pour qu'il nous guide. Je passe à la maison pour voir comment s'entraîne Sam. Oui, il s'entraîne. Il prend ça très au sérieux. C'est de la folie. Clare avait raison : il y a quelques mois, il aurait été terrorisé à l'idée de participer à un événement de ce type. Sur le site, j'ai vu des photos des éditions précédentes : un vaste hangar rempli d'adolescents qui jouent sur des écrans géants, le tout dans une pénombre presque complète. J'imagine le bruit d'ici. Je m'attends encore à moitié à ce qu'à peine arrivé, il m'attrape par le bras et me demande de le ramener à la maison. Dans ce cas, on reprendra le cours de notre vie en considérant qu'il s'agissait d'une expérience, comme souvent. Mais d'un autre côté, je pense que ça ne se produira pas.

Je suis assis à la petite table de Dan, surplombant la ville. J'ai pris l'habitude d'imaginer chaque immeuble comme une construction *Minecraft* et je me demande si je pourrais bâtir avec Sam le Clifton Suspension Bridge, ou le Wills Memorial Building, ou au moins l'étrange Cheese Lane Shot Tower. J'ai dans les mains un livre ouvert, mais que je n'ai pas encore commencé, intitulé *Devenir patron de café*, qui avait de bons commentaires sur Amazon. Ça fait un moment que j'essaie de m'y plonger, mais je suis distrait par d'autres pensées. La foule des parents, le crissement des pneus sur la chaussée. Ne le laissez pas passer, tenez-le éloigné. Chaque fois que je songe à avancer dans ma vie, à démarrer quelque chose de nouveau, les images reviennent m'envahir. George, lui, n'a pas eu le temps de former de tels projets.

Mais il y a quelque chose de différent à présent. C'est peut-être la thérapie, ou bien cette détermination qui baigne désormais toute chose – Sam, moi, Jody –, je ne sais pas. Mais par le passé, chaque fois que je pensais à George, je me faisais des reproches si je ne revenais pas au souvenir de ce jour-là. La culpabilité effaçait tout le reste. Ce matin, pourtant, je suis remonté plus loin, m'attardant sur de petits instants à deux : jouer au ballon dans le parc au soleil, une bagarre pour rire devant la télé, lire des bandes dessinées sur nos lits pendant des heures en rentrant de l'école. Je m'aperçois que je souris. Je ne suis pas certain de me souvenir de la voix de George, mais je retrouve son rire, un gloussement *staccato* espiègle.

Ça me ramène à Sam, et à cette étincelle que j'ai vue en lui ces derniers mois. Elle était sans doute là depuis toujours, mais j'étais trop borné pour le voir, trop noyé dans le « problème » de Sam. À présent, je comprends que sa vision du monde est totalement différente de la mienne. Elle est pleine de motifs, de surprises et de beautés que je ne vois pas et ne peux saisir. Lorsqu'il était bambin, nous avions un rituel du week-end. Je le mettais dans sa poussette et l'emmenais sur un banc précis, sur un petit bout de terrain près de l'une des routes principales qui serpentent à travers Bedminster. On restait là une heure, parfois plus, et il me montrait du doigt les voitures, les fourgonnettes et les bus, en demandant : « Où s'en va, papa ? » J'inventais une destination. Au sommet de la colline, on apercevait une rangée de maisons colorées. Je les désignais l'une après l'autre, et il disait « bleu, jaune, rouge, bleu ». Les couleurs qu'il énonçait correspondaient rarement à la réalité, mais ça n'était pas le but. J'aimais ces moments de calme. Je pensais que ce n'était qu'un jeu idiot, un exercice de répétition rassurant. J'avais tort. C'était pour lui une tentative de comprendre le monde, de le classifier, de se repérer dans le tourbillon d'activité qui l'entourait. Il avait besoin de canevas, si fragiles soient-ils, pour interpréter ce qui se passait. Parce que la ville, pour lui, ne formait pas un bruit de fond qu'on peut choisir de ne pas écouter. Le monde assaillait ses sens, sans trêve. Il avait un besoin désespéré d'en saisir la signification.

À présent, tout semble devenir plus clair, comme si le soleil caressait un paysage inconnu. Sam n'est pas un problème, c'est un enfant brillant. C'est mon fils, magnifique. Il est drôle, intelligent et curieux, capable d'établir entre les choses des liens étranges mais remarquables. Son imagination est un immense fourneau qui sculpte une signification à partir du chaos bruyant qui l'entoure. Pourquoi n'ai-je pas vu cela plus tôt ? Encore plus agaçant, alors que j'ai eu tant de mal à tout comprendre, des enfants perceptifs comme Olivia et Tabitha avaient saisi Sam dès le début. Tout du long, j'ai cru que Sam s'enfermait volontairement dans son monde. Alors que c'était moi.

Mon téléphone vibre. Emma, dont j'ignore où elle se trouve, m'envoie un message.

J'ai un appel en absence de maman. Tu lui as parlé ?

Je me rends à la maison en fin de matinée. Je me gare un peu plus loin et marche dans la rue familière. Le ciel disparaît derrière une masse de nuages qui confère une étrange teinte gris silex à la journée, mais la lumière chaude de l'arbre de Noël clignote par la fenêtre du salon, et de celle de la chambre de Sam s'échappent des flashs colorés. Il joue à *Minecraft*. Lorsque je sonne, Jody m'ouvre et me serre contre elle.

— Comment vas-tu ? C'est bientôt le grand jour.

J'acquiesce.

— Qu'est-ce qu'on fait ?

En entrant, je découvre que le salon est rangé, les livres sont tous fourrés sur les étagères au lieu de s'entasser sur le sol et les tables, et des dizaines de cartes de Noël sont accrochées à des ficelles aux murs. Il y a même une nouvelle table basse, dotée d'un espace de rangement qui accueille un bac de jouets et de bandes dessinées. Jody a disposé d'imposants cierges sur le rebord de la fenêtre, et le vrai feu qui crépite doucement dans la cheminée donne à la pièce une atmosphère de soirée paisible, bien agréable en cette journée morne et grise.

— Oh, c'est magnifique ! dis-je.

— Merci. J'ai plus de temps, en ce moment. Ça s'est calmé au musée, et Sam… Sam s'est fait des amis ! Olivia et son frère viennent ici et ils lisent des magazines de jeux vidéo tous ensemble, ils discutent de *Minecraft* bien sûr, mais aussi de Lego et de *Adventure Time* et de tas d'autres trucs auxquels je ne comprends rien. Il a toujours du mal à suivre la conversation, et il écoute plus qu'il ne parle, mais ça n'a pas l'air de les déranger. Je me dis qu'il devait se sentir si seul avant, et il n'avait aucun moyen de nous en faire part…

— Tu as discuté de l'école avec lui ?

— Je préfère ne pas insister en ce moment. Il a tellement de choses à penser avec la compétition. Mais on doit donner une réponse la semaine prochaine. Je ne veux pas qu'il passe une année de plus dans cette école. J'ai l'impression qu'il avance enfin. Certes lentement, mais chaque pas compte.

Nous sommes debout dans la pièce en ordre, à un mètre l'un de l'autre. La lueur orangée du feu se reflète dans ses cheveux et sur sa peau. Je la retrouve dans ses yeux et son sourire. Pendant une seconde, c'est comme si nous avions toujours été là, et ne devions jamais en bouger. Elle me pose doucement la main sur le bras.

— Monte le voir.

En grimpant l'escalier, j'entends la musique en premier, comme toujours. Ce son de piano, doux, presque erratique, qui vous incite à explorer le monde, à prendre votre temps. Je pousse la porte et trouve Sam sur son lit, entouré de livres et de magazines. Une petite lampe apporte la seule lumière en dehors de l'écran.

— Fabrique des torches pour t'éclairer dans la nuit, dit-il en me voyant. Les monstres évitent les zones autour de ces torches.

— Bonjour, Sam. Qu'est-ce que tu fais ?

— Je construis. J'ai un mur, maintenant. Un gros mur qui encercle la tour de Londres, comme sur la photo.

En effet, derrière le bâtiment que nous avons construit ensemble il y a plusieurs semaines s'élève un haut mur, bâti avec un savant mélange de pierres et de pavés. D'étroites fenêtres s'ouvrent dans son périmètre, et deux arches ont été aménagées entre les blocs.

— Tu veux te lancer dans une aventure ? demande-t-il.

Je prends une manette, et nous voici à nouveau réunis dans cet univers.

La chaleur du soleil. La brise qui agite les carrés feuillus des frondaisons, autour de la clairière toute proche. Nous avançons dans les bois, laissant le bâtiment derrière nous.

— Je vais fabriquer un chemin de fer, déclare Sam. Il partira du château, jusqu'au village. Pour voler des carottes, j'irai avec un wagonnet.

— Bonne idée.

Nous dépassons une tranchée qui débouche sur un réseau de tunnels et de grottes, et que nous explorerons un autre jour. Puis un étang bordé de bouleaux, au milieu duquel se dresse une petite île. Ça me rappelle celle que nous avions imaginée lorsque nous étions au camping et que Sam, effrayé, n'arrivait pas à dormir. Elle me semble à présent presque réelle.

Quand la nuit commence à tomber, je m'attends à ce que Sam panique, mais pas du tout. Il tire une épée.

— Elle est en fer, avec un enchantement. Elle est très puissante.

— D'accord, mais on devrait peut-être rentrer. Sinon on risque de se perdre complètement.

Il me suit de mauvaise grâce alors que je fais demi-tour. Les arbres deviennent gris dans la lumière qui décline.

— On s'est bien amusés, pas vrai ?

— Oui. Merci, papa.

L'enceinte du château est en vue lorsque je perçois un bruit familier, pas bien loin. Des os qui s'entrechoquent. Très vite, j'entends une flèche fendre les airs, puis une deuxième.

— Un squelette, dit Sam.

Je me jette entre les arbres, coupant les broussailles avec ma hache tout en courant. Je cherche Sam, mais il a disparu entre les branches noires. Je ne sais pas où se trouve notre assaillant, mais l'étrange fracas de ses ossements est tout proche. C'est alors que je le vois, blanc dans la lumière de la lune, son arc tendu. Il se tient entre la grille du château et moi.

Je m'écrie :

— Je suis coincé !

Il m'atteint de deux flèches rapprochées. Je sens presque ma force vitale me quitter. Est-ce ainsi que les aventures s'achèvent ? Devant notre château, mais trop loin de la porte pour sauver ma peau ?

Mais non, dans un soudain tourbillon de son et de couleur, Sam surgit de la forêt, brandissant son épée. Le squelette se retourne, mais il n'est pas assez rapide. Sam fait un grand moulinet avec sa lame, qui heurte l'ennemi dans un tumulte effroyable et le fait trébucher en arrière.

— Fuis ! hurle Sam.

Mais alors qu'il frappe à nouveau, l'épée vole en éclats, et il est contraint de détaler lui aussi.

Je me précipite, avec seulement la moitié de mes points de vie. Je ne suis plus qu'à quelques centimètres du salut. Le squelette s'est tourné vers moi de nouveau, son arc bandé. J'entends une flèche et me prépare à recevoir le coup de grâce. Je reconnais le bruit de la pointe qui atteint sa cible. Mais je suis toujours en vie.

Je me retourne et découvre Sam, à présent armé d'un arc, debout devant la dépouille de notre adversaire.

— J'ai changé d'arme à temps ! Je t'ai sauvé !

— C'était incroyable, Sam !

En regardant le squelette, nous nous apercevons qu'il a laissé tomber un butin, un seul objet brillant, parmi les herbes et les fleurs. Nous approchons afin de le distinguer : c'est un casque d'or.

— Le dernier joyau de la Couronne, déclare Sam.

— On a réussi !

Il marche devant moi. Nous franchissons les grilles en direction de l'imposant château. À l'intérieur, je m'aperçois que la grande salle a été entièrement transformée : des tableaux ornent les murs, qui sont désormais recouverts de lambris et rythmés par de splendides colonnes de pierre.

— Suis-moi.

Nous montons ensemble l'escalier courbe jusqu'à l'étage supérieur, où un long couloir mène à des pièces plus modestes. Je me promène de salle en salle comme un visiteur dans un luxueux monument historique. J'observe le moindre détail et m'approche des fenêtres pour admirer le paysage. Sam m'emmène vers un petit escalier en colimaçon qui débouche sur les remparts que nous parcourons ensemble, si proches qu'on se tiendrait presque la main. Sous les nuages polygonaux menaçants, nous restons en silence à contempler les montagnes au loin. Nous n'entendons rien d'autre que les vaches et les chevaux dans l'enclos à nos pieds. Nous sommes seuls au monde, et c'est délicieux.

— Sam, tu te sens prêt pour demain ?

— Il y a quoi, demain ?

— La compétition, au festival de jeux vidéo.

— Oh, oui. Il faut que je fasse une bonne construction. C'est ma mission. Olivia va venir regarder.

— Tu sais qu'il y aura beaucoup de monde ?

— Ils ont des ordinateurs, là-bas, donc je n'ai pas besoin d'apporter ma console.

— Tu te souviens du jour où on est allés à Londres ? Avec Tata Emma ?

— On a vu la tour de Londres ! Mais je me suis perdu et j'ai eu peur.

Il reprend la direction de l'escalier, et je lui emboîte le pas.

— Mais tu crois que ça ira, au tournoi ? Peut-être qu'il faudrait que tu mettes ton casque antibruit.

— Oui. Je ne serai pas triste.

— Si tu es triste, ce n'est pas grave, Sam. On a le droit d'être triste. Tout le monde est triste de temps en temps.

— Même toi ?

— Bien sûr.

— Qu'est-ce qui te rend triste ?

— Parfois, papa est triste à cause de son frère, dit Jody.

Nous nous tournons et la trouvons là, sur le seuil, avec une tasse de thé et un verre de lait.

— George, le frère de papa, est mort quand ils étaient petits. Ça rend papa un peu triste. Mais nous allons bien nous occuper de lui.

Sam ne se détourne pas de l'écran.

— Parfois, des loups essaient de manger les cochons et les moutons. Il ne faut pas oublier de fermer le portail. Papa, si tu entres, ne laisse pas le portail ouvert.

— Je ferai attention.

— Si tu donnes de l'avoine aux vaches, elles vont tomber amoureuses.

— D'accord. C'est logique.

Je me tourne vers Jody, qui hausse les épaules d'un air compatissant. Avec un sourire, j'embrasse Sam sur le côté du crâne. Il ne se dégage pas.

— Je peux me joindre à vous ? demande Jody.

— Tu veux dire… dans le jeu ?

— Oui, Sam m'a montré comment on joue.

Elle prend une autre manette, s'assied près de nous, et appuie sur « commencer ». Un troisième personnage apparaît à l'écran. Vêtu d'une combinaison orange. Il me faut quelques secondes pour tilter.

— C'était toi ! Le personnage en orange !

— Je voulais voir ce que vous faisiez. Au début, j'ai regardé Sam jouer, et puis j'ai eu envie de participer. Mais je ne voulais pas que tu penses que je me mêlais de vos affaires, alors je me suis cachée.

— Maman m'a demandé de ne pas t'en parler, explique Sam.

— Tu nous as espionnés dans *Minecraft* ? dis-je avec une horreur feinte.

— Pas très discrètement, mais oui. Je suis désolée.

— Non, ne t'en fais pas. Je suis content de savoir que c'était toi. La prochaine fois, on construira quelque chose tous ensemble.

— On peut commencer une nouvelle construction, propose Sam.

— D'accord, mais je veux que tu saches que si on arrive à la compétition et que tu n'as pas envie de participer, il n'y a pas de problème. On peut aller manger une glace à la place.

Sam pousse un profond soupir.

— Non, je vais le faire. Olivia dit que j'ai toutes mes chances parce que je sais faire des lampes qui clignotent.

— Bon, dans ce cas, c'est réglé, intervient Jody. On va à Londres.

— Tu viens ? dis-je.

— Bien sûr ! Je ne voudrais pas rater ça. On va y aller tous les trois. Ça sera une aventure.

Plus tard, Jody et moi redescendons, et je regarde à nouveau la maison et tous ses changements. Des changements qui se sont produits sans moi.

— Alors, avec la psy, commence Jody. Tu as parlé de nous ?

J'hésite une seconde.

— Je suis désolée, reprend-elle aussitôt. Je sais que c'est confidentiel. Je n'aurais pas dû te poser la question.

— Non, non, pas de problème. Oui, on en a parlé.

— Et alors ? Euh… pardon !

— Pas de problème. C'est juste le début. Je n'ai eu que deux séances. Mais je lui ai parlé du travail, de l'argent, et de Sam, tu sais, comment tout est devenu compliqué et éreintant. Et bon, apparemment j'ai fait beaucoup d'erreurs, mais ça partait d'une bonne intention.

Jody s'apprête à répondre, mais je la coupe.

— Je sais, je sais. Tu avais raison. J'ai tout pris sur mes épaules alors que je n'aurais pas dû. J'aurais dû passer plus de temps à la maison. Et même quand j'étais là, c'était sans y être vraiment. Je regrette de ne pas avoir compris ça plus tôt.

— Tu as toujours été un peu lent.

Nous sommes maintenant tout près l'un de l'autre. Je sens son souffle sur mon visage. Elle se penche vers moi, et je l'imite. Son parfum monte vers moi, comme de l'air chaud. Nous fermons les yeux. Je me demande si je ne rêve pas.

Mais soudain, les braises craquent à grand bruit dans la cheminée et le charme est rompu. Un ancien possible, qui semblait reprendre vie, s'éloigne.

— Bon, je ferais mieux d'y aller.

Je ne parviens pas à déchiffrer l'expression fugace de son visage.

— Oui, répond-elle en secouant la tête pour écarter de ses yeux une mèche bouclée.

Mais nous ne bougeons ni l'un ni l'autre. Je sens l'air frais du mois de décembre arriver par la porte derrière moi, ainsi que les bruits de la rue, le vrombissement discret des voitures au loin et plus près. Nous nous regardons.

— Tu penses rester chez Dan combien de temps ?

— Je ne sais pas. C'est comme pour l'école, le café, et… nous. Il y a des décisions à prendre.

— C'est vrai.

Un klaxon retentit dans le lointain. Une légère brise agite les rideaux.

— Alors, je me disais… reprend-elle. Je veux dire, si tu veux, je me demandais si…

— Oui ?

Jody rit, gênée, et se détourne. Il y a de l'électricité dans l'air. J'ai l'impression de la voir crépiter.

— Je me disais…

Je sens le téléphone vibrer dans ma main, et pour briser la tension, je jette un coup d'œil à l'écran. Je suis sûr que c'est Dan qui se demande où je suis. Mais non, ce n'est pas ça. Pas du tout.

— Ça va ? s'enquiert Jody. Tu es blanc comme un linge.

— C'est ma mère. Elle est à l'hôpital.

Chapitre 38

Je n'ai pas voulu voir George. Je me souviens de ça.

Ma mère m'a demandé, et m'a dit que j'avais le choix. Je pouvais entrer lui dire au revoir, si je voulais, pour la dernière fois. Il était dans une petite pièce à la morgue, allongé tout seul, sur un brancard métallique. Mais j'ai secoué la tête et regardé mes pieds. Ce n'était pas une question de chagrin. J'avais peur. Je ne savais pas à quoi il allait ressembler, je n'avais encore jamais vu de cadavre. Je redoutais qu'il y ait du sang, une vision d'horreur. Quand maman m'a pris la main pour m'emmener, j'ai eu honte.

Je ne sais pas quoi penser de cette décision aujourd'hui. Peut-être que ma psy me le dira, le jour venu. Mais il demeure que ma vision des hôpitaux est entièrement changée par cette journée et ses conséquences. Ce sont pour moi des lieux d'obscurité et de catastrophe. Les gens que vous aimez n'en ressortent pas.

J'appelle aussitôt ma mère.

— Allô ? dit-elle.

Elle a la voix un peu tremblante, mais toute sa force et sa confiance en elle sont là.

— Maman, c'est moi.

— Oui, je sais, ton nom s'affiche sur l'écran, mon chéri.

— Que s'est-il passé ? Tu vas bien ?

— J'ai fait une petite chute, hier soir. J'étais en train de changer l'ampoule du palier, à l'étage. J'en mettais une nouvelle, écologique, tu vois ce que je veux dire. Elles sont drôlement chères, tu ne trouves pas ?

— Si. Mais maman, qu'est-ce qui s'est passé ?

— Eh bien, le tabouret a basculé et je suis tombée. Je me suis un peu assommée, et j'ai le poignet cassé. Je serais restée par terre toute la nuit si Mme Ferris, qui habite au bout de l'allée, n'était pas venue me demander de m'occuper de son chien quelques heures. Elle joue au bridge le jeudi soir. Je ne suis jamais invitée. Bref, comme je ne répondais pas, elle est montée, cette vieille pie, et m'a trouvée. Elle m'a amenée aux urgences, et ils m'ont gardée toute la nuit. J'ai essayé de t'appeler, je t'assure. Comment vas-tu, au fait ?

C'est maman tout craché. Ne te soucie pas de moi, je suis juste à l'hôpital avec un choc à la tête et une fracture, circulez, y a rien à voir. Mais je suis assailli de culpabilité. Parce que je n'ai pas jeté un seul regard à mon téléphone, avec tout ce que j'ai sur le feu.

— Il y a une infirmière avec moi, tu veux lui parler ?

— Oui, bien sûr.

J'entends que le combiné change de mains.

— M. Rowe ? demande une voix autoritaire.

— C'est moi-même. Est-ce que ma mère va bien ?

— Oui, nous ne sommes pas inquiets. Elle souffre d'une fracture de Pouteau-Colles, c'est courant chez les personnes âgées en cas de chute. Nous avons réduit la fracture ce matin. Toutefois, nous pensons qu'elle a peut-être été victime d'un vertige, alors nous avons fait des tests. Ce n'est peut-être rien, mais… il se pourrait tout de même que ce soit le signe d'autre chose, comme du diabète ou un accident ischémique transitoire.

— Un quoi ?

— Un accident ischémique transitoire. Une petite attaque.

Le silence se fait pendant quelques secondes. J'entends ma mère protester contre l'usage du terme « personne âgée ». L'infirmière s'éloigne de quelques pas, me semble-t-il.

— Une attaque ?

Jody pose la main sur mon bras.

— Nous ne savons pas, répond l'infirmière. Nous avons fait des tests, et nous en saurons plus dans quelque temps. Ce n'est peut-être rien du tout. Elle aura tout de même besoin d'aide pendant quelques jours, à cause de son poignet. Votre père est toujours à la maison ?

— Non. Non, il a disparu.

C'est une drôle de façon de le dire.

— Bon, est-ce que vous ou un autre parent pouvez rester avec elle pendant un jour ou deux ?

— Oui. J'arrive dès que je peux. Au revoir.

Je regarde Jody et tente de ne pas trahir la peur qui monte du plus profond de moi. Puis j'entends une voix dans l'escalier.

— Qu'est-ce qu'elle a, mamie ?

Sam se tient sur la première marche, tout en bas, la manette toujours à la main.

— Tout va bien, répond Jody en se précipitant vers lui. Mamie est tombée et elle est à l'hôpital, mais ça va.

— Je vais prendre la voiture. Si je pars maintenant, j'y serai vers 16 heures.

— Tu veux que je vienne avec toi ? demande Jody. Clare et Matt peuvent garder Sam. Je viens. Si tu as besoin de moi ?

J'acquiesce en silence, incapable de trouver les mots pour la remercier.

— Je veux venir aussi. Je veux voir mamie.

— Et la compétition ? dis-je à Jody et Sam.

Tout le monde se tait un moment.

— Emma et Dan peuvent l'amener, suggère Jody.

— Je veux voir mamie !

— Oh merde. Emma. Il faut que je la prévienne.

Elle décroche d'une voix pâteuse.

— Allô ? Alex ? Euh… je suis au lit. J'ai la gueule de bois.

— Emma, maman est à l'hôpital. Elle a fait une chute et s'est cassé le poignet, mais ils lui font aussi des examens. Ils pensent qu'elle a peut-être eu une petite attaque.

J'entends quelqu'un grommeler de façon incohérente, vraisemblablement dans son sommeil. Je sais que c'est Dan, mais je n'ai pas le temps d'interroger Emma sur leur idylle.

— Emma, je descends la voir. Je voulais que tu sois au courant.

— Je viens, répond-elle. Je viens avec toi.

Je l'entends fourrager autour d'elle, sans nul doute à la recherche de ses habits.

— Quoi ? Tu es sûre ?

— Oui. Merde. Oui. J'aurais dû lui rendre visite depuis des semaines. Oh, fais chier, maman. Tu peux passer me prendre ? S'il te plaît, Alex, il faut absolument que je vienne.

Je pose une main sur le téléphone et regarde Jody, qui a tout entendu. Elle hoche la tête.

— OK. Sois prête dans dix minutes.

Je baisse les yeux vers Sam et me demande ce qu'il saisit au juste. Toujours la même question. Si on va chez ma mère, comprendra-t-il qu'on a raté la compétition ? Si elle est malade, peut-il le percevoir ? Je m'agenouille à côté de lui.

— Sam, ta tante veut venir aussi, mais Dan pourrait t'emmener au festival de jeux vidéo. Tu peux quand même y aller.

— Non, je veux aller avec maman et toi. Je veux voir mamie. Je ne veux pas qu'elle s'en aille.

— Elle ne va pas partir, elle a eu un accident, c'est tout.

— Je veux venir. Je m'en fiche !

— On peut faire la compétition l'an prochain, dit Jody.

Au début, je crois qu'elle s'adresse à Sam, mais ensuite je m'aperçois que c'est moi qu'elle regarde.

— Allons voir mamie, d'accord ? ajoute-t-elle.

Nous galopons à travers la maison en jetant des habits et des produits de toilette pêle-mêle dans une valise. Tout va si vite que j'ai du mal à m'y retrouver dans ce tourbillon d'émotions. Mais au fond de moi, je discerne un sentiment derrière l'inquiétude et la confusion. De la déception. Pour Sam, mais aussi pour moi. Je voulais qu'il fasse ses preuves dans cette compétition à la noix. Et je ne m'étais pas rendu compte à quel point c'était important pour moi.

Enfin, nous voilà entassés dans la voiture, en train de traverser les banlieues de Bristol pour prendre la M5. À côté de Sam sur la banquette arrière se trouve une Emma affligée d'une gueule de bois sévère, serrant contre elle un thermos de café. Elle a passé la nuit en boîte avec Dan. Ils sont rentrés à 3 heures. Sam la regarde avec une fascination morbide.

— Est-ce qu'elle va vomir ?

— Non, grogne Emma.

— Qu'est-ce que tu comptes dire à maman ? demandé-je.

— Je ne sais pas. Je ne peux pas lui parler de tu-sais-quoi. Ce n'est pas le bon moment, qu'est-ce que tu en penses ?

— D'accord.

— Enfin, c'est elle qui est importante, là, pas moi.

— Je sais.

— Je vais la jouer complètement détendue.

— OK. Mais ne lui raconte pas, pour la compétition *Minecraft* de Sam. Je ne veux pas qu'elle sache qu'on a annulé un truc pour s'occuper d'elle. D'accord ?

— Très bien. Bref, je vais dormir.

Pendant le reste du trajet, je ne pense qu'à l'attaque. Une attaque. Certes, elle a l'air en forme maintenant, mais quelles seraient les conséquences ? Va-t-elle avoir de nouvelles crises ? Les possibilités et les ramifications fusent dans mon cerveau. J'ai toujours considéré la présence de ma mère comme acquise.

Elle était indestructible. C'est la seule certitude que j'aie jamais eue. Et maintenant ?

— Tu veux que je conduise ? propose Jody.

— Ça va. Ça va.

Quatre heures plus tard, nous nous garons sur le parking d'un petit hôpital de province. Avec ses bâtiments en briques rangés autour d'une petite pelouse bien entretenue, il a des allures de maison de retraite. Il y règne un calme macabre. Nous sortons de la voiture. Emma s'appuie quelques secondes à la portière et respire à grands coups. Sam s'échappe pour sauter sur un banc. Jody est déjà en route vers l'entrée, prête à prendre la situation en main. Elle tend le bras vers Sam en passant près de lui. Nous lui emboîtons le pas.

Lorsque les portes s'ouvrent, l'odeur d'hôpital nous saute aux narines. Ce mélange subtil de désinfectant et de légumes bouillis, qui vous rappelle aussitôt vos précédentes visites. Comme un coup de poing olfactif. Derrière le comptoir se trouvent une réceptionniste et une très jeune infirmière ; celle-ci parcourt des notes attachées à une tablette à pince. Elle semble fatiguée, à bout de nerfs. Je décline notre identité, et l'infirmière nous conduit dans un couloir lumineux, décoré de dessins d'enfants. Nous franchissons une double porte vers une petite chambre commune. Deux des lits sont vides. Un autre accueille une très vieille dame vêtue d'une chemise de nuit victorienne, du moins me semble-t-il. Elle est assise et parle à un homme encore plus âgé, affalé sur une chaise en plastique, tourné vers elle, et qui semble somnoler. Dans le coin opposé, je vois ma mère, déjà vêtue de son manteau, un sac sur les genoux, toute droite au bout de son lit. Elle porte un plâtre volumineux sur le bras et la main.

Soudain, je suis assailli par un sentiment trop connu. C'est peut-être la fatigue, peut-être l'anxiété, mais plus probablement un souvenir tapi tout au fond de ma conscience, d'un moment semblable il y a des années. Ma mère, attendant à l'hôpital, seule et désorientée. Une voix qui lui explique qu'ils n'ont rien pu faire. Est-ce que vous voulez lui dire au revoir ?

Le chagrin me tire d'un coup, comme un courant violent caché sous la surface d'un océan sombre et profond.

L'infirmière me regarde, et semble soudain inquiète.

— Votre mère a eu une grosse journée, hier.

Elle sourit.

— Les examens ?

— Le conseiller va tout vous expliquer.

Et sur ces mots, elle disparaît. Le conseiller va tout nous expliquer ? Qu'est-ce que ça signifie ? Est-ce une bonne ou une mauvaise nouvelle ? Pourquoi l'infirmière n'a-t-elle rien dit de plus ? C'est une mauvaise nouvelle. C'est forcément une mauvaise nouvelle.

Nous avançons groupés vers le lit de ma mère. Après nous avoir adressé de grands signes, elle claque la langue et hausse les épaules pour signifier son effarement d'être obligée de rester là.

— Bonjour, fiston. Ils ne veulent pas me laisser sortir tant que le conseiller n'est pas passé. On se croirait dans *Papa Schultz*, sauf que la nourriture est moins bonne. Comment vas-tu ? Bonjour, Jody, bonjour Sam. Ah, bonjour, Emma. Quelle heureuse surprise ! C'est donc comme ça qu'il faut que je m'y prenne pour que tu viennes me voir ? J'aurais dû y penser plus tôt !

— Bonjour, répond Emma en se penchant pour la prendre dans ses bras.

Nous restons plantés, sans trop savoir quoi dire. Assise sur le bord du lit, un peu séparée de notre groupe nerveux, ma mère perd sa résolution habituelle, et elle paraît âgée, pâle et fatiguée.

— Je voudrais vraiment rentrer à la maison, dit-elle.

Elle parcourt la pièce d'un regard agité, examinant les murs d'un vert morne, les machines médicales qui bipent, les infirmières affairées. Je sais que sa terreur n'a rien à voir avec son accident, mais avec l'autre, celui qui nous hante tous.

Un homme d'âge moyen, paré d'une chemise d'un blanc éclatant, approche à grands pas, les manches remontées, les lunettes posées sur le bout du nez. Ce ne peut être que le conseiller.

— M. Rowe ?

— Oui, réponds-je d'une voix de petit garçon bien élevé.

— Nous avons les résultats de votre mère.

C'est le genre de scène qu'on voit à la télé. La grande révélation. Le patient devant un bureau, ou dans une chambre, inquiet, tendu. La longue pause bien théâtrale, la caméra qui s'attarde sur chaque visage pour absorber les sentiments jusqu'à la dernière goutte. Mais quand ça se produit dans la vraie vie, ces moments de peur et d'incertitude, ils se passent tout autrement, au point d'être presque décevants. Il n'y a pas de musique qui monte, d'émotion chorégraphiée. Juste un homme à la chemise immaculée qui se prépare à vous dire le pire du pire. Et puis c'est à vous d'accepter ça, et la caméra ne coupe pas. Le tournage ne s'arrête jamais. Je sens qu'on me tire par le bras, et j'imagine que c'est Sam, mais lorsque je me tourne, je vois qu'il s'agit d'Emma.

Le consultant parcourt quelques feuilles d'un air désinvolte.

— Elle va bien. Ce n'était qu'une légère commotion.

La pièce me semble soudain plus lumineuse, comme si on venait d'y insuffler de l'oxygène pur. J'ai la tête qui tourne. Emma reprend son souffle.

— Mais… et le vertige ? dis-je.

— Eh bien, ce qu'elle n'a pas raconté aux médecins hier soir, c'est qu'elle avait bu une demi-bouteille de vin avec son voisin dans l'après-midi. D'où le vertige.

— Maman, m'étranglé-je. Tu étais bourrée ?

— Non ! On a passé un agréable moment au déjeuner, c'est tout. Maintenant, je peux sortir d'ici ?

Elle se lève et chancelle un peu. Je me précipite pour l'attraper par le coude.

— Doucement, soufflé-je.

En quête de soutien, je me tourne vers Emma, mais à ma grande surprise, je la trouve en larmes.

— Je suis désolée, maman, sanglote-t-elle. Je suis tellement désolée !

Elle titube vers notre mère et la prend dans ses bras, manquant de dégringoler sur le lit avec elle. J'échange avec Jody un regard mi-amusé, mi-étonné.

— Qu'est-ce qui se passe ? demande Sam.

— Je ne sais pas. Mais quelque chose me dit que Tata Emma est désolée.

La route vers chez ma mère se fait dans un silence tendu. La famille Rowe enfin réunie, entassée dans un vieux break pourri. Avec Jody et Sam en plus. On croirait un diagramme de Venn de regrets et d'incertitudes. Nous nous arrêtons en chemin pour acheter du fish & chips, et lorsque nous arrivons dans l'allée gravillonnée de ma mère, il fait nuit noire, une demi-lune brillant à peine à travers les arbres, dans un halo bleuté.

Emma aide ma mère à sortir des assiettes et à extirper les frites brûlantes et le poisson pané de leurs papiers. Par chance, Jody a emporté des sandwichs fromage-piccalilli pour Sam, et il les mange en silence en regardant la machine familiale se remettre péniblement en route.

Alors que nous sommes assis autour de la table, ma mère pose quelques timides questions à Emma sur ses voyages. Et voilà ma sœur lancée. Elle se lance dans le récit de ses dix années de voyage, choisissant des anecdotes convenables aussi bien pour son neveu que pour sa mère. Il y a des épisodes que nous avons déjà tous entendus lors de ses précédentes visites, mais personne ne l'interrompt, car après une longue journée d'inquiétude, c'est un soulagement de pouvoir écouter en silence. Puis elle arrive à son retour, à sa tentative peu enthousiaste pour donner une seconde chance à l'Angleterre, et enfin à ses projets pour l'avenir… et qui incluent peut-être mon meilleur ami, mais peut-être seulement.

— Tu sors de nouveau avec Dan ? s'étrangle ma mère.

— Oui. Pourquoi, c'est quoi le problème avec Dan ?

— Oh, rien du tout. Mais ce pauvre garçon a déprimé pendant une année entière après ton départ. J'espère que tu ne vas pas lui refaire le coup.

Emma me regarde sans répondre.

Alors maman se remet à parler pour meubler. Elle raconte à Emma sa vie en Cornouailles. Elle prend des nouvelles du musée auprès de Jody, et du café auprès de moi.

— Et toi, Sam, qu'est-ce que tu fais de beau en ce moment ? s'enquiert-elle.

— Rien, répond-il.

— Qu'est-ce que tu aimes bien ?

— *Minecraft* et les avions et pas l'école. Est-ce que tu es guérie ?

Ma mère rit, mais je redoute qu'il mentionne la compétition.

— Je vais bien. Mais je ne rajeunis pas. Je me demande si je ne devrais pas vendre cette maison, peut-être me rapprocher de Bristol. On verra.

— C'est vrai ? Je trouve que c'est une bonne idée, dis-je.

— Seulement si ça ne te dérange pas. Et ça ne t'oblige en rien à rester dans la région.

— Ne t'inquiète pas, je reste de toute façon.

— Il n'a pas le choix, explique Jody. On est là, nous.

Nous nous regardons, et je me souviens qu'elle était sur le point de me dire quelque chose lorsque j'ai reçu le texto de maman. Mais je ne veux pas essayer de deviner. Je ne veux pas nourrir de faux espoirs.

— Et puis, d'ici là, tu auras ton café, ajoute ma mère.

— Eh bien, on verra. C'est très cher, il y a des risques… Il me faudrait environ vingt mille livres pour pouvoir me lancer. Et je n'ai pas les moyens pour le moment.

— Mais tu en as envie ?

— Oui. C'est excitant, tu sais ? Cette idée. Cet endroit fait partie de notre vie, pas vrai, Sam ?

Il acquiesce en silence.

— Bon, conclut ma mère. Il faut que tu tentes le coup. C'est ce que George voudrait. Il te dirait : « Fonce. Qu'est-ce qui peut arriver de pire ? »

Sam a envie de dire quelque chose, mais il se reprend.

— Bien, dit ma mère. Je vais faire la vaisselle.

— Tu as le poignet cassé, rappelle Emma. Je m'en charge.

— Seigneur, s'écrie ma mère. Elle a vraiment changé !

— En fait, j'ai un truc à te dire. Il m'est arrivé quelque chose. Je dois te le raconter, et aussi m'excuser d'avoir pris la poudre d'escampette. Mais je préférerais t'en parler seule à seule.

Je m'attends à ce que ma mère sorte une remarque sarcastique de son cru, mais elle regarde Emma et comprend qu'il lui a fallu du courage pour se lancer, et qu'il s'agit d'un événement important. Elle lui passe un bras autour de la taille et l'entraîne dans la cuisine. La porte se referme derrière elles.

Plus tard, nous préparons des lits : Jody et Sam dans la chambre d'amis, moi dans le petit cabinet à côté, Emma en bas sur le canapé.

— C'est quoi le plan, alors ? demande Emma alors que je l'aide à installer son sac de couchage.

J'entends notre mère dans la cuisine, et Jody qui emmène Sam se brosser les dents dans la salle de bains, en haut.

— On reste tous ici demain, on voit comment elle se débrouille. Ton vol, c'est dimanche soir, c'est ça ? Tu pourrais prendre le train ? À moins que Dan te dépose ?

— Je verrai. Et pour la compétition ?

— Oh, ce n'est pas grave. Je ne peux pas te laisser seule avec maman, ça ne serait pas juste. On ira l'an prochain. Pour être honnête, je ne suis pas certain qu'il serait allé au bout, de toute façon. C'est une excellente excuse pour ne pas le mettre en échec.

Elle acquiesce, sans conviction.

— Bonne nuit, alors, conclut-elle.

Chapitre 39

Quelqu'un frappe doucement à ma porte. Puis plus fort.

— Quoi ? Qu'est-ce que c'est ? dis-je d'une voix ensommeillée.

— C'est moi, répond Emma.

Je consulte mon téléphone. 7 heures du matin. Aussitôt, je redoute qu'il soit arrivé quelque chose à maman.

— Tout va bien ?

— Oui, me rassure-t-elle, mais on a eu une autre idée.

J'aperçois Sam qui me regarde par la porte. Il est tout habillé, un livre de *Minecraft* à la main. Jody est à ses côtés.

— On a discuté, reprend Emma. Vous allez à cette compétition.

— Quoi ?

— Maman est en forme. Je vais rester ici aujourd'hui, et je prendrai le train dimanche. Ça ne sert à rien que vous ratiez ce tournoi. Par contre, il faut partir tout de suite. Je lui expliquerai tout quand elle se réveillera. Ce n'est pas un problème. Prépare-toi, et mettez-vous en route.

— Mais…

— Alex, y a pas de souci. Emmène Sam à ce festival. Jody, dis-lui, toi…

Jody passe la tête dans l'embrasure.

— Alex, ta sœur me harcèle depuis 6 heures du matin. Je crois qu'on va devoir faire ce qu'elle dit.

Sam entre dans la pièce.

— Allez, papa.

— D'accord, réponds-je en me levant. C'est parti. Où est mon caleçon ?

Et nous voilà dans la voiture, en route vers Londres. Jody est assise devant à côté de moi, Sam à l'arrière, plongé dans son guide de *Minecraft*. La compétition commence à 13 heures. Nous avons cinq heures de trajet devant nous ; autant dire que c'est serré. Si on tombe dans des bouchons, on n'arrivera pas à temps.

Personne ne parle beaucoup. Nous sommes perdus dans nos pensées, nos angoisses. Je voudrais questionner Jody sur la conversation que nous avons commencée à la maison. S'apprêtait-elle à me demander de revenir sous le toit conjugal ? J'aimerais lui dire que je me sens tellement mieux, que j'ai compris ce que j'ai raté, en étant distant, en gardant tout pour moi. Je sais qu'il y a sans doute toujours eu un problème entre nous, et que les racines du mal remontent probablement très loin, à un froid après-midi et un terrible accident. Ma psy m'a parlé de la culpabilité des survivants : ce sentiment d'avoir d'une certaine façon causé la mort de George, ou que j'aurais dû mourir à sa place. La culpabilité s'est toujours dressée au-dessus de moi comme une canopée pleine d'épines.

Nous sommes arrivés dans le Somerset quand mon téléphone se met à vibrer. Je le sors de ma poche et le passe à Jody.

— C'est Dan, dit-elle.

— Merde, on était censés le retrouver au festival. Il y a une demi-heure.

— Il est au courant des événements ?

— Seulement si Emma lui en parlé.

— Dans ce cas, peut-être que non ?

Elle prend l'appel et le met sur haut-parleur.

— Allô ? crié-je.

— Salut, dit Dan. Vous êtes où, tous ? Tu sais que la compétition commence dans deux heures ?

— Euh… oui, on a eu un petit contretemps. On est un peu en retard.

— C'est bondé, mec. Sam doit s'inscrire pour participer. Tu veux que je m'en occupe ?

— Oui !

— OK, mais il faut vraiment vous bouger, les gars. Emma est avec vous ? Elle a disparu hier, et elle ne répond pas à mes textos.

— Euh… non, elle n'est pas vraiment avec nous.

Pendant que je slalome entre les voitures sur la quatre-voies, Jody lui explique ce qui s'est passé, et comment Emma se trouve actuellement en Cornouailles pour s'occuper de sa mère.

— Un message pour me prévenir n'aurait pas semblé déconnant, mais bon, soupire Dan.

Au bout de trois heures, nous sommes sur l'A303, filant à travers le Wiltshire, au milieu de pâturages et de champs boueux qui s'étendent à perte de vue, ponctués de villages sans intérêt. Je me faufile entre les camions et les monospaces. Je regarde l'heure toutes les deux secondes. L'aiguille se rapproche inexorablement de 13 heures. Dans le rétroviseur, je vois Sam, silencieux et seul. Il est toujours dans un monde à part, ça, je l'ai compris. Mais à présent, je sais qu'il est accessible. C'est bizarre que je l'aie découvert à travers un jeu vidéo. Si on arrive à l'heure, il va jouer avec une centaine d'autres personnes. Malgré tout ce que j'ai appris, je ne sais absolument pas comment Sam va réagir.

La M3 passe dans un tourbillon de banlieues toutes semblables et de bosquets, mais en approchant de Londres, la circulation devient plus dense et on commence à ralentir. Jody ouvre l'appli GPS de son téléphone et nous annonce qu'il nous reste à peu près quarante minutes de route. La M25 est en vue lorsque Dan rappelle.

— Les gars, ça démarre dans vingt minutes. Je garde une place pour Sam, mais je ne pense pas qu'ils attendent.

— On est arrivés ? demande Sam.

— Presque. Dan, tu peux retarder le lancement ?

— Euh… Comment veux-tu que je fasse ?

— Je ne sais pas ! Dis-leur qu'on arrive !

— Je leur ai dit. Ils s'en foutent.

J'écrase l'accélérateur pour doubler une file de bus. Je manque de heurter le rétroviseur d'une BMW dans la voie la plus rapide. Le conducteur klaxonne et crie quelque chose que je n'entends pas.

— Le monsieur n'est pas content, commente Sam.

— Dan, je t'en prie, trouve une idée !

L'autoroute semble désespérément bouchée, mais j'arrive à me faufiler entre les fourgonnettes et les bus, Jody agrippée au tableau de bord, Sam se balançant comme un culbuto sur la banquette arrière. Nous sommes dans la périphérie de Londres, entourés par un sinistre patchwork de zones industrielles et de maisons entassées. Au loin, des bosquets d'immeubles des années 1960 se dressent comme autant de pierres tombales. Sam regarde par la vitre, fasciné.

En quittant l'autoroute, nous tombons sur un ralentissement. Une file de voitures attend pour s'engager dans la route que nous voulons prendre. Sam se penche pour consulter l'écran de Jody.

— Il y a un autre chemin. On prend cette rue, et ensuite celle-là.

— On peut passer par là ? me demande Jody.

— Au point où on en est, autant jouer le tout pour le tout.

Je traverse deux voies dans un crissement de pneus et fonce vers une route secondaire. Dan appelle.

— J'ai réussi à gagner un quart d'heure, déclare-t-il.

— Comment ? s'enquiert Jody.

— Ne le répétez pas, mais il se pourrait que j'aie demandé mon pote Jay de pirater leur réseau pour crasher le serveur. Ce n'est rien, juste une petite attaque. Ils vont réparer ça.

Nous apercevons enfin le palais des congrès. C'est un genre de hangar au loin, niché au milieu d'un étrange amas d'immeubles de bureaux et entouré d'hectares de parkings. On dirait un lugubre complexe militaire.

— On y est ? demande Sam.

— Oui, presque.

Alors que nous circulons dans le labyrinthe des parkings, nous voyons de grands groupes d'adolescents et de jeunes adultes converger vers le bâtiment. La plupart portent des jeans et des sweats à capuches, mais certains, déguisés en karatékas ou en zombies, frissonnent dans le froid mordant.

Différents employés en gilet jaune, tous plus apathiques les uns que les autres, nous dirigent vers une place de stationnement. Nous sortons de la voiture et nous dégourdissons les jambes tout en regardant la procession bariolée de gamers. Au-dessus de l'entrée, une gigantesque enseigne proclame « Gen X Games Convention ». De part et d'autre, deux grandes affiches publicitaires présentent des jeux dont je n'ai jamais entendu parler, avec des space marines et des types musclés armés de mitraillettes. Sam s'agrippe à ma main lorsqu'un groupe de stormtroopers hilares passe devant nous en trottinant.

— Allez, il faut qu'on se dépêche.

Nous rejoignons l'étrange cohue qui se dirige vers l'imposante entrée bordée de snacks, de vestiaires et de stands de souvenirs. Les gens dans la foule attendent pour acheter à manger ou entrer dans le hall d'exposition. D'autres jouent sur des consoles portables en discutant entre deux éclats de rire.

— Ils font du bruit, je n'aime pas ça, dit Sam.

Il s'arrête d'un coup, les yeux baissés, refusant d'avancer. Je connais bien le phénomène pour l'avoir vécu des centaines de fois sur le chemin de l'école, et avoir négocié ou sermonné en vain, jusqu'à finir par m'énerver et l'attraper comme un sac de patates pour le déposer à l'école.

Mais pas aujourd'hui.

Je m'agenouille pour qu'il voie mon visage dans le tumulte.

— Sam. C'est bon. Tu as le droit d'avoir peur. Mais maman et moi, on est là, et j'ai ton casque antibruit. On va faire comme si c'était un jeu, et qu'on devait trouver le moyen de traverser la foule. Comme des espions. Tu te souviens, à Londres ? À la fin, tu avais réussi, pas vrai ?

— J'ai vaincu ma peur.

— Tu peux y arriver encore. C'est comme ça que ça marche : on surmonte nos peurs ensemble. D'accord ?

— D'accord.

Pendant un moment, il reste immobile, se tapotant la tête avec la paume de la main, pour réfléchir. Je sais maintenant que je dois lui laisser le temps d'enregistrer tranquillement ce que je viens de lui dire. Je prends le casque dans la poche de ma veste et regarde les portes qui mènent au hall d'exposition. Lorsqu'il est prêt, il reprend ma main et me tire vers l'avant.

— C'est par là, dis-je avec confiance.

— Bien joué, me chuchote Jody.

Nous franchissons aussi vite que possible le poste de sécurité avant d'entrer dans un large couloir qui dessert toute une série d'immenses salles. C'est là que le bruit nous atteint : une mitraille de sons électroniques et de boum-boum qui fait vibrer le sol dallé de pierres. Et dedans, c'est le chaos.

Aussi loin que porte le regard, à travers l'obscurité presque totale du hangar, des dizaines de stands sont occupés par différents éditeurs de jeux. Des centaines d'écrans géants forment des rangées, chacun diffusant des images différentes de parties. Des spectateurs avides s'agglutinent autour d'eux, les yeux rivés sur les visuels hypnotiques, rient et se tapent mutuellement dans la main. C'est la guerre des décibels entre les centaines de sonos qui vagissent de la dance, des guitares rock et des bruits d'explosion, créant un véritable barrage sonore, l'équivalent auditif d'une lumière stroboscopique. Nous nous arrêtons, ne sachant où regarder, et sommes bousculés de toutes parts par des visiteurs pressés d'atteindre les stands des derniers jeux sortis. Je baisse les yeux vers Sam et constate qu'il articule des mots que je n'entends pas. Je me penche vers lui.

— Pardon ? crié-je.

Je ne comprends pas sa réponse.

— Pardon ? m'époumoné-je.

— Mon casque, papa, mon casque !

Je me hâte de le lui poser sur les oreilles. Il s'y agrippe de toutes ses forces. Je consulte le plan au dos du prospectus qu'on m'a fourré dans les mains à l'entrée. Jody montre la zone *Minecraft* sur le schéma avant de tendre le doigt vers le coin opposé du hall. Nous avançons en nous faufilant entre des ados en tee-shirts à l'effigie de personnages du jeu et des employés déguisés en Pac-Man ou Sonic le Hérisson. J'aperçois une pancarte *Minecraft*, dans la police minérale du jeu, reconnaissable entre mille, et me fraye un chemin dans cette direction.

Nous voilà enfin à l'entrée d'un vaste espace, séparé de la salle principale par des hauts écrans, décoré de grandes répliques en carton de Steeve, de Creepers et de zombies. Sam nous sourit. On va y arriver.

À l'intérieur, l'atmosphère est très différente, un peu plus calme. Des rangées de bureaux, avec écran et fauteuil, ont été disposées comme dans la salle informatique d'une école. Tout autour, on a disposé des cubes de carton peints pour ressembler aux blocs du jeu, arrangés en petites huttes. Un coin orné de pelouse artificielle accueille des fauteuils poire.

Dans un coin, un gros arachnide a été accroché au mur, et ses yeux clignotent. Craignant que Sam prenne peur, je tente de le lui masquer, mais il l'a repéré.

— Tout va bien, c'est pour du faux, dis-je.

— Les araignées n'attaquent pas quand il fait jour. Sauf si on les attaque d'abord, répond-il.

Les joueurs sont nettement plus jeunes ici. À chaque bureau, un préado ébouriffé en tee-shirt *Minecraft* tape sur son clavier ou agrippe sa manette, les yeux rivés à l'écran. Pour la première fois depuis que je suis sorti de la voiture, je me sens en terrain connu. Je sais ce qu'ils font. Je regarde Sam, qui a enfin lâché ma main et observe autour de lui, le regard sautant d'un écran à un autre.

Chaque rangée est plongée dans une sorte de mini-jeu différent. Les joueurs se battent tout en explorant. Ils rient et crient, commentant sans relâche ce qui se passe, comme des Youtubeurs.

— J'ai une épée en diamant !

— J'ai besoin d'une pioche !

— Je me cache dans une grotte, foutez-moi la paix.

— J'ai débusqué un coffre au trésor.

Le langage du jeu, ses matériaux et ses conventions leur sont familiers à tous. C'est leur habitat naturel. Ils sont comme Sam.

Je trouve une femme en tee-shirt *Minecraft* vert, avec STAFF écrit dans le dos, penchée pour parler à l'un des joueurs.

— On est là pour la compétition, dis-je.

— Ah, c'est Sam ? On t'attendait. Ton ami Dan te garde une place. Je vais te montrer ton siège.

Nous la suivons à travers une zone beaucoup plus vaste, où les écrans sont installés sur des tables à tréteaux. Ici, on doit pouvoir accueillir une centaine de joueurs. Ils sont déjà nombreux, occupés à construire sans se presser ou à se promener dans les paysages. Je repère enfin Dan, assis à un bureau, une Nitendo 3DS dans les mains, tapotant les boutons. Il porte un tee-shirt *Call of Duty* et une casquette *Tomb Raider*. Tout autour de lui, j'aperçois des sacs remplis de posters et d'autres tee-shirts.

— Eh ben ! Il est vraiment tombé dans la marmite, murmuré-je.

En nous voyant, il se lève d'un bond pour taper dans la main de Sam, avant de me donner une claque dans le dos.

— Enfin ! Les serveurs sont réparés, ils sont prêts à démarrer.

— Merci, réponds-je.

— Pour quoi ?

— Oh, trois fois rien. Tu as seulement fait crasher toute l'infrastructure numérique du festival pour nous.

— Bah, c'est la moindre des choses.

Sam s'assied, et je constate qu'il est entre deux filles du même âge que lui environ, toutes les deux absorbées par leur jeu. Il s'installe avec maladresse, sa besace serrée contre son cœur. Je suis surpris qu'il ait tenu le choc jusqu'ici, mais à présent, pris dans la réalité du moment, dans cet environnement étrange, ça va peut-être être trop pour lui. Heureusement, j'ai tout prévu.

— Je t'ai apporté des jouets pour décorer ton bureau.

C'est alors que je vois Jody fouiller dans son sac à main pour en sortir une poignée de figurines.

— Les grands esprits… sourit-elle.

— J'ai pris Hulk et un avion.

— Et moi, Batman, une voiture Lego, et une photo de nous trois à la plage.

— Ah oui, bien sûr.

Nous disposons toutes ses affaires autour de l'écran. Et je prends conscience qu'il s'agit de la version PC du jeu, pas Xbox. C'est presque pareil, sauf que les commandes et les menus sont différents. Mais Sam attrape la souris et charge une carte.

— J'ignorais qu'il savait se servir d'un PC, confie Jody.

— Le frère d'Olivia en a un. C'est facile, explique Sam.

— Tu te souviens, quand il avait quatre ans, et qu'il a réglé la télé pour enregistrer tous les épisodes des *Octonauts* sur le câble ? Il avait appris en nous regardant. Il connaissait aussi les mots de passe de nos téléphones…

— Et le code du cadenas de mon vélo, ajoute Jody.

— Il avait essayé de le cacher derrière les buissons au fond du jardin parce qu'il avait peur que tu tombes.

— Oui ! Je me souviens de tout ça. Je pensais que tu avais oublié. Ça me fait plaisir.

— J'ai commencé à me remémorer plein de bonnes choses.

— Moi aussi, répond-elle.

Un membre du staff nous connecte au réseau.

— Tout va bien, Sam ? dis-je.

— Je suis en train de vaincre ma peur, assure-t-il.

J'ai l'impression qu'une éternité s'est écoulée depuis que nous avons créé Le Monde de Sam et Papa. Cet espace que nous partagions alors que nous étions séparés. Ce lien. Quand tout le reste n'était que chaos, nous avions un endroit où nous évader pour explorer. Un endroit avec une logique, des règles, et des frontières bien définies. Nous savions où nous étions. Nous étions en sécurité, et nous pouvions faire tout ce que nous voulions. Être ici me montre soudain tout ça avec une netteté aveuglante, presque écrasante.

Pendant qu'il se prépare, je recule vers Dan, qui semble lire dans mes pensées.

— On a réussi, déclare-t-il en me passant le bras sur l'épaule dans une embrassade virile.

— Oui, c'est tellement immense pour Sam. J'ai du mal à croire qu'on soit vraiment là.

— Pas moi. Je savais que tu y arriverais, que tu arrangerais tout.

— Je n'ai rien fait…

— C'est ce que tu crois toujours. Et tu te trompes à chaque fois. Tu ne sais pas à quel point je compte sur toi ? Depuis le jour où on a emménagé à côté de chez toi, c'est comme ça. Tu as réparé mon vélo, tu m'as dit quel ordinateur acheter, tu ne m'as pas cassé la gueule quand j'ai commencé à sortir avec ta sœur. Je savais que tu amènerais Sam ici. Tu l'amèneras toujours là où il a besoin d'être.

— Waouh ! Qu'est-ce qui me vaut cette grande tirade, espèce de taré ?

— Je ne sais pas… On verra.

Nous nous regardons, confrontés à la même question, celle qui taraude tous les amis hommes. On se prend dans les bras, ou pas ? Et on le fait, à la grande surprise de Jody. J'ai envie de dire « J'espère qu'on sera toujours amis ». Mais je bredouille « J'espère qu'on sera toujours ensemble ». Heureusement, il comprend ce que je veux dire, et c'est normal parce que c'est sincère. J'ai débarqué dans son appartement avec rien, démoli, et c'est lui qui m'a remis sur pied avec sa générosité désinvolte. Ça a pris des mois, mais pas une fois il n'a demandé quand je partais. Pour être honnête, je pense qu'il ne l'aurait sans doute jamais fait.

Soudain, c'est trop d'émotion pour l'un comme pour l'autre, et Dan, repérant un canapé libre non loin, se précipite pour se vautrer sur les coussins verts bien rembourrés. Derrière lui se trouve une rangée de parents, certains éblouis par le décor, d'autres impassibles, plongés dans des magazines ou leur téléphone, comme dans la salle d'attente du médecin. Comme si rien de merveilleux n'était en train de se produire.

Sam court partout dans son paysage virtuel, s'élançant à la poursuite des animaux de la ferme, slalomant entre les arbres, pour se familiariser avec les commandes. La fille assise à sa gauche doit avoir dix ou onze ans. Les cheveux noués en couettes, elle porte un sweat Creeper et de grosses lunettes. Elle dit quelque chose à Sam en montrant son écran du doigt. Comme il ne l'entend pas, elle soulève doucement l'un des côtés du casque. Je grimace, craignant une réaction. Je ne voudrais pas qu'il la frappe, par peur ou par colère. Mais il l'écoute avec attention et hoche la tête. C'est une autre découverte : il faut lui faire confiance.

Sur le devant de la pièce, un membre du staff monte sur une petite estrade, un micro à la main.

— Bonjour tout le monde, la compétition va commencer. Tous les participants sont priés d'arrêter leur jeu et de charger le mode « créatif ». Nous allons passer vérifier vos noms. Puis nous vous donnerons le thème de cette année, et vous aurez quatre heures pour construire votre projet !

Je soulève le casque de Sam pour lui transmettre le message.

— Tu veux que je reste avec toi ?

— Non. Je vois maman sur le canapé. Vous serez sur le canapé tout le temps ?

— Oui, on ne bouge pas. Ça va aller ?

— Oui. Tout va bien. Papa, je dois faire quoi ?

— Ils vont te dire, Sam. Ils vont te donner une idée, et tu feras quelque chose qui est comme cette idée.

— Je peux faire un château ?

— Je pense que ça va dépendre du thème.

— C'est quoi, un thème ?

Je m'agenouille et place une main sur la sienne.

— Sam, peu importe. Fais ce que tu veux. Quelque chose de chouette. Tu es bon, tu peux faire tout ce que tu veux. Amuse-toi bien.

— Mais je veux gagner.

— Je sais, et c'est bien. Mais ne t'inquiète pas. Si ça ne va pas, regarde-moi et je viendrai, Sam. Je viendrai te chercher.

Je recule alors qu'un jeune homme approche avec un bloc-notes. Il vérifie l'écran de Sam puis lui demande son nom. L'ambiance est survoltée, d'autres enfants se précipitent pour participer, grimpent sur les chaises, connectent leurs ordinateurs et leurs consoles. Ils sont peut-être soixante-dix maintenant, à bavarder ou se taper dans la main. Certains ont déjà vingt ans, l'air calme et confiant. J'ai un peu envie de débrancher les câbles de leurs PC par accident en passant près d'eux. Mais je me contente de retourner vers le canapé, où Jody me fait de la place.

— Comment il est ? demande-t-elle.

Avant que j'aie pu répondre, la sono glapit.

— OK, tout le monde est prêt ? hurle l'animatrice.

« Oui », clament les joueurs dans un brouhaha étouffé.

— Je veux entendre plus de bruit ! Est-ce que vous êtes prêts ? s'époumone-t-elle.

— Oui ! crie la salle en réponse.

Sam, manifestement secoué, enlève son casque et regarde autour de lui. La fille à côté de lui dit quelque chose et montre l'estrade du doigt. Il pose le casque sur ses genoux.

— OK, le thème de la compétition cette année est…

Pause théâtrale. Les participants sont tous tournés vers elle, bouche bée, les mains déjà sur les claviers et les manettes. Tout le monde a chargé le jeu en mode « plat », qui ne contient aucun paysage, et je vois des dizaines d'écrans avec un monde lisse et vide, prêts à recevoir l'étincelle de créativité divine. Attendant la genèse.

— Le thème est… « le bâtiment le plus important de Londres ». C'est parti !

C'est un soudain bouillonnement d'activité alors que soixante-dix joueurs déroulent leurs menus en même temps pour parcourir leurs ressources. Certains ouvrent une autre fenêtre sur leur écran et cherchent « bâtiments Londres » dans Google, d'autres se mettent aussitôt à l'ouvrage.

Je me sens soudain confiant et surexcité. Sam connaît bien les monuments de Londres. Il a déjà construit la tour, et il peut recommencer. Je le vois se tourner vers moi, sans parvenir à déchiffrer son expression. Les membres du personnel commencent à patrouiller autour de l'espace de jeu, afin d'isoler les participants. J'adresse à Sam un sourire encourageant, pouce levé. Il me regarde toujours, et Jody vient de s'en rendre compte. On dirait même qu'il me dévisage. Je connais cette expression : il réfléchit. Je me demande s'il va insister pour qu'on s'en aille. Mais soudain, son expression change et il sourit, avant de reporter son attention sur l'écran.

Il se met au travail.

Chapitre 40

Alors que Sam est plongé dans sa construction, j'aperçois soudain quelque chose, une silhouette familière près de l'entrée, fouillant la zone *Minecraft* des yeux. C'est Emma, l'air désorienté et affolé. Pendant une seconde, j'imagine qu'elle a abandonné maman, puis je vois – non sans soulagement – qu'elle est là aussi. Dan les repère à son tour et se met à agiter les bras avec frénésie. Soudain, il s'arrête, frappé par une pensée. Il se tourne vers Jody et moi.

— Euh… Vous pensez qu'Emma lui a dit, pour nous deux ?

J'échange un regard avec Jody. Nous hochons la tête d'un même geste.

— OK, soupire-t-il.

Emma s'approche d'un bond pour le serrer dans ses bras. Je me faufile parmi les enfants qui regardent la compétition, à la rencontre de ma mère.

— Coucou, ça va ? Je suis désolé qu'on soit partis, c'est Emma qui nous a forcé la main.

— Ça va, répond-elle en m'attrapant les bras. Tu aurais dû m'en parler, je n'aurais jamais voulu que Sam rate cet événement ! Où est-il ?

Je le lui montre du doigt au milieu de la masse d'écrans. Il semble avoir pris confiance avec la souris et le clavier. Il est totalement absorbé par sa tâche. Heureux.

— Regarde-le ! s'écrie-t-elle. Il y arrive.

— Oui ! Il est devenu copain avec la fille à côté de lui.

J'ai l'impression que je pourrais exploser de fierté. C'est une sensation à laquelle je ne suis pas habitué.

— Je suis tellement content que tu sois là ! Que tu puisses voir ça !

Emma nous amène Dan, qu'elle traîne derrière elle comme un écolier fautif.

— Bonjour, Mme Rowe, dit-il.

— Oh, bonjour, Dan, répond ma mère, ravie. J'ai entendu dire que tu courais de nouveau après ma fille. Est-ce que tu vas lui passer la bague au doigt, cette fois ?

— Euh…

Même dans la pénombre et le brouhaha du hall, son embarras est visible.

— Maman ! proteste Emma.

— Je plaisante. C'est bon de te revoir, Dan. Et Emma a raison, c'est vrai que tu es beau mec.

— Maman ! hurle Emma.

C'est sûrement l'échange le plus mortifiant de sa vie d'adulte.

— Allez, venez vous asseoir pour regarder l'action. Si on peut appeler ainsi soixante-dix gamins assis devant des ordinateurs dans une sorte de hangar.

Me voilà donc installé avec ma femme, ma mère, ma sœur et mon meilleur ami, au milieu du vacarme du hall principal et de l'obscurité trouée seulement par des spots aveuglants, à regarder mon fils construire quelque chose sur un écran. Sauf qu'entre le tumulte du personnel et des juges, les enfants qui courent partout, les parents qui vont et viennent, c'est difficile de savoir ce qu'il fait vraiment. Nous restons donc assis ensemble sur le canapé trop ferme, à nous crier dans l'oreille des remarques sans intérêt. De temps à autre, nous envoyons l'un de nous acheter à prix d'or des gobelets d'un café boueux et stagnant qui semble avoir été fait directement avec l'eau de la Tamise.

— Si tu ouvres vraiment un café, j'espère que tu prendras leur recette ! me crie Jody.

Ma mère lit un magazine, Emma et Dan partent jouer dans la salle principale. Lorsqu'ils reviennent, Emma porte le même tee-shirt *Call of Duty* que lui. Je me penche en avant et me tords le cou pour tenter d'apercevoir l'écran de Sam.

Mon esprit vagabonde vers d'autres salles d'attente, d'autres époques. La dernière fois que j'ai vu maman comme ça – attendant, surveillant, en silence – eh bien, c'est insupportable d'y penser, mais le souvenir est toujours là, à me défier de le repousser. Jody et moi, depuis, avons passé des heures dans des hôpitaux, à attendre des résultats d'examen pour Sam. Son audition a été testée plusieurs fois, puis ses capacités motrices, et enfin sa mémoire. Tellement d'examens, dont les résultats n'étaient jamais fiables parce qu'il refusait de coopérer pour les petits exercices qu'on lui donnait. Nous avons attendu Sam, d'une façon ou d'une autre, pendant dix ans. Je me tourne vers Jody et tente de croiser son regard, mais elle sautille sur le canapé dans l'espoir d'apercevoir l'écran de Sam.

— Je ne vois pas ce qu'il fait ! dit-elle à la cantonade. Son écran a l'air vide.

Ça m'inquiète. Et s'il ne faisait rien, trop désorienté par l'expérience ? Et si soudain il n'arrivait pas à utiliser le jeu ? Mais je vois la souris dans sa main, et ses doigts qui tapotent pensivement le clavier. Il fait quelque chose. D'une certaine façon, ça me suffit. C'est incroyable qu'il soit là, dans cet étonnant tourbillon d'écrans et d'agitation. Il est là, comme les autres.

Et en même temps, pas du tout comme les autres. C'est pour ça que je suis si fier, admiratif. Il est là dans ses propres termes, luttant contre ses incertitudes. Son contact avec notre monde est délicat, fluctuant. Souvent, pour lui, c'est terrifiant. Mais il a réussi à bâtir en lui la force d'être ici. Je pense au garçon qui jouait tout seul au parc, toujours aux aguets d'éventuelles menaces, et moi qui regrettais qu'il ne soit pas comme les autres enfants, confiants, qui faisaient les fous ensemble. Ce n'est plus du tout ce dont j'ai envie, maintenant. Sam est lui-même. Il peut construire un monde à lui. Il ne sera pas comme le mien, il y aura toujours plus de systèmes, de schémas et de plannings. Mais je n'ai pas besoin de m'en inquiéter. Je dois juste tâcher de le comprendre.

— Ça va ? demande Jody.

— Oui, je réfléchis. C'est drôle comment on apprend des choses, parfois. Toutes ces soirées qu'on a passées à jouer ensemble, Sam et moi. On était tous les deux tout seuls, mais pourtant un peu ensemble. Et même complètement ensemble. Plus qu'avant.

— Je sais, rétorque Jody sans cesser d'étirer le cou vers l'écran de Sam. J'étais là, tu te souviens ?

— Il vous reste une heure ! braille un homme dans le micro.

Il descend de l'estrade, et Jody se lève d'un bond pour faire des signes à quelqu'un. Je suis son regard et découvre Prudence, Olivia et Harry. Ils se glissent entre les parents morts d'ennui.

— Salut ! hurle Olivia. Sam m'avait dit que vous veniez !

Jody et Prudence se font la bise avec l'aisance née de l'habitude, mais lorsque je me lève à mon tour, nous nous retrouvons à échanger ce salut très classe moyenne, où personne ne se fait vraiment la bise. Je voudrais m'arrêter après la première, mais elle part pour une deuxième et nous finissons par une catastrophe, entre le coup de boule et le smack. Encore un horrible faux pas de ma part. Comme si l'après-midi n'était pas assez bizarre comme ça.

— On est venus l'an dernier, les enfants adorent, crie Prudence en faisant comme si de rien n'était. Ils voulaient venir voir Sam.

— Il est où ? demande Olivia.

Je lui désigne la place de Sam.

— Qu'est-ce qu'il fait ? s'enquiert Harry.

— Je ne sais pas, je n'arrive pas à voir. Le thème, c'est le bâtiment le plus important de Londres.

— Il pourrait faire la tour ! commente Olivia en battant des mains, surexcitée.

Mais qui sait ? Qui sait à quoi il pense... Je me représente son cerveau comme une boîte pleine de compartiments, les pensées et sentiments classés et rangés séparément, comme dans la salle de tri d'un bureau de poste à l'ancienne. Rien ne doit perturber l'ordre et l'équilibre, mais chacune de ses expériences vient bouleverser le système avec des informations nouvelles, des contenus qu'il n'arrive pas à répertorier assez vite. Comment a-t-il pu arriver jusqu'ici ?

Ma mère lit toujours. Jody bavarde maintenant à haute voix avec Prudence. Emma et Dan sont de retour avec des gobelets d'une bière éventée. Le temps passe. Les concurrents gardent sur leurs écrans des yeux impassibles, comme des contrôleurs aériens. En fond sonore, la musique dance et les coups de feu des jeux de la salle voisine battent comme un cœur qui s'affole.

— Encore dix minutes !

Je réussis à apercevoir quelques-uns des écrans. Je reconnais une sorte de Buckingham Palace, deux gratte-ciel non identifiables, une représentation du Gherkin qui me semble terriblement phallique. Je suis soudain frappé par la difficulté de l'épreuve. Reproduire un monument connu, merveille de l'architecture, en quatre heures, à l'aide d'énormes blocs de construction ? C'est un défi insensé ! Sam se souvient-il seulement de ce qu'on a vu à Londres et dans son livre ?

N'a-t-il pas confondu avec Bristol ? Lorsque la foule s'écartera, ne verrons-nous pas apparaître une représentation maladroite et enfantine du navire le *Great Britain* ? Soudain, la culpabilité se mêle à l'anxiété, et je me demande si je ne l'ai pas embarqué dans une nouvelle galère.

— Le temps est écoulé, on lâche les souris ! s'écrie quelqu'un sur la scène. La compétition est terminée. Nous vous demandons de quitter vos ordinateurs pour que les juges puissent passer.

Sam se lève et s'approche. Il aperçoit Olivia et lui fait signe. Jody se lève pour le serrer dans ses bras de toutes ses forces.

— Bravo, Sam, je suis tellement fière de toi !

— Tu as fait quoi ? demandent Olivia et son frère dans un chœur presque parfait.

— C'est un secret, répond-il.

Il tend une main pour la glisser dans la mienne.

Alors que les juges passent d'un écran à l'autre, je les vois discuter et prendre des notes, et je suis une fois encore frappé par l'étrangeté de la scène. Ils prennent le concours très au sérieux, comme s'il s'agissait de récompenser de grands artistes. Derrière l'estrade, un énorme écran s'allume, avec le logo du festival et les mots « Constructeur *Minecraft* de l'année ». Des techniciens s'affairent avec une masse de câbles emmêlés comme des spaghettis qui relient l'écran à une rangée de serveurs et d'ordinateurs. Un brouhaha excité s'élève alors que les concurrents, leurs familles et leurs amis discutent de leurs réalisations. Je reste planté là, à regarder autour de moi en clignant des yeux, désorienté. Dan me glisse un gobelet de bière dans la main, avec une tape dans le dos. Jody me prend le bras.

— Tu as réussi, dit-elle. Tu l'as amené ici.

— Tu crois qu'il a construit quelque chose ?

— Je ne sais pas. Je m'en fiche. Regarde-le.

Ensemble, nous nous tournons et le voyons, entouré d'Olivia et Harry, en train de regarder un tournoi Hunger Games – Minecraft. Les trois enfants rient en pointant du doigt. Sam en fait des caisses avec Olivia, décrivant de grands gestes vers les écrans, ravi de l'attention qu'elle lui porte. Tout va bien. Une chose est sûre, tout va bien.

Un homme déguisé en Steve s'avance sur la scène, en pantalon bleu foncé et t-shirt azur, flanqué de deux autres membres du staff avec des têtes de Creepers cubiques en carton. La foule applaudit et se masse vers l'avant de la salle, impatiente. Ça y est.

— Cette année, on a eu des participations de très bonne qualité. Beaucoup de choses vraiment superbes, alors j'aimerais qu'on applaudisse tous les participants.

Les gens applaudissent poliment. Un ou deux sifflets enthousiastes retentissent.

— Mais il ne peut y avoir qu'un seul gagnant, et nous avons choisi une construction vraiment remarquable. Vous voulez savoir qui a gagné ?

L'assistance répond « Oui » à qui mieux mieux. Un parent désabusé crie « Finissons-en ! » et suscite quelques rires. Je sens monter la tension. J'ai l'estomac qui fait des saltos.

— Et le vainqueur de cette édition du tournoi *Minecraft* est…

Longue pause pour le suspense. Je regarde Sam. Il a l'air de s'ennuyer, et de ne rien comprendre.

— Hannah James ! Hannah a construit une version de Big Ben spectaculaire, ainsi que le Parlement. Rejoins-nous sur la scène, Hannah.

Une adolescente d'une quinzaine d'années, avec des cheveux noirs hérissés et un pull à rayures noires et vertes, bondit sur la scène et adresse de grands signes à ses amis. Puis, sur le grand écran, apparaissent des images de sa réalisation. C'est en effet très impressionnant. Rien ne manque, de la grandeur gothique aux rangées de petites fenêtres. Je regarde Jody. Elle hausse les épaules. J'ai l'impression que mon cœur se décroche et s'écrase à mes pieds. Sam s'est approché, entre nous deux, et regarde Hannah répondre aux questions, sans grand intérêt. Je cherche désespérément quelque chose à lui dire pour le consoler. Je me demande s'il a compris que la compétition est terminée.

Comme je rumine tout ça, c'est à peine si j'entends les phrases suivantes.

— Mais nous n'en avons pas tout à fait fini, reprend l'animateur. Une autre réalisation a retenu notre attention… Nous ne savons pas ce que c'est, ni pourquoi c'est important, mais nous l'avons tous adorée. Alors nous avons décidé d'attribuer une mention spéciale.

Un murmure s'élève de l'assistance. Plusieurs parents font taire leurs enfants avant de se tourner vers la scène.

Je baisse les yeux et m'aperçois que je tiens la main de Jody. Sam est avec ma mère, dont il examine le plâtre. Olivia et son frère sont assis par terre en tailleur, occupés à regarder dans leurs sacs les goodies qu'ils ont glanés dans différents stands. Les lumières m'éblouissent un peu. Jody me serre la main plus fort. Le temps semble s'étirer. Les enfants bougent au ralenti.

— Nous aimerions inviter Sam Rowe à nous rejoindre sur scène.

Je n'entends pas. Ou plutôt, mon cerveau n'enregistre pas. Il y a comme un silence, un sifflement, comme un bourdonnement d'oreilles, puis Jody se retrouve avec Sam dans les bras, et ma mère le serre aussi contre elle. Dan a passé son bras autour de mon cou, il me crie quelque chose. Et soudain, je retrouve l'ouïe.

La musique, la foule, le miracle d'être là, tout simplement.

— Maman ? dit Sam.

Jody me regarde puis se tourne vers l'estrade. L'animateur attend, une main au-dessus des yeux, fouillant le public du regard.

— Sam ? répète-t-il.

— Tu veux monter ? demande Jody. Tu n'es pas obligé, je peux leur dire.

Il recule un peu vers moi. Olivia se lève. Elle se jette sur lui pour le prendre dans ses bras. Il a l'air complètement perdu. Je le sens s'accrocher à ma jambe.

— Papa, tu viens avec moi.

Je hoche la tête, hébété. Il met son casque antibruit. Et nous avançons. J'essaie de trouver une expression faciale magique pour faire comprendre au staff qu'il est autiste, que je ne sais pas s'il va vraiment monter sur la scène. Mais ils sont tous occupés à lui faire signe. Les gens applaudissent poliment. On dirait le bruit de la pluie.

Nous voilà devant, et finalement Sam monte les marches d'un pas lent. Alors que l'animateur s'apprête à s'approcher de lui, je lui adresse de grands gestes frénétiques. Il a à peine vingt ans, et saute partout, enthousiaste. Il s'avance vers moi.

— Il est autiste, crié-je. Mon fils est autiste. Ça va peut-être être trop pour lui.

Il acquiesce et s'éloigne pour parler aux autres. Après un court moment, il éteint le micro et s'agenouille doucement aux côtés de Sam. Il lui dit quelque chose que je n'entends pas. Sam hoche la tête. Il regarde par terre, mais je vois qu'il sourit. L'animateur rallume son micro.

— Regardons la réalisation de Sam, dit-il.

Mais je contemple Sam, et j'essaie de déchiffrer son expression, de m'assurer qu'il va bien. C'est lui sur la scène, devant des centaines de personnes, tellement loin de sa zone de confort qu'il pourrait aussi bien se trouver sur une autre planète. Et si loin de moi, de nous. Mais ça, d'un côté, ce n'est pas nouveau.

Autour de moi, les gens marmonnent en examinant le bâtiment qu'on projette au-dessus d'eux. Ils s'interrogent, montrent du doigt. Enfin, je recule de quelques pas, pensif, et lève les yeux vers le gigantesque écran. Il me faut quelques secondes pour comprendre, pour me connecter, mais dans un éclair de reconnaissance, je saisis. Je le sais dans mon cœur. Je sais ce qu'il a construit.

— Oh, Sam ! Oh, mon fils.

Je sens une main sur mon épaule. Jody. Je la prends dans mes bras.

— Comment a-t-il su ? Comment a-t-il compris ? dis-je.

— Parce que tu lui en as parlé, répond-elle. Et que tu as toujours la photo sur toi. Il avait compris depuis le début.

Sur l'écran, haut de vingt mètres et représenté avec de superbes détails, finement ouvragés, s'étale le *Palace Café* à Kensington. Le café de George.

Avec son auvent rouge, sa vitrine, sa petite porte en bois. De part et d'autre s'élèvent deux lampadaires qui répandent une vive lumière. L'un d'eux a une ampoule qui clignote – comme le jour où j'y suis allé avec Sam et Emma. À l'intérieur, on reconnaît la bibliothèque, le carrelage en damier noir et blanc, et des tableaux sur les murs. Sam a même construit les maisons des deux côtés, et la route devant. Il a laissé son personnage à l'extérieur, comme sur la photo, et à côté de lui se trouve un fanal qui projette un faisceau blanc dans le ciel. Je suis bouleversé.

Et puis je ne vois plus rien, parce que j'ai les yeux pleins de larmes.

— Et maintenant, Sam, dit une voix à l'extrême bord de ma conscience. Est-ce que tu peux nous expliquer ce qu'est ce bâtiment ? Si tu ne peux pas, ce n'est pas grave.

Long silence. Sam est debout sur la scène. Il balaie le public des yeux à notre recherche. Jody agite le bras, je lève la tête. Il nous voit et répond au salut de Jody. Puis, avec soin et lenteur, il enlève son casque.

— C'est le café.

— Explique-nous.

— Le café où mon papa est allé. Il était avec son frère. Ils ont passé un bon moment.

— C'est un café à Londres ?

— Oui. Mais quelques jours après, le frère de papa est mort. Mon papa a une photo du café et il la porte toujours sur lui. Il va vous la montrer, si vous voulez.

— C'est pour ça que c'est important ?

— Oui, parce que papa y pense tout le temps. Ça le rend triste et heureux à la fois. Il y a des bâtiments qui sont importants parce qu'ils sont grands, mais d'autres sont importants parce qu'il y a des souvenirs dedans. C'est là que vit le frère de mon papa, je crois.

— Ça a dû être très dur pour ton papa ?

— C'est dur mais papa a continué d'avancer. Quand j'ai peur, maman et lui, ils me disent…

Il me cherche des yeux. Je lui adresse un signe. Lorsqu'il m'aperçoit, dans l'obscurité et la foule, il me regarde en face. Pas en bas, pas sur le côté. Dans les yeux. Comme jamais auparavant. Et lorsqu'il dit les mots que je devine, je les répète à voix basse.

— La vie est une aventure, pas une promenade. C'est pour ça que c'est difficile.

J'ai l'impression que mon cœur va exploser. Comme un feu d'artifice d'amour et de fierté. Je me tourne vers Jody pour lui parler, mais je suis incapable de prononcer un mot.

C'est pour ça que c'est difficile. Parce que la vie est extraordinaire et qu'elle signifie quelque chose, et que ces choses sont coûteuses. Il faut être patient, préparé et fort. Pendant une longue partie de cette aventure, j'ai été stupide. J'ai vu Sam comme un obstacle, que je devais contourner.

Mais c'était une erreur. Sam était le guide. Sam était mon guide depuis le début.

Il se tourne vers l'animateur.

— Est-ce que je peux aller voir papa et maman maintenant ?

— Oui, bien sûr. Bravo, Sam.

Sam descend de la scène, prudent sur les marches. Les applaudissements reprennent, doucement d'abord puis plus fort. Il regarde tout autour de lui. Les gens s'écartent pour le laisser passer, quelqu'un lui indique du doigt où nous nous trouvons, il court, et lorsque je me penche pour l'accueillir, mes bras s'ouvrent et il s'y jette.

— Je l'ai fait pour toi.

— Je sais.

— J'ai presque gagné.

— Tu as gagné. Tu as gagné pour de vrai.

Nous sommes environnés de vivats et d'applaudissements, mais tout ce que je vois, tout ce que je sens, c'est mon fils.

Chapitre 41

Heathrow, dimanche matin. Hier soir, quand l'excitation est retombée, on a décidé de prendre un hôtel près de l'aéroport afin de voir partir Emma. Nous formons un groupe fatigué et dépenaillé autour de ma sœur, dans le vaste hall des départs du terminal 5. Autour de nous, les voyageurs se hâtent vers les comptoirs d'enregistrement, poussant des chariots surchargés de grosses valises en plastique. Les enfants, les yeux gonflés, l'air désorienté, trottinent derrière leurs parents en tentant de déchiffrer ces bruits et ces visions inhabituels. Un aéroport, c'est toujours un mélange d'impatience et de peur, même pour ceux qui ne vont nulle part.

— Je déteste les longs au revoir, proteste Emma alors que nous sommes tous massés autour d'elle, sans trop savoir quoi faire.

Avec son immense sweat à capuche et son bas de survêtement, elle pourrait aussi bien s'envoler pour Rio qu'assister à un cours de Pilates. Ma mère s'agite. Elle a retrouvé sa fille pendant si peu de temps qu'elle veut s'occuper d'elle au maximum dans les quelques minutes qui lui restent.

— Tu as de la crème hydratante pour le vol ? Et des lingettes ? Et des chaussettes spéciales qui évitent, euh… quoi déjà ? Le syndrome du choc toxique ?

— Je crois que tu penses plutôt à la thrombose veineuse profonde, maman. Et j'ai déjà pris l'avion des dizaines de fois, je sais ce que je fais. Mais merci.

Sam est un peu plus loin, devant les fenêtres. Il regarde le ciel, les avions qui passent dans un bruit de tonnerre. Ce matin, il nous a raconté plusieurs fois la compétition d'hier. Il a commencé dès qu'il a ouvert un œil, a continué pendant le petit déjeuner, puis pendant le trajet jusqu'ici, comme s'il essayait de trouver un sens aux événements. À part ça, il est étrangement calme, comme dissocié. Nous l'avons peut-être noyé sous un peu trop d'amour et de fierté, ces dernières vingt-quatre heures.

C'est à cela que je songe lorsque Dan se racle ostensiblement la gorge avant de demander d'une voix tremblante :

— Emma, je peux te dire deux mots ?

Il l'entraîne à l'écart, puis franchit avec elle la porte à tambour. Nous regardons, muets d'étonnement, alors qu'il lui parle puis lui montre un bout de papier. Elle hoche la tête avant de le serrer dans ses bras, et Dan la soulève de terre.

— Qu'est-ce qu'ils font ? questionne Sam.

— Aucune idée, réponds-je.

— Moi, si, commente Jody.

Ils reviennent main dans la main, surexcités comme des gamins.

— Bon, annonce Dan. Je pars aussi.

Et il exhibe un billet pour Rio, acheté à la dernière minute à un prix prohibitif, dans un geste romantique un peu grotesque.

— Il l'a acheté hier sur internet, explique Emma. Il attendait le bon moment pour me le dire. Apparemment, le bon moment, c'était deux heures avant le départ.

Tout le monde s'exclame, rit, et se saute dans les bras, mais Sam et moi sommes les seuls à paraître surpris. Nous restons côte à côte, à contempler cet étrange spectacle.

— Je ne sais pas ce qui se passe, avoue Sam.

— Moi non plus…

— Tu as intérêt à prendre soin de ce jeune homme ! enjoint ma mère à Emma.

— Je le ferai. Je suis désolée, maman. Je te donnerai des nouvelles, c'est promis.

— Je n'en doute pas. Je viendrai peut-être vous rendre visite quelque part, sait-on jamais.

— Oh, oui !

Pendant que ma mère continue à s'assurer qu'Emma a tout ce qu'il lui faut, j'entraîne Dan un peu à part.

— Comment tu te sens ?

— Bien, ça va. Enfin, c'est de la folie, tout ça… Quand je pense qu'il y a une semaine, j'avais un boulot et un appartement, et que maintenant, je pars au Brésil !

— Comment ça, tu *avais* un appartement ?

— Je vais le mettre en vente, Alex. Je ne sais pas combien de temps je pars, et je n'ai pas envie de me prendre la tête à le louer. Je veux repartir de zéro. Je suis désolé, mon vieux. Mais ça va prendre quelques mois, évidemment. Tu n'as pas besoin de plus…

— Je n'ai pas besoin de plus pour quoi ?

— Pour régler les choses avec Jody, pas vrai ?

— Tu as raison.

— Je suis sincère, espèce de crétin ! Jody te donnera une deuxième chance. Il faut que tu la saisisses.

— J'espère. Je ferai de mon mieux.

— Et tente le coup, pour le café. Tu en es capable. Comme l'a dit Dark Vador, tel est ton destin.

— Oui, eh ben le destin va devoir me procurer un capital !

Il m'adresse un drôle de sourire en coin et me donne une tape dans le dos.

— Ton manque de foi me perturbe, déclare-t-il.

Je m'approche d'Emma pour la serrer dans mes bras, et elle me chuchote les mêmes conseils que lui. Rentrer à la maison, ouvrir le café, vivre un peu. Sam accourt aussi, et pour la première fois, il enlace Emma sans timidité.

— Maintenant, il faut que je trouve où on monte dans l'avion, dit-elle. Sam ?

— Porte S48, répond-il. C'est à un quart d'heure de marche.

— Merci.

Pas de larmes, pas de revirements de dernière minute ni de supplications de réfléchir ou de rester. Ce n'est pas notre genre, dans la famille. Nous avons déjà traversé beaucoup d'épreuves, après tout. Le départ d'Emma est, comme nous en avons sans doute tous conscience, inévitable. Certes, je n'avais pas deviné qu'elle entraînerait mon meilleur ami avec elle, mais ce n'est pas grave, je m'en sortirai. On aura toujours le *Old Ship*, on aura toujours Sid. D'ailleurs, Sam et moi, on va y aller pour prendre un verre, tous les deux. Je lui ai promis qu'il pourrait jouer aux échecs, et peut-être que ça deviendra un rendez-vous régulier. La sécurité et l'amitié sont importantes, mais pour certaines personnes, elles sont plus difficiles à atteindre que pour les autres. Quand on peut les y aider, on devrait toujours le faire.

Alors que nos deux voyageurs avancent vers les portiques de sécurité, nous les regardons en silence disparaître derrière les comptoirs. Je sens une main sur mon épaule. Jody.

— Ça va ?

— Ouais. Bon, elle m'a volé mon meilleur copain, mais ça va.

— On rentre à la maison ?

Je pose ma main sur la sienne, et sa peau est aussi familière que la mienne. Lorsque je me rapproche d'elle, lorsque nous nous embrassons, c'est à la fois excitant et familier. Pendant un instant fugace, tout le reste disparaît. Les voix qui nous environnent ne sont plus qu'un murmure, les avions fendent les airs en silence. Il n'y a que cela, cette chose que j'ai perdue une fois, cette connexion formée dans un verger de pommiers à cidre un été, il y a longtemps. Je me jure que, si nous arrivons à redémarrer ensemble, je ne considérerais plus jamais cette intimité comme acquise.

Je crois que la même pensée nous traverse, car, ensemble, nous nous tournons vers Sam. Il est là, avec ma mère, à regarder le panneau des départs et lire les noms des compagnies, des villes desservies, à lui donner l'heure des vols. Elle écoute avec patience, la petite main de notre fils dans la sienne.

— Plus fort, dit-il. Un peu plus fort. Encore plus fort.

Et maintenant, je comprends. Il ne fait pas des histoires, il n'est pas agaçant ; sa prise sur le monde est plus fragile que la nôtre. Il a, plus que nous, peur de la perdre. C'est à nous de lui prouver que nous ne le lâcherons pas. Ainsi, il ira bien.

— Bon, allons chercher la voiture, dis-je en m'arrachant à ma rêverie.

Ma mère acquiesce et tire Sam vers nous d'un air joueur. J'espère que je vais réussir à la convaincre de déménager, si ce n'est à Bristol, du moins dans les environs. Sans même parler du reste, elle a un sacré potentiel de baby-sitter.

Alors que nous nous traînons vers la sortie, je regarde derrière moi, en direction de la zone des contrôles. Je suis certain d'apercevoir Dan et Emma en train de franchir les guichets, enlacés. Je me demande quand je les reverrai, et combien les choses auront changé à ce moment-là.

Chapitre 42

Rentrée scolaire, premier jour dans une nouvelle école. L'école que Sam a choisie avec notre soutien. Autrefois, ça m'aurait terrifié, j'aurais tout fait pour y échapper. Mais aujourd'hui, je me gare devant notre maison, à 7 heures du matin, et je cours vers la porte. J'ai envie d'être là.

On a fêté Noël en petit comité, mais avec plus de bonheur que je m'y serais attendu il y a quelques semaines. Je suis resté dormir, le 24. Avec Jody, on est restés debout tard, à emballer des dizaines de livres sur *Minecraft,* des jouets et des boîtes de Lego pour Sam, puis nous avons passé le 25 ensemble, en famille. Je suis à nouveau resté pour la nuit quelques jours plus tard, et finalement, tout le week-end. Je dors encore dans la chambre d'amis. Nous avançons pas à pas. Nous apprenons, en tant que famille, à gérer les choses ensemble, à nous écouter.

Lorsque j'appuie sur la sonnette, Sam répond presque aussitôt, déjà hirsute, son nouvel uniforme débraillé.

— On a perdu mes nouvelles chaussures ! crie-t-il.

— Je vais vous aider.

J'entre et vois Jody cavaler dans les escaliers, avec à la main une tasse dont le café éclabousse les marches en bois. La radio braille, des jouets, des pyjamas et des serviettes de douche jonchent toute la maison.

— Coucou, il n'a pas encore pris son petit déjeuner, dit-elle sans s'arrêter. On ne trouve plus ses chaussures !

— Je peux te montrer mes dessins ? demande Sam. J'ai fait un Creeper qui se bat contre Spiderman.

— J'ai très envie de les voir. Mais il faut d'abord trouver ces fameuses chaussures. Allez, vite. C'est une quête !

Nous traversons le salon en courant, jetant coussins, couvertures et jouets en dehors de notre chemin. J'imite Hulk et soulève le canapé afin qu'il regarde dessous. Il rit quand je me le fais tomber sur le pied. Dans la cuisine, nous rampons sous la table et nous envoyons les corn-flakes et Cheerios égarés à la figure. Puis nous restons coincés entre les pieds des chaises. Il n'est plus aussi menu qu'autrefois. Il grandit.

Lorsqu'enfin nous parvenons à nous dégager, nous découvrons Jody, debout au-dessus de nous, feignant l'impatience, les chaussures dans les mains.

— Elles étaient dans le panier de linge, dit-elle simplement en nous les tendant. Avec des livres et des figurines.

— Aaaah, répond Sam avec l'air de quelqu'un qui se souvient.

— Dans le panier de linge ? m'étonné-je.

— J'ai joué. C'était mon coffre au trésor.

Jody prépare une nouvelle exposition, la plus grande du musée. L'artiste utilise des images de jeux vidéo projetées sur le mur afin de créer des tapisseries numériques immersives. Elle a tout de suite compris le potentiel. Grâce à Sam, à la façon dont il a découvert et construit un monde autour de lui-même. Alors qu'elle rassemble ses notes et ses documents, j'arrange l'uniforme de Sam, lui rentre la chemise dans le pantalon, et l'aide à enfiler son pull. L'électricité statique lui fait dresser les cheveux, à notre grand amusement.

— Tu vas dans une nouvelle école, dis-je.

— Je sais.

— Comment tu te sens ?

— J'ai un peu peur. L'aéroport qui fait le plus peur, c'est celui de Gibraltar parce que la piste est très courte et qu'au bout, l'avion peut tomber.

— Ah, ça doit faire très peur en effet.

Lorsque nous finissons par quitter la maison, c'est comme une famille, une famille normale, qui bavarde en s'affairant, sans se crier dessus, ni se rendre malade de stress.

Nous voilà devant la porte de l'école, par un matin de froid mordant. Sam devient silencieux en regardant les autres enfants entrer, les uns après les autres. Une foule de parents inconnus nous entoure, et bien que je ressente la peur familière en approchant des grilles, nous avançons.

À présent que nous y sommes, nous espérons tous avoir pris la bonne décision. Qu'il sera accepté. Nous en avons besoin. J'ai l'impression que nous sommes en train de prendre de l'élan pour quelque chose de mieux.

— Ça va ? dis-je à Sam en lui passant la main dans les cheveux.

— Oui.

— Et c'est la bonne école pour toi, tu crois ? demande Jody.

— Oui, je pense.

Quand on devient parent, on a de grandes ambitions pour son enfant : succès, popularité, esprit brillant. Mais au fur et à mesure que la vie avance, on doit parfois changer d'échelle, pour quelque chose de bien plus profond. Le bonheur. C'est ça que nous voulons pour Sam. À certains moments, ça nous paraissait totalement inaccessible, comme une étoile lointaine. Et c'est un jeu vidéo – de tous les moyens imaginables, ce fut celui-là – qui nous a montré combien il était près, à portée de main. Sam nous a dit dans quelle école il serait heureux, et nous lui avons fait confiance.

Notre garçon frissonne en observant la cour, les enfants qui jouent en petits groupes, les parents qui regardent avec anxiété, ou bavardent entre eux. Je ne sais pas trop ce qu'il cherche, mais j'ai l'impression qu'il rassemble son courage pour faire ces derniers pas en avant, ceux qui lui feront franchir le seuil. Pendant quelques secondes, il semble avoir besoin que nous l'encouragions. C'est nous qui lui avons présenté ce choix, cette croisée dans son chemin. Peut-être faut-il lui donner la dernière impulsion.

Mais alors il la voit, courant vers lui à travers la foule en balançant son nouveau cartable.

Olivia.

— Sam ! crie-t-elle en se jetant dans ses bras, pas gênée le moins du monde. Tu viens à mon école ?

— Oui, répond-il avec un sourire penaud, à la fois fier et embarrassé.

Oui. Saint Peter, l'école où nous nous sommes rendus, Jody et moi, il y a quelques mois, à peine capables de nous parler. Miss Denton nous a dit qu'il y serait heureux, et même au plus profond de notre détresse, nous avons perçu que sa promesse sonnait juste. Peut-être avons-nous transmis cette impression à Sam plus clairement que nous le pensions. Peut-être au contraire a-t-il pris la décision par lui-même. Peut-être est-ce Olivia, son amie et alliée, qui l'a aidé.

Harry surgit derrière elle avec ses copains. Ils se rassemblent autour de Sam pour l'accueillir, lui donner une petite tape dans le dos. Et soudain, avant que nous soyons prêts, voilà qu'ils l'entraînent entre les grilles, et qu'il les suit. Je sens Jody tendue à mes côtés.

— Oh, dit-elle doucement.

Je lui passe un bras sur l'épaule. Un geste qui semble de nouveau naturel.

— Tout va bien. Regarde, c'est bon signe.

Mais alors, comme une masse d'enfants marche dans l'allée vers la porte, dans un tourbillon de sacs à dos trop grands et de gros manteaux, Sam se dégage d'un coup pour courir vers nous. Se jeter dans nos bras.

— Au revoir, maman, au revoir, papa. Vous viendrez me chercher à la sortie ?

— Oui, bien sûr, répond Jody.

— Papa aussi ?

— Oui.

Il retourne lentement vers l'entrée, et les autres le tirent avec eux.

— On va prendre un café ?

— Oui. Je pense que j'ai le temps. On va où ?

Alors que nous marchons vers la voiture, je me demande comment répondre, exactement.

Lorsque je rentre à l'appartement, plus tard ce matin, j'ouvre la porte. Le silence et l'immobilité me heurtent de plein fouet. Sans Dan, la déco moderne et dépouillée paraît juste froide et austère. Je suis assailli par le souvenir du moment où je suis arrivé, il y a si longtemps, avec seulement un sac de sport à la main, rien d'autre. J'étais en état de choc. Je croyais que c'était la fin du monde. Mais non. Je m'approche de la chambre d'amis, où mes affaires sont toujours éparpillées. L'horrible matelas gonflable est en vrac dans un coin, comme pour me rappeler mes premières semaines à contempler le plafond en tentant de dresser la carte de mes peurs et de mes peines. Ce que je ne voyais pas à l'époque, et qui me semble évident aujourd'hui, c'est que j'étais perdu dans ma tristesse, mon deuil. Partout, je ne voyais que la terreur, et je fuyais tout. Même Jody, même Sam. J'étais incapable d'imaginer l'avenir.

Il a fallu mon fils pour me ramener, et il a fallu aussi la séparation, pour ça. C'est curieux, comme la vie fonctionne. J'avais toujours cru qu'il y avait une barrière autour de lui, qu'on ne pouvait pas entrer. Je ne voyais pas de moyen de développer un terrain d'entente, un point de contact. Je ne comprenais pas qu'il nous fallait le bâtir ensemble, et qu'il me montrerait la voie.

J'emprunte l'étroit couloir jusqu'au salon avec son énorme télévision, et la console débranchée en dessous. Sur la table basse, à présent froissé et défraîchi, se trouve le guide de *Minecraft* que j'avais acheté sur un coup de tête. Je dois bien admettre que les livres sur l'autisme que j'étais allé chercher ce jour-là n'ont pas été lus avec la même passion. Mais pour finir, c'est tout juste si j'en avais besoin.

En ressortant de l'immeuble, je jette un coup d'œil dans la boîte aux lettres de Dan. Quelques factures, un journal local, et une autre enveloppe. Une lettre qui m'est adressée, d'une écriture qu'il me semble reconnaître, mais que je n'ai pas vue depuis longtemps. Ce n'est qu'en décachetant le courrier que je me souviens : c'est celle de Dan.

Cher Alex,
Je te souhaite une bonne année depuis Rio ! J'espère que tu as passé un joyeux Noël et que tu tentes le coup avec Jody. Si ce n'est pas le cas, bordel, Alex, est-ce qu'il faut que je revienne pour te remettre sur les rails ?
Bref, avant de partir, j'ai vendu ma voiture (je suis désolé, je sais que tu l'adorais) et j'ai reçu plein de chèques d'honoraires d'un coup. L'appartement va me rapporter le double de ce que je l'ai payé. Du coup, je t'envoie un petit quelque chose. Ce n'est pas juste un cadeau, c'est un investissement. J'ai noté des instructions au dos. Tu es prié de les suivre. C'est ce que George aurait voulu.
Sois courageux.

Ton ami,
Dan

Je regarde dans l'enveloppe et en sors un petit bout de papier. Il me faut quelques secondes pour comprendre que c'est un chèque. Je ne savais pas que les gens faisaient encore des chèques, et surtout Dan. C'est la première pensée qui me vient. La deuxième est qu'il est à mon ordre – et d'un montant de vingt mille livres. Je sens mes poumons se vider, ma tête tourner un peu.

Dan, espèce de taré…

Je le retourne.

Et de l'autre côté, en lettres capitales, se trouve le message auquel je m'attendais un peu. Je comprends aussitôt pourquoi Dan l'a écrit, et ce que je dois faire. Pour moi, pour Jody, pour Sam, pour l'avenir.

Deux mots tout simples.

ALLEZ, GO.

Remerciements

Il s'avère qu'écrire un livre est très difficile. En fait, pour moi, ça aurait été impossible si je n'avais pas reçu beaucoup d'aide. J'ai juste envie de dire merci à quelques-unes des personnes qui ont été là quand j'avais besoin d'elles.

Par exemple, il m'a fallu beaucoup d'indications techniques. Jake Mattock m'a renseigné sur les agents immobiliers, et Liz Andrew sur la façon dont on équipe un café. J'ai aussi eu de longues conversations sur l'autisme et l'éducation avec Brigid et Adam Moss, John Harris et Ginny Luckhurst. Merci pour le temps que vous m'avez accordé.

Je voudrais aussi remercier mes collègues du *Guardian* de s'être montrés si gentils quand j'ai pris un congé sabbatique de plusieurs mois à la dernière minute, pour mener à bien ce projet. Merci Jemima Kiss et Jonathan Haynes, merci Alex Hern et Samuel Gibbs (dont j'ai sans le vouloir donné le prénom à mon personnage principal). Merci aussi à Stuart Dredge, Hannah Jane Parkinson et Shiona Tregaskis.

Bien sûr, ce livre n'aurait jamais, jamais pu voir le jour sans le créateur de *Minecraft*, Markus Persson, dit Notch, et toute l'équipe de Mojang. Merci d'avoir inventé ce jeu fabuleux et d'avoir enrichi nos vies. Je voudrais remercier en particulier Paddy Burns et 4J Studios, qui ont créé la version Xbox 360, que j'ai découverte en premier et partagée avec mes fils. Un énorme merci à Roger Carpenter chez Microsoft, qui a pris le temps de me montrer le jeu pendant une présentation pourtant bondée à San Francisco, et qui est resté en contact avec moi depuis. Paddy et Roger, je veux que vous sachiez que vous avez énormément apporté à ma famille.

Je tiens à remercier tous mes amis et collègues dans l'industrie du jeu. João Diniz Sanches a partagé un bureau avec moi pendant la phase d'écriture. Il est resté stoïque quand je l'interrompais pour lui poser des questions stupides, poussais des gémissements théâtraux, ou me cognais la tête sur le clavier. Simon Parkin, Christian Donlan et Will Porter sont tout simplement fantastiques. Merci également à Ann Scantlebury, Simon Byron et Ste Curran de l'émission de radio *One Life Left* ainsi que Ellie Gibson et Helen Thorn, qui présentent le génial podcast *Scummy Mummies*. Ces deux médias m'ont permis de passer à l'antenne pour parler du livre pendant que je l'écrivais. Merci aussi, Ellie, pour le vin blanc, la télévision de qualité, et l'organisation.

Toute ma reconnaissance et mon admiration vont à mon éditeur Ed Wood, qui m'a d'abord contacté au sujet de ce livre, puis recontacté comme je ne lui répondais pas, puis accompagné tout au long du processus avec une incroyable chaleur, de la patience et de l'enthousiasme. Il a été merveilleux, et je lui serai toujours redevable.

Mille mercis à ma mère et à mes sœurs Catherine (qui est également ma consultante médicale) et Nina. J'aimerais que mon père soit encore là pour voir tout ça. J'aimerais qu'il soit encore là, point.

Pour finir, je tiens à exprimer tous mes remerciements et mon amour à mes fils Zac et Albie, et à ma femme Morag, qui a lu ce livre à mesure que je l'écrivais, l'a commenté avec pertinence, et m'a soufflé l'idée de certaines des meilleures scènes. Morag est la meilleure, pour de vrai, et puis c'est tout.

La véritable histoire derrière *Les Mondes de Sam*

Lorsque notre fils Zac avait deux ans, ma femme a lu qu'à cet âge-là, la plupart des enfants ont un vocabulaire d'environ cinquante mots. Zac en maîtrisait dix. C'était le premier indice que quelque chose n'allait pas tout à fait bien. Bon, ce n'était pas le tout premier indice, en fait. Comme Sam, l'enfant décrit dans ce livre, Zac pleurait beaucoup. Et quand je dis « beaucoup », ce n'est pas une façon de parler. Je ne pense pas qu'on ait fait une nuit complète pendant les trois premières années de sa vie. Il se réveillait plusieurs fois entre le soir et le matin, et ça nous prenait des heures de parvenir à le calmer. Même bébé, il semblait très anxieux.

Ce n'est qu'à l'âge de sept ans que son autisme a été diagnostiqué. À ce moment-là, on en était déjà bien convaincus. Son langage et sa mémoire de travail étaient encore très limités, il détestait le moindre changement, avait du mal à se socialiser, trouvait l'école terrifiante. Mais pendant que nous traversions le lent processus de comprendre pourquoi il était différent des autres, autre chose se produisait.

Dans la vie, j'écris sur les jeux vidéo, et notre maison regorge donc de jeux et de consoles. Depuis qu'il a deux ans, il grimpait sur mes genoux pour jouer avec moi. Il adorait appuyer sur les boutons de la manette et voir des choses se produire à l'écran. Puis, quand il a eu six ans, nous avons téléchargé *Minecraft*, le simulateur de construction créé par Markus Persson, Notch pour les intimes, et son équipe, dans le studio de développement Mojang, en Suède. *Minecraft* n'est pas un jeu au sens propre du terme. C'est comme des Lego, mais dans un vaste paysage qu'on peut explorer et transformer. On peut construire, détruire, creuser des trous, chasser des animaux de la ferme et tuer des monstres, mais le plus important, c'est qu'on ne vous dit pas ce que vous devez faire, ni comment. Vous faites ce que vous voulez.

Zac adorait ce jeu. Avec son frère Albie, il restait aussi longtemps qu'on l'y autorisait à se promener dans la nature cubique, à construire des petites cabanes, ou simplement creuser à la recherche de fer ou d'or. C'était merveilleux de le voir si heureux, si engagé dans quelque chose. C'était une activité qu'il réussissait aussi bien que son frère et leurs amis ; il n'était pas en retard. Presque aussi important : il apprenait. Il s'est mis à dire des nouveaux mots, et il aimait nous parler de ce qu'il construisait, et de ses projets. Chaque fois qu'on lui posait des questions sur l'école, ou sur lui en général, il ne répondait qu'en quelques mots, haussait les épaules ou nous ignorait, mais lorsqu'on mentionnait *Minecraft* son visage s'illuminait. C'était une révélation.

Ce sont les merveilleuses expériences de Zac avec le jeu qui ont m'ont inspiré pour ce livre. Je voulais transmettre l'énorme impact qu'avait eu *Minecraft* sur sa vie, combien ça l'avait aidé à s'exprimer, et peut-être plus important encore, comment ça nous avait permis de le comprendre. Après plusieurs années d'examens médicaux, d'ergothérapie, de tests d'audition et de visites chez divers pédiatres, nous ne voyions plus chez Zac que ses problèmes. *Minecraft* nous a aidés à le voir et l'apprécier autrement, percevoir son côté drôle, imaginatif et perceptif… à rencontrer notre enfant.

Sam n'est pas Zac, c'est certain, mais beaucoup de ce qui lui arrive est tiré de nos vies. J'ai souvent écrit sur Zac et *Minecraft* pour le *Guardian*, et j'ai reçu à chaque fois des lettres de parents dont les enfants sont autistes ou juste un peu différents. Ils expriment le même soulagement, le même bonheur et l'excitation que nous avons ressentis dans notre famille lorsque Zac a découvert *Minecraft* et s'est mis à l'utiliser comme moyen de nous parler de lui. Les jeux vidéo ont mauvaise réputation. On pense souvent qu'il faut en contrôler et limiter l'usage. Mais ils offrent aussi un espace de liberté où on peut apprendre à partager et créer, sans jugement ni emprisonnement.

Zac est maintenant au collège, et même s'il est en retard sur ses camarades dans beaucoup de domaines, il s'en sort. Nous nous demandons si un jour, il créera des jeux vidéo ; c'est un joueur doué. Mais quoi qu'il arrive, je n'oublierai jamais la façon dont il a réagi à *Minecraft* ni celle dont le jeu l'a accueilli, l'a fait sentir chez lui. La vie dresse tellement de barrières pour les gens qui sont différents. N'importe quel outil qui nous aide à apprécier ces gens, quels qu'ils soient, quelle que soit leur différence, est précieux. C'est ce que j'ai découvert, et ce dont parle ce livre.

Keith Stuart
Mars 2016

À DÉCOUVRIR ÉGALEMENT
DANS LA COLLECTION

Milady
FEEL GOOD BOOKS

Le choix d'une mère

de Sinéad Moriarty

« Cette histoire contée délicatement vous fera chaud au coeur. »
Daily Mail

Anéantie par la liaison de son mari qui a conduit à l'éclatement de leur famille, Kate remonte peu à peu la pente et commence à entrevoir le bout du tunnel.
Mais lorsque l'on diagnostique un cancer à Jess, sa fille de douze ans, c'est, pour elle, l'épreuve ultime. Elle a un fils de dix-huit ans nourrissant une haine profonde pour son père, un fils de sept ans désorienté et un ex-mari démissionnaire. Kate sait qu'elle doit laisser de côté ses propres peurs et son chagrin, et penser avant tout à ses enfants et, tout particulièrement, à Jess. Mais si se préoccuper de leur bien-être à tous voulait dire commettre l'impensable ?

Disponible dans toutes les bonnes librairies
et au format numérique.

La première fois qu'on m'a embrassée, je suis morte

de Colleen Oakley

« Ce roman est un petit bijou… Les fans de Jojo Moyes et des histoires d'amour qui se déroulent dans une bibliothèque seront ravis. »
Elle

Jubilee Jenkins souffre d'un mal extrêmement rare : elle est allergique au contact humain. Après avoir été embrassée par un garçon au lycée, elle se retrouve aux urgences à la suite d'un choc anaphylactique. Dès lors, elle décide de ne plus sortir de chez elle pendant des années. Mais à la mort de sa mère, Jubilee doit affronter le monde et les gens. Un jour, à la bibliothèque, elle fait la connaissance d'Éric Keegan et de son fils adoptif, un petit génie perturbé. Bien qu'Éric ne comprenne pas pourquoi Jubilee le tient à distance, il est sous le charme… De manière inattendue, leur rencontre va permettre à ce trio irrésistible de s'ouvrir à la vie et à l'amour.

Disponible dans toutes les bonnes librairies
et au format numérique.

Achevé d'imprimer en février 2019
Par CPI Brodard & Taupin à La Flèche
N° d'impression : 3032726
Dépôt légal : mars 2019
Imprimé en France
81123618-1